二見文庫

残響

キャサリン・コールター／林 啓恵=訳

Knock Out
by
Catherine Coulter

義兄のホートンへ
誰よりも寛大で、骨の髄まで親切なあなたは
愛されて当然の人です

——キャサリン

残響

登　場　人　物　紹　介

ディロン・サビッチ	FBI特別捜査官
レーシー・シャーロック	FBI特別捜査官
バズ・ライリー	ファースト・ユニオン銀行の警備員。元警察官
ジミー・メートランド	ディロンの上司。FBIの副長官
メリッサ（リッシー）・スマイリー	銀行強盗犯
ジェニファー・スマイリー	銀行強盗犯。リッシーの母親
ビクター・ネッサー	リッシーのいとこ
イーサン・メリウェザー	バージニア州タイタスビルの保安官
オックス・コビン	バージニア州タイタスビルの副保安官
グレンダ・バウアー	バージニア州タイタスビルの保安官助手
オータム・バックマン	七歳の少女
ジョアンナ・バックマン	オータムの母親
マーティン・バックマン	オータムの亡父
ブレシッド・バックマン	オータムの父方の伯父。カルト教団の〝キーパー〟
グレース・バックマン	オータムの父方の伯父
シェパード・バックマン	オータムの父方の祖母
シオドア・バックマン	オータムの父方の祖父
カルディコット・ホイッスラー	カルト教団の〝マスター〟
トリー・トルバート	ジョアンナの知人。元FBI捜査官

1

「おとなしくしろ！　全員、寝転がって床に顔をつけやがれ！」男は命じつつ、その合間にサブマシンガンから五、六発、放った。大理石の床に天井の漆喰がばらばらと落ち、わずか数秒のうちに全員が腹ばいになって、動くのをやめた。ショックの悲鳴が空気中に色濃く残っている。

サビッチはまっ先に、ショーンを連れていなくてよかったと思った。ジャケットのポケットに手を入れて携帯電話のキーをふたつ押すと、あとは二十名にのぼるほかの人たちにならって動くのをやめた。ここはワシントンDCのファースト・ユニオン銀行。すすり泣きも多少は聞こえるが、大半は腹ばいの恰好で大理石に鼻を押しつけ、心臓をあおられつつも石のように押し黙っている。

シャーロックの声がした。「もしもし？」

拳銃を持った別の男がわめいた。「カウンターの奥にいる働き蟻ども、警報器を押そうなんざ、考えるのも許さんぞ！　そこ――そうだ、ローン担当のおまえ――支店長を連れてこい！　ぐずぐずしてやがると、こいつを殺すぞ！」サビッチはゆっくりと頭を動かして、バズ・ライリーを見た。警備員のライリーは元警官で、サビッチとは五年前からの知りあいだ。ライリーの耳に銃身の短い三八口径の銃口を押しあてているのは、ライリーよりも少し上背のある痩せ気味の男で、手が大きいので銃がおもちゃのように見える。

サビッチは彼らの正体を知っていた。マスコミから〝四人組〟と呼ばれる彼らは、この四週間、各地を転々としながらケンタッキーからバージニアまで移動してきて、ついにここワシントンDCで銀行強盗として表舞台に躍りでた。このグループの特徴は四人のうちふたりが女であること、そして四人そろって人殺しであることだ。彼らが襲撃したあとの銀行には、死体が転がっている。これまでに六人が殺され、うち四人は警備員、ふたりが客だった。ライリーもさぞかし肝を冷やしていることだろう。

もうひとりの男がダダッと威嚇射撃をした。高くて古風な天井からさらに漆喰が落ち、一九三〇年代の優雅なモールディングに弾が突き刺さって、木片が吹き飛ぶ。こんどは誰ひとり悲鳴をあげず、鋭く息を呑む音がしたきり、店内はふたたび静かになった。動く者はいない。サビッチは視界の隅で、強盗たちの銃を確認した。九ミリ口径のコルト――装塡数三十二発、破壊力のあるサブマシンガンだ。

こんどは女の片方がどなった。「支配人はどこ？」

マック・ジャミソン――豊かな口ひげが自慢の、いまは太りすぎだけれどジムに行くつもりだとサビッチに語っていた――が、組んだ両手を後頭部にあてて奥のドアから入ってきた。

「わたしが支店長のジャミソンだ」

さっきの女が、「あたしのことは、卵を回収にきた復活祭のウサギちゃんだと思って」と言って、げらげら笑った。ほか三人と同じように全身黒装束で、頭も顔も黒いスキーマスクで隠している。「連邦準備銀行から輸送されたばかりなのはわかってんだから、金がないなんて嘘は通じないよ。さあ、あたしと金庫まで行って、金を出すんだ」

「それが――」

「さあ、行くよ！」女はどなり、持っていたコルトからジャミソンの頭の近くに向けて一ダースほどの弾をぶっ放した。窓が割れる。女はジャミソンに近づき、腹に銃口を突きつけた。

「さあ」

片方の男が彼女に続いた。なんと口笛混じりにコルトを周囲にめぐらせて、彼女の背後を守っている。残るはもうひとりの女と、ライリーの首に腕をまわしている男だ。サビッチの視線の先にいるその女は小柄で、つねに体を動かし、銀行の従業員と客たちの上で銃口を左右に振っていた。動かない人質たちの体から恐怖が刺激臭となって立ちのぼってくるようだ。サビッチはそのひとりとして、列の端で腹ばいになっていた。

女がはいているすり減った黒いブーツが近づいてきて、立ち止まった。女の視線を感じたサビッチは、鋭く息を吸いこんだ。

「あれ、あたし、あんたのこと知ってる」

大人の声ではない。興奮にうわずった少女の甲高い声だ。少女がサビッチの脇腹を蹴った。

「今日のあたしってば、ラッキー。ジェフ、見て、こいつ、FBIだよ。二週間ぐらい前にテレビに出てたの、覚えてない？」もう一度、さっきより強くサビッチを蹴った。

「ほら、大物捜査官。金持ちのクソじじいを逮捕したのって、あんただよね？」

ライリーを取り押さえているジェフと呼ばれた男が叫んで返した。「気をつけろよ。そいつら全員に目を配るのがおまえの役目なんだ。そんな野郎はどうでもいいから、逃げだしたり、あほなことしでかしたりさせないように、ちゃんと見張っとけ」

少女が一段と声を張りあげた。この娘はいくつなのだろう？「あのさあ、あたしの話、聞いてる？　こいつ、やり手のFBI捜査官なんだよ！」

「ああ、それがなんだ？　いまは寝転がってるだけじゃねえか」ジェフが笑い声をあげた。しかも、いまいましいことに、女性行員の足を蹴った。行員は眉をひそめて、声を呑んだ。

少女がアドレナリンのまわった、はしゃいだ声で言う。「ねえ、そうだよね、あのクソかすがあんただよね？」

サビッチはマスクをかぶった少女の顔をまともに見た。痩せていて華奢《きゃしゃ》で、身長もせいぜい百六十センチぐらいしかない。黒いスキーマスクの奥でぎらついている血走った黒い瞳を見つめて、答えた。「ああ、おれがそのクソかすだ」

少女は笑いだした。「へええ、本物のＦＢＩ捜査官があたしの足元にいるんだ！　まじ、びっくり。だよね、怖くて、でっかいおじさん。このあたしが本物のＦＢＩ捜査官を殺すなんてさあ！」

ジェフが言った。「金を手に入れるまでは、誰も撃つんじゃねえぞ」こちらも興奮しきりの声だ。四、五十代。喫煙者特有のしゃがれ声で、少女同様、そわそわと落ち着きがない。

そのときマック・ジャミソンの声がした。「やめろ！」金庫の閉鎖空間に一発の銃声が不愉快に響く。強盗ふたりが金の入った黒い布袋を持って駆けだしてきた。少女が素っ頓狂な声で嬉しそうに叫ぶ。「あたしの誕生日プレゼント？」

女が叫び返した。「そうとも！　さあ、さっさとずらかろう。いいよ、ジェフ、片付けちゃいな！」

「あたしもやんなきゃ！」少女が叫んだ。高い声が不安定に踊っていた。

ライリーを抱えこんでいるジェフがどなった。「あばよ、クズ野郎！」

そのとき、サビッチは一瞬の隙を衝いた。もはや選択の余地はなかった。

少女の脚のあいだにすべりこんでバランスを崩しておいて、思いきり腹を蹴りあげた。少女が悲鳴をあげて後ろによろめき、コルトを取り落として、手をばたつかせる。そのまま倒れると、サビッチはベルトのホルスターからシグを抜き、転がりながらジェフの額の中央を撃ち抜いた。

すかさずライリーが身を沈めて方向転換し、背後の男を押しつつ三八口径を奪うや、現金を運んでいた男女に発砲した。女が怒声とともに応戦して、やたらめったら撃ちまくった。弾はが調度や壁にあたり、窓を砕き、床の大理石のかけらを飛ばした。店内は阿鼻叫喚《あびきょうかん》のちまたと化した。立ちあがって逃げようとする者もいれば、頭を抱えこんで丸まる者もいる。まずい、このままでは死者が出る。

「みなさん、伏せて！」サビッチはひと声かけて、デスクの向こう側に飛びこんだ。二十センチほど頭上にあるコンピュータのモニターに弾があたり、ガラスの破片が飛び散った。やはり弾のあたったキーボードは宙を舞いながら壊れ、プラスチックの雨を降らせた。

近すぎる。サビッチは転がって距離をとり、両肘をついた。銃口を向けてきた強盗に狙いをつけて引き金を引くと、腕にあたり、絶叫を放った強盗は、腹立ちまぎれに立てつづけに撃ち返してきた。コルトの弾倉がからっぽになってもなお、気づかないまま罵詈雑言《ばりぞうごん》とともに引き金を引きつづけている。やがてコルトを投げ捨てると、サンタクロースのように現金袋を肩にしょって玄関のドアへと走りだした。ジャケットから拳銃を取りだして、仲間に声をかけた。「ここを出るぞ！」

女が叫び返した。「まだだよ、ジェイ！　リッシーが倒れてるから、助けてやらないと！」

だが、ジェイは戻ってこなかった。女はふたたび発砲しだしたが、狙っているのはサビッチではなく、逃げようとするジェイだった。悲鳴と怒声が耳ざわりな不協和音となって飛び交い、人々は両手で頭を抱えて押しあいへしあいしている。サビッチが祈りながら急に立ちあがって引き金を引くと、女の脇腹に命中した。女は悲鳴とも悪態ともつかない声を漏らしつつも銃を手放さず、狙いの定まらないまま、またもや発砲した。こうなるといつ死者が出てもおかしくない。サビッチは再度、発砲したが、女は脇によけて狙いをかわした。

そのときふいにライリーの声がした。女がそちらを向き、ライリーが一発放った。女の喉に命中し、大量の血液が噴水のように弧を描きだした。女は持っていたサブマシンガンと現金袋を投げだして首をつかんだものの、血は指のあいだからもあふれ、床を転がったコルトは出納係のカウンターにぶつかって止まった。それと女が倒れるのは同時だった。みずからの血に喉を詰まらせて苦しげなうめき声を漏らしている。反対方向にすべった現金袋は、デスクにぶつかって袋の口が開き、百ドル紙幣の束がこぼれて、床に伏せた人たちの上にばらばらと落ちた。サビッチがさっき腹を蹴った少女が腹ばいで女に近づきながら、血の海のなかで叫ぶ。「だめだよ、こんなの——楽しむつもりだったのに。大成功、間違いな——」

サビッチはブーツをはいた足で少女の背中を踏んだ。「じっとしてろ。もう終わりだ」少女は痛みにあえぎながら泣きじゃくり、サビッチの足に押さえつけられて、立ちあがることもできなかった。

「ディロン！」

サビッチは世界一美しい声、シャーロックの声にふり返った。足が持ちあがった隙を衝いて、床の少女が黒いセーターの下から二二口径を引っぱりだした。一瞬の出来事だった。「おまえなんか、死んじゃえ！」耳元を弾がかすめる。サビッチは少女に全体重をかけて、こめかみを殴った。

警報音が鳴りだした。

続いて一ダースほどの銃声がして、サビッチの心臓は止まりかけた。つぎの瞬間、銀行のドアが開いて、ルース・ワーネッキー捜査官の大声がとどろいた。「逃げだした男は倒れた。撃ち方やめ！」銀行から走りだした男を逃がさずにすんだのだ。

蜂の巣をつついたような騒ぎのなか、オイリー・ヘイミッシュ捜査官が警報音に負けじと声を張りあげた。「みなさん、もうだいじょうぶです。ぼくたちはＦＢＩです。負傷者は？」サビッチが叫び返した。「オイリー、支店長が金庫で倒れてる。ライリー、警報装置を止めろ！」

シャーロックがサビッチの隣に膝をついた。「だいじょうぶ？」

「ああ、なんともないぞ」

「この子は？」

サビッチは少女の傍らに膝をつき、少女をひっくり返して、スキーマスクをはいだ。死体のようにまっ白な、若々しい顔が現われた。痛みに唇を噛んだせいで血が滲み、黒い髪が頭皮にはりついていた。「強盗団の一味だ、シャーロック。まだ子どもだぞ」少女の口からめき声が漏れ、まつげが震えた。少女が目を開いたので、サビッチは痛みに混濁した目をのぞきこんだ。顔を近づける。「名前は？」

少女はサビッチに唾を吐きかけた。

「名前は？」サビッチはなおもくり返した。

少女がぶすっと答えた。「あんたなんか、殺してやる。頭をぶち抜いて、破裂すんのを見てやるんだ」

「すてきね」シャーロックが言った。

「さっきこの子の腹をかなり強く蹴ったから、救急車に乗せないとな」

少女が涙声になり、声を詰まらせ、「ママ、ママ、ママはどこ？」とくり返しだした。

「支店長は胸を撃たれてます」オイリーが叫んだ。「救急車はこちらに向かってるんで、とりあえずぼくが傷口を押さえてます」

「救急車をもう一台」サビッチが叫んだ。

デーン・カーバー捜査官は床に伏せていた人たちを立たせては、背中のほこりを払い、ケガの有無をチェックしていた。ＦＢＩの捜査官らしく、穏やかな口調ですらすらと話しかけている。「さあ、もう心配いりません。全員無事です――落ち着いて。みなさんこちらへ来て、坐ってください。これから徹底的に捜査します。そう、そうです、深呼吸して。もう終わりましたからね」

バズ・ライリーの声がそのすべてを圧して響いた。新兵の訓練にあたる鬼軍曹のような物々しさだ。「シェリー、アン、ティム、口座開設係の連中をなだめてやってくれ。みなさん、一カ所に集まってください。ほら、サイレンが聞こえるでしょう？　まだ応援部隊が来るんです。もうだいじょうぶですからね」

サビッチは、ワシントン支局を率いて四年のレイモンド・マーリー捜査官に話しかけた。五、六人の捜査官が人びとを鎮めようと、銀行内に散らばった。「たぶん例の〝四人組〟だろう。男女ふたりずつ、DCで最初の強盗だった」

「サビッチ、やけに早いですね。どうしたんです？」レイモンドが尋ねた。

「客として来てた」

「ヒッジの群れのなかにオオカミが混じっていたとは、連中も運がないな。まさかこんなことになるとは思ってなかったでしょう」

そのとおりだとサビッチは思った。別の展開になっていても、おかしくなかった。

救命士が人をかき分けて入ってきて、制服警官が続いた。

一分もしないうちに、マック・ジャミソンは救命士によって担架に固定され、サビッチはシャーロックとともに彼を追った。目をつぶったジャミソンは酸素マスクをはめられ、救命士のひとりが血まみれになった胸の銃創を押さえていた。

「助かるのか？」サビッチが尋ねた。

「よくなってもらいますよ」救命士が答えた。「ぼくの当番中に死ぬのは、このぼくが許しません」

つぎの救命士の一団が少女の世話にあたった。少女の母親はそこから数メートル先で、頸動脈から噴きだした血の海に浸かって死んでいる。血は大理石の床の全方向に流れ、蛇行する赤い血の川を十数人の客たちがぼんやりと眺めていた。

銀行の従業員たちは一致団結して、客たちの対応に追われていた。フライトアテンダント同様、非常時の訓練を受けているのだろうが、いざ現実となると、とてつもなく恐ろしかったはずだ。サビッチは彼らに感心しつつ、近づいた。「副支店長はどちらですか?」

「わたくしです、サビッチ捜査官」女性が答えた。「マックはどうなるんでしょう?」

「救命士はよくなると言っていました」救命士がそう請けあったわけではないが、周囲の顔が安堵にゆるむのを見て、これでよかったのだとサビッチは思った。「いましばらく、お客さんたちの対応にあたっていただけると、助かります」

ＦＢＩの捜査官四人と、所轄《しょかつ》の警官ふたりが出血死した女を見おろしていた。全身黒ずくめなので、血まみれなのかどうか、ぱっと見にはわからない。そのうち誰かが黒いマスクをはいだ。サビッチの見るところ三十五歳前後。娘と同じように、髪も瞳も黒い。やわらかそうな白い肌に、険しい目つき。もはやその目に命の輝きはない。

バズ・ライリーが近づいてきて、隣に立った。「こいつらのことはもちろん、聞いてましたよ。こいつらが仕事するたびに知らせが来たし、昼めしのときに、マックと話しあったこともある。連邦銀行から現金が輸送されてくるタイミングを知ってるって話だったし、警備員が全員殺されたってのも聞いてました。ですが、サビッチ、まさかここジョージタウンに現われるとは思ってなくて。マックにしてもそうですよ。みんな本気で心配しちゃいなかったんだ。マックなんかあなたたちが〈バーンズ・アンド・ノーブル〉で銃撃戦をしたことまで話してたんですよ。犯人から三八口径を耳に押しつけられたときは、正直、観念しました」バズは言葉を切り、ごくりと唾を呑んだ。「ありがとう、サビッチ。わたしを救ったあなたの活躍ぶりは、子どもたちに話して聞かせてやります。じゃんじゃん電話がかかってくるでしょうから」

「家族ってそうだよな、バズ」

バズは手を振ってその意見をしりぞけた。興奮にうわずったままの声で続けた。「一味のなかに女が混じっているとは聞いてましたが、わたしは眉唾物だと思ってました。ボニー・パーカーが世間を賑わせたのは、わたしが生まれるずっと前ですからね。にしたって、サビッチ、銀行強盗に娘を引きこむとは……そんなこと、考えられますかね？」

いや、サビッチには考えられなかった。

「あの娘――とんだ性悪ですよ。警官突入前の五分間も悲惨だったが、あのままならうんと白髪が増えてましたよ」バズはサビッチの腕に触れた。「いよいよだめだと思ったとき、なにが起きたと思います？　死んだばあさんが見えましてね。おかしなもんでしょう？　ばあさんが子どものわたしをどやしつけてた」唾を呑んで、首を振った。

「事件は解決した」サビッチは言った。「ケガ人はマックだけだ。あれだけ銃弾が飛び交ったことを思うと、奇跡だよ」

「たしかに、運がよかったんでしょうね」バズは副支店長に話をするシャーロックを見て、にやりとした。「捜査官の奥さんですか？　マックが言ってましたよ。彼女はすごいんだ、だからジムで会うのが楽しみだって」

フーバー・ビルで三時間に及ぶ徹底的な捜査会議を終えたあとのことだ。サビッチのもとへ〈ワシントンポスト〉のジャンボ・ハーディから電話が入った。ジャンボは、開口一番「なぜだ？」と尋ねた。

「強盗のひとりが警備員の耳に銃を押しあて、おもしろ半分に殺そうとしたからだ」

ジャンボはしばらく無言だった。「バズ・ライリーだろ？　元警官の？」

「そうだ」

また一拍。「彼から話を聞いたが、そのせいであんたも若い女から殺されかけたんだって？　いやはや、サビッチ、たいへんな危険を冒したもんだ」

サビッチに言わせれば、寝そべったままバズの脳みそが飛び散るのを見るよりはましだ。

もちろん、自分の脳みそが危機に瀕していたことはわかっている。すでに十回は言い、最後はミュラー長官相手に言ったことを、再度ジャンボにくり返した。「ほかに手がなかったし、うかうかしてられなかった」ハーディがノートパソコンのキーを叩く音がした。

「なるほど、そういうことね。病院からも話を聞いたが、あんたが蹴りを入れた若い女だけどな、十二指腸と、ことによると膵臓も痛めてるらしい。ふつうは、交通事故に遭った人にしかそんな症状は見られないと、医者が言ってたぞ。病院にいるおれの友人によると、手術になったとか。快復はするが、当面、絶好調ってわけにはいかないようだ。あの娘の名前、わかるか？」

当然ながら、すでに強盗犯全員の名前が判明していた。「あいにくだな、ジャンボ。そいつは教えられない」

「たまたま銀行の外を通りかかったＦＢＩの捜査官たちが逃亡しかけていた四人めの強盗を撃ち倒したと聞いたが。そうなのか？」

そのとおりだ。「まだ捜査のまっ最中でね。こまかいことはメートランド副長官からそのうち会見がある」

ノートパソコンをタイプする音。「なあ、サビッチ、あんたのやったことは、銀行に来てた客から命を危険にさらされたと訴えられてもおかしくないことだったんだぞ」

お説ごもっとも。そう思いながら、サビッチは電話を切った。死の恐怖にさらされたとき、人は災難が起きたのを誰かのせいにしたがる。そして十代の少女をのぞいて強盗は死んでしまった。サビッチはジャケットをはおりながら、銀行の床に百ドル紙幣が散らばっていた光景を思いだした。ジェニファー・スマイリーの首から噴きだした血の海に浮かんでいる紙幣もあった。オフィスのドアを閉めると、シャーロックがいた。

「電話をくれて大正解だったわ」と、シャーロックはサビッチを抱きしめた。サビッチもそっと抱き返した。ふた月前に彼女が外科手術を受けてから、それが習慣になっている。「みんなには話したんだけど、あなたにはまだだったわね、ディロン。電話が入って一分もしないうちに現場に向かったの。スピーカーホンにして、全員が一部始終を聞いてたのよ。ライリーから聞いたけど、あなた、あの娘に殺されかけたそうね。あなたを撃って、笑いながら銀行を飛びだそうとしてたって」シャーロックはサビッチをさらに強く抱きしめた。

ルース・ワーネッキー捜査官が言った。「でも、こうして生きてるんですから、シャーロック。ピザぐらい食べさせてあげなきゃですよ」言葉を切り、サビッチを見据えた。「シャーロックは勝手なことを言って大騒ぎしますけど、わたしは違います。心からのお願いです、ディロン。二度とこんなことはしないでください」

サビッチは笑顔をつくった。「ショーンの大学進学基金がどうなってるか知りたくて、立ち寄ったんだ。ネットじゃ処理できない入力エラーがあったもんだから」頭を振って、人生の不思議なめぐりあわせを笑い飛ばした。「きみの言うとおりだ、ルース。ピザが食べたい気分だよ」

その日の夜十一時、メートランド副長官が電話をしてきて、逃走車がATMの監視カメラに映っていたと伝えた。ダッジの二〇〇八年型グランドキャラバン。車体は黒で、シートは回転式、シートの背にテレビがついていた。四日前にバージニア州クランストンの歯医者で盗まれ、メリーランド州ラダービル郊外の脇道に乗り捨てられていた。運転手は見あたらなかったものの、大量の指紋が残っていた。

「つまり、〝五人組〟と呼ぶべきだったってことですね。誰かしらがそのバンを運転してたわけですから」サビッチは言った。

「そいつの写真がデータベースにあることを祈ろうじゃないか」

2

ワシントンDCジョージタウン
三日後の木曜夜

彼女がはじめて話しかけてきたのは真夜中だった。

ねえ、ねえ、あなたでしょう？　そう、ディロン。あたし、見えるんだよ。あたしの声、聞こえる？

子どもの声だった。甲高くて、興奮していて、軽い息遣いが混じっていた。

その声は眠りに落ちる寸前に聞こえてきた。最初は釈然としないまま、ショーンかもしれないと思ったが、やがて彼女が見えた――小さな頭と、焦げ茶色のもつれた長い髪が。それで、心のなかで尋ねた。ああ、おれがディロンだが、きみは誰だい？

あなたのこと、パパが見えたみたいに、ほんとに見えるんだよ。パパは死んじゃった。あなたはディロンっていって、テレビで銀行の前に立ってるのを観たよ。テレビの人たちがあなたがなにしたか話してた。

サビッチは最初、少女がなにを言っているのかわからなかった。テレビでおれを観た？

うん、そう。ママに言ったの、この人ヒーローだねって。あなたは銀行強盗をやっつけて、あいつらに後悔させてやったんだよね。でも、ママはあなたのこと、どうかしてるって言ってた。子どもが銀行にいたらたいへんだったって。

お嬢ちゃん、顔を見せてくれないか？　お嬢ちゃんは誰なのかな？

少女は髪を後ろに払って、サビッチの目をまっすぐ見た。あたし、オータム。

オータムか。これでサビッチにも彼女の小さくて、角張った顔が見えた。白くて明度の高い子どもの肌、澄んだ瞳は淡いブルーで、びっくりするほど長いまつげに縁取られている。鼻梁にはそばかすが散っているが、なにかがおかしい。おれが見えるのかい、オータム？

うん、見えるよ。目も髪も黒いんだね。

これはどうやってるんだい？

パパが死んじゃってからは、誰にも連絡してなかったの。昨日の夜は、いっぱい頭を使って、あなたの顔を思い描いたけど、出てこなかったのよ。今夜になって、銀行の前に立ってるのをテレビで観たからかな、出てきたの。あなたはきっととっても豊かな人ね。

いや、豊かじゃないよ。

心のなかが豊かで、心を開いてる。少なくとも今晩はそうだよ。ママは怖がってる。いつも怖がってばかり。でも、あたしも怖がりなの。あの人たちを見たのはあたしだもの。しっかり隠れなくちゃだめだって、じゃないとあいつらに見つかるって、ママは言ってた。で、ママは人が近づいてきただけで、びくびくするの。あたしもだけど。あいつら、ほんとに怖いんだもの。それであなたにどうしたらいいか訊いてみるって、ママに言ったの。ママはいつもみたいにだめって首を振りかけたけど、今日は振らなかった。

あいつらが近づいてきたら、あたしにはわかるかもって、ママに言ったの。それを信じたみたい。でも、じつは自分じゃ信じてないの。なにがほんとか、もうわかんない。ブリッカーズ・ボウルのあとは、全部が怖くなっちゃった。

きみのママはきみが見たなにかを恐れてるんだね？ きみはなにを見たの、オータム？

だめ、やめて。少女の声に恐れが走った。サビッチは少女が過呼吸になるのではと心配になった。

オータム、だいじょうぶ。消えないで、ここにいてくれ。いまどこにいるか、教えてくれるかい？

インターネットのせいで隠れるのがすごくむずかしくなったって、ママは言ってるけど、祝福された《ブレシッド》人にはきっとインターネットなんていらないんだよ。だからあたしたち、田舎にいるんだって、ママは言ってる。すごく田舎だから、ここなら、祝福された《ブレシッド》人にも見つけられないかもしれないって。きれいなとこなんだよ。木がたくさんあって、まわりはずうっと山で、それがどこまでも続いてるの。でも、今日はすごく暑い。ママはトリーおじちゃんに助けてもらいたがってるんだけど、おじちゃんがお留守だから、ママと待ってるの。トリーおじちゃんなら、あなたみたいな人を知ってるって、ママは言うの。

誰がきみたちを見つけだそうとしてるかわかるかい、オータム？　その男が祝福《ブレシッド》された人という名前で、ブリッカーズ・ボウルの出身なの？

うん、その人の名前がブレシッドなの。本名なんだけど、気持ち悪いの。ママは実際に気持ちの悪い人だからって言ってた。ブリッカーズ・ボウルにある家も気持ち悪い。あの人たちが埋められてるから――ううん、それは絶対に言っちゃだめってママに言われたんだった。とんでもない話で、誰も信じてくれないから。それでもあたしたち、お金は少しあるんだよ。パパの貸金庫でママが見つけたの。気持ち悪いのはブレシッドだけじゃないの、ディロン、あの人たちみんなそうなの。あたしたち、どうしたらいい？

まずきみの居場所を教えてくれないか、オータム。きみの名字は？

小さな顔がぼやけた。だめなの――

いや、だめじゃないよ。オータム！　待ってくれ――

彼女の声が遠くで響いていた。壁の内側から話しかけてくるようだ。ああ、あなたが見えなくなっちゃった！

だいじょうぶ。さあ、気を楽にして、もう一度試してごらん。

少女の声はさらに遠ざかって、いまやささやき声のようだ。顔がぼやけている。また連絡してみるから、どうしたらいいか教えて。

でも、きみは何者なんだい？　どこにいるの？

スイッチでも切られたように、少女は消えた。鮮やかな色と光を伴って子どもがいたその場所が、いまやからっぽの闇となって、悩めるサビッチだけが取り残された。何度も少女に呼びかけたが、返事はなかった。一方通行の回路らしい。少女が心霊的につながっていたのは父親だけで、それも亡くなったいま、サビッチとの超常的なコミュニケーションをまだ制御しきれずにいるということだろうか。オータムという少女とその母親は窮地に立たされているのに、オータムが誰でどこにいるのかわからない以上、サビッチには介入のしようがなかった。

いや、そう決めつけるのは早い。名前はオータムで、いまいるのは山間部、おそらくアパラチア山脈、少なくともその近くであることを祈る。バージニア州のどこかかもしれない。明日にはサビッチが知っている国じゅうの警察署長と保安官に電話をして、彼らからも別の知りあいに電話をしてもらおう。オータムと母親は新参者として町にいる。それが手がかりになる。それと、トリーおじさんと言っていた。コンピュータに入力したら、なにか出てくるかもしれない。退職者だろうか？　本名は？　トリーでないことだけは確かだ。サビッチはため息をついて、目を閉じ、いま一度、少女への接触を試みた。

返事はない。ちらりとも顔が浮かばなかった。

組んだ手を枕にしてベッドで横になったまま、暗い天井を見つめた。オータムの母親は、娘に与えられたこの驚くべき能力を受け入れているのだろうか？

首元でシャーロックの眠たそうな声がした。「ディロン、どうして起きてるの？」

サビッチは妻の顔を抱き寄せて、鼻の頭にキスした。「さあ、寝ろよ。明日の朝、話すから」

3

バージニア州タイタスビル
二日後の土曜夜

イーサン・メリウェザーは、津波のような失意に襲われた。今夜の夜空が大鍋の底より暗いからといって、慰めにはならない。空には月も星もなく、鬱蒼《うっそう》とした山々に低く垂れこめた重そうな雲が、黒い帽子をいくつも重ねたようだ。祖父が聞いたら、また髪を伸ばした詩人みたいなことを言いおって、とからかわれるだろう。あの、まるで歌でも歌うような、ひどいなまりにスコットランド風の陽気さを滲ませて。イーサンはそんな祖父の白い眉毛を見ては、あんなに高く持ちあがる眉はないとよく思ったものだ。そして鏡の前で何時間も練習してみたが、祖父のうえをいくことはできなかった。

今日の――いや、今夜の――仕事を終える時間が来ている。

きみはどこにいるんだ？

イーサンの携帯から「ブラッド・オン・ユア・ハンズ」が大音量で流れだした。ダブルのエスプレッソよりも脳をしゃんとさせてくれる、デスメタルの着信音だ。電話に出るなり、言った。「見つかったと言ってくれ」心臓が少し速くなっている。

「すみません、保安官。まだなにも」副保安官のオックスだった。「サンダーリッジ地区の森林警備員三人が、この暗さじゃ捜しようがないから、今日はもうおしまいにすると言うんで、それを伝えておこうと思いまして」

「そうだな。全員撤収して帰宅するよう、フェイディーンに伝えさせるよ。続きは明日の朝だ。気分はどうだい、オックス？」

「保安官といっしょに、心配の沼地の脇にしゃがみこんでますよ。トルココーヒーを煮出して飲んだって、そうそう長くは起きてられません」

イーサンは言った。「おれの心配の沼地は広いから、いつだって大歓迎さ。それじゃ、また、明日の朝」

「保安官も帰宅されるんですよね？」

「ああ。動物どもに餌をやらないとな。そのあと町でミセス・バックマンに会って、こちらの状況を伝える。あと少しでワイルダネスの周囲をまわりきれるんだ」それも一度めではない。「まったく、どこへ行っちまったんだが。道はうちで全部見てまわったし、森林警備員は森のなかの道とキャンプ場を二度、チェックしてくれたのに、町のなかでも外でもあの子を見かけた人間はいないときてる。これ以上は明るくなってからじゃないと無理だ。ベレの待つうちに帰ってくれ、オックス」

「ええ。ずいぶん遅くなりましたからね。ふたりででっかいステーキでも食べて、森のなかをしっかり走ることにしますよ」

あと五キロ。そう思いながらイーサンは携帯を切ると、ルーラル・ルート10に出た。これは蛇行する二車線の田舎道で、タイタスビルに向かうハイウェイ41号に合流する。

タイタスヒッチ・ワイルダネス。ここで育ったイーサンは、十四平方キロメートルのこの荒地を隅々まで熟知していた。タイタス・パンチと呼ばれるいちばん高い頂には何度のぼったかわからないし、四歳のときからアパラチアン・トレイルの下を流れるスイートオニオン川の岸辺に祖父とならんで釣りをしてきた。のこぎりの歯状の岩、ワイルダネスを二分するようにならぶソッド・ドラマーズ・リッジでツナサンドイッチを食べ、季節がめぐるごとに木々におおわれた一面の丘の連なりを描いた。祖父の言葉を借りれば腹を立てた巨人がナイフで切り裂いたような、浸食による危険な小峡谷を冒険してまわり、ほとんどすべての洞窟で夜を明かしたことがある。ワイルダネスのなかにコースをとった百六十キロのウルトラマラソンにも、最後に参加した一昨年の大会で前十字靭帯を断裂——だいたい治った——するまでは、毎年欠かさず参加していた。

それだけ熟知していてもなお、役に立たなかった。イーサンの聖地にして遊び場であった場所は、知らんぷりを決めこんでいる。焦りと寒さと、幼い少女の行方を案ずる気持ちがない交ぜになっていた。夜になると、木々や丘が迫ってきて、悪魔が黒い拳を伸ばしてきたように、光がすべて消えた。

今朝からいなくなっている七歳の少女は、いまだ見つかっていない。考えたくもないことが浮かんでくる。ケガをしてどこかで倒れ、助けを呼べずにいるのかもしれない。すでに死んでいるという線もありうる。何者かに誘拐されて殺され、土に埋められるなり、動物の餌にされるなりしているかもしれない。

ほとほとうんざりしてくる。

保安官事務所の番号を押した。電話に出たフェイディーンは当然ながら疲れた声をしているが、捜索に加わった人全員にねぎらいの言葉をかけて、明日の朝からまた捜索に加わるよう頼んでくれていることはわかっていた。イーサンは続いて、いなくなった少女とその母親が滞在していたB&Bの〈ジェラルドズ・ロフト〉に電話をしかけて、手を止めた。母親とは会って話をしたほうがいい。こちらから尋ねたいこともある。

タイタスビル近辺でその母娘を見かけるようになったのは、先週のことだった。何日か前に〈ブリンカーズ・マーケット〉でレジの列にならんだとき、マービンから紹介され、夏のあいだの滞在客だと教えられた。母親はイーサンと目を合わさなかった。カートを握ったまま、後ろに下がった。どういう理由だか知らないが、イーサンには近寄りたくないらしい。男だからか？　それとも保安官だから？　短期の休暇というのが、彼女から得た説明だった。いまさらながら、その母親のことをほとんどなにも知らないことに気づいた。早く子どもの捜索に出ることしか、頭になかったからだ。母親はイーサンに写真を手渡す際も、目を合わせなかった。「うたた寝をしてたんです。オータムは人形遊びをしてました。三人のお姫さまと呼んでいる人形たちで。わたしが寝ていたのは一時間、いえ、一時間もありませんでした」イーサンはその声に恐怖と、魂を切り刻むような罪悪感を聞き取った。

「目を覚ましてあの子を呼んだら、返事がなくて。ここにいなかったんです」声が甲高くなり、唐突に立ちあがると、せまい応接室を歩きまわりだした。「この部屋からいなくなってたんです。廊下にもいなかった。わたしは階段を駆けおりて、デイリーさんのところへ行きました。デイリーさんも娘を見てなかったけれど、彼女はしょっちゅう出入りをくり返してますから。それで、デイリーさんといっしょに外に出て、娘を見かけなかったかどうか、みんなに尋ねたんです」まだ、目をそらしている。なぜだ？　気になってしかたがない。「それで、あなたのところへうかがったんです」

「そういうときは、すぐに来てもらわないと」イーサンは貴重な時間を無駄にした母親に腹を立てていた。彼女は首を振るばかりで、なおも目を合わせようとしなかった。イーサンはクロクマとボブキャットを思い、オークやヒッコリーやカエデやマツが肩を寄せあうように生い茂る広大な荒野を思い、大人でも溺死するだけの深さがある水路や小峡谷やスイートオニオン川を思った。そして、ひとりで行方不明になった幼い少女を思い、そこまできて考えるのをやめた。考えたところで、どうなるものでもない。あのとき、少女の母親は言った。

「オータムは病気なのに、今日はまだ薬を飲んでないんです。よくなる病気だけれど、薬は欠かせません。今日と明日と」口をつぐみ、首を振った。病名を具体的に尋ねたかったけれど、母親が目にうっすらと涙を浮かべて、両手を閉じたり開いたりしているのを見ていたら、尋ねられなかった。代わりに別の質問をいくつかしたが、有益な情報は得られなかった。彼女がわざと答えなかった可能性もあるものの、いずれにしろ、はっきりしない。

いよいよあの母親と真剣に向きあわなければならない。

少女がワイルダネスに迷いこんだとは決まっておらず、別の場所にいるかもしれない。だが、イーサンにはそうは思えなかった。それなら誰かしらが気づいているはずだからだ。タイタスビルじゅうの建物と家屋に捜索が入った。少女がいた形跡はどこにもなく、となるとワイルダネス以外には考えられなかった。少女は今日、明日と、薬を飲まなければならない。

イーサンはいまになって、母親になんの病気か尋ねておかなかったことを悔やんだ。

あの子はふらっとどこかへ行ったのだろうか？　何者かが誘いだしたのではないかという疑いが、ふたたび頭をもたげた。

もう死んでいるかもしれない。

いや、まだそんなことは考えられないし、考えてはいけない。生きている見込みはある。日中は暑いほどだが、夜も九時をまわったこの時間になると、夏とはいえ、日が落ちて気温もいっきに十度を切り、刻々と寒くなっていく。イーサンは愛車のヒーターをオンにして、熱風を顔に受けた。

イーサンの自宅はタイタスビルから一キロほど郊外の、マツの木立の奥にあった。一九四〇年代に建てられた自宅バンガローの私道に車を入れると、猫のルーラとマッキーの大きな鳴き声がまず聞こえてきた。その合間に犬のビッグ・ルイの耳をろうするような吠え声がする。

二匹の猫は、餌入れにキャットフードを入れているあいだ、しきりに鳴きながら脚にまとわりついてきた。そのあと我慢強いビッグ・ルイに餌をやって、お情け程度の散歩に連れていった。そして、帰宅してわずか八分半後にはふたたび車に乗り、タイタスビルに向かった。まだ少女が見つからないと母親に報告するためだ。母親から詳しい話を聞かせてもらわなければならない。オータムがどんな病気なのかとか、亭主はどこにいるのかとか。

イーサンは気が重くてしかたなかった。

4

〈ジェラルドズ・ロフト〉には煌々《こうこう》と明かりがついていた。あっという間に捜索センターと化した宿で、オックスは辛抱強く部下に任務を割り振り、報告を集約し、イーサンに定時連絡を入れた。

イーサンがなかに入ると、実の兄妹であるジェラルド・ランサムとミセス・デイリーが巨大な容器にコーヒーを補給しなおし、〈ブリンカーズ・マーケット〉のメイビスが寄付してくれたオレオを積みあげていた。焦げ茶の板と房咲きの赤いバラの壁紙を貼ったビクトリア朝様式の玄関ホールには、いまだ二ダースをゆうに超える人たちがうろついている。受付の斜め前にある、小間物であふれた居間のことを、かつてイーサンの母親は、あの部屋で物を壊さずにはたきをかけるくらいなら水上でダンスを踊るほうが簡単だ、とよく言っていたものだ。

〈エルダーズ・アウトドア・ギア〉のピート・エルダーがイーサンに気づき、つられて全員がゆっくりと彼のほうを見た。大半は住民の皺のよった日焼け顔で、それがみな同じ表情を浮かべている。そう、期待に満ちた表情を。会話が途絶えた。

イーサンが無言で首を振ると、全員の期待感がしぼんで、急に空気が重くなったようだった。見たところ、少女の母親はそこにいなかった。

「ミセス・バックマンは?」ミセス・デイリーに尋ねた。大柄で胸が大きく、黒いスーツに男物のネクタイを締めた姿は堂々として、隣にいると、兄のジェラルドが小さく見えた。

「二階にやりましたよ、保安官。倒れられたら、ことですからね。そりゃそうですよ、たいへんな気落ちのしようです。食べさせようとしたんですが、吐いちゃいました。トミー・ラーキンに連れ戻されるまで、外に出て捜してました」

「コーヒーはこちらです。ご自由に」ミセス・デイリーは声を張りあげ、締まり屋の兄が不機嫌そうに首を振りかけるのを見て、にらみつけた。

イーサンは階段に向かって歩きだし、前を向いたまま言った。「あの子は見つかる」

〈バウンティフル・ワイン・ショップ〉のオーナーであるコーク・トーマスの声がした。

「ドリー、さっきの質問だがな、おれがオータムに会ったのは三、四年ぶりだ。この前、トリーを尋ねてきたときはまだよちよち歩きで、そりゃあ、小さくてかわいかった。トリーはあの子を肩車して、あちこちに連れてまわったもんさ。それがいまじゃ大きくなって。ありゃ、利口な子だよ。魂の奥まで見透かすような目をしとる。賢い子だから、見知らぬ人の車に乗るとは思えない。いったい全体、どこに消えたやら」

「よりによって、火曜までトリーが帰ってこないとはな」と言ったのは、地元で園芸店をやっている、チューリップ好きのチューバー・ウィリスだった。

「だいたい、トリーが町にいたら、こんなことにはなっちゃいないんだが」ピート・エルダーが言った。

イーサンはぴたりと立ち止まった。耳を疑った。自分以外の全員がミセス・バックマンとその娘を知っているのか？　トリー・トルバートとはどんな関係なんだ？　いったい、どうして誰もなにも言ってくれなかったのか。そうか、ひょっとすると、ここで生まれ育ったイーサンは、自分たちと同じようにすべてを知っていると思ったのかもしれない。たぶん、イーサンがここに戻ってまだ三年と少しだということを忘れているのだろう。その前は、かなり長いあいだ町を離れていて、たまに短期間、帰省するだけだった。そうはいっても――と、イーサンは眉をひそめた――ミセス・バックマンは、はじめてタイタスビルに来たような印象を与えた。彼女が大嘘つきなのか？　それとも、どうにか取り繕っていたのか？　その理由は？

活発になる会話を背にして、中央にウールのカーペットを敷いた木の階段をのぼった。

イーサンがたどり着くより先に、彼女の部屋のドアが開いた。ジョアンナ・バックマンは、山のあいだからようやく顔をのぞかせたばかりの三日月のように青ざめ、最悪の知らせを待ちわびていたように、目を泣き腫らしていた。希望の片鱗《へんりん》もなく、両手は脇で握られていた。

「ミセス・バックマン」イーサンは彼女に近づいた。「オータムはまだ見つかってませんが、気をしっかり持ってください。かならず捜しだします。わたしの言っていることがわかりますか?」

「はい」彼女はまったく抑揚のない声で応じると、一歩下がって部屋に戻った。そのまま後ずさりをして遠ざかり、膝の裏がベッドにあたると、腰をおろして、うなだれた。イーサンは彼女に近づいて、頭頂を見おろした。さえない焦げ茶色の髪が顔の両脇に垂れ、残りは後ろで無造作に結んでいた。着古したジーンズに皺だらけの白いシャツ。ひょろりとした足には靴も靴下もはいていない。背が高くて、げっそりしている。無理もない。

「いいですか」イーサンは話しかけた。「絶望してはいけない。娘さんはわたしが見つけます。それで……今日一日、あなたはさんざん考えたはずです」しばらく時間を置いて、言葉を選んだ。「娘さんの捜索に役立ちそうな情報を思いつかれましたか、ミセス・バックマン?」

「ありません、保安官、なにも。わたしが知ってることはすべて話しました」

あからさまな嘘に警官のアンテナがまっ赤に反応したが、訓練を受けているので、声には出さなかった。「そうですよね。じゃあ、もう一度最初からやってみましょう。話してください、ミセス・バックマン」

彼女がはじかれたように顔を上げた。「わたしがオータムのなにを話してないと言うんですか?」

ペイズリー柄の大きな肘掛け椅子をベッドの近くまで引っぱってきて腰をおろし、順を追って話した。「あなたはオータムが病気で、一週間のあいだ一日に一錠の薬を飲まなければならず、残すは今日と明日だとおっしゃった。もし規定どおり服薬できなかったら、どうなるんでしょう？」

「中耳炎が完治しないと思います。でも、症状ということなら、また頭と耳が痛くなって、高熱が出るかも」彼女は肩をすくめた。「わたしにはよくわからないんです。これまで問題になったことがないから」

イーサンのほうを見て、一瞬、目を合わせた。彼女の目には失意と、それに彼女を心底恐れさせているなにかが浮かんでいた。

「いつもオータムといっしょだったってことですね。では、考えてみてください。娘さんに興味を抱いているらしき人物を見かけませんでしたか？」

「いいえ」

「娘さんはとても活発で、誰とでも仲良くなる、かわいいお嬢さんだったとか」

「ええ、そうです」彼女は言って、両手をもみしだきはじめた。

イーサンは椅子を離れ、彼女の前に膝をついた。「わたしを見てください」

彼女がそろそろと顔を上げた。その目は、真夏の空よりも青かった。「あなたがわたしに話すのを避けた大きな事実がひとつある」

ミセス・バックマンは塩の柱となったロトの妻のように、動きを止めた。まばたきひとつしない。

「わたしをのぞく全員があなたとオータムのことを知っているようだ。なぜわたしには、タイタスビルにはじめて来たかのような印象を与えたんです？」

彼女は厚顔にも肩をすくめた。イーサンは彼女を立たせて、その体を揺さぶりたくなった。

「話しても役に立たないからです。それに、あなたには関係ないことよ」

そのままではほんとうに彼女をつかんでしまいそうだったので、立ちあがって、後ろに下がった。「わたしに関係ない？本気で言ってるんですか？いいですか、あなたは自分のお子さんがさらわれたのに、タイタスビルの住民が娘さんのことを知っているのは重要じゃないと言ってるんですよ。その人たちが娘さんに近づいて、『やあ、オータム、きみのことは覚えてるよ。しばらくぶりだね。すっかり大きくなっちまって』と言うかもしれない。そうは思わなかったんですか？」

「いいえ。今回の一件はそんなことじゃないんです」

この女、首を絞めてやりたい。「なぜ、保安官を相手に駆け引きをするんです？天秤にかけられてるのは娘さんの命なんですよ」

彼女はさっと立ちあがり、イーサンの顎をめがけてパンチをくりだした。イーサンはその手首をつかんだ。「法の執行官を殴るのはやめたほうがいいな、奥さん。親切な扱いは望めませんからね。おれとしては、真実を話すことを強く勧めます。おれは娘さんを見つけたいんです、ミセス・バックマン。生きているうちに助けだしたい」

彼女は手を引き戻すと、自分の肩を抱き、凍えてでもいるように、両腕を上下にこすった。実際、冷え切っているのかもしれない。

「話してくれませんか、ミセス・バックマン」

5

彼女は口を開いたものの、やがてゆっくりと首を振った。まだ真正面からイーサンを見ようとしない。

彼女が恐れているのがイーサンにはわかった。子どものことだけではない――ほかに理由がある。なお悪いことに、その恐怖のせいで硬直している。イーサンのほうもそれなりの経験はあるので、彼女が口を割りそうにないことも、選択肢を考慮するだけの思考力がないことも、察しがついた。少なくとも今夜は無理だ。

シャツのポケットから名刺を取りだし、裏に自分の携帯番号を書いて、差しだした。受け取りたがっていなかったが、突っ立ったまま手を突きだしていたら、彼女が手に取った。

「いまのあなたにはとうてい無理なようだが、おれのことは信頼してくれていい」イーサンは言い置くと、くるっと回れ右をして部屋を出た。ドアを閉めるとき、彼女の重くてかすれた呼吸の音が聞こえた。

しばらく廊下で待った。彼女が自分を追って、部屋から駆けだしてきてくれたら……だが、そんなことは起きなかった。

受付のあたりにまだたむろしている一ダースほどの人に小さく手を振り、すっかりからになったクッキーの大皿の隣に立っているミセス・デイリーにうなずきかけた。

七分後には自宅に着き、玄関を入ると、ルーラとマッキーが駆けだしてきて、うるさいほどニャーニャー鳴き、ルーラは脚によじのぼろうとした。イーサンは膝をついて、ビッグ・ルイに満足いくまで顔を嘗《な》めさせてから、台所に移動して、三匹におやつを出した。「ビッグ・ルイ、こいつはおまえの骨だぞ。デンタルフロスだと思ってくれ」そして、キャットフードの粒を投げはじめた。夜の日課となっている遊びだ。猫たちはキャットフードをフリスビーのように空中でキャッチしようと、大わらわで走りだした。イーサンは次々とキャットフードを投げた。ルーラは木の床を突進すると、横滑りして跳びあがり、前肢ではたいたキャットフードを口で受けた。マッキーは飛びあがってキャッチするのが好きだった。「なあ、なんで彼女はおれに話してくれないんだ？　おれは保安官なんだから、信じてくれていいのにさ。いや、理由はわかってる。彼女、ものすごく怖がってるんだ。それがどうしてだかわかればいいんだが」ため息をつき、さらにキャットフードを投げて、ルイが歯をむきだしにして骨にかじりつくのを眺めた。ルーラに向かって最後のひと粒を投げた。わざとルーラから二メートル近く離れた背後に高く投げあげると、ルーラは飛びあがって空中でキャッチした。「さあ、おしまいだ」イーサンは両手をジーンズでぬぐって、立ちあがった。「でも、言っとくけど、彼女はあんなだけど、おれはオータムを見つけるぞ」

そのとき物音がした。夜中に家がきしむ音とは違う、かすれるような軽い音だ。イーサンは身動きをしないように気をつけると、ゆっくりとベレッタを抜いた。視覚と聴覚を最大限に緊張させ、銃口を周囲にめぐらせた。

なにもない。

小声で穏やかに尋ねた。「誰かいるのか?」

わずかな間を置いて、小さな声がした。「あたしだけ。あなたと猫ちゃんたちを見てたの。すごいのね、すばやくて。あたしも遊ばせてくれる?」

さっと背後を見ると、玄関のところにオータム・バックマンが立っていた。ポニーテールにした茶色の長い髪が乱れ、ジーンズとTシャツは皺になっていた。小さな足にオレンジ色のスニーカーをはいている。あと二十年もしたら、母親とうりふたつになるだろう。

「ケガはないかい?」

オータムがうなずいた。

「いつからここにいたの?」

オータムが大きな青い瞳でじっとイーサンを見た。この子もおれを怖がってるのか?

「話してくれないと、なにもわからないぞ?」

オータムはスニーカーを見おろして、眉根を寄せた。片方の靴紐がほどけかかっている。

だが、彼女は動かなかった。「あなた、保安官なんでしょう？」

「ああ、そうだよ。今日は五十人ぐらいの人たちといっしょに、きみを何時間も捜してまわったんだ。きみのことをすごく心配してた。誰かに連れていかれそうになって逃げたのかい？」

オータムはゆっくりと首を振った。まだこちらを見ようとしない。母親と同じだ。それでも娘のほうは多少なりと信頼してくれたらしく、イーサンの自宅に隠れていた。誰から、なんのために？

イーサンはゆっくりと少女に近づいた。ビッグ・ルイもマッキーもルーラも少し離れて、様子を見守っている。彼女がここにいるのを知っていて、隠れなかったのだ。ふだんなら知らない人がいると、三匹ともベッドの下にもぐって、尻尾を緊張させている。イーサンは少女を怯えさせないように細心の注意を払いつつ、彼女の前に膝をついた。

「ほんとのとこ、なぜここに来たんだい、オータム？」

「トリーおじちゃんがいないから、あなたに守ってもらおうと思って」

だが、おれがきみを捜しにいっているあいだに誰かがここへ来たら、おれにはきみが守れないだろう？　いや、込み入った質問はやめよう。「きみを誰から守るんだい？」

深入りしすぎだったことが、すぐにわかった。少女はひるみ、両手を自分の体に巻きつけた。そのまま黙りこみそうになったが、ルーラの鳴き声で、顔を上げた。マッキーも鳴き、ビッグ・ルイが吠えた。三匹がそろってイーサンの後ろにならんでいた。

「みんな、かわいい」

「うっとうしいやつらさ」イーサンは笑顔でそう言い、笑い声をあげた。少女の手が脇に戻って嬉しかった。「ルーラは三毛猫だよ。ほら、白地に黒と金色のぶちがあるだろ？　とても独立心が強いんで、約束をしておかないと、朝の挨拶をしてもらえないんだ。こっちはマッキーで、オレンジ色と白の大きなとら猫だ。これだけ大きいと自分で食事を運んでこれると思うかもしれないけど、これでこいつは意気地なしなんで、食っちゃ寝の生活を送って、おれに耳をかかせたり、ハンサムだと褒めさせたりしてる。ビッグ・ルイは黒のラブラドールだ。強くてやさしいから、ずっとだってハグしてたくなるぞ。こいつと猫たちはうまくやってる――びっくりだけど、ほんとでさ」

少女が「ルーラ、マッキー」と声をかけた。イーサンが見ていると、猫たちはこそこそするのをやめて彼女のほうへ向かった。驚いたことに、独立心旺盛なルーラがオータムの脚に体をすりつけはじめた。マッキーのほうは恥を知らない。前肢を彼女の胸にかけて、全身でもたれかかった。少女は笑い声とともにマッキーを抱きあげ、よろめいたので、イーサンが体を支えてやった。

「おれのことはイーサンって呼んでくれないか？」

少女はかぶりを振った。「ママがあなたには近づいちゃだめ、離れてろって」

もはや意外でもなんでもない。「理由を聞いたかい？」

少女がぼそぼそ答えた。「あなたが信じてくれるわけないからって」

「でも、きみはここへ来ただろ？」

「うん」少女が小声で答え、小さな片方の手をビッグ・ルイに向かって伸ばした。「あたしより大きいんだね」

「ああ、そうだね。でも、彼の骨を盗もうとしなきゃ襲われないし、仲良しになれるぞ。きみのお母さんに電話してもいいかい、オータム？」

「そんなことしたら、ママがここに来て、そしたらあいつもここに来て、ママはあいつを止めようとして、ひどいことになるかも」

そう言いながら、少女はルーラの背中を撫でていた。ルーラが背を丸めて大音量でごろごろ言っていると、マッキーが叩いた。ルーラはそちらを向き、マッキーに歯をむいた。

「おいおい、おまえたち、オータムの前でみっともないまねするなよ。かわいい名前だね、オータムか」

「パパがそうつけたがったんだって。もう死んじゃったけど」

「お気の毒に。病気だったのかい？」

少女は首を振り、「ひどいひどい話なの」と、マッキーに手を伸ばした。とたんに体をくねくねしだしたマッキーは、少女のほうを向いてじゃれはじめた。ビッグ・ルイが少女の肩を押している。イーサンは言った。「いいかい、おまえたち、聞いてくれ。そうやっておまえたちみんながちょっかい出してたら、オータムから話が聞けないだろ？」

少女は笑った。小さいながらもたしかに笑い声で、気がつくと、イーサンのほうも少女に笑顔を返していた。「お腹はすいてないかい？　こいつら三人組はすいてる。おれがこいつらとキャッチゲームをするのを見てただろ？」

少女がうなずいた。「みんな上手だった」

そのまま黙りこみ、ひどく不安げな表情になった。

だったらなんで出てこなかったんだいと訊きたかったけれど、理由はわかっている。怖かったのだ。

少女が唇を嘗《な》めた。「ホットチョコレートならできるよ。フィグニュートンもあったかな」

いいぞ。イーサンは手を差し伸べて、待った。一年にも二年にも思われたけれど、ようやく少女が手を手のなかに入れてきた。イーサンは立ちあがり、ふたりでならんでキッチンへ移動した。「チョコレートができるまで、そこに坐ってうっとうしいやつらと遊んでたらどうだい？　お腹はすいてるかい？」

少女がうなずいた。

母親のことが頭をかすめた。電話をする前にあと五分だけ、なにが起きているか少女に訊いてみよう。確かなのは、少女の母親はよくないことに巻きこまれていることだ。「じつはおれも腹が減っててね。冷蔵庫のなかを見てみよう」

ペパローニピザの大きなスライスが四枚、残っていた。子どもには最高のごちそうだ。

「お宝発見」

「怖くて食べられなかったの」少女が言った。「怒られそうで」

どう答えたらいいんだ？「冷たいまま食べたら、チーズが歯にくっついてた。そんなことにならなくて、よかったよ。さあ、温めよう」

オーブンの温度を強にして、クッキー用のトレイにピザを置いた。あまりに古いトレイなので、最初のクッキーは禁酒法時代に焼かれたのではないかと思ってしまう。

食器棚に置きっぱなしになっていた古いココアの缶を取りだしてきて、ホットチョコレートをつくった。コンロでミルクを混ぜながら、少女に話しかけた。「どうやってうちに入ったんだい？」

返事は期待していなかったが、やがてささやくような小声で少女が言った。「あなたの寝室の窓がちょっとだけ開いてて、ビッグ・ルイがわんわん吠えててね、あたしが窓につっかえちゃったら、ルイがシャツの袖をくわえて、寝室に引っぱり入れてくれたんだよ」

「おい、たいした番犬ぶりじゃないか、ビッグ・ルイ」

ビッグ・ルイは尻尾を振り、背筋を伸ばしてきちんとダイニングチェアに坐る少女の手に顔をうずめた。

イーサンはホットチョコレートをマグについだ。「さあ、飲んでみて。熱すぎないと思うよ、指で確かめたから」

少女はひと口飲んで、笑顔になった。晴れやかな笑顔だ。少なくともいまは、そこに恐怖の影はない。「きみは心配性かい、オータム？」

少女は小首をかしげ、イーサンを見つめて、うなずいた。「そうじゃなきゃいけないの」

「どうして？」

少女はホットチョコレートのマグに顔をうずめた。マッキーがひと鳴きして、少女の膝に飛び乗った。マッキーは金色と白の毛皮に包まれた八キロの筋肉の塊だ。少女の膝に腹ばいになると、少女の両側の床に前肢と後ろ肢がつきそうになった。

ひとまず後退だ。「きみのお母さんに電話しなきゃな。怖がってるよ、オータム。きみが無事だってこと、お母さんに伝えたいだろう？」

小さな顔にチョコレートのヒゲが生えていた。青ざめて、ひきつっているようだ。「でも、ママを死なせたくない」

6

心臓が大きく打った。だが、イーサンは声に疑念を滲ませないよう、軽い調子で言った。

「きみのママは死なないよ。おれなら、きみときみのママを守れると思ったから、きみはここへ来たんだろう？　おれのことを信じるかい？」

「あなたは知らないもん」オータムがマッキーの厚い毛皮を撫でると、ごろごろ言う声が一段と高くなった。ルーラはビッグ・ルイにもたれかかり、ビッグ・ルイはイーサンの隣に寝そべってタイルの床を尻尾で叩いている。どちらもマッキーを膝に載せた幼い少女を見ていた。

「だったら、きみが話してくれなきゃ」

オータムは首を振り、マッキーを強く撫でてから、毛皮に顔をうずめた。

「よし」イーサンは立ちあがって、オーブンからピザを取りだした。「完璧だ。食べよう」

少女が大きな口でかぶりつくのを確認してから、イーサンは尋ねた。「タイタスビルは好きかい？」

少女はもうひとかじりして、ゆっくりと口を動かした。床に移動したマッキーが、少女を見あげてひと鳴きする。

「ピザはなしだ、マッキー。そのへんを歩いておいで」イーサンが言うと、マッキーはさらに何度か、いつもの〝腹が減った〟鳴きをしてから、いまだにビッグ・ルイにもたれかかっているルーラの隣まで歩いていった。

「前に一度あたしをタイタスビルに連れてきたってママは言うんだけど、あたしは覚えてないの。まだすごく小さいころだったんだって」ピザをもぐもぐやる。「ママが探検したことのある三つの洞窟にも連れてってたんだって。いっしょうけんめい考えたらそこを思いだして、見つけられるかもしれないと思ったんだけど、だめだった」

「それで代わりにここに来たってわけか。おれがここに住んでるのは、どうやって知ったんだい、オータム？」

「旅行で来た男の人が、奥さんとふたりで見かけたすてきなコテージのことをデイリーさんに訊いてたの。その人、ここのことを上手に説明して、借りられるかって。そしたらデイリーさんが、保安官のお宅ですよ、先の大戦の前から保安官のご家族が住んでたんですよって。あなたのお母さんがここに住んでて、そのあとフロリダに行ったことや、あなたのお姉さんがボルチモアに住んでることも、話してた」

イーサンはうなずいた。オータムにもう一枚ピザを与えると、自分も空腹なのを急に思いだして、ピザをほおばった。週に二度、家事を頼んでいるマギーがピザを買ったのに、ありがたいことに自宅に持ち帰るのを忘れていったのだ。いや、ひょっとすると、わざわざ置いていってくれたのかもしれない。マギーは気まぐれだから。「きみの家族はどうなの、オータム？」

「ママのママは去年、ビッグCで死んじゃった。なんだか知らないけど、悪い病気」

「お気の毒だったね」イーサンは咳払いをした。「さあ、きみのママに電話させてくれ。きみのことを心配させたままにするのは、かわいそうだろ？　きみのほうはここにいて、おいしいピザを食べてるのにさ」

オータムがまた小さな笑い声をあげた。イーサンは笑顔で〈ジェラルドズ・ロフト〉に電話した。

ジョアンナ・バックマンが電話に出ると、「娘さんは無事だ。わたしの自宅で、わたしといっしょにいる。いまピザを食べながら、うちのペットと遊んでるよ」

ジョアンナは言葉を発することなく携帯を切った。外に飛びだすさまが目に浮かぶようだ。タイタスビルが寒いことに気づいて、ジャケットと財布を取りに戻るかもしれないが、賭けてもいい、五分もしないうちに駆けつける。イーサンはフェイディーンに電話をかけ、少女が無事に見つかり捜索が終わったことを連絡網で伝えてくれるよう頼んだ。携帯を閉じて、オータムを見ると、ピザの最後の一枚にかぶりつくところだった。よほど腹が減っていたらしい。

「なにがなにやら、ちっともわからん《ブレシッド》」

突然オータムがピザを紙皿に落として全身をこわばらせた。それで独り言を口に出していたのに気づいた。「どうした?」

「いまあいつの名前を言った」少女は声をひそめた。「なんで知ってるの? あいつの名前はディロンにしか話してないのに」

あいつの名前? 誰の名だ? ディロンというのは? 小首をかしげて、少女を見た。

「あなたがあいつの名前を言ったの。どうして?」

〝なにがなにやら、ちっともわからん《ブレシッド》〟。ブレシッドか? いや、なにか誤解があるのだろう。ほんとにブレシッドという名前の男なのか? そんなけったいな名前、聞いたことがない。イーサンはなにげなく尋ねた。「ブレシッドっていうのは、誰なんだい?」

オータムは悲痛な声をあげると、椅子を引いて、立ちあがった。イーサンは走り去りそうになっていたオータムをつかまえた。泣きじゃくり、激しく抵抗している。体を震わせ、胸が張り裂けそうな声を出しつづけていた。イーサンはとっさに少女を膝に載せると、ぎゅっと抱きしめて、髪に口をつけてささやいた。「だいじょうぶだ、オータム、おれが約束する、いい子だから」

車が近づいてくる音がした。少女の顔にかかった髪を後ろに撫でつけた。「きっときみのママだぞ。さあ、お嬢ちゃん、誰も怖がらなくていい。いいかい、そのブレシッドってやつがきみに近づいたら、おれがやっつけてやる」

「あなたは知らない、なにも知らないから」まだ震えているが、抵抗はやんでいた。玄関のドアが開き、ジョアンナ・バックマンが駆けこむ足音がした。「オータム！　オータム！」まったく、なにをしているのやら。玄関を開けっ放しだったとは。「台所だ。こっちへ来てくれ、ミセス・バックマン」

ジョアンナは走ってきて、急停止した。「どういうこと？　この子になにがあったの？　あなた、この子になにをしたの？　どうして泣いてるの？」

彼女がしだいに興奮してくるのがわかったので、意識してゆっくりと穏やかに話をした。「心配いらない。オータムはブレシッドという男を怖がってる。それで、オータムやきみを傷つけようとするやつがいたら、わたしがなんとかすると、言い聞かせてた」

「それはどうかしら」ジョアンナはイーサンから娘を奪って、胸に抱き寄せた。やさしく揺すって、小さな顔に口づけし、間違いなく安堵感から泣きだしそうになりながら、娘に話しかけていた。おかしなことに猫二匹と犬一匹はあまり動じておらず、知らない人が家に入ってきたのに、いつもと違って寝室に逃げこまなかった。三匹そろってキッチンの床に平然と坐っていた。

しばらくして、イーサンは言った。「ホットチョコレートでもどうですか、ミセス・バックマン？」

「え……あの？」イーサンを見て目を白黒させ、娘を強く抱きしめた。

「娘さんに飲ませたんだ。きみは気に入ってくれたよね、オータム？」

少女は母親の腕のなかで体を起こした。「おいしいよ、ママ。すっごくおいしかった」

「ノンファットミルクを使ってる。それだけじゃバランスが悪いから、ペパローニピザも食べた」

オータムが横から口を出す。「ごめんなさい、ママ。でも、あいつらをママから遠ざけたかったの。それに、ママはイーサンを信じてないけど、ここくらい安全な場所はないし。イーサンはあたしに食事させてくれたよ。それにここの動物たちもあたしのこと好きだって」

「お世話になりました、保安官」

「お安いご用さ、ミセス・バックマン」

「ジョアンナと呼んでください」

イーサンはうなずいた。「じゃあ、ジョアンナ、ブレシッドというのは誰なんだい？」

彼女が下を向いたので、髪で顔が見えなくなった。「わたしたちはもう行かないと。タイタスビルに来たのが間違いだった。トリーが帰ってくるのを待ってちゃいけなかったのよ。わたしがばかだったわ」

ビッグ・ルイが立ちあがり、一度だけ吠えて、ジョアンナを見た。イーサンはビッグ・ルイをつかんで、黒くて豊かな毛皮を撫でた。「吠えるまでにずいぶん時間がかかったな、ビッグ・ルイ。落ち着けよ。オータムはママと話をしてるから、いまは忙しいんだ。もうしばらくここで我慢しとけ」

オータムが笑い声をあげた。

イーサンは気安げに言った。「すっかりおれのペットを手なずけたな、オータム。こいつらに餌でもやったのかい？」

「ううん、あたし、そんなことしてないよ」

玄関のドアをノックする音がした。鋭く二度。少し間があって、強く二度。ジョアンナもオータムも石のように動かなくなった。

「だいじょうぶだ。すぐに戻る」

「だめ、保安官、やめて、お願い――」

「心配いらないよ。きみたちふたりはここにいて」イーサンはベレッタを抜きながら、キッチンを出た。「誰だ？」声を張りあげた。

返事がなかった。

イーサンは玄関のドアを開けた。利口なやり口じゃないことはわかっていたが、そこには誰もいなかった。

もう一度声を張りあげ、ポーチの端まで歩いた。そこに佇《たたず》んでいると、夜の暗さに目が慣れてくる。耳を澄ませても、聞こえてくるのは木立を吹き抜ける風の音と、コオロギの鳴き声だけだ。一羽のフクロウが鳴き、別のフクロウがそれに応じた。

イーサンはドアを閉めて、錠をかけた。キッチンに戻ると、知りあって三年になる副保安官のオックスがジョアンナを背後から抱えこみ、その首に銃口を突きつけていた。

「さあて、保安官、いいかげん、もういいだろう」たしかにオックスだが、はじめて聞く彼の金属的な声にイーサンの両腕は鳥肌だった。

7

オータムがささやき声で言った。「ごめんなさい、ごめんなさい」

なぜこの子が謝るのか。イーサンはオックスを見つめた。目の前で展開されていることを見つつ、さっき耳にした一種異様な金切り声をオックスのものだと受け入れられずにいた。

イーサンは相手を刺激しないように心がけた。「どうしたんだ、オックス？　なにをしてる？　なあ、そんな銃、おろせよ。ミセス・バックマンを解放して、なにがあったかおれに話してくれ。さあ」

オックスは前を向いてタイル張りのキッチンの床に唾を吐き、ジョアンナの首にさらに強く銃口を押しつけた。「時間がないから、銃を床に置けよ、保安官。で、おれのほうに蹴ってよこせ。さっさとしないと、このくそ女を殺すぞ」

くそ女？　オックスが女性を侮蔑するなどありえない。

「わたしはくそ女じゃないわ、怪物！」ジョアンナがオックスの腹に肘鉄を食らわせた。とっさのことで、イーサンには彼女がなにをしたのかよくわからなかった。ジョアンナはうめくオックスに再度、肘鉄をみまった。彼女が三度めに肘を突き立てると、オックスは罵声とともに後ろによろけて、どなりながら銃を持ちあげた。

「オックス、おれを見ろ！」イーサンは叫んでベレッタを構えた。そのときオータムがオックスの臑《すね》を蹴り、銃を振りまわしている彼の腕に飛びついた。

「オータム、手を放せ！」イーサンは愕然として、叫んだ。

だがオータムは腕にしがみついて離れず、オックスは彼女を床から持ちあげた。

ジョアンナが叫んだ。「その子を放して！」その声でオックスが彼女のほうを向くと、ジョアンナがすかさず股間を蹴りあげた。

イーサンが合図を出した。「床に伏せろ、オータム！　いまだ！」少女は床に落ちて、転がった。オックスは絶叫とともに銃を投げだして、床に膝をついた。ジョアンナは娘の名前を呼びつつも、銃がタイルの床をすべって椅子の脚にあたるのを目で追った。

「やつに近づくなよ」イーサンはジョアンナに告げると、オックスの首に腕をまわして後ろに引き、顔を突きあわせてどなった。「オックス！」

オックスが苦しそうにうめきつつ、悪態をついている。「くそ女を殺してやる、殺してやる、殺してやる、くそ女を、そして娘をさらう――」

「いいや、そうはさせない」イーサンはオックスの襟をつかんで、引っぱりあげた。

オックスが殴ろうとやみくもに腕を振りまわしているが、イーサンはいったん後ろに体重をかけて彼の腹を蹴りあげた。オックスが両腕で腹を押さえて声もなく床に崩れ落ちると、すかさずこんどはその顎を蹴った。

オックスが白目を剝いて、動かなくなった。

誰ひとり動かなかった。イーサンの苦しげな息遣いと、オータムの小さなあえぎと、しゃくりあげる音だけが、静かなキッチンに響いていた。オックスを見おろすジョアンナは目を細め、いつでも彼を蹴られるように足を持ちあげたままでいる。

一分ほどして——イーサンには一年にも感じた——オックスが目を開き、イーサンを見あげた。人を殺しそうな怪物というより、ひどく怯えている。イーサンはほっとして叫びだしたくなった。その目の奥に、とまどっているいつものオックスがたしかにいたからだ。そう、イーサンの知るオックスが帰ってきた。暴力や痛みがオックスを呼び戻したのか？

「この人、だいじょうぶなの？」ジョアンナが尋ねた。

「ああ、いつものオックスだ」

「痛みのおかげで、われに返ったのね」彼女が言う。「なぜか痛みによって縛りが解けるの」

どんな状態からわれに返ったんだ？　縛りとは？　オックスになにが起きた？　何者かのしわざなのか？　悪いのはそのブレシッドとかいうやつか？

イーサンは膝をつくと、オックスを抱きあげて軽く揺さぶった。「オックス、起きろ。だいじょうぶか？　意識はあるか？」

固唾《かたず》を呑んで見守る全員にとって、長い時間が過ぎた。オックスは口を開くと、長く叫びつづけて喉を痛めたような、低いしゃがれ声でしゃべりだした。「やあ。イーサン——なにがあったんです？　顎と腹がヘスタスじいさんのラバに蹴られたような痛みようですよ。なんであんなに蹴ったんです、保安官？　それにミセス・バックマンだって、おれを蹴って。吐いて、死にたくなりました。そのうえ子どもまで、おれに飛びかかってきた。いったいここでなにが起きてるんです、イーサン？　どういうことですか？」

「もう終わったことだ、心配いらない」とんでもない大嘘だ。イーサンはオックスを立ちあがらせると、澄んだ目をのぞきこんで、ほこりを払ってやった。「落ち着くまで、椅子に坐ってろ」オックスをダイニングチェアに坐らせ、フェイディーンの短縮ダイヤルを押した。

「いますぐ保安官助手全員をうちによこしてくれ。正真正銘の緊急事態だ。正確なことはおれにもわからないが、近隣に危険人物がひそんでいる可能性があるんで、全員、銃を携帯して用心を怠るなと伝えろ。急げ、フェイディーン……ああ、そうだ、ミセス・バックマンとオータムはここにいる。ふたりとも無事だ。さあ、フェイディーン、頼んだぞ」ジョアンナに目をやると、娘を脇に抱えていた。少女は必死に涙をこらえている。イーサンは彼女の前に膝をついた。

「ほんとうによくやったな、オータム。彼の腕をつかんで、ママを守ったんだ。すばらしいよ、オータム」

少女はくすんと鼻を鳴らしてから、控えめな笑みをよこした。

イーサンは少女の腕に触れて、立ちあがった。ジョアンナは娘と同じく、まっ青になっている。パニックを起こして、いまにも叫びだしそうだ。イーサンは静かに話しかけた。「オックスになにが起きたのか、教えてくれ」

ジョアンナはイーサンの腕をつかんで、揺さぶった。「話はあとでするわ。でも、いまはそんな場合じゃないの。聞いて、保安官、彼のせいで副保安官がどうなったか見たわよね？　彼はまだそのへんにいる。たぶん窓のすぐ外にでも。彼は誰に対しても、あれができるの。望みのままに、あの恐ろしい技、異常な技が」

「近くにいるのは誰なんだ？」

「とてもとても恐ろしい男」言いつつも、娘の前で恐怖に呑みこまれて震えあがらないように自制していた。声を低めて言い足す。「ここを出なきゃ」自分の額をぴしゃりと叩いた。「もう、わたし、なにを考えてるのかしら。彼は外にいるんだから、オータムをさらわれそうなことは避けないと。この子をどうやって、あの男から遠ざけたらいいの？」

ジョアンナが食卓にあったベレッタをつかもうとしたので、イーサンはその手を押さえた。「だめだ。どういうことか説明してもらおう。オックスの身になにが起きた？　その男がオックスにおかしなまねをさせたのか？　ありそうな話だが、どうやって？　どうやってブレシッドはオックスをあんなふうにした？　オックスに暴力をふるったら縛りが解けたとは、どういうことだ？　教えてくれ、ジョアンナ。隠しごとはやめろ。もしここにその異常者がいるなら、そいつのことをすべて知っておかなきゃならない」

ジョアンナは恐怖のあまり、吐きそうだった。キッチンの窓の向こうに彼が見えた。頭では夜風に揺れる木々の枝の影だとわかっているけれど、かまうものか、銃を手にして撃たなければ。それとも、銃など持ったら、彼に操られるままに自分の頭を吹き飛ばしてしまうだろうか？

イーサンは彼女を揺さぶった。オータムが母親を守りたい一心で、飛びかかってこようとしている。イーサンは声を荒らげることなく、小さな声で穏やかに話しかけた。「ジョアンナ、おれを見てくれ。おれはでかいし、根性が悪いし、自分の仕事に自信がある。きみにおれの銃を持たせるつもりはないぞ。きみとオータムはおれが守る。それには、きみたちを誰からどう守ったらいいか、教えてもらわなきゃならない」ジョアンナをつかんで、もう一度揺さぶった。ぐらついていた頭が肩に乗る。「しゃんとして、おれに話せ。事情を話すんだ」

「ママに触らないで！　ママは――」

イーサンはオータムを見た。「いいかい、オータム、きみたちを助けるためには、ママから話を聞かなきゃならない。わかるだろ？　ママを傷つけたりするもんか。約束する」

ジョアンナが言った。「保安官は乱暴してるわけじゃないのよ、オータム」大きく息を吸いこんだ。彼の言うとおり、落ち着かなければ。切れぎれに息を吸いこんで、心を鎮めた。

泣きべそをかいているオータムのためにも、冷静にこの場を切り抜けなければならない。オータムが走ってきたので、脚に抱き寄せた。「だいじょうぶよ、オータム、嘘じゃない。保安官がわたしたちを助けてくれる。さあ、ママのためにしゃんとしててくれる?」ジョアンナはイーサンに目を転じた。「保安官、聞いて。ブレシッドはここにいるわ。とても危険な男で、まともではないの。彼は人の目を見て一種の催眠状態に導く能力を持ってて、術をかけられた人は彼の思惑どおりに動かされてしまう。副保安官の様子を見たでしょう? わたしの話を信じて」

「わかった、おれはきみを信じる」そうは言ったものの、イーサンはもちろん信じていなかった。「それで、ブレシッドというのは誰なんだ? いや、ちょっと待って」髪をかきあげ、腹を撫でているオックスを見た。オックスはいまだ困惑のていで、痛みに青ざめていた。

イーサンは法の執行官として、威厳を込めて言った。「もうおれの銃を奪おうとしないでくれよ。さあ、いまからオータムとオックスを連れて、おれの寝室に行け。ドアに錠をかけて、ノブの下に椅子を引っかけるんだ。窓も戸締まりして、外からのぞけないようにカーテンを閉めろ。明かりは消したまま、全員がベッドの反対側の床に坐っててくれ。おれが呼ぶまで動くなよ。そしておれ以外の人間には寝室のドアを開くな。わかったな?」

「でも――」

「さあ、言ったとおりにして」イーサンはふり向いて言いながら、裏口に向かった。外を確認してから、デッドボルトをロックした。祖母がキッチンの窓にかけたレースのカーテンを閉め、いま一度ジョアンナとオータムと、いまだ茫然自失状態のオックスを見た。まだ痛みがあるらしく、歯を食いしばっている。「キッチンの明かりを消してくれ。場所はオータムが知ってる。さあ、行け！」

オータムは母親の手を握った。「行こう、ママ、急がなきゃ」

あとはジョアンナが従ってくれることを祈るのみ。説き伏せている時間はない。イーサンは三人に背を向けて、玄関へ走った。

ジョアンナがオックスの腕を軽く叩き、かがんで彼の銃を拾った。まだ自分で動けるほど、正気が戻っていない。「わたしたちといっしょに来るのよ、オックス。いまここに坐ってるとあぶないの。わかった？」

オックスはとろんとした目で彼女を見あげた。「どういうことだか、さっぱりわからないんです。なんでみんなしておれを殴ったんですか？」

「悪いけど、とりあえずわたしたちと来て。危険なのよ。保安官にもそう指示されてるの。あなたが正気づくまで銃はわたしが預かるわ」実際は彼の銃を手放すつもりなど、まったくなかった。オックスをひきずるようにして家の裏側にあるイーサンの寝室に向かい、通りすぎざまに明かりを消していった。イーサンが表の明かりをすべて消してしまうと、家のなかが穴蔵のようにまっ暗になった。ジョアンナは寝室のドアを閉めて錠をかけた。だが、ブレシッドが窓の外にいることはわかっている。保安官はなにをしているの？　彼がブレシッドに殺されたらどうしよう？　ひょっとすると、保安官は自殺させられるかもしれない。そのときイーサンは錠をかけた玄関のドアの脇に佇んでいた。ふたりがオックスをひきずって奥に向かう足音や、寝室のドアが閉まる音、そしてドアに錠がかかる音が聞こえた。これで彼らの安全を確保できた。うちのなかは闇に塗りこめられていた。犬と猫は心配いらない。ベッドの下にいるか、さもなければ、書斎のデスクの下で三匹身を寄せあっているだろう。

ふたりがあれほどまでに恐れ、オックスを危険な殺人鬼に変えたのは、何者なのか？　優秀な催眠術師か？　ジョアンナはそう信じているようだ。本来のオックスに反して、あのような行動をとらせることができたとしたら、事実、そうなのだろう。

そして名前はブレシッド。この名前自体、異様すぎる。才能のある霊能力者で、オータムをさらいたがっているのか？　だとしたら、なぜだ？　そして母娘ともその男を知っていて、ひどく恐れている。

イーサンは玄関の脇に立ち、ゆっくり注意しながらブラインドの角を持ちあげて外を見た。申し分のない闇夜で、低く垂れこめた黒い雲が三日月をおおっていた。いまにも降りだしそうだ。イーサンは身じろぎもせず、深い物陰に動きがないかどうか目を凝らし、ときならぬ物音がしないかどうか耳を澄ませたが、生い茂ったオークの葉が夜風に吹かれてさらさらと揺れているだけだった。
またフクロウが鳴き、仲間が応じた。
それだけ。
そのとき、ガラスの割れる音がした。

8

イーサンはいきおいよくふり返ったせいで、転びそうになった。音が聞こえてきたのは家の裏手——寝室だ。

玄関から外に飛びだし、全速力で家の角を曲がった。男がひとり、ローンチェアを足台にして、割れた寝室の窓に身を乗りだしている。片方の手に銃があった。

手脚の長い長身の男で、スキーマスクをかぶっている。ブレシッドか？

男の低い声が聞こえた。薄気味が悪いほどゆっくりとした、眠りを誘うような話し方だ。

「そこにいるのはわかっているぞ、ジョアンナ。保安官がおまえに指示するのを聞いたのだ。もう逃げることはできない。寝室のドアには錠がかかっている。保安官が窓の割れる音を聞いたのは承知のうえ。そのドアから飛びこんできたら、頭を撃ち抜いてやる。おい、ジョアンナ、聞いているのか？　伊達や酔狂ではないぞ。やつが死ぬのを見たいのか？　オータムをよこせ。間違ってオータムを撃ったらどうする？　さあ、よこしなさい、ジョアンナ」

イーサンはベレッタを構えた。「銃を捨てろ、ブレシッド。警告はこれきりだ」

男はさっとふり向き、すばやく手を持ちあげた。イーサンがベレッタの引き金を引くより先に、寝室から銃声が響いた。男は悲鳴をあげて体をひねると、腕をつかんだ恰好でローンチェアから転がり落ちた。「なんでおまえが銃を持っているんだ！　殺すまでもないと思っていたが、そうもいかなくなった。わたしを撃ったからには、殺さねばならないぞ、くそ女、おまえを殺す！」男は地面を転がり、イーサンとジョアンナがふたたび発砲する前に立ちあがった。どちらの弾もあたらなかった。ふり返った男は、イーサンが狙っているのを見て、やみくもに引き金を引いた。イーサンは脇に転がると、オークに身を隠して、半ダースほどの銃弾を放った。向こうも撃ち返してきたが、わずか三発だった。さっきジョアンナの撃った銃弾がブレシッドの利き手にあたらなかったことが残念だ。ブレシッドの銃は回転式らしく、弾倉からカチャカチャと弾切れの音が聞こえてくる。ブレシッドは薄気味の悪い高音の雄叫びをあげ、腰を折り曲げて木立に走った。

イーサンは立ちあがりながら、さらに二発放ってブレシッドのあとを追った。「頼むから、おれを撃つなよ」オックスの銃を手にして窓から身を乗りだしているジョアンナに向かって叫んだ。彼女はかまわず銃弾を撃ちつくしたが、ブレシッドにはあたらなかった。彼女が誰にともなく言っている声が聞こえた。「ああ、もう！　結局、腕にしかあたらなかった！今回は完全に狙いが外れたわ」そして、イーサンに向かって叫んだ。「捕まえてよ、保安官。その男を捕まえて！」

イーサンは森のなかに駆けこむと、立ち止まって耳を澄ませた。これまでの訓練と経験のすべてが試されている。枝の折れる音一本、聞こえなかった。立ち止まるだけの知恵はあるらしい。そしてこの森を知っているのだろう。ジョアンナが声をかぎりに叫ぶのが聞こえた。

「保安官、彼に近づきすぎないでね。目を見たらあぶないわ!」

適切な忠告だ。「そこにいろよ!」そうどなり返して、ふたたび動きを止めたイーサンは、タイタスビルのどの住民より、森林警備員より、この森を熟知していた。この異常者に知識で劣るわけがない。と、ブレシッドの物音が聞こえた。走る足音、枝の折れる音、つまずく音、荒い呼吸。イーサンはにやりとして、まっすぐ左に走った。音をたてずに速く走れる経路はわかっている。道路まであと少しだった。そのとき、夜の静けさを破ってサイレンが聞こえてきた。ブレシッドも同じサイレンを聞いて、道路封鎖されることに気づくはずだ。

よし、とイーサンは笑顔になった。木立を抜けると、わずか二メートル先が舗装された道路で、三台のパトカーが急接近してきた。イーサンは空に向かってベレッタを発砲した。三台そろって急停車し、マルコ・ヘイズが銃を抜いて、運転席から飛びだしてきた。

「保安官、なにがあったんです?」

「男がひとり、長身で痩せ形、スキーマスク着用。銃は弾切れだが、別の銃を携帯している可能性がある。この近辺、森のなかだ。近くに車があるはずだが、見かけなかったか?」

誰ひとり見ていなかった。あたりが暗いうえに、みな血気にはやってイーサンの家に急行することしか考えていなかったからだ。あるいは、巧みに隠してあるのかもしれない。

イーサンは唇に指をあてて、耳をそばだてた。ブレシッドが動いている音はもう聞こえなかった。動くのをやめて、待ちの態勢に入ったのか？　タイタスビルからここまで徒歩ということはあるだろうか？　いや、それはありえない。車あるいはオートバイがあるはずだ。

それにしても、どこへ行った？

つぎの瞬間、答えがわかった。アドレナリンが噴きだし、空に浮きそうになった。部下たちに叫んだ。「全員、おれの家に向かえ。やつは引き返したんだ。急げ！」

そう伝えるなり、イーサンは森に駆けこんだ。もはや物音がたつことなど気にしていない。家の裏に面した森の端まで来ると、家から五メートルほどの場所から銃声が聞こえた。あの男がもう一丁、銃を持っていたのだろう。でなければ、引き返してはこないはずだ。あるいは、ジョアンナが発砲したか。たった一発の銃声が銃撃戦以上の恐怖を招いた。

私道には車が詰まり、男たちの怒声が聞こえた。ブレシッドは見えない。

「ジョアンナ！」

返事はなかった。割れた寝室の窓まで行ったはいいが、なかをのぞくのが怖かった。オータムが消えていたら？　そしてその母親が血だらけで床に倒れていたら？　そして、オックスは？

保安官助手のラーチが叫んだ。「保安官、玄関です！」

走って家の表側にまわると、オックスとブレシッドがレスラーのように取っ組みあいながら、玄関から飛びだしてきた。ふたりはポーチを転がって石段に落ちた。両者ともパンチを繰りだしながらうめいたりうなったりし、ブレシッドの腕から出た血でどちらも赤く染まっていた。見ると、ブレシッドは銃を持っていた。

「離れてろ！」イーサンは保安官助手たちに叫んだ。「撃つな！　オックスにあたるとまずい」イーサンが取っ組みあいの場所から二メートルほどの位置に移動すると、ブレシッドがオックスから腕を振りほどいて、銃の引き金を引いた。銃弾がオックスの顔をかすめる。イーサンが銃を構えた。いいかげん決着をつけよう。慎重に狙いを定めていると、オックスが転がってブレシッドの上にのしかかった。一同が見守るなか、ふたりの銃が狙いあう。と、突然、ブレシッドがオックスを抱きしめたように見えた。それなのにオックスは抵抗していない。ブレシッドがオックスを抱き寄せ、お互いに見つめあっている。オックスの体が盾となり、両者とも動かなかった。

やがてオックスが立ちあがり、ブレシッドがその背中に張りつくようにして、立ちあがった。オックスはその場に立ちつくして、ブレシッドを守っている。その首には銃口が突きつけられていた。

「下がれ、全員、下がるがいい。さもないと、この坊やが死ぬぞ！」

イーサンの知っているオックス、仕事仲間であり、汗ひとつかかずにたいがいの相手を叩きのめすことができる強さを持つオックスが、のっぺりとした表情のない顔でそこに立ちつくしている。保安官助手たちには、オックスが降参して、戦うのをやめたなど信じられないだろう。いまやその彼がブレシッドを進んで守ろうとしているかのように、首筋に銃口を突きつけられたままになっている。イーサンは警告のために手を挙げた。「ブレシッド、おれたちは動いてない。周囲を見まわしてみろ。おまえは包囲されている。オックスを自由にして、地面に伏せさせろ。オックスを人質として連れ去らせるつもりはないぞ。聞いてるか、ブレシッド？」

ブレシッドが哄笑した。低い声で不吉に。「いいや、保安官。オックスはいまやわたしのかわいい坊やだ。そうだろう、オックス？」

オックスは動かず、話さず、黙ってブレシッドの前に突っ立っていた。

「そうだな、オックス？」オックスがゆっくりとうなずいた。

ブレシッドがわめいた。「わたしが欲しいのは子どもだ！　くそ女、聞こえてるのはわかっているぞ！　わたしに狙いをつけているんだろう？　さあ、オータムをよこせ。さもないと、この坊やがわりを食うぞ！」

ジョアンナが悪態をつくのを聞いて、イーサンは弾切れなのを知った。玄関口には姿を現わさないが、近くにいる。彼女がどなった。「オータムを渡すと思ったら大間違いよ、怪物！　性悪ばばあのところへ戻って、もうおしまいだと言えばいいのよ。オータムは渡さないわ！」

保安官助手たちはジョアンナを見つめていた。玄関から頭を出しているが、誰ひとり動こうとしない。自分の弾倉にはまだ三発ほど残っているはずだ、とイーサンはひそかに数えた。そして声を張りあげた。「なんでその性悪ばあさんはオータムを欲しがる？」

ブレシッドが甲高い声でわめいた。「性悪なものか、そんな言い方はやめろ！　関係ないことに首を突っこむな、保安官！　ただですむと思うなよ、ジョアンナ。さあ、このでかい坊やを殺させてもらおう」

「待て、ブレシッド！」イーサンは言った。「おれと話さないか。なにか解決策があるかもしれない。あの少女にこだわる理由を教えてくれ。なんでそうあの子を連れていきたがる？」

意外なことに、ブレシッドが返事をした。甲高い声が悲痛に響いた。「どうしても彼女を連れていかなければならないんだ。聞いてるか？　わたしに話せるのはそれだけだ」

玄関からゆっくりとジョアンナが出てきた。

イーサンの心臓が締めつけられる。「ジョアンナ、なかに戻れ！」

「いいえ、保安官」夜の闇のように、淡々とした声だった。「オックスを放したら、わたしを連れていけばいいわ。オータムのめんどうを見てやってね、保安官。薬は二錠よ」

「ジョアンナ――」

彼女は手を振って、イーサンを押しとどめた。「わたしが行く代わりに、彼を解放してくれる、ブレシッド?」

「この小ずるい、いんちき女め! おまえを連れていく理由がどこにある?」ブレシッドはわめきちらした。「ママが気がついたら、おまえなど眠らせ――」ブレシッドはオックスの首に向けていた銃口をジョアンナに向けなおして、引き金を引いた。ジョアンナは家のなかに飛びこんだ。

9

ブレシッドが再度、開いた玄関に発砲した。戸枠が大きくえぐり取られる。彼は雄叫びとともにオックスをひきずって背後の森へと下がり、一歩下がるごとに一発ずつ撃った。そして弾がなくなると、回れ右をして走りだした。そのあとを追って、保安官助手たちが発砲する。だが、よほどの運がないかぎり命中するとは思えなかった。ともかく暗いうえに、ブレシッドはやたらめったらに走って木々のあいだや物陰を出たり入ったりしていたからだ。

ブレシッドが怖じ気づいているのは間違いなかった。誘拐に失敗したうえに、傷まで負っている。イーサンは八人の保安官助手をふたりずつ組ませ、ブレシッドの逃げこんだ森に入ることになった三組に言った。「いいか、冗談じゃないから、よく聞いてくれ。絶対にやつの顔を見るな。向こうは催眠術を使うから、オックスのようにされかねない。ああ、そうとも、オックスは術にかけられた。だからやつの顔を見るんじゃないぞ！」残るふたりは私道の車にやり、車がエンジンをとどろかせて公道に出ていくのを見送った。ほかの三組がブレシッドを見つけるまで、森から出さないようにするのが彼らの任務だ。ここで捕まえそこなったら、ブレシッドはタイタスヒッチ・ワイルダネスに消えてしまう。少なくとも、自分なら逃げこむ。ブレシッドがワイルダネスに詳しいかどうか、イーサンには見当もつかないが、ジョアンナにならわかるかもしれない。

フェイディーンが古いシボレー・シルバラードを駆って登場しても、イーサンは驚かなかった。ふたりでオックスをシボレーに乗せ、彼女の運転でスピッツ医師の自宅へ運んだ。

イーサンは自宅に残った。ブレシッドがまた戻ってこないともかぎらない。保安官助手たちに電話をして、逃走車を見つけられないときは森の奥へ入るように指示を出した。警戒しつつ突入しろ——ブレシッドが三丁めの銃を持っていることも考えられる。ここまできたら、なにがあってもおかしくない。ジョアンナが玄関のすぐ内側でオータムに静かに話しかけている声が聞こえた。

イーサンの部下たちは二時間にわたってブレシッドを捜索した。車もトラックもオートバイも見つからなかった。煙のように消えたのでなければ、ワイルダネス深くに入りこんだのだろう。そうなると、捜しだすのに一週間はかかる。イーサンは森林警備隊の詰め所に電話をかけて状況を説明し、ジョアンナがブレシッドの特徴を伝えた。五十代なかば、身長百八十センチ弱、体重はせいぜい七十五キロ、長い髪はグレイがかった茶色で、瞳は茶色。イーサンのほうをちらりと見てから、ジョアンナはブレシッドの名字をバックマンと伝えた。ブレシッド・バックマン？　あの男と親戚なのか？　偶然は信じられないし、いまこの瞬間はうとましくさえある。いや、あの男に車や犯罪履歴や傷跡があるかどうかなど、ジョアンナにしても知らないのだろう。

イーサンはタイタスヒッチ・ワイルダネス周辺の十数にのぼる警察署や保安官事務所に電話をかけ、犯罪データベースを調べさせたが、ブレシッド・バックマンに関するデータはどこにもなかった。こうなると、あとはジョアンナに協力を仰ぐ以外にない。

イーサンは部下たちを呼び寄せた。彼らによると、なにも見ていない、とのことだった。オックスの例があるので、部下ひとりずつの顔を順番に見ながら話をした。ありがたいことに、誰にも異常は見あたらなかった。

イーサンがリビングに入ったのは、夜中の二時近くになっていた。ジョアンナがオータムを背中から抱えこんで、ソファに横たわっていた。どちらも深い寝息をたてている。もう弾は入っていないのに、ジョアンナはいまだオックスが祖母から譲り受けたコルトを握っていた。その祖母というのは、三メートル離れた場所から銃弾で煙草の火を消せたことで有名な女性だった。

イーサンはいったん外に出ると、朝まで私道の見張りをすることになっている部下のグレンダとハームに指示を出した。「よく聞いてくれ。薄気味の悪い男なのは、おまえたちも感じていると思う。実際、そうなんだ。忘れるなよ。やつが現われても、目を見るな。いいか？　オックスがどうなったか見ただろう？　やつを見かけたら目を伏せて撃ちまくれ」

「メジャーリーグ級の魔術師扱いですね」グレンダはイーサンの目をまっ向から見た。

「そう思っておけば間違いない。しかも、頭がぶっ飛んでる」

グレンダは怖がっているらしく、唇を嘗めた。そう、それでいい。

ブレシッドがつぎにどんな手に出るかわかったものではない。「警戒を怠るなよ」少なくとも二度は、そうふたりに警告した。

そのあとスピッツ医師に電話をすると、オックスは回復しつつあり、この一時間で頭痛もやわらいだとのことだった。こんな症状ははじめてだが、催眠術だなんだという説明は受け入れられない、と医師は言った。薬物を使ったか、精神障害の一種ではないか。イーサンが強力な催眠術のようだと訴えても、最後までとりあってもらえなかった。

あのまま放置していたら、オックスがジョアンナ・バックマンをいっさいの躊躇なく撃ったであろうことだけは確かだった。

ブレシッド・バックマンとは何者なのか。そして、性悪ばばあとは？

リビングに戻って、ジョアンナを見おろした。四日前まで存在すら知らなかった女性とその娘を見た。娘のほうが、寝ながらびくりとした。無理もない、悪夢のひとつも見るだろう。起こしてやろうか？　ソファに近づこうとすると、ジョアンナが娘の頰を撫でて慰めだした。眠ったままだから、本能的なものなのだろう。子どもがいたら、こんな芸当がおのずと身につくのだろうか？

オータムがおとなしくなった。深いため息をつき、母親の腹に体を押しつけた。

ジョアンナ・バックマン。きみはいったい何者なんだ？　なぜブレシッド・バックマンはオータムをこれほど連れ去りたがっているのか。

「ニャア」

足元でマッキーがジーンズに顔をすりつけていた。イーサンはマッキーを抱きあげ、むかしからの習慣で、ヒゲを撫でつけてやった。ふと見ると、ルーラのほうはオータムのお腹に張りついて丸くなっていた。

コーヒーテーブルの下からいびきがする。ビッグ・ルイが重ねた前肢に顔を載せて眠っていた。一瞬、片目を開けてイーサンを見たが、すぐに閉じてしまった。ソファから一メートルと離れていない。

イーサンは大きなテレビ用の椅子の背にかけてあった祖母のアフガン編みのブランケットを持ってきて、ふたりにかけた。その直前、ルーラが冷たい目でマッキーを一瞥して、さらにオータムにすり寄った。

窓の外では、ハームとグレンダがパトカーの前の座席でしゃべっている。

イーサンは地下室に行って百ワットの裸電球をつけ、五〇年代からあるパティオ用の古い籐製の家具の背後に立ててあったベニヤ板を引っぱりだした。その板で寝室の窓をふさいだ。マッキーが耳を前に倒して、ひっそりとあとをついてくる。賢明にも、警戒態勢に入っているのだ。

まさか眠れるとは思わなかった。頭のなかではありとあらゆる疑問が跳ねまわっているし、ブレシッドがまだそこで待ちかまえているのではないかという不安もあった。それなのに、首元で丸まったマッキーのヒゲに耳をくすぐられていたら、いつしか眠りに落ちていた。

10

日曜の朝

コーヒーのにおいがした。寝る前にコーヒーメーカーをセットした覚えがなかったので、あれっと思った。気のせいだろうか?

イーサンはベッドに起きあがってみた。夢ではない。やっぱり芳醇で罪深いコーヒーの香りがする。

それではたと思いだして、ベッドから飛び起きた。払いのけられたマッキーが怒って鳴いているのを無視して、ドアに走った。ボクサーパンツ一枚なのに気づき、急いでジーンズをはいた。スエットシャツをかぶり、キッチンの入口の前で立ち止まった。最近買ったばかりのケンモア社製のレンジの前にジョアンナがいて、その隣のカウンターには、卵のカートンと、ノンファットミルクと、使いかけのタマネギと、いつもはタコスにかけている、すり下ろした四種類のチーズの袋――たいして残っていない――がならんでいた。見ていると、彼女はそれをフォークで混ぜあわせ、熱くしたフライパンに流しこんだ。ジューッという音とバターのにおいで、腹が鳴った。そういえば、前日の昼に食べたのが最後だ——オータムと分けあったピザを食べたうちに入れなければ、だが。イーサンはターキーベーコンを電子レンジで温めるにおいを深々と吸いこんだ。ビッグ・ルイとルーラがお坐りして電子レンジをにらみ、レンジが鳴るのをじっと待っている。イーサンの脚のあいだをすり抜けて、マッキーがルーラとビッグ・ルイに合流した。オータムはテーブルのしたくを受け持っていた。「このお皿いいね、ママ。かわいい」

明るくて陽気な雰囲気のメキシコ柄で、三年前、タイタスビルに戻ってきたとき母がくれた食器だった。イーサンは母に感謝して、それまで使っていた高級なイタリア製食器をしまった。

「コーヒーのミルクを忘れないでね、オータム」

オータムはノンファットミルクのカートンをカウンターからテーブルに運んだ。紙ナプキンをたたんで、それぞれのお皿の隣に丁寧に置いた。

よくある家庭生活のひとこまだった。この家に三人の子どもたちの笑い声や叫び声が響いていたかつての日々を思いだした。母親が用意した食事を食らいつくそうと、キッチンのなかで大騒ぎしたものだ。なんというすばらしさ。イーサンは戸口から声をかけた。「食欲不振のうちのペットのために、ターキーベーコンが三枚余分にあるかな」

ジョアンナは木製のスパチュラを投げだして、すぐそばに置いてあったオックスのコルトをつかんだ。

イーサンは両方の手のひらを突きだした。「おっと、おれだ。自宅のキッチンで撃たないでくれよ」

「心配しないで」ジョアンナが言った。「弾倉はからなの」

彼の声に一瞬すくんでいたオータムが、こちらを見て、破顔した。ビッグ・ルイが吠え、ルーラが鳴き、マッキーは電子レンジをひたすら見つめている。その直後、ついにレンジが鳴った。

「おはよう、保安官」ジョアンナは言った。「無断でお宅のキッチンを使わせてもらったわ」

電子レンジのドアを開け、カバーをかけてベーコンの皿を取りだし、ペーパータオルで余分な脂を吸って、動物たちを見おろした。三匹とも大声でひっきりなしにしゃべっている。イーサンは食器棚から紙皿を取りだし、かりかりになったベーコンを一枚ずつ皿に載せて、床に一列にならべた。すぐに鳴き声がやんで、静かになった。

ジョアンナの恐怖はいまだ薄れていない。自分を撃ちそうになるほど怖がっている相手から、どうやって情報を引きだしたらいいのだろう。「おれもこの害獣たちの仲間に入れてもらえるかな。すごくうまそうなにおいがする」

「グレンダとハームにはコーヒーとピーナツバタートーストを出しておいたわ。それにしても、変わった名前ね。名前の由来は？」

「彼女の父親が『オズの魔法使い』が大好きだったんだ。ただ、母親ががんばって、綴りだけはふつうになった」

ジョアンナは思わず吹きだした。「いいえ、ハームの名前よ。いい魔女のグリンダのほうじゃなくて」

「あいつはおばあさんから、けっして危険な場所《イン・ハームズ・ウェイ》に行くなと、言い聞かされて育った。十二歳になるころには、そのハームズって単語が大文字で頭にとりついて、本名を使わなくなってたんだ。ありがとう、ジョアンナ、こいつらを食わせてくれて」

彼女はうなずくと、スパチュラを手に卵料理に戻った。イーサンはペットたちの缶詰を開け、一匹ずつ撫でた。「さあ、いいぞ、おまえたち。もう前菜はもらったから、つぎはメインにしよう。きみの名前はすてきだね、ジョアンナ。どうしてその名前に?」

彼女はどの程度話したものか、迷っていた。顔を見れば、はっきりわかる。できることなら彼女をポーカーに誘いたい。

「ジョアンナはおばあちゃんの名前だよ」オータムが言いながら、皿の隣にきちんとナイフをならべた。イーサンが見ると、その皿は欠けていた。「あたしは会ったことないの。小さいときに死んじゃったから。言ったでしょ、イーサン。ビッグCで死んじゃったって」

「そうだったね。お気の毒に」イーサンはオータムに答えた。

ジョアンナが肩をすくめた。「実際はわたしの曾祖母で、九十四歳だったのよ」

彼女は処方薬の瓶から最後のカプセルを取りだして、オータムに渡した。

「さあ、飲んじゃって。最後の一錠よ」

「夜のうちに、一錠飲ませたの？」

ジョアンナがうなずくと同時に、ビッグ・ルイが吠えた。からになった餌入れから顔を上げている。イーサンとジョアンナはすかさず警戒を強めた。

しばらくすると、ハームがドアの窓から顔をのぞかせた。イーサンがドアを開けて、後ろに下がった。「どうした、ハーム？」

「アロエベラを持ってくるのを忘れたんです、保安官。顔がひりひりして。保安官が持ってるかもってフェイディーンが言ってたって、グレンダに聞いたもんですから」

ジョアンナが口をあんぐり開けた。明るい朝の日差しのもとだと、日焼けしているのがはっきりわかる。トーストとコーヒーを運んだときは、気づかなかったのだ。オータムが尋ねた。

「お顔をどうしたの、ハームさん？　アロエベラってなに？」

「ハームはね、マートルビーチに旅行に出るからって、準備してたんだ。出発する前に地元の色男みたいに日焼けして、かっこよくビーチに登場するつもりだったのさ」

ハームがにやりとした。「残念なことに、〈ゴールデンタン〉のマイロの忠告を聞かなかったんだ。彼からやめろって言われたのに、三日間続けて、どの角度からも紫外線をあてられるベッドに横になって、顔におおいをかけなかった」

イーサンが笑い声をたてた。「待ってろ、ハーム。いまアロエベラを取ってくる」背中でジョアンナが娘に話す声を聞いた。「アロエベラっていうのはね、べたべたした緑色の液体で、ひどい日焼けの痛みを取り除く効果があるのよ」

オータムはハームを見あげた。「あたしの親友のティミー・ジェファーズみたいに黒いなって思ってたの。いま見たら、赤黒くて、痛そう。きっとママにどなりつけられるよ」

これにはジョアンナも笑いだした。ビッグ・ルイはハームの脚に飛びついた。イーサンは首を振りながら、アロエベラを取りにバスルームへ向かった。六週間前の七月四日、水ぶくれするほど焼けた一同のためにフェイディーンが買ってきてくれたのだ。イーサンもその日はかなり焼けた。

イーサンはどうやって彼女から話を聞きだそうか、あらためて考えた。どうしたら自分が力になると納得してもらえるだろう？　怖がらせたら、彼女は逃げだす。ここは辛抱強く、信頼を勝ち取るようつとめるしかない。それ以外に方法があるとは思えないからだ。いまここではなにかたいへんなことが起きている。それをひしひしと感じるだけに、彼女たちの安全を守るため、事情を探りださなければならない。

11

ワシントンDCジョージタウン
日曜

メートランド副長官は言った。「彼女が行った」

サビッチは携帯電話を耳に押しつけた。「誰のことです?」

「メリッサ——リッシー——スマイリー。ほら、サビッチ、忘れたか、おまえが六日前病院にぶちこんだ十六歳の銀行強盗だ。いまワシントン・メモリアルで彼女の見張りにあたっていたドーアティ捜査官から電話があってな」

「行ったとは、どういう意味です? 死んだんですか?」息子のショーンと、その友だちのマーティを片目で見守りつつ、サビッチは尋ねた。ふたりはいまガレージのドアの脇に設置されたバスケットのフープにボールを投げ入れていた。どちらもかなりの腕前だが、ふたり合わせて十歳になろうかどうかだし、フープはふつうより一メートルほど低く設置してあるとはいえ、外れることのほうが多い。ガレージのドアは三カ月前に塗ったばかりだが、そろそろ塗りなおしたほうがよさそうだ。

「いや、そうじゃない。ある男がするするとリッシー・スマイリーの病室の外にいたわれらが捜査官に近づき、上着のポケットからFBIの身分証明書を取りだして、ついでに念の入ったことに腰に留めていたシグをドーアティに見せて、ドーアティを休憩させるための交代要員として来たと告げた。ドーアティにはその言葉を疑う理由がなかった。しかも、今日は日曜で、レッドソックスとヤンキースが試合中だった。ドーアティは七回途中のストレッチの時間にいつまでに戻らなければならないか上司に尋ねることにした。交代があるとは聞いていなかったからだ。そして、上司から交代要員など送っていないと知らされて、どなりつけられた。しかも、その捜査官の名前を覚えていないときた。で、結局のところ、病院に捜査官が駆けつけてみると、ミズ・スマイリーはその男とともに、とうに消えていたというわけだ。そいつは〝四人組〟の逃走車の運転手だった」

「やりますね。偽造IDをどこで手に入れたんだか」サビッチは言った。

「その点はまだわからないが、じきに判明するだろう。ドーアティにはクリスマスまで、フーバー・ビル五階の便所掃除をさせる。そんなわけで困ったことになった、サビッチ」

ショーンが叫んだ。「いまの見た、パパ？　二回続けてフリースローを決めたんだよ！」とともに二歳のときからショーンの親友であるマーティ・ペリーがその声をかき消すような大声で言った。「おじちゃん、ショーンはフリースローの線から出てたんだよ！　ずるしたの！　ボールちょうだい、ショーン。くれないと、あたしのサックス貸したげない。あたしの番なんだから！」

「ふーんだ、だったらぼくのピアノ弾かせたげない」ショーンがボールを持って逃げ、マーティがそのあとを追って、やがて取っ組みあいになった。コンクリートの私道ではなく、厚く茂った夏草の上を転げまわっているのがせめてもの救いだ。バスケットボール――子どもサイズの明るいオレンジ色――が通りまで転がりでて消火栓にあたり、縁石まで戻ってきて、止まった。

ふたりの周囲をショーンが飼っているスコッチテリアのアストロと、マーティが飼っているゴールデンレトリーバーのビルマが大声で吠え、尻尾を大きく振りながら、走りまわっている。

サビッチは携帯に言った。「すみません、副長官。バスケットボールチーム内の内輪もめをさばいて、ボールを救出しなければならないんで、数分後にシャーロック同席のうえこちらから電話をかけなおします」

「どんなスポーツでも内輪もめするやつが、うちにも四人いたな。手が空いたら、電話してくれ」メートランドは笑いながら、電話を切った。副長官には成人した息子が四人いる。いずれも屈強な大男だ。

取っ組みあいをさせておくより、自分を殴らせたほうが安全なので、サビッチは両腕を抱えこむようにして芝生に転がり、ふたりを自分にのしかからせた。マーティの母親のルーシーが駆け足でやってきて、笑顔でサビッチに話しかけた。「あら、この子たちに押さえこまれちゃうかもしれないわね、ディロン。このどう猛なレスラーたちをあなたから追い払ってみようと思うんだけど、どうかしら？　さあ、マーティ、ディロンの腕を放して」娘に語りかけ、サビッチから引きはがした。「ほら、ビルマ、顔を嘗めるのをやめて、こっちへいらっしゃい。そうそう、あなたもよ、アストロ」そしてサビッチに言った。「身体的苦痛を受けてくれたことに対して、あなたかシャーロックにお礼を言わなきゃね。さあ、マーティ、ショーン、わたしといっしょに来ない？　マジック・ジェニーから新鮮なレモネードとクルミ増量のチョコレートチップクッキーが送られてきたのよ」

ショーンとマーティはサビッチとレスリングしていることも、さっきまで喧嘩していたこともすぐに忘れて立ちあがると、ふたりそろって勝利の雄叫びをあげた。ふたりの食欲は底無しなので、サビッチは大量のクッキーがあることを祈った。

「ぼくがチャンピオンだ！」ショーンが叫んだ。「クルミ増量？」

「そう、あなたのために、特別注文したのよ、ショーン」

マーティは迷っている。「どうしようかな、ママ。おじちゃんが遊んでくれるって、技を教えてくれるって言ってたから」

ビルマが舌を揺らしながら吠え、アストロがそれに加わって、子どもたちふたりの笑い声が重なった。

「力をつけなきゃ」サビッチは言った。「クッキーが先だ」

ルーシーが言った。「力持ちのわんこたちとクッキーの取りあいをしなきゃならないかもよ。急いだほうがいいわ、あなたたち。チョコレートチップクッキーがいつまでもあると思ったら、大間違い」

まだ小さな少年と少女はわあわあいいながら前の庭を突っ切り、二匹の犬を引き連れて、隣のペリー宅へ走り去った。ルーシーはサビッチに手を貸して引き起こし、肩のほこりを払うと、子どもたちを追いながら言った。「一時間ぐらいしたら、ショーンとアストロを送り届けるわ」

サビッチが体のほこりを払っていると、シャーロックが玄関口に現われた。白のショートパンツにピンク色のさらりとしたトップを合わせている。うっすらと日焼けして、カールした髪はポニーテールにまとめ、サンダルの先からのぞく爪は淡いピンク色。十六、七歳の少女のようだ。笑顔で手を振る彼女を見たら、おなじみのときめきを感じた。暑い午後のひととき、天井のファンがまわる寝室で、ブラインドをおろし、あたりは心地よい静けさに包まれている——こんなときに、ぴったりのことがある。反面、やめておくべきかもという思いもある。メートランド副長官が電話を待っている。サビッチはため息をついた。ひょっとしたら、夜なら時間があるかもしれない。真夏の八時なら、まだ暗くない。それに奇跡が起きて、ショーンが自分のベッドで寝ないともかぎらない。

まず、ありえないが。

「おれもレモネードなら、大歓迎だよ」サビッチは声をあげた。

シャーロックが笑った。「だったら、マイヤーレモンの木を丸裸にするのを手伝ってくれないと」

サビッチはしげしげと妻を見た。「まさかそんなこと、してないだろうな？　きみの脾臓が過去のものになって、まだ二カ月だぞ。無理は禁物だ、シャーロック。休まないと」

「ええ、ほんと、おかげでカビが生えちゃったわ。働いたり、大事なことをできたりするのって、いい気分よ。たとえばレモネードをつくるとか」サビッチの頰に触れた。「わたしはもうだいじょうぶ。無理しないように気をつけるから」

「もうしてるだろ。げんにジョージタウンの銀行まで突進してきた。ルースから聞いたぞ。きみが四人めの強盗を追いかけて外に飛びだそうとしたんで、デーンが引き留めなきゃならなかったって」

「あら、たいしたことじゃないわ——そうね、わかった、少しやりすぎだったかも。でも、いまは日に日によくなってるの、ディロン。だから、心配しないで」

それでも彼は心配し、そのことをシャーロックは知っている。そしてシャーロックが完全復調するまでのあとひと月かそこら、こうしてふたりはお互いを案じつづける。

12

サビッチはシャーロックお手製の、酸味のきいたレモネードを、グラスに半分飲んだ。うまい。「メートランド副長官が電話をしてきた。ほらリッシーっていう、十六歳の銀行強盗がいただろ？　あの娘が病院の保護下から外れたそうだ」

「どういうことなの？」

サビッチはうなずいた。「どこかへ消えたのさ。行方知れずになっていた逃走車の運転手が手引きしたらしい」副長官から聞いた話をシャーロックにした。

シャーロックがまっ先に述べたのはドーアティのことだった。「彼はばかじゃないわ、ディロン。偽物の身分証明書ならひと目でわかったはずよ。もし偽物じゃないとしたら――そちらのほうが心配なんだけど」

「たしかに」サビッチはメートランド副長官に電話をかけ、スピーカーに切り替えた。「遅くなって申し訳ありません。シャーロックともどもここにいます」

メートランドはさっそく本題に入った。「ドーアティのとんがり頭に幸あれ。男がちらつかせたFBIの身分証明書に記載されていた捜査官の名字をついに思いだしおった。コギンズだ。調べてみたら、ピーター・コギンズといって、リッチモンド支局所属の捜査官とわかった。複数の捜査官が彼の自宅に駆けつけたところ、妹がコギンズに巻かれたロープを解いて、口からダクトテープをはがしているところだった。妹によると、縛られて台所の床に転がっているのを見て、びっくりしたそうだ。ストロベリーパイを届けにきたとか」

「うまそうですね」

「ああ、そうだな。少なくとも、犯人はコギンズを殺さなかった。で、コギンズによると、こういうことだったらしい。裏庭の芝生を刈っていたら、若い男が駆け寄ってきて、ワシントンに向かうインターステート95にはどう行ったらいいかと尋ねた。その男は、体をひねってそちらを指さそうとしたコギンズの頭を殴り、身分証明書とシグを盗んだ。わたしたちが出したリッシー・スマイリー逃亡の報を受けて、リッチモンド支局の局長がすぐに電話をくれたんだ」

シャーロックが尋ねた。「コギンズ捜査官は無事ですか?」

「ああ。医者によると、軽い脳震盪《のうしんとう》だそうだ。ま、それで頭がよくなることはなさそうだが。二日もあれば、通常業務に戻れるだろう」

サビッチが言った。「ご存じのとおり、この件にはおれたちは首を突っこむなというお話でした。その男について、なにかわかっていることはあるんですか?」

「ああ、その男のことはわかっている——彼女のいとこだ。すでに彼に関する調べはついていた。リッシーとほか三人の身元が確定した時点で、行方を追っていたんだ。そりゃ、おまえたちには信じられないだろうが。銀行強盗をするときは、身分証明書など携帯しないのがふつうだ。ところが連中は全員がポケットに入れていた。なんとも素人くさいやり口だが、こちらにとっては好都合だった。で、このいとこは住所にあったノースカロライナ州ウィネットにはおらず、あたりの住民もこのひと月半ほどは見かけていなかった。近所のひとりには、何カ月かヨーロッパを旅してまわってくると言っていたらしい。ドーアティとコギンズの両方が運転免許証の写真を見て、犯人だと特定したんで、すでにいたるところに手配写真を配ってある」

「車は持ってるんですか？」

「いや、オートバイだ」

シャーロックが尋ねた。「男の名前はなんと言うんですか、副長官？」

「ビクター・ネッサー。母親はマリーといい、ジェニファー・スマイリーとは半分だけ血のつながった姉妹だ。マリーはハッサム・ネッサーというヨルダン人と結婚した。この男がビクターの父親で、マリーとハッサムは四年前にヨルダンに戻った。当時、十七歳を目前にしていたビクターは——理由はまだわからないが——ヨルダン行きを嫌って、おばのジェニファー・スマイリーのもとへ転がりこんだ。そのときリッシー・スマイリーは十二歳だった」

「選択を間違えましたね」シャーロックが言った。「ジェニファーが彼を悪の道に誘いこんだんですか？」

「かもしれん。本人が乗り気だった可能性もある」メートランドは答えた。「ただ、銀行強盗がはじまったとき、ビクターはもはや十七の少年ではなく、二十一の大人だったことを忘れるな」

サビッチが言った。「リッシー・スマイリーとの関係が気になりますね。彼女を取り戻すために、かなり危険な橋を渡ってる。なにか事情がありそうです」

「そうだな、それを突き止めないと。ジェニファー・スマイリーはバージニア州のフォート・ペッセルという、ノースカロライナとの州境に南北戦争時代からある小さな町の出身だ。すでに捜査官を現地に派遣して、盗んだ金がないかどうかスマイリーの自宅を調べさせて、関係者全員から話を聞かせているが、いまのところ彼女なりビクター・ネッサーなりに関する有力情報は入手できていない。スマイリー家に関する噂は華やかだが、詰まるところ、きわめて排他的な家族で、近所づきあいを避けていた。せいぜい食料品店で買い物をするぐらいのもんで、金銭を介したやりとりも地元ではほとんどなかった。ただ、ケンタッキー・フライド・チキンの上客ではあったが」

代金はきちんと払い、けっして諍《いさか》いを起こさなかったから、人から目をつけられることもなかった。ただ、そこにいるだけの存在だったと言っていい。

リッシー・スマイリーとビクター・ネッサーの教師たちも、何人か調べさせた。町にいたのは教師がふたり、コーチがひとりだけだった。大半の教師は夏のあいだ町から逃げだしているらしい。いいご身分だ」

「ええ。でも、防弾チョッキが欲しい学校もありますから」シャーロックが言った。

「つい口がすべった」

「残る強盗ふたりについて教えていただけますか、副長官」シャーロックがうながした。

13

「さっき言ったとおり、連中は身分証明書を持っていた」電話の向こうから紙をさばく音がする。「よし、これだ。ジェフ・ウィッキーとジェイ・フィッシャー。ふたりは西部——具体的にはオレゴンだな——の出身で、根っからのチンピラだった。セーラム支局の捜査官を以前の住所にやったが、壁が薄いといって文句たらたらの新しい店子《たなこ》しか見つからなかったそうだ。

ウィッキーとフィッシャーは半年前のほぼ同時期に出所した。セーラムの同じアパートに部屋を借り、四カ月後にいなくなった。ふたりがよく通っていたあやしげな酒場のバーテンダーには、国を横断すると言っていったらしい。たちの悪い連中なんで、まさかバーテンダーも麗《うるわ》しき景観を楽しむ観光旅行とは思わなかったが、わざわざ確認するほどばかじゃない。現段階ではジェニファー・スマイリーとつるんだ経緯についちゃわかっていない」

「たんにつるんだんじゃないほうに、ショーンの小型のバスケットボールを賭けますよ」サビッチは言った。「家族の絆です。なにかしらのつながりがあるはずだ」

「刑務所内に共通の友だちがいたってことも考えられます」シャーロックが言った。

「いま調べているが、いまのところ有力情報はない。問題は、リッシー・スマイリーが逃亡するなどということは、可能性すら考慮していなかったことだ。まったく、こちらはいい面の皮だ。これでまた一からやりなおしになった」

サビッチが言った。「リッシー・スマイリーに殺人歴があるのは事実ですが、ビクターはどうなんです？　前科なり喧嘩なり――追い詰められたときにどういう行動に走るかを示す過去の記録はありますか？」

メートランドが答えた。「行動科学的に見て最有力な可能性は、ビクターがサイコではないということだ。彼はその気になれば殺せたにもかかわらず、コギンズもドーアティも殺していない。しかも運転手に徹し、実際の強盗には加わっていないのだ。確認のために強盗に入られた銀行すべての監視カメラをもう一度、調べてみたが、彼の姿はなかった」

「ビクター・ネッサーは二十一」シャーロックが言った。「やっとヒゲが生えそろう年頃です。なぜドーアティはそんな男をＦＢＩの捜査官と間違えたんでしょう？」

「もっともな疑問だが、ドーアティが言うには身分証明書は見たものの、年齢まで気にしていなかったそうだ」

サビッチが尋ねた。「ピーター・コギンズ捜査官の年齢は？」

重苦しい沈黙。「三十一だ」

「それはそれは」と、サビッチ。

「ドーアティが不注意だったのは確かだ。彼が言うには、男は身分証明書をすぐに引っこめたし、ドーアティのほうはまさか堂々と近づいてきて別の捜査官の身分証明書を提示するほど肝の据わった悪人がいるとは思っていなかったというわけだ」

シャーロックが言った。「失礼ですけど、あきれてものも言えないわ」

メートランドが笑った。「ああ、たしかにな。ドーアティはこの件を来年の夏まで忘れさせてもらえんだろう」

しばしの沈黙をはさんで、サビッチが尋ねた。「どうしてうちに電話してこられたんですか、副長官？」

「リッシーが母親を殺したおまえを殺すとドーアティ相手に息巻いていたそうだ。おまえにはしっかりと目を開いていてもらいたい」

シャーロックが言った。「お言葉ですが、彼女の母親を殺したのはディロンではなく、バズ・ライリーです」

「わかってる。リッシー・スマイリーの口から彼の名前は出ていなかったそうだが、ミスター・ライリーにはわたしから電話をして、彼女とビクターを逮捕するまで休暇を取るように伝えたし、三週間の休暇が取れるよう口添えした。新たに従業員が撃たれるのを望む雇い主などいない。行き先の候補としてアルバを推薦して、夜間のフライトの手配までしてやった」

シャーロックが天井を仰いだので、サビッチはにやりとした。「気持ちのいい日曜の午後です、副長官。お電話いただいて感謝します。いや、ご忠告いただいてよかった。ですが、まだなにかお話になりたいことがあるのでは?」

メートランドが黙りこんだ。

シャーロックがうなずくのを見て、サビッチは助け船を出した。「副長官がすでに態勢を整えておられるのは承知です。ですが、リッシー・スマイリーは逃亡して、自分の命を狙っています。彼女とビクターの捜索は自分に任せてもらえませんか?」

サビッチなら事件を解決して、メートランドを晴れ舞台に立たせられる。メートランドがおもむろに口を開いた。「うむ、おまえがそう言うなら、サビッチ、わたしのほうでいくらか根回ししてみよう。縄張り争いやら、労力の無駄遣いやら、足の引っぱりあいやらはなんとしても避けたい。関係各署へのリンクはすべてマックスに送っておく」

思いどおりになっても、メートランドはその嬉しさをあからさまに声に出さないでいる。サビッチはそんな上司に感心した。「たぶん明日、シャーロックといっしょにフォート・ペッセルに行くことになると思います。そこがすんだら、つぎはノースカロライナのウィネットに行って、ビクター・ネッサーのことを調べる必要があるかもしれませんね。彼らがどんなところに住み、どんな人に囲まれていたかを、じかに感じておきたいんです」

「おまえが思うとおりにしてくれ」サビッチには、メートランドがカナリヤの籠のなかに入りこんだ猫のようににやついているのがわかった。電話を切ると、シャーロックに言った。

「ビクターについて、ひとつ言えることがある。FBIの捜査官を倒して身分証明書を奪い、メモリアル病院からリッシーを助けだすには、度胸も落ち着きもいる。そこまでするのは、リッシーにかなりの思い入れがある証拠だ。ビクターがノースカロライナのウィネットに引っ越したのは、十八のとき。おそらく卒業してすぐに引っ越したんだろう。問題はその理由さ。なにがあったんだか」

シャーロックが言った。「そのときリッシーはまだ十三よ」

サビッチはうなずいた。「リッシーが原因で立ち去ったのか、おばのジェニファー・スマイリーとひと悶着あったか」

シャーロックが顔を上げて、サビッチの頬に触れた。「彼がパスポートを持っているかどうかを確認しないと。ヨルダンと合衆国と、両方のパスポートを持ってる可能性もあるわ」

「そうだな。まずはそこから着手しよう」

「どうして両親とヨルダンに戻らなかったのかも気になる。いずれすべてが明らかになるでしょうけど。高校を卒業してから彼がなにをして食べていたかも、わかってないわ。まずはフォート・ペッセルとウィネットに足を運んで、この二点を探りましょう」

「たぶんそうした聞きこみ情報の一部は、メートランドが送ってくる情報のなかに入ってるだろうが」

「そりゃそうだけど、自分たちで調べるのとは違うから」と、シャーロックはキッチンの時計を見た。「ショーンがペリー家からシュガーハイになって帰ってくるまでに、あと三十分はあるわ。リッシー・スマイリー関連がどうなっているかを全部教えて。概略を説明してほしいの、ディロン、あなたの口で。あなたは何度も考えて、頭のなかで再現してきたはずよ。リッシーが逃亡したいま、あなたがなにを考えているか、知っておきたい。さあ、話して」

サビッチは求めに応じた。シャーロックは頭のおかしい十代の娘が夫の命を狙っていることに内心、震えあがりつつも、その恐れを口にしなかった。

「……ライリーがジェニファー・スマイリーの喉を撃ち抜いて、おれの命を救ってくれたんだ。血を見て噴水のようだと思ったことは死ぬまで忘れられそうにない」

この人はまたもや命の危機に立たされた、とシャーロックは思った。血の噴水。気を取りなおして、シャーロックは言った。「リッシー・スマイリーとビクターがどんな関係だったか、探りだす必要があるわね。それが彼らの行動の動機になってるかもしれないから」

サビッチはうなずいた。まだこの段階ではさほど重要視していなかったからだ。シャーロックをつかんで、キスした。「今夜はマックスで仕事しなきゃならない。ルーシーがショーンを連れてくるまでに、まだ時間があるかな？」

「少なくとも十四分はあるわね」と、シャーロックが階段を駆けあがりはじめた。

妻のあとを追いながら、サビッチは、この申し分ない時間にひとつだけ惜しい点があるとしたら寝室の天井にファンがないことだ、と思った。できれば、つぎの週末には設置したい。ふとオータムのことが頭をよぎり、少女から今夜、連絡があることを祈った。あれからもう何日もたった。小さな町の保安官数人から電話をもらったが、オータムに関する情報はなく、少女に対する心配はつのるばかりだった。

14

バージニア州タイタスビル
日曜

リビングのコーヒーテーブルには手つかずの〈ワシントンポスト〉紙が置いてあった。新聞は毎週日曜の朝になると、バディ・グラブズが経営する〈クイックショップ〉というコンビニエンスストアから配達されてくる。〈ポスト〉を読むのは、ワシントンの麻薬取締局《DEA》に籍を置いていた三年のあいだに身についた習慣だった。だが、この気持ちのいい日曜日の朝は、テーブルに足を置いてコーヒーを片手に新聞を読むということが、やけに縁遠いことのように思える。

イーサンは長年、家族の尻を支えてきてくれた、心地よく使い古されたソファに腰をおろすと、新聞をテーブルの端に押しやって、ガラス面にカップを置いた。そして手を振った。

「都合よく、オータムは寝室で猫たちと遊んでる。きみに話があるんだ、ジョアンナ。坐ってくれないか。さっきの携帯を聞いたかもしれないが、部下たちは全員ブレシッド・バックマンの捜索にあたってるし、近隣の警察署や保安官事務所も最大限の人手を貸してくれてる。

残念ながら、ブレシッドには運転免許証も社会保障番号もないようだ。つまり、公的には存在しない人間ってことになる」

「ありえないわ。車を運転しないで、どうやってここまで来たの？」

「ああ、車としか考えられない。自家用車なり、トラックなり、オートバイなり」

「ブレシッドはまだそこ、すぐ近くにいるはずよ。わたしにはわかるの。オータムを手に入れてないから。そうなの、是が非でもオータムを手に入れたがってるから。だから、あの子をここから連れださないと。コロラドならいい落ち着き先になるんじゃないかしら」

決意の固そうな彼女を前にして、イーサンは軽い口調を心がけた。「コロラドでなにをするつもりなんだい、ジョアンナ？」

「たぶんあなたには、わたしたちが生活困窮者に見えてるでしょうけど、実際はそうでもないのよ。以前はボストンの大きな医療施設で事務長をしてたの。経営学士を持ってるし」ため息。「いまさらそんな話をしても、しかたないわね。仕事は順調だったけど、わたしがいやになってしまって。来る日も来る日も一日じゅう閉じこめられて、週末だけを楽しみにする生活がよ。オータムを育てるために続けてただけで。それより、わたしはロシア語を流《りゅう》暢《ちょう》に話せるの」

「へえ。それで、コロラドにロシア語を習いたがる人がいるのかい？」

彼女はさらに突進した。「わたしがほんとうに得意で好きなのは、スキーとスノーボードを教えることなの。冬はそういうのを教えて、夏は希望者を山にハイキングに連れていったり、ロッククライミングや急流下りやキャンプの手引きをしたり、そういうことよ」

「ご主人は亡くなったそうだね。オータムから聞いた」

「ええ、最近」

「お気の毒に」

「ねえ、イーサン、たしかにいまはあまり大金を持っていないけれど、コロラドでつぎの仕事を見つけるまで暮らしていく分くらいはあるのよ。レッドビルに住もうかと思って」

「レッドビルか、いいね」イーサンは言った。「母親と弟、妹といっしょに一度、クロスカントリーをしに行ったことがある。もちろんダウンヒルもね。二日間にわたって街が雲に包まれたのを覚えてる」

「標高三キロだもの、そりゃそうよ」

「それにビクトリア朝様式の街並みを見てたら、皮のブーツをはいて馬に乗りたくなった。きみがタイタスビルに来たのは、そういうことかい？　きみのご両親がアウトドア好きで、よくタイタスヒッチ・ワイルダネスに出かけたとか？」

「ええ、年に何度も行ったわ、保安官。なに、にやにやしてるの？　わたしの言うことが信じられない？」

「もちろん、信じてるさ。実際、きみがスーツにストッキングにハイヒールで飾り立てずにいられない都会のもやしでないとわかって嬉しいよ。オフィスの窓ガラスに鼻をくっつけて、外に出たがってるきみが目に見えるようだ」

「都会のもやし？　そんなこと言ったら、わたしの女友だちに殴り倒されるわよ。ボストンの友だちのなかには、路上強盗を切り刻んで、フライにして朝食に食べそうな人もいるんだから」

「都会には都会のサバイバル術があるからね。でも、おれには、テントを張れたり、コールマンのストーブで料理したり、コーヒーを煎《い》れたりできる女性のほうが興味がある。必要とあらばヘビだって殺せて調理できたり、クマから餌として見られているのに気づく能力のある女性のほうがさ。ほら、まったく別の能力だろ？　まだだ、ジョアンナ、肩の力を抜いて。おれは噛みついたりしないぞ」

　イーサンが自分をリラックスさせて、笑わせようとしていることがわかった。彼の望む方向に導くためだ。なかなかうまいけれど、こんなときに彼の口車に乗ってはいられない。

　イーサンはソファに深くかけなおし、両手を組んで腹に置いた。「きみの両親のことを聞かせてくれ、ジョアンナ。アウトドアの遊びとか、スキーとか、両親に教わったのかい？」

　これくらいなら話しても害はない。「両親そろって、バンクーバーの北のウィスラー・マウンテンでスキーを教えてたのよ。わたしはブリティッシュ・コロンビアで育ったの。歩けるようになると同時に、スキーをはかされた。夏のあいだはキャンプやハイキング、泳ぎやロッククライミング、できることはなんでもして、冬はスキー三昧《ざんまい》だった」

「すてきな子ども時代だったようだね」

「そうね、最高の子ども時代よ」コーヒーをもうひと口飲んだ。

「ご両親はいまもカナダに？」

ジョアンナは首を振り、唇を引き結んだ。

イーサンは身を乗りだして、そっと尋ねた。「なにがあったんだい、ジョアンナ？」

彼女は目を合わせようとしなかった。見ると、隣にあるアフガン編みのブランケットを長い指でつかんでいた。沈黙の末に彼女が言った。「母はわたしが十五のときに亡くなったの。そのあと、父も、目立ちたがり屋のばかなフランス人を雪崩から救おうとして命を落としたわ。わたしはその日、もう二度と雪山を見ないと誓った」

「悪いことが続いたな。お気の毒に」

彼女は半笑いになった。「そのときわたしはフォート・コリンズにあるコロラド州立大学の一年生だったんだけど、翌年、ボストン大学に移って経営学を専攻したわ。そこの三年生のときに夫に出会ったの。保安官、わたしとオータムはそろそろ出発する時間なんだけど」

「スキーを再開したのはいつ？」

「働きはじめて一週間後に、ニューハンプシャーのホワイトマウンテンにあるルーンマウンテンリゾートに向かったわ。それから一週間はスキーばかりしてた」

イーサンは夫となった男性もいっしょだったのか訊きたかったけれど、やめておいた。

彼女のマグカップがコーヒーを足してもらいたげにしているのに気づいて、指さした。

「そのマグカップは祖父のもので、言ってみれば四十年物なんだ。ふつうのコーヒーカップの三杯分は入る。だから全部飲んだら、ジョアンナ、興奮しすぎて飛んじゃうよ。それで、なぜここタイタスビルに逃げてきたのか、教えてくれないか？　こんな地の果てみたいな町にさ。とてもきれいな地の果てではあるけれど、それにしたって――」

「トリーを頼ってきたの。トリーは父の兄と親友で、そのころからの知りあいよ。両親もわたしも親しくしてた。トリーは捜査機関にいたから顔が広いし、わたしたちを助けてくれるとわかっていたから」

「ああ、オータムからトリーのことを聞いたよ。元ＦＢＩの捜査官だから、顔が広いのは確かだよな。じゃあ、彼がエバーグレイズにトレッキングに出かけることは、知らなかったんだね？　来る前に話をしなかったのかい？」

「電話に出なかったから、とりあえず来てしまったの。それで彼の帰りを待ってたんだけど、いまとなっては手遅れね。やつらに見つかってしまったから」

「やつらってのは、バックマン一族のことか？」

彼女がうなずいた。「集まって暮らしてるわ、保安官。あなたにはいろいろ感謝してる。ほんとよ。でも、わたしとオータムはもう行かないと。今後もこちらから連絡を入れるわ」

「そのささやかなお別れのスピーチを何度練習したんだい？」

「鏡の前で三、四回かしら。なんにしても、現実は変わらない。オータムはここにいたら危険なの。だから遠ざけたい。それだけのことよ」

「ブレシッドはきみを殺してたかもしれない。たぶんおれも」

「ええ、たぶんね。オックスを使って」

「引き金にかかっているのが自分の指だと気づいたら、オックスは最悪の気分になるな」

「オックスには心から同情するわ」彼女はイーサンの隣のコーヒーテーブルにマグを置いて立ちあがり、手のひらで皺だらけのジーンズを撫でおろした。イーサンもゆっくりと立ちあがって、彼女と向きあった。

イーサンは長身で裸足でヒゲを剃っておらず、腰にはベレッタを携帯していた。たぶん不潔な悪党みたいな外見になっている。うまくしたら彼女を怖じ気づかせることができるかもしれないと思ったが、彼女がおもしろがっているような顔でちらっとこちらを見たので、その線はあきらめた。「これは忘れないほうがいい。災難から逃げたら、いっときはそれで助かるかもしれないが、また災難に追いつかれる。かならずだ」

彼女が祖父のマグカップを見つめている。

「いいかい、ジョアンナ。きみは娘さんのことを案じてる」

「ええ、そしてわたし自身のことを」

「ブレシッドと性悪ばばあのことを話してくれ。バックマン一族のことを洗いざらい。ブレシッドは母親のことを言ってたのか？」

ジョアンナがため息をついた。「あなたに話すことはできるのよ。そしてあなたの口から地元の警察署長に話をして、彼らを見にいってもらうこともできるでしょう。でも、信じてもらえないかもしれないけれど、できるのはそこまでなの。みんな彼らのことを恐れている。あの善良なるバリス・コール保安官もよ」

「場所は？　連中はどこに住んでるんだ？」

彼女が無視して答えないので、イーサンは続けた。「彼らがひどく恐れられていることはおれにもわかる。ブレシッドが人を操るのをこの目で見たからね。なんできみは、おれたちがブレシッドを見つけても、そのまま立ち往生すると思うんだ？　ここにいるんだから、やつの地元の保安官は関係ないだろ？」

「ブレシッドを見た判事が訴えを取りさげてしまうからよ。彼を見た検察官が起訴しないかもしれないし、さらに言えば、彼を逮捕すべく送られた警官が彼をそのまま逃がして、場合によって、彼の望む場所までパトカーで運んでやるでしょうね。そして、彼のところまで行った理由を忘れてしまう。これは可能性の問題じゃないわ。そのとおりになる。要はそういうことなの、保安官」

「たしかにな。きみの指摘どおりだ」イーサンは言った。「遅かれ早かれ、そういうことになる。おれのこと、自分のケツとブーツの区別もつかないような田舎保安官扱いするなよ。ワシントンにいたときは、大きな捜査機関にいた。DEAの大物捜査官だったんだ」

彼女が居住まいを正した。「DEA?」

「ああ。麻薬取締局さ。大物捜査官ではなかったかもしれないけど、そこそこ優秀だったと思う」

「だったら、どうして片田舎の保安官になったの?」

イーサンはしたり顔になった。「おれもきみと同じで、スーツにウィングチップで建物のなかに閉じこめられてることに耐えられなくなったのさ。誤解しないでくれよ。現場に出られたら、大満足してたと思う。だが、おれはワシトンの司令部勤務を命じられた」

彼女がマグカップを手に取った。「お代わりが欲しいわ」

「いや、やめといたほうがいい。マグから離れろ、ジョアンナ」

ジョアンナは思わず笑いだしてしまった。

「さあ、ブレシッドのことを教えてくれ。彼は相手の目をまっすぐ見るだけで、催眠術をかけられるのか? 相手かまわず?」

どうやったら彼女の防御を崩して、話をさせられるんだろう? これじゃだめだ。マッチョぶったのに、おもしろがってくれていない。もはや素に戻って、顔に険しさが出てしまっているのかもしれない。あるいはこの二週間、あまりに怖かったせいで彼女は無力感に陥り、口にできないのかもしれない。

だが、彼女はしゃべりだした。「どうかしら。たぶんそうだと思うけど。オックス以外に彼が催眠術をかけるのは、一度しか見てないから。一瞬にしてかかるのよ」

イーサンはゆっくりと話した。「催眠術を使っても、相手の意に反することはさせられないとばかり思ってたよ。そう聞いてたからね。ところが、昨日のオックスはどうだ、ジョアンナ。オータムをさらう邪魔をする人間がいたら、きみだろうとおれだろうと、殺しかねなかった。きみはオックスを知らないが、おれは知ってる。昨日のあの男は、おれの知ってるオックスじゃない。なんと声まで変わってた――興奮したきんきん声で、正気じゃなかった。催眠術であそこまでなるとは思えない。恐ろしいよ、あのオックスをあんなにしてしまうとは」

「わたしたちを守ってくれようという気持ちは、ありがたいのよ、保安官。でも、ブレシッドはそこにいる。武器を準備して、計画を練ってる。オータムとわたしは立ち去るしかないの。B&Bで荷物をまとめたら行きます。いろいろとありがとう、保安官」

「そんなことはいいんだ。だが、おれの戦いははじまったばかりだ。さあ、B&Bまで送ろう。きみが荷物をまとめているあいだに、おれは何本か電話をかける。これからはいっしょだからな、ジョアンナ、よろしく頼むよ」

15

ワシントンDC北東部
日曜の夕方

バズ・ライリーは最後にもう一度、三十六年間、妻エロイーズと分けあってきたベッドを見た。一年前に彼女が卵巣ガンで亡くなってから、こんなに長く家をあけるのははじめてだった。彼女のことを思わない日はなく、そのたびに胸が痛んだ。半年前よりは痛みがやわらいだだろうか？ よくわからない。三人の子どもは父親を心配して、なにかと世話を焼きたがる。最初はそれも嬉しかったが、うとましくなるのにたいして時間はかからなかった。とくに週末ともなると、わざわざ予定を組んで来るらしく、それもやはり煩《わずら》わしかった。ひとりになって、思いだしたり、偲んだり、長さ五メートルの新しいボート〈ブルー・フィン・ドーリー〉で釣りを楽しんだりする時間がいると言っているのに、子どもたちは聞き入れようとしない。挙げ句、子どもの誰かと孫たちがつねにいっしょで、センターコンソールの彼の背中には子どもたちがたむろしている。

バズは軍隊で使っていた古いダッフルバッグの口を閉めると、エロイーズにしつけられたとおり台所の電化製品の電源がすべてオフになっているのを確認した。玄関のドアに鍵をかけて、警報装置を慎重にセットし、二〇〇七年型の青いクライスラー・セブリングまで行った。これはバズにとってはじめてのコンバーチブルで、エロイーズが亡くなる一年前に郵便配達員から買ったのだが、わずか一万キロの走行距離しかなかった。エロイーズは幌を開けて乗るのが好きで、十代の娘のような笑い声をあげることもあったけれど、ある日、横から顔を出していて虫が前歯にあたるという事件が起きた。あのときの悲鳴を思いだすと、つい頰がゆるんでしまう。必死で前歯をこすって、ティッシュを探していた妻の姿が、いまもまぶたの裏に焼きついている。

バズはダッフルバッグを助手席に投げて、やわらかな黒い革張りのシートにすべりこむと、ドアを閉め、ダッシュボードをそっと叩いた。なかも外もきれいに掃除して磨いているので、新品同然に見える。愛してやまない車だ。そのせいで、エロイーズに向かっていた愛情の一部が奪われてはいないだろうか？

「それはないな」自分で声に出して答えて、キーをまわした。

うんともすんとも言わない。エンジンがかかる音さえしなかった。

ハンドルをまっすぐにして、もう一度キーをまわした。

こんどは音がしたが、あまりいい音ではない。それでもエンジンがかかり、軽快な音をたてだした。アクセルを何度か踏んで、心地よい音に耳を傾けた。「いいな、すばらしいぞ」

バズはゆっくりとバックで私道を出た。この界隈には人が多く、子どもたちが通りで遊んだり、自転車に乗ったりしている。夜七時近いが、日があるうちは、動きがあった。

バズが立ち去ったらとたんにマリファナを吸いそうなティーンエージャーの少年ふたりに手を振ると、ふたりも手を振ってよこした。引退して七年になるとはいえ、バズが元警官であることは少年たちも承知している。小さな野蛮人たちの首根っこをつかまえて、その幼い頭に理屈を叩きこんでやりたくて、指がむずむずした。

最後にもう一度、わが家を見て、つぎに帰ってくるのはいつになるだろうと思った。銀行を襲ったあの愚か者たちが――とくにあの若い娘リッシーが――自分を狙っているとあらば、家を離れるしかない。メートランド副長官によると、リッシーは逃走車を運転していた男に連れだされたらしく、その追跡はディロン・サビッチが指揮することになるだろうとも打ち明けられた。バズはそんな副長官が好きになった。自分のことを警官のように扱ってくれたし、サビッチの命を救ってくれてありがとうと、礼まで言ってもらった。

カリブ海には一度しか行ったことがない。そのときはエロイーズとふたりの船旅だったけれど、同乗者が飼い葉桶に集まる豚のような連中ばかりだったうえに、ハリケーンの脅威があって、最悪だった。さいわいにして、ハリケーンのほうは避けられたけれど。

アルバに飽きたら、島巡りに出かける手もある。せっかくの有給休暇なのだから。島巡りは――揺れる船に七日間足止めされなければだけれど――楽しいかもしれない。少なくとも、これで常時まとわりついてきて、食べさせようとしたり、孫をけしかけたりする子どもたちから離れることができる。銀行強盗で命を失いかけて以来、孫たちに囲まれて動物園状態だった。家を離れることは、子どもたちの誰にも連絡していなかった。いや、まとめてメールを送り、電話がかかってきても出なかったのだ。各自には旅先から葉書でも送るつもりだ。

セブリングの調子がおかしかった。さっきはプスプスいっていたし、いまは車体が上下に揺れて、なめらかに走らない。原因はわからないが、しだいに悪くなっていく。この車で空港まで行くのはやめたほうがいいかもしれない。ジミーに預けても空港には間に合う――そうだ、そうしよう。バズは携帯電話を取りだし、ジミーの自宅に電話すると、車を置いていくから、タクシーを呼んでおいてくれと頼んだ。

そのあと車線を変更して、ペッパー・ストリートまで行き、数ブロック進んで、友人のジミー・ターリーが経営するオートショップ〈オネスト・エイブズ・リペアズ〉に車を入れた。前に一度、エイブという名の男がいたのかと尋ねたら、母親から響きがよくて信頼に足りる感じがすると言われたから、とのことだった。

バズはコンバーチブルを故障車の列の最後尾につけ、運転席脇のタイヤの上にキーを載せると、思っていたより早くやってきたタクシーに乗りこんだ。一時間もしないうちにレーガン空港に到着した。なんの奇跡が起きたか、飛行機は遅れず、バズはバッグを預けて、セキュリティを無事に通過した。服を脱がされることも、手荷物の中身を出させられることもなかった。そしてボーイング737型機に乗りこんだ。なんでも、行き先のアルバは平らな島で、たくさんのカジノがあり、白い砂浜に囲まれているのだとか。ギャンブルの趣味はないが、日光浴は好きだ。すでに黒いので、日焼けしてもわかってはもらえないが、砂浜に寝そべって波の砕ける音を聞くのは悪くない。頭のおかしな銀行強盗から三八口径を耳に突きあてられたときに感じたアドレナリンの放出と恐怖による動悸、そしてついに反撃したときのはずむような喜びと興奮は、いまも感覚として残っている。そしてディロン・サビッチの協力を得て、一味を率いていた女をみごとに撃つことができた。警官として働いた三十年間、あそこまで死に近づいたことはなかったし、人を殺す必要に駆られたこともなかった。〈ワシントンポスト〉はバズを英雄扱いし、サビッチとならんだ写真を掲載した。バズは顔こそ満面の笑みながら、悪辣な気取り屋のようだった。それでも、まだこうして生きている。エロイーズはいなくなってしまったけれど、やはりいい気分だった。

バズはほほ笑んだ。一世一代の経験だった。そのせいで自分のなかのなにかが変わった気がする。周囲の人たちの行動や考えや思いが、より切実に感じられる。悪くないし、なんとなく覚えのある感覚だった。

バズは窓側の席に坐っていた。まだ隣の席があいていることを喜びながら、暮れなずむ空を見ていたら、搭乗ゲートの隣にある業務用のドアがゆっくりと開いた。ジーンズにグレイのTシャツ姿の若い男が頭を突きだした。警官だったバズの目には、その男が人目をはばかっているように見えた。つまりいてはいけない場所にいて、してはいけないことをしたがっているということだ。どういうことだ？　若い男はまっすぐ飛行機を見あげ、誓ってもいい、そんなことが可能とは思えないが、バズの姿を視線の先にとらえた。若い男が表情を一変させ、ふり返ってまだ内側にいる誰かに話しかけた。そのときふいに、奥から出てきたリッシー・スマイリーが見えた。銀行強盗に遭った日、バズはサビッチがスキーマスクをはぎ取るのを間近で見ていた。しばし彼女を見つめた。ここからだと狂気に駆られた黒い瞳は見えないが、同じ女だという確信があった。

ふたりがここにいる理由は明らかだ。自分を殺しにきたのだ。だが、来るのが遅すぎた。ふたりに向かって拳を振り、おれには手出しできないぞと大声で告げて、笑い飛ばしてやりたかった。それはそうとして、どうやってここまでつけてきたのだろう？　バズは車の不調を思いだした。途中で動かなくなるように細工したのか？　それとも爆発させるつもりだったのか？　タクシーが早く到着してくれたおかげで、命拾いをしたのかもしれない。バズは急いで携帯の電源を入れ、ディロン・サビッチにかけたが、出なかったので、メッセージを残した。

若い男女がなかに引っこみ、業務用のドアがおのずと閉まった。制止するフライトアテンダントを無視して、バズはメートランド副長官に電話した。〈オネスト・エイブズ〉がジミーともども炎上するようなことだけは避けなければならない。

16

バージニア州タイタスビル
日曜夜

ジョアンナとオータムはぱりっとしたジーンズとTシャツを身につけていた。たぶん靴下も、洗いたてなのだろう。少なくとも部下たちがブレシッドの捜索を続けているあいだは、荷物を解かずに自分といてほしいという説得が聞き入れられて、イーサンは神に感謝した。だが、待つのは嫌いだった。なにが待ち受けているかわからない感覚はいやなものだ。

ジョアンナが誰に頼まれるともなくつくった豆とサラダを副菜にして、マカロニ・チーズの夕食を終えると、イーサンはオータムを寝室のテレビの前に坐らせて、ジョアンナをリビングに連れていった。「坐って」

「そのスエットシャツ、どうして捨ててしまわないの？　右肘に穴が開いてるし、首回りがぼろぼろになってるじゃない。そうね、わかってる、あなたは男で、そのスエットシャツは十六のころから着てるのよね」

「いや、十七からだ」

「それに、どうして靴下と靴をはかないの？　ケガをするわよ」

イーサンはコーヒーテーブルに足を載せて、彼女に向かって眉をそびやかせた。

彼女が言った。「わたしはついに去年、十八のときある男の子が買ってくれたフォート・ローダーデールのTシャツを捨てたわ」

「またはじまった。だったら言わせてもらうけど、きみが連中について知ってることを洗いざらい話したら、男らしくスエットシャツを捨ててやるよ」

「きれいなピアノね。弾くの？」

気をそらすためなら、なんでも持ちだす。イーサンはうなずいた。「ありがと。祖母のピアノなんだ。よかったら、あとでジャズを弾いてやるよ。いいかい、ジョアンナ、おれは辛抱強くきみが話してくれるのを待ってきたが、もはやこれまでだ。きみとオータムが心配なのと同じくらい、部下たちのことも心配なんでね。彼らがブレシッドに近づいたら、どうなる？　ブレシッドはなにをするだろう？　崖から飛びおりろと命じないだろうか？　ブレシッドについて知っていることを話してもらうぞ。きみにはその義務があると思わないか？」

彼女は唇を噛みながら、マグカップの底に残っている冷めたコーヒーを眺めていた。「わたしだって、誰かが傷つくようなことは望んでないわ」

イーサンはうなずいた。「だったら、話してくれ。頼む」

ジョアンナはイーサンの隣に足を載せ、眉をひそめてふた組の足を見ると、自分の足を床に戻して、いよいよ口を開いた。「いまからちょうど一週間前、夫の葬儀があって、みんなで墓地にいたの。ブレシッドが墓石の影に隠れていた若い男をつかまえたわ。その男は『スーパーマン』に出てくる突撃カメラマンよろしく、カメラを持って写真を撮ってた。ブレシッドは烈火のごとく怒りだし、その男に『おい、はなたれのナット・ホッジズじゃないか』と言うと、無理やり立たせて、目をのぞきこんだ――相手は無言だったわ。そして、ブレシッドがカメラを捨てて、踏みつけろと言うと、ナット・ホッジズは言われたとおりにした。あんまり素直に言うことを聞いたから、最初は死ぬほど怖がってるんだと思った。でも、見ると、おとなしくそこに立っていた。ブレシッドは大笑いして、彼に指図した。匍匐《ほふく》前進しろとか、シャツを破り捨てろとか、頭に土をなすりつけろとか、相手を辱《はずかし》めるようなことをよ。ナット・ホッジズはうつろな印象で、完全にブレシッドに牛耳られていたわ。昨日のオックスとまったく同じだった。

そのとき、グレースが『やめろよ、ブレシッド。ふたりがいるし、これからマーティンを埋葬するんだから』と言うと、ブレシッドは腹立たしげな調子で『このお調子者に写真を撮らせるわけにはいかない』と言って、ナット・ホッジズの体を揺さぶったの。わたしがそちらに近づこうとすると、グレースが、心配いらない、ブレシッドはあの子を引き戻してるだけだから、と耳元でささやいた。そしてどうしてだか、若い男は正気に戻ったようだった。

そのあと、ブレシッドが男の襟首をつかんで言ったの。上司のところに逃げ帰っておとなしくしてろと伝えろ、と。そして、『こんどこのあたりをうろついていたら、おまえも墓のひとつに入れてやるからな』と脅しをかけた。

若い男は頭が痛いとうめいたわ。彼はブレシッドに言われたとおり立ち去り、走りながら頭を押さえていたわ。ブレシッドは踏みつぶされたカメラを拾って墓穴に投げ入れ、『これでマーティンも聖人の写真を撮り放題だ』と言うと、母親のシェパードをふり返った。彼女は黙ってうなずいて、それでおしまいよ。

わたしはすごくショックを受けたし、怖かったから、石みたいに立ちつくして動かなかった。手でオータムの目をおおい、オータムのほうは肩で息をしながらわたしに張りついてた」ジョアンナはしばし口を閉ざし、左肩から背後のグランドピアノを見た。「それ以来、わたしたちが見たことをずっと考えてた。揺するなり殴るなり、そんなことで若い男の正気が戻ったようだった。それで、昨日の夜、オックスにも試してみたの。あなたが彼を強く殴らなかったら、オックスがなにをしたかわからない。いいえ、わかってる。オックスはオータムを手に入れるためにわたしたちを殺したでしょうね」

イーサンはうなずいた。「オックスはオータムを手に入れるためなら手段を選ばないようにプログラムされたロボットみたいだった。だがスピッツ先生は、オックスが何者かに操られていたと言っても、聞き入れてくれないよ。薬物とアルコールはもうチェックしたし、MRIとEEGも調べようとしてる。そんな行動に走ったのは、発作とか脳腫瘍の影響じゃないかと考えてるからだ。きみはさっき墓地の話をした。ご主人の葬儀のために、そこにいたと言ってたな。残りの家族のことも話してくれないか。そして、きみがそこにいた理由も」

「先週まで、誰にも会ったことがなかったのよ」ジョアンナはそれきり口をつぐみ、親指の爪のことを気にしだした。

イーサンは言った。「ブレシッド——きてれつな説教師を思わせる名前だね。しかも、神とはあまり関係のない異教の」

「彼らの名前はどれもそうよ。ほら、グレースだって」

「グレース？　ああ、きみにささやいたという。ブレシッドとグレース？　きょうだいなのか？」

「ええ。マーティンのきょうだいよ」

「いいだろう。それで、グレースについてわかってることは？」

「グレースは線路のように痩せていて、とても物静かな人。でも、そばにいたらすぐにわかる。薄気味が悪いの」

彼女がなにか言いかけたので、イーサンは身を乗りだして、手首に触れた。「なんだい？　なにかあるんなら、言ってくれ」

「わたしの気のせいかもしれないけど」

「なんだい、ジョアンナ?」

「グレースの話し声は少ししか聞いたことがないわ。やわらかだけれどうつろな小声で、死人のような声だった」ジョアンナが身震いした。「おかしいと思われるのはわかってる。うまく説明できないんだけど——」

「だけど?」

「オックスよ。昨夜のオックスの話し方——」

イーサンは続きを待った。

「グレースのようだった。グレースのようにやわらかな小声ではなかったけれど、話し方のリズムが似ていたの。異様な話なのはわかってる。グレースの声だったわけじゃないけれど、言葉と言葉の間隔というか、リズムというか——なんとなくそんな気がして」

17

まだだ、とイーサンは思った。ヘビの巣穴には乗りこめない。まだ聞いておかなければならないことがあるとわかったからだ。この調子で彼女に話をさせれば、いつかはすべてを聞きだせるかもしれない。

「どこで起きた話だか教えてくれるかい？　彼らの住まいは？」

「ブリッカーズ・ボウルと呼ばれる小さくて奇妙な町。アラバマとの州境の近くよ」

「ブリッカーズ・ボウル？　はじめて聞く町だな」

「谷というよりボウルみたいな町よ。周囲の斜面に家がずらっと建ちならんでるわ。空から見たら斜面が家に埋めつくされていて、本物のボウルみたいに見えるはずよ。一族はもう何代も前からそこに住んでるんですって。彼の母親が言ってたわ」

「母親のことを聞かせてくれ」

「たいそうなお金持ちよ。ブレシッドとグレースといっしょにビクトリア朝様式のお屋敷に住んでるの。なかは十九世紀のイングランドでつくられた家具を中心とする高価なアンティークでいっぱいで、広い敷地も手入れが行き届いてる。六台駐車できるガレージがあるけれど、車が入っているのは見たことがないから、実際はなにに使ってるかよくわからない。そして、私有地に一族の墓地があるの。

　彼女は裕福であることが自慢で、屋敷内のアンティークをいちいち見せたがる。それがまたたくさんあって——十五ぐらい部屋があるから。夫の才能のおかげだと言ってたけど」

「亭主もいたのか？」

　ジョアンナは首を振った。「亡くなったそうよ。彼女からはじめてご主人のことを聞かされたときは、彼女の頭がおかしいんだと思った。でも、そうじゃないかもしれない。シオドアは一族でいちばん役に立つ才能の持ち主だったと、彼女から打ち明けられたの。実際、そう言ったのよ、役に立つ才能って」

　イーサンは自分が身を乗りだしていたことに気づいた。「シオドアにはなにができたんだ？」

「めざましい才能があったそうよ。ラスベガスでスロットマシンをやっていて、偶然に発見したんですって。彼が勝ったの」

「そうか。それで？」

「どうやら大勝ちしたらしいわ。彼女が言うには、負け知らずだったとか」

「つまり、こう言いたいのか？　シオドア・バックマンはある種の予言者だったと？」

ジョアンナは思わずにこりとしたが、すぐに真顔に戻った。イーサンは彼女を見つめて、眉を吊りあげた。

「シェパードによると、シオドアはランダムに停止するようにできているリールを好きな場所で止められたんですって。スロットに話しかけたそうよ」

「よせ、ジョアンナ。彼にはリールの動きを操れる目に見えない力があったって言うのか？それとも内なる磁石があって、それでリールを止めたとか？」

「わたしだってまともな話でないのは、わかってる。でも、シェパードはそれでバックマン一族はお金持ちになったと言ったの」

「DEAにいたとき、不正収入の理由として聞かされた話を思いだすよ」イーサンは言った。「裁判所で通用したことはないけどね。彼はなんで死んだんだ？」

「リノのカジノを出たところで、強盗に殺されたんですって。杖で強盗を叩いたけれど、反対にハンマーで頭を殴られて、そのまま放置されたせいで、亡くなったと聞いたわ」

「杖？　強盗に襲われたとき、シオドアはいくつだったんだい？」

「七十代のなかばとか」

「ブレシッドとグレースはいくつだ？」

「ブレシッドは五十代、グレースは少し若くて、たぶん四十代の後半ね」

「じゃあきみは、ブレシッドとグレースと彼らの母親の——なんて名前だっけ？」

「シェパード」

「FOXニュースのキャスターと同じシェパードか？」

「というより、羊飼いのシェパードよ。夫にその名前をつけてもらったって、自慢げに言ってたわ。彼の率いる小さな群れの母親だからって。怖くて本名を訊けなかった」

「そうか。じゃあ、彼らはチェリー三つをそろえられる男がいてくれたおかげで、金持ちになったって言ってるわけか。さあ、このあたりで、とっておきの質問をさせてくれ。どうして彼らと会うことになった？　ご主人の家族なら、初対面というのもおかしいだろう？」

返事がないので、イーサンは続けた。「おれのことを悪の帝王と思ってくれていいぞ、ジョアンナ。なんだって思いどおりにできる」

彼女はぷっと吹きだして、そのあと深く息を吸いこんだ。「わかったわ。わたしの夫のマーティンは、三男で末っ子だった。わたしとオータムはその夫の葬儀で、はじめて夫の家族に会ったの」

「ご主人だけど、ブレシッドやグレースほど、年齢はいってなかったんだろう？」

「ええ。上ふたりとは年が離れてて、亡くなったときは三十六だった。シェパードは四十代のなかばで夫を産んだのよ」

「ご主人は――自然死だったのかい？」

口がきつく結ばれたが、言葉が押しだされそうになっている。なぜ話したくないのだろう？　まだ悲しみが深すぎるのか？

イーサンはスエットシャツの左袖から出ていた糸を引っぱった。「それとも、なんらかの事故だったのかい？」

彼女は首を振り、糸を引っぱる彼をじっと見ていた。と、急に言葉を吐きだした。怒りも痛みもない、生気すらない声だった。「刑務所で死んだの」その目は、灰色の糸に向けられたままだった。

イーサンはびっくりしすぎて、ソファから転げ落ちそうになった。思わず彼女を凝視した。「なんで刑務所に？」

ジョアンナは首を振った。そうか、まだ打ち明ける気になれないか。イーサンはギアをシフトした。「それで、きみはどうやって彼の家族の電話番号を手に入れたんだ？」

「刑務所長がマーティンの私物をすべて送ってくれたけれど、はっきり言って、悲しくなるほどわずかだった。なかに小さな黒い手帳があって、番号がひとつだけ書いてあったの。名前もなく、ただ州外の電話番号がひとつだけ。それで、ジョージアの知りあいが誰なのか確かめたくて電話したら、彼の家族だった。

彼の母親と話して、マーティンが死んだことを伝えた。彼女は大泣きして、わたしと娘以外に知りあいのいない寒いボストンではなく、彼を一族の墓に埋葬させてほしいと言ってきたわ。息子はボストンに縁を感じていたかと尋ねられたから、それはないと思うと答えたら、だったらうちに連れて帰ってきてと。

泣きつかれたのよ、イーサン。もっともだと思ったから、わかったと返事をした。ボストンにわたしの家族がいるわけじゃないし——というより、どこにもいないんだけど。それで、ボストンで友人たちとお別れ会をしたあと、オータムを連れてマーティンの骨壺をボストンからジョージアに運んだの。母親の願いどおり、一族の墓地に埋葬できるように」

イーサンは続きを待ったが、彼女は押し黙ったままだった。凍りついて、喉に言葉が詰まっているようだった。

静かな声で尋ねた。「きみのご主人は家族のことを話さなかった。きみも尋ねたことがなかったのかい？」

「尋ねたわよ。興味があったから。でも、マーティンは話したがらなかった。きみが知りあいになりたいような人たちじゃない、ぼくもつきあいたくない、そのまま受け入れてほしい、と言って。前に一度、どうにか逃げだしてきた、自分の居場所を家族は知らないって、なにかの拍子にぽろっと言ったことがあった。よくわからなかったし、彼もそれ以上は説明してくれなかった。わたしはたぶん家出とか、そういうことだろうと思った」

「ご主人は名前を変えなかったのか？　マーティン・バックマンのまま？」

「ええ」

「なんで名前を変えなかったんだろうな。インターネットがあれば、行方不明のペットさえ見つかるかもしれないご時世だ。家族に見つかってもいいと思ってたのか？　それより、さらに疑問なのは、なんで家族が彼を捜しださなかったか。彼らはきみとオータムを見つけだしたんだろ？　あっという間に」

ジョアンナがうなずいた。「なぜか、すぐに見つかってしまったわ」

「たぶん、自分の家族のことを彼らに話したんだろう。タイタスビルのことを言ったのか？」

「いいえ、じかには言ってないけど。彼と出会って結婚したとき、わたしたちふたりにとって重要でないことはすべて忘れることにしたの。彼を愛してたし、魅力的で、おもしろい人だった。でも、いまになってわかる。わたしは夫を知らなかった。彼の大きな部分をまったく知らなかったの。わたしが結婚したのは何者だったの？　信じてもらえないかもしれないけど、誰よりもこのわたしがそれを知りたいの」

彼女は両手で顔をおおった。

「すまない、ジョアンナ」

ジョアンナがにわかに顔を上げた。その顔は怒りと苦痛にゆがみ、毒気を含んだ熱が彼女から波のように放出されていた。

18

イーサンは立ちあがった。「いまのうちに戸締まりをすませておこう、ジョアンナ。続きはそのあとで」

ジョアンナは彼についてホワイエに出た。イーサンが玄関の錠をかけ、デッドボルトを差し入れて、警報装置をセットする。

つぎにふたりでオータムを見にいった。マッキーを抱えてベッドの上で丸くなって寝ていたので、イーサンはアフガンをかけてやった。

ふたつのマグカップにお茶を入れ、彼女を手招きして、ふたりでリビングに戻った。

「はじめてブリッカーズ・ボウルを訪れたときの、彼の母親の様子を聞かせてくれ」

彼女はうなずいた。「向こうに到着したとき、母親はひとりでいたわ。最初は夫の祖母かと思った。でも、違った。さっきも言ったとおり、マーティンはグレースとかなり離れて生まれたの。

彼女は愛想よくバックマン家の墓地に案内してくれた。でも、彼女が動揺しているのがわかったの。彼女が期待していたような棺《ひつぎ》ではなくて、わたしが骨壺を持ち帰ったからよ。墓地にはお墓がたくさんあった。四十以上あったから、由緒のある一族なんだと思った。どのお墓も三角形を重ねた上にあって、列も小道もないの。三角形に意味があるのかと母親に尋ねたら、彼女の夫の祖父母がボウルの反対側から移ってきたときにそういう形にしようと決めて、棺をすべてそこに移したという話だった。そして、妙なことを言ったの。『彼らは古いものたちをとっておかなければならないことを知っていたのよ。古いものたちは大地から力を引きだす方法を知っている』と。わたしはびっくりして――というより、怖くなって――どういうことだか訊けなかった。

そこらじゅうに身を寄せあうようにオークの木があったわ。場所を求めて枝が押しあいへしあいしてて、守ったり隠したりするみたいに墓におおいかぶさってた。

でも、つぎの日、目が覚めたら、前日のことが考えすぎに思えた。太陽が明るく照る穏やかで暖かな日だったから――安らかな気分になった。マーティンが一族の墓地に埋葬されるのは、いいことなんだと感じられた。墓穴はもう掘ってあった。前日来たときはなかったから、わたしとオータムが引きあげてから、ブレシッドとグレースが掘ったんだと思った。母親のシェパードが言ったわ。自分が使うはずの場所だけれど、いつでも動かせるものね、と。あと覚えてるのは、シェパードが彼女の母親がつくったとかいうレースのテーブルクロスで骨壺を包んだことと、ブレシッドが小さなはしごを使って穴におり、穴の底にあった木の台の上に骨壺を置いたことよ。穴が深いせいで骨壺が小さく見えた。続いてシェパードがブレシッドに木枠に網を張った鶏舎のようなものを手渡して、ブレシッドがそれを布に包まれた骨壺の上にかぶせたわ。グレースもはしごをおりて、さらにその上に白いテーブルクロスをかけた。ふたりとも光沢のある黒のスーツ姿で、交互に土をかけてた。その場に居合わせたのは五人だけよ。司祭すらいなかった。ブレシッドが古い聖書を開いて、灰は灰にちりはちりにと、しばらくのあいだ低い声でだらだらと読んだわ。そのあと誰も祈りを唱える人がいなかったんで、わたしが唱えた。そして全員でマーティンの墓を見おろした。掘り返されたばかりの、粘りけを含んだ土が、高く盛りあげられていた。オータムはわたしの手を握ったまま、涙を見せなかった。ひどく冷たい手をして、じっと動かず、声ひとつあげなかったの。骨壺の埋葬がすんだらすぐに立ち去りたかったんだけど、シェパードに一日でいいから泊まっていってとすがられて。たった一日でいいから、孫と過ごしたいと、オータムに手を伸ばしたの。オータムは動かず、祖母から髪を撫でられても、息を止めているみたいだった」

「それで、きみはもう一日滞在したのか？」

ジョアンナは首を横に振った。「とてもそんな気になれなかった。オータムが――」

彼女が怯え顔になった。イーサンは少し待ってから、尋ねた。「オータムがどうしたんだい、ジョアンナ？」

「死んだ人をパパのお墓に埋めているのを見たと、言いだしたからよ」

ジョアンナはそのときのことを思い出していた。オータムがそう言ったのだ。信じがたく、恐ろしく奇っ怪なこと。

イーサンの表情は変わらなかったが、信じてくれていないことが顔に出ていた。世の中にはありとあらゆる怪物がいることを、イーサンは知っていた。だが、彼らが死体を埋めるのを見た？ オータムの父親の墓に？ これは幼い少女が言ったことだ。「誰が死体を埋めているのを見たって？ ブレシッドかグレースかシェパードか？ それとも三人全員？ さあ、ジョアンナ、言ってくれ」

「その夜のことよ――」

オータムがリビングのドアのところに現われた。「どうかしたの、ママ？」

青くやつれた顔をしていたジョアンナは、それでも顔を上げて、にっこりした。なかなかの演技力だと思ったけれど、オータムは騙されなかった。母親に駆け寄り、腕をつかんだ。

「ママ、パパのお葬式のこと、イーサンに話したんでしょう？ お顔がまっ白で、こわばってる。あの日と同じ」

嘘が多すぎる。娘にも、自分自身にも、他人にも。それで、ジョアンナは娘に真実を語ろうと腹をくくって、うなずいた。「パパの家族のことを、イーサンに話してたのよ、オータム。なにをして、どんなふうだったか」オータムが全身をこわばらせる。ジョアンナは言った。「少しは眠れた、オータム？」

オータムはうなずいた。「うとうとしてて、目が覚めちゃったの、ママ。ビッグ・ルイがあたしの踵を嘗めたし、マッキーがルイにシャーっていったから」

イーサンが尋ねた。「ビッグ・ルイは足の親指しか嘗めないんだけどな。二匹が喧嘩しないように、引き離してくれたかい？」

「きっとあたしの足、イーサンより小さいから、ビッグ・ルイ、全部嘗めちゃったんだね。マッキーがビッグ・ルイの鼻を一回、叩いただけだよ」

「それで、きみはどうしたの？」

「ビッグ・ルイを抱きしめて、鼻にキスしてあげたら、顔をすごく嘗められた」母親に顔を近づけ、ひそひそ声になった。「あたしが見たこと、イーサンに言ったの？」

ジョアンナはうなずいた。

オータムがイーサンを見た。恐怖におおわれた小さな顔を見て、イーサンは腹に一発食らったような衝撃を受けた。ジョアンナが娘の手を握りしめる。「自分で彼に話してみたら、オータム？」

オータムは唇を嘗めた。「怖い、ママ」

「おれに話したら、あんまり怖くなくなるよ。嘘じゃない」イーサンは励ました。

オータムは思案顔になり、やがてゆっくりうなずいた。「ママの隣で寝てるはずだったの。でも、あの人たちのことで頭がいっぱいで、すごく怖くて、それにあの人たちはママを嫌ってた。そうじゃないふりしてたけど、あたしにはわかったの。それにあたしのこと、変な顔で見てた。見てないふりしてたけど、あたしを見てたのよ。

ママが寝言を言いだしたから、あたし、起きたの。自分で服を着て、窓から外に出たわ」ごくりと唾を呑んだ。「お墓まで歩いて、そしたら、あの人たちが見えて、あの人たち、パパのお墓を掘り返してて、その隣には死体がいくつもあった」オータムはその声と小さな体の両方を震わせ、一体化しようとするように母親に身をすりつけた。

ジョアンナは娘を抱き寄せ、頭頂部に口づけして、ささやいた。「だいじょうぶよ、オータム、だいじょうぶ、ママが約束する。イーサンが――」咳払いをする。「イーサンがわたしたちを守ってくれるわ」

自分への信任投票を得て、イーサンは唾を呑みこんだ。母と娘を見ながら、たった一日で自分の人生に差しだされたものの多さに驚嘆した。「オータム、きみのお母さんにもさっき言ったんだけどね、おれは悪の帝王なんだよ。つまり、たいがいのことなら力になってあげられるってことだ。さあ、いい子だから、そこで見たことをおれに話してごらん」

「ブレシッドとグレースは地面を掘ってて、シェパードは死んだ人たちの隣に立ってた」そこまで言うと、声を詰まらせた。顔がひきつっている。

「いいよ、オータム、まずはそこまでにしよう。深呼吸して、腕をまわしてごらん。緊張がほどけるからね。そうだ、それでいい。さあ、こんどはママに話してもらおう。ジョアンナ、話を前に戻させてくれ。葬儀のあとのことだ。きみとオータムはどうした？」

ジョアンナが答えた。「適当な口実をつくって、ブリッカーズ・ボウルまで車で出かけたわ。一キロもなかった。わたしもオータムと同じで、あの人たち全員から離れたかったの。いっそ、そのまま西に走り去ってしまいたかった。いまさらだけど、あんなところへ行かなければよかったのよ。マーティンの骨壺を持っていって、鶏舎みたいなもののなかに埋めさせてしまったわ」

彼女がそのまま西に走り去っていたらどうなっていたか、イーサンは考えずにいられなかった。それでも連中は彼女たちを見つけだしていただろうか？「そこまではわかった。ブリッカーズ・ボウルに着いたあとは、どうしたんだい？」

「そのへんをぶらぶらしたわ。町じゅうの人がわたしたちのことを知ってた。どうしてだかわからないけれど、みんなの噂になってて、疑いの目で見られているのがわかった。たぶん、わたしの印象だと、わたしたち親子が変かどうかを探ってたんでしょうね。でも、そんな町の人たちを責める気にはなれないけれど。

小さな食料品店に立ち寄ったわ。暑い日で、オータムがアイスクリームを欲しがったから。お店には女性がひとりいて、わたしたちのことを悪魔集団の一味のような目で見た。オータムを見た彼女の目つきは、絶対に忘れられない。『彼にそっくりだね』と言って、十字を切った。ぞっとしたから、オータムの手をつかんでお店を出ようとしたら、こんどは『マーティンが逃げて嬉しかった。彼が死んでほんとに悲しいよ。マーティンはみんなに好かれてたけど、いつ埋葬されるかを知ってる人間はいなかった。マイケル牧師なんかバックマン夫人に電話までしたのに、なにも教えてもらえなかった』と言ったの。そして口を閉じ、首を振ったわ」

「その女の人があたしにアイスはなにが一番好きかって訊いたの」オータムが口をはさんだ。「バターピーカンが大好きって言ったら、つくったばかりだからちょうどいいって、その人が」

ルーラが尻尾を高く掲げて、のっそりとリビングに入ってきた。イーサンを見ると鳴き、急いで近づいて、膝に飛び乗った。そして脚に身をすりつけだした。

遅れをとるわけにはいかないマッキーも、すぐにイーサンのもう片方の脚に飛び乗った。彼のほうがルーラより爪が鋭い。二日前、コテージを掃除に来てくれたマギーがルーラのほうはどうにか捕獲して爪を切ってくれたが、マッキーはまんまと逃げおおせたのだ。

オータムがあくびをして、ゆったりと母の胸にもたれかかった。夜、ベッドでいっしょに寝るときの猫たちのようだ。「ママ」とオータムがつぶやいた。「あたし、イーサンは信じられると思う。死んだかわいそうな人たちのこと、もう話しちゃったんだから、もっと話さなきゃね」

19

ジョアンナは青ざめて、押し黙っていた。オータムの言葉について考える時間を与えたかったので、イーサンはゆっくりと立ちあがった。「なあ、きみたちソーダでも飲まないかい？」

ジョアンナがこちらを見た。息を吸って、そろそろとうなずいた。「ええ、いただくわ。オータム、いい子だから、ここでわたしの膝に載ってて」

リビングに戻ったイーサンは、ソーダの缶を開けて、ふたりに渡した。深刻にならないよう気をつけながら、のんびりとオータムに話しかけた。「連中がほかの人たちを埋めていた話だったね。その人たちがどうして死んだかはわかった？」

露骨な言葉が宙に浮いた。オータムが全身をこわばらせて、母親の胸に体を押しつけた。イーサンは身を乗りだして、そっと肩に触れた。「きみとおれは知りあいだよ、オータム。きみのお母さんとも知りあいで、おれがピアノを弾くことまで知ってる。あとできみたちのために弾くから、まずはごたごたを片付けてしまおう。それにはきみが見たことを教えてもらわないとね。わかるね？　できるかい？」

オータムはイーサンを見つめていたが、やがて澄んだ声でしっかりと話しはじめた。「もうみんな死んでたの、イーサン。ひとりずつ、横にならべてあった。ブレシッドとグレースは、その人たちを入れられるように、パパのお墓をどんどん掘ってた」

「ほんとに人間の死体だった、オータム？」

うなずきはしたものの、小さな顔をたちまち曇らせた。ばかな子ども扱いして、信じてくれていない、と思っているのだ。口で言うのと同じくらい、その思いがありありと表情に出ていた。

「死体がいくつあったかわかるかい？」それでも、七歳の少女に死体がいくつ転がっていたかを尋ねるしかなかった。

オータムが身を乗りだし、ふたつの小さな拳をテーブルに置いて、イーサンの顔を見た。

「すごく怖かったんだよ、イーサン、そんなこと考えられなくて、走ってママのとこへ帰ったの」

ジョアンナが助け船を出した。「ええ、保安官、オータムから話を聞いたわ」

「きみも行って、確認した？」

「そのときはまだ、そこまでする必要があると思わなかったから」

そのときは？　どういう意味だろう？

「もし子どもが死体を見たと言ってきたら、おれならすっ飛んでって確認する。そうか、わかった、オータムの作り話だと思ったんだな？」

「そう、ママは信じてなかったの」と、オータム。「あたしがなにかを見間違えたと思って」

ジョアンナ・バックマンの顔からは血の気が引き、いまにもぶっ倒れそうだった。イーサンは彼女が話すのを待ったが、口を開いたのはオータムだった。「あの人たちがやってることを見てほしかったから、ママを誘ったけど、だめだった。ママはあたしを抱きしめて、頭を撫でてくれて、だいじょうぶ、朝になったらすぐ行こう、心配いらないって言ったの。そのうち忘れるからって——そう、ママは思ってたみたい。でも、あたしには無理ってわかってた。だってそうだよね、パパのお墓を掘り返して、死んだ人を埋めてるのを見たんだよ」

ジョアンナは娘の手を取った。「この子の言ったとおりよ。オータムが頭のなかでなにかを見たことは信じたけれど、バックマン家の人たちがそのとき墓地で死体を埋めていたとは思わなかった。オータムは父親を失ったばかりで、父親の死をとても悲しんでいた。それで、なにか誤解したんだと思ったの」

リビングの静けさは重く、ルーラとマッキーがごろごろと喉を鳴らす音だけが響いていた。

イーサンはおもむろに口を開いた。「昼間、墓地で妙な光景を見たせいで、オータムが恐ろしい場面を想像したと思ったんだろう？　オータムが夢でも見たと？」

ジョアンナはイーサンの顔に不信感を見、声に疑惑を聞いた。彼女は言った。「そのときはそうであってくれたらと思ったわ。そりゃそうよ、寝室の窓のすぐ下でそんな恐ろしいことが起きてるなんて、誰が信じたいもんですか」

「墓地に行ったんだろう、ジョアンナ？」

「ええ、そのつもりだった。ひとりで行ってきて、オータムを安心させてやりたかった。中央の階段に向かっていると、三人が玄関から入ってきて、話をしていたの。なにを話しているかわからなかったから、そっと階段の手前まで行ったら、シェパードの声がはっきり聞こえた。わたしは立ち止まって、耳をそばだてたわ。聞き間違えようがなかった。彼女は大きな声で朗らかにしゃべりだした。『さあ、おまえたち、わたしは砂漠地獄にいたくらい喉が渇いてしまったよ。これですべきことは手順どおり、粛々とやり遂げた。誰にも文句はつけさせないよ。あの大きな土の山はすぐに落ち着く。あとは、おいしいウイスキーサワーでも、いただこうかね。グレース、おまえなら上手につくってくれるね。ブレシッド、ダイエット・コークでも飲むかい？』

ブレシッドは、レモンスライス入りで、と注文をつけた。グレースの声はしなかった。彼らに聞こえそうで心配になるほど、わたしの心臓はどきどきしてた。死体を埋めたばかりなのに、ウイスキーサワーが飲みたい？　逃げだしたかったけれど、踏みとどまって聞かなきゃと思った。でも、それからしばらく物音が途絶えたの。わたしは階段の曲がりの物陰にしゃがんだまま、動かなかった。もういないのかもと思いかけたとき、シェパードの声がした。『朝になったら、ジョアンナを片付けよう。事故に見せかけるんだよ、ブレシッド。オータムから不信感をもたれたくないからね。みんな喜ぶだろうよ、あの子が本来いるべき場所に戻ってさ。あの子は強いよ。いまならわかる、あの子はマーティンより強い』と。

ブレッシドがうめいて、わたしのことをナット・ホッジズより簡単に阻害《スタイミー》できると言ったわ。阻害《スタイミー》と、そのとおりの言葉で。グレースがそのあとなにか言ったけれど、なにを言ったかわからなかった。

わたしは動けなくなった。怖すぎて、考えることも、動くことも、息を吸うことすらむずかしかった。ようやく三人が立ち去った。たぶんブレシッドがあの老婆にウイスキーサワーをつくるためにキッチンに行ったのね。

そのあと、たぶん夜中の三時過ぎごろ、オータムに教わった木の枝を伝って外に出た」

イーサンが言った。「確認のため、車に乗る前に墓地に行ったのかい？」

オータムが母親のほうを向いて、背中に腕をまわす。

ジョアンナが言った。「だいじょうぶよ、いい子ね」

オータムがうなずいて、イーサンのほうを向いた。「ママは自分の目で見たかったの。でも、ミセス・バックマンの話を聞いて、あたしの言うことを信じてくれた。あたしが想像したんじゃないって、わかってくれたの」

ジョアンナは娘をぎゅっと抱きしめ、髪にキスした。「約束するわ、オータム、これからはあなたの言ったことをそのとおりに信じるわ」ゆがんだ笑みを浮かべて、再度、娘を抱きしめた。

「でも、あなたの言うことを信じたいかどうかは、別の話だけれど」ジョアンナはイーサンを見あげた。「留まるのはあぶなかったから、とにかく出発したのよ」

イーサンは幼い少女の顔を眺めた。「教えてくれないか、オータム。きみはそんなに遅い時間にひとりで墓地に行って、なにをするつもりだったの？　人を埋めているのを見たときのことだよ」

彼女はイーサンの目を避けたうえに、ちらっと母親を見て、すぐに目をそむけた。重い口を開いた。「パパにお別れを言いたかったの」

ジョアンナはいまにも泣き崩れそうだった。

イーサンは淡々と応じた。「そうだったんだね、話してくれてありがとう。それで、ジョアンナ、すぐにそこを出たのかい？」

イーサンがロープを投げ、彼女はそれをつかんだ。「ええ。さいわいわたしの車はだだっ広いガレージの前のほうの、少し傾斜した部分に停めてあったから、ギアをニュートラルに入れて車を押し、スピードが少し出てきたところで飛び乗って、ハンドルを操作して長い私道を走らせたの。私道を横切る公道の直前まで、エンジンをかけずに行けたわ」

オータムが口をはさんだ。「あたしは後ろを見てたけど、明かりはひとつも見えなかったから、だいじょうぶだよってママに言ったの」

「そして朝まで運転しつづけた。一度として止まらずに」

オータムが言った。「あたし、パパに連絡しようとしたのよ。パパは死んじゃったんだから、返事なんかあるわけないよね。ばかみたい。でも、死ぬまでは、刑務所にいるパパと話をしてたの。あのね、イーサン、パパはあたしとはなんだって話をしたのに、パパのお母さんやお兄さんのことは一回も言わなかった。なんでだか、わかる。あの人たち、気持ち悪いから。パパが逃げてくれてよかった」

イーサンはなんの気なしに尋ねた。「きみのパパは電話の時間をもらえてたんだね？」

オータムが小首をかしげた。「よくわかんない」

「ええ、そうなの」ジョアンナが答えた。「今夜はこれくらいにしましょう、保安官」

「最後にひとつだけ教えてもらえないか、ジョアンナ。ブレシッドはおれたちに正体がばれたことや、一族の住んでる場所が割れてることを知ってるだろうに、それでもオータムの誘拐をくわだてた。オータムになんの用があって、どこへ連れていくつもりだ？　その理由は？　オータムのほうがマーティンより強力だとシェパードが言ったというが、どういう意味なんだ？」

「ブレシッドに訊いて、保安官。少なくともわたしたちにはわからないわ」

20

ワシントンDCジョージタウン
日曜夜

「バズが電話をくれてよかった」サビッチはディナーのあとに立ち寄ってくれたジミー・メートランド副長官に言った。「これでバズに危険が及ぶ心配はありませんね。あのふたりにはアルバまでバズを追っていく手立てがありませんから。リッシー・スマイリーはパスポートを持っていません」

「ビクター・ネッサーにはあっても、指名手配されてる。あいつらに精密な偽造パスポートを入手できるとは、とうてい思えん」メートランドは言った。シャーロックからコーヒーを受け取ると、小首をかしげた。シャーロックが答えた。「ええ、そうです、わたしじゃなくて、あちらにいるコーヒーの神さまが淹れたんですよ」

メートランドはカップを掲げた。「調子がよさそうだな、シャーロック。うちのやつにも言ったんだが、長い目で見たとき、なにかをなくすんなら脾臓《ひぞう》にかぎる」

シャーロックは思うように働くことのできない現状を愚痴りたかった。日常の雑事もだらだらとしかできないし、最低でもあと一週間は汗を流して運動することもできないが、笑顔で応じた。「日増しに痛みが薄らいできてます」ディロンにはお茶のカップを渡した。サビッチは妻の心の内を見透かした。「あと数週間もしたら、ジムでおれを投げ飛ばせるようになるから、それまでの辛抱だ」

メートランドはふたりを眺めた。彼女が銃弾を受けたことを思いだして、サビッチが目を恐怖に曇らせている。サビッチは手を伸ばして、妻の頬に触れた。「やっぱり、取り消すよ。いくら短い期間とはいえ辛抱できたら、おれのシャーロックがどこかに行ってしまったようで、不安になる」

メートランドが言った。「坐ったらどうだ、シャーロック。空港での一件を話しあおう」コーヒーカップに口をつけ、ため息をついて、笑顔になった。「バズから電話があったあと、すぐに空港へ人を手配したが、ビクターとリッシーはすでに立ち去ったあとだった。

監視カメラの映像を解析したところ、ビクターがリッシーを支えてターミナルを移動し、カリビアン・エアのカウンターにまっすぐ向かうところが確認できた。ふたりはそのあとセキュリティチェックの列に急いだが、バズを取り逃がした。すでにチェックを終えて、搭乗口に向かっていたんだ。

つぎにふたりを確認できたのは、駐機場に出る従業員専用のドアをくぐり抜けるところだった。この先はなかば信じがたい話になるが、バズは窓際の席にいて、しかもそれがターミナルの側にあった。そのうえ、たまたま窓から外に目をやり、ドアからビクターが頭を突きだし、背後にリッシーがいるのを目撃したという。それでわたしに電話をよこし、なじみの整備工場に車を運んだときに気がつかないとはうかつだった、従業員用のドアから顔をのぞかせたリッシーとビクターを見るまで不審に思っていなかった、と言っていた。

問題の修理工場に爆弾処理班をやったが、タンクのガソリンに水が混ぜられているだけだった。バズは修理工場までたどり着けてさいわいだったというわけだ」

メートランドはひと休みして、コーヒーを飲んだ。「今回の一件があったんで、安全対策を厳重にすることにした。バズがアルバに滞在するのはひと晩にして、そのあとはうちの捜査員を護衛につけて自家用機でバルバドスまで送る。これならビクターとリッシーも追跡しようがない。ひょっとするとやりすぎかもしれないが、なにせいい男だからな、バズは」

メートランドはにやりとした。「バルバドスに着いたら、まっ先に競馬場に出向くと言ってたぞ——いまなら運がついてるからだそうだ」

サビッチが言った。「つまり、ビクターとリッシーは病院から逃亡してわずか数時間後にはバズの周辺に現われたことになりますね。バズが自宅にいるのを確認して、ガソリンに水を混ぜ、修理工場までつけて、空港まで追った。バズが命拾いしたのは、リッシーがケガでろくに動けなかったおかげです。それにしても、バズを自宅で襲わなかったのは、敵ながら賢明です。自宅なら銃があるが、空港には銃を携帯できない」

シャーロックがうなずいた。「でも、バズに追いつけたとしても、それからどうするつもりだったのかしら。ターミナルで彼を撃つ計画だったの?」

「機会さえあれば、あの女ならやったろうな」サビッチが言った。「銀行強盗のときも、リッシー・スマイリーはドラッグのせいか、脳の神経のつながりのせいか知らないが、自制心を失っていた」

シャーロックが言った。「いまわたしの頭に〝ぶっ壊れてる〟って単語が浮かんだわ」

メートランドはコーヒーカップを置いて、小さなアップルパイの載った皿を手に取った。ショーンにあらかた食べられて、残っていたのはこれだけだ。「だが、なぜこっそり駐機場に出たんだ? 搭乗するバズを撃てると思ったのか? 着陸装置を撃ち壊すとか?」

サビッチが答えた。「リッシーなら、迷わず決定的な行動に出ます。その場の思いつきで動いて、けっして道理を考えたり、反省したりしない。それがリッシーだ」

「なにをするにも衝動的なのね」と、シャーロック。「だからバズがタクシーに飛び乗るのを見て、とっさにあとを追った」

メートランドが言った。「それでまたばかを見たってわけだ。残るはおまえだ、サビッチ。おまえの新しいポルシェが爆発するのは見たくない」

シャーロックが言った。「そうなったら、保険会社も頭を抱えるでしょうね」

メートランドは、シャーロックが腹を立てつつ心配しているのを見て、悪くないと思った。

彼女は言った。「あなたを脅しておきながら、先にバズを追ったのはどうしてかしら」

サビッチは肩をすくめて、お茶を飲んだ。「彼女にとってのおれは、最後に食べたいケーキの砂糖衣なのかもしれない」

「あのふたりはわたしたちがジョージタウンに住んでいることを突き止めるわ」シャーロックが言った。「あなたは地元の銀行にいたわけだから」

「ああ、連中はうちの住所を突き止める。バズがカリブ海に向かう便まで探りだしたぐらいだから、どちらかがそうとう切れるんだろう。それがどちらかは、じきにわかる。連中のことを調べるため、わたしとシャーロックはフォート・ペッセルまで行ってきます。

それで、ご相談ですが、副長官。フォート・ペッセルのスマイリー家と、ノースカロライナのウィネットにあるビクター・ネッサーのアパートの両方を、二十四時間、張りこんでもらえませんか？」

メートランドが立ちあがった。「いいだろう、三交代で四日間だ。それぐらいで逮捕できそうか？」

「副長官のほうから神さまにお願いしておいてください」と、シャーロック。

サビッチが言った。「あのふたりは、わたしを襲いにくる前に、そのうちの一方か両方かに立ち寄って計画を練るような気がするんです。それに、リッシー・スマイリーは調子が悪いはずです。あんな体調で、よく空港で走りましたよ。いまごろ無理がたたって、何日かは休まなきゃならないはずだ」

「とはいえ、わたしには自宅に戻るとは思えないんだが」メートランドだった。

「ふたりともまだ幼い」とシャーロック。「なにかあったらやっぱり自宅よ。少なくとも、リッシーは子どもですー」

サビッチが言った。「リッシーはみずからわたしに復讐したがってる。そのためには万全の体調でなければならない。彼女にもそれはわかっているから、しばらくは休まなきゃなりません」

シャーロックが言った。「三年前、ビクターがなぜスマイリーを置いていったのかが、やっぱり気になるわ。なぜ突然、離れなければならなかったんでしょう? そしてまた彼女のもとへ戻った理由は?」

メートランドが言った。「セックスにドラッグにロックンロール。理由はそのうちのひとつだろうよ」

21

バージニア州パンプリン近郊
日曜の夕暮れどき

「サイテー」

「だよな、リッシー、わかるよ」ビクター・ネッサーは言いながら、車を路肩に寄せた。「薬の時間だぞ。さあ、痛み止めを飲んで」栓を開けて、彼女に水のボトルを手渡した。「十五分もしたら、いびきをかいて寝てるさ」助手席側にまわって、古いシボレー・インパラの助手席をさらに倒そうとしたが、それ以上は無理だった。どうせ盗むんなら、座席がベッドのようにまっ平らになる新型車にすればよかった。「でも、昨日よりはよくなってる。空港を走り抜けたのがこたえてるな」

「わかってる。でも、死なないし」リッシーはゆがんだグローブボックスを拳で叩いて、悪態をついた。何度か深呼吸して、動かないようにした。

ビクターは彼女の胸を撫でて、頬に触れた。「休んでろよ」ふたたび道を走りはじめた。

リッシーは目を閉じた。両手を下腹部にやって、まだ新しい傷をそっと撫でた。痛みがある。あと十分。それだけ――もう九分になったはず――我慢すれば、脳に靄《もや》がかかって痛みが遠のく。「修理工場でやっちゃえばよかったのにさ。でかくって、あほな標的――」

「忘れたのか、無理だったろ？　すぐにタクシーが来ちまった。即席の目撃者だ」

「そいつだって撃っちゃえばよかったし」

「そんな時間なかったろ？　それにそんなことになったら、すごい数の目撃者になったぞ」

「いいじゃん、見られたって。あたしたちは絶対に捕まんないもん」

ビクターは笑い声をあげた。「いいや、おれは用心深いんだ。いいかい、リッシー、おまえの母親が死んだいまは、おれが頭脳だぞ。それにおまえの大口叩きには根拠がない。おとなしく寝てろ。心配はおれがする。まずは元気になんないとな。そんなんじゃ、自分でも気分が悪いだろ？」

リッシーは拳と手のひらを叩きあわせて、眉をひそめた。「あのおっさんが派手なバミューダパンツをはいて、口笛を吹きふき、ご機嫌でカリブ海へ向かうなんて、あたしには見てらんなかった。空港で追いつけてたら、そっと近づいて、あっさり撃ってやれたのにさ」

ビクターにしたら、ありえない話だった。リッシーにはまだそれだけの体力がない。だが、ふたりともすっかり頭に血がのぼって、とにもかくにもその飛行機を見つけたくなった。それで、あの男にこちらの姿を見せてやれたんだから、いい刺激になったんじゃないか？　相手は怖がるより驚いているようだったけれど、この一件は記憶に残る。だから、挨拶代わりだ。やつらには勝ったと思わせておけばいい。時間の問題なのだから。「隠れ家から戻ってきたら、そのときやろうぜ。おれの言うとおりにしろよ、リッシー。目をつぶって、少し寝てろ」

彼女が目を閉じて、言った。「あいつをカリブ海まで追いかけてって、撃ち殺してやりたい。ママの知りあいにすんごく上手に偽造書類をつくる人がいてさあ。運転免許証とか、パスポートとか、なんでも。うちに帰れば、最高のやつをつくってもらえるお金があるし」

「だめだ」ビクターは首を振って、その言葉を強調した。「リスクが高すぎる。もう考えるのをやめろって。あのおっさんはカリブから戻ったとき、おまえがよくなってから、やればいいんだからさ」

リッシーはいまだ腹をさすり、目もつぶったままながら、その声は険悪だった。「あたしのママを殺した男なんだよ、ビクター。あんたは見てないから。ママは首を撃たれて、体じゅうの血が噴きだしちゃったんだから」またグローブボックスを殴り、胸の痛みにうめいた。

ビクターは身を乗りだして、彼女の顔を軽く叩いてから、頬を撫でた。「ほら、黙ってろって。ゆっくり深呼吸してみろよ」

リッシーはシートに身をゆだね、言われたとおりに深呼吸した。ずきずきとした痛みが引いていくのがわかる。痛みが消えたわけではないけれど、ずっとにぶくなった。「もっと痛み止めをとってくればよかった。あとひとつしかない」

「いっぺんにたくさん飲むからだろ。でも、心配すんなって。また補給するさ」

「薬用のカートを廊下に残してくれるなんて、親切な看護師だよね」彼女が言った。「でもさ、ビクター、あのおっさんを撃ち殺して、地獄に送ってやんなきゃいけなかったのにさ」

横を向いて、ビクターを見る。「それなのに、あんたがあいつの車を故障させられるって言うから。くだらない情報を頼りにして、その挙げ句がどう？　結果はゼロじゃん」

ビクターは肩をすくめ、少し速度をあげた。「サイトで見たときはいけると思ったんだ。でも、おれ、車には詳しくないから」

「まじ、そう」

ビクターは手を振りあげ、それをおろした。「黙ってろ。やつの家を見つけたのは、おれだぞ。ごちゃごちゃ言うな、リッシー。おれがそういうのが嫌いなのは、知ってるだろ？　うるさいこと言うなって、おやじがよくおふくろに言ってた。おれにはそううるさく思えなかったけど、おやじはそう思ってた」

「あんたがたまにあたしを殴るのも、だからなんだよね？」

ビクターは彼女を見た。「おれのこと、おやじといっしょにすんなよ。おやじはクソ意地の悪いやつで、気が向くと、おれを殴ってた。おふくろはもっと殴られてたって、言ったよな。おれはおやじとはまるで違う。おまえを殴るのだって、おまえが悪いときだけだ。おやじとおふくろが愛するヨルダンに帰ったときが、おやじと離れるチャンスだったんだ」

リッシーがうっとりとした口調で言った。意識が遠のきはじめている。「それで、あたしんとこに来たんだよね、ビクター。で、あたしがまだ子どもだと思ってたら、違ったってわけ」

ビクターは、遠い日の夜のことを思いだした。目を覚ましたらリッシーが自分の下腹部を嘗めていたのだ。「ああ、おまえのとこへ行った。おまえのおふくろさんは、うちと全然違う。おれのおふくろはやわで退屈な女さ。そこへいくと、おまえのおふくろさんは暇つぶしにリスが抱えてる木の実を撃ち落とすような女だもんな」

リッシーがくすくす笑った。「ひとりだったから、根性あんだよね。あんたのパンツがベッドの下で見つかったときは、ママがあんたを撃つと思った」

その日のことはビクターも覚えている。リッシーを守るために全責任を自分で負った。結局、ビクターのほうが五歳上で、つまりリッシーはまだ子どもでしかなかったが、わが娘のことを理解しているからこそ、彼女の母親はビクターを殺さなかったのだ。出ていけとだけ命じ、それだけでもたいへんな痛手だった。

それから三年はウィネットにあった二流のホームセキュリティ会社で働いた。リッシーからメールが届くのを心待ちにする、退屈な日々だった。ビクターは彼女のいなかった日々を思いだしながら、かすれ声で言った。「長いことおまえに会えなかったんだよな、リッシー。頭がおかしくなりそうでさ。そしたら、おまえのおふくろさんが電話をくれて、銀行強盗に興味があるかと尋ねられた」

「そう、あたしがママを説得したんだよね。あんたなら車の運転がうまいからって。そしたらママは、あんたみたいなへなちょこにはぴったりだって」

「おれはへなちょこじゃないぞ！」

「わかった、わかったって」とろんとした小声だった。「シーツにもぐって遊んだの、覚えてる？　ほら、懐中電灯つけて」

そのときのことを思いだして、ハンドルを握る手がぶれた。彼女の生死がわからずにいたあの息詰まるような恐ろしい時間、外科病棟に隠れて、FBIの捜査官が看護師や医師に彼女のことを尋ねるのを聞いていた。よくなるらしいとわかったときは、男子トイレで吐いてしまった。「へなちょこなもんか、おまえをあの病院から助けだしたんだぞ。FBIのでっかい捜査員が病室の外に坐ってたの、覚えてるか？　あいつをまんまと騙したのは、このおれだろ？」

「あたしはあんたに救われた」リッシーは目を閉じて、両手でそっと腹を揉んでいた。「愛してるからね、ビクター」

胸が締めつけられるようだ。「ああ」ビクターは言った。「それでいい、それでいいんだよ。なあ、このままどこかへ行かないか？　こんなとこでうろついてても、しかたないだろ？　おれ、ハリウッドに行ってみたくてさ。ひょっとしたら、アンジェリーナに会えるかもしれないぞ。サーフィンをしたり、ビーチで愛しあったりしてさ」

彼女の目がぱっと開いた。「ビクター、あたしはあのおっさんを殺して、脳みそをオレゴンまで飛ばしてやんなきゃなんないの。あいつがママを殺したんだよ。ほったらかしにできるわけないじゃん。それにFBIのディロン・サビッチっていう捜査官も」彼女は腹を強くさすりはじめた。手がびくついている。「あたしを、このあたしをこんな目に遭わせやがって。絶対に仕返ししてやる」

「わかった、あのふたりを殺して、終わりにしよう。さあ、黙れよ。フォート・ペッセルに着いたら起こしてやるから、それまで寝てろ」

それから四分後、サイレンの音が聞こえてきた。ビクターはバックミラーでパトカーを確認した。パトライトをつけて、急接近してくる。一瞬、パニックに襲われたのち、怒りが湧いてきた。なんでおれなんだよ？　これが盗難車であることを知るわけはないのに。盗んでまだ間がないんだから。

深呼吸して、ゆっくりとインパラを道の端に寄せて止めた。誰かが老婆の死体を発見して、そのぼろ車が盗まれたことを通報するには、早すぎる。わかってはいるのに、手が冷たく湿っていた。いやな感じだ。ジーンズで手をぬぐい、深く息を吸って動悸を押さえてから、窓を開けた。

デービー・フランクス保安官助手は、若い男の顔に懐中電灯をあてた。「いい車だね」彼は言った。「きみと同じぐらいのころ、おれも古いインパラを持ってたよ。運転免許証を見せてもらえるかい？」

「なにか問題でも？」

「テールライトがいかれてる」

あのクソばばあ、テールライトが消えてるのに、ほうっておいたのか？ ビクターは苦いものを飲みくだした。「教えてもらって、助かりました。フォート・ペッセルで修理します」

デービー・フランクスは娘のほうを照らした。倒したシートにもたれて、目をつぶっている。「病気なのかい？」

ビクターは答えた。「夏風邪をひいちゃって。さっきまで吐いてたんですけど、もうだいじょうぶです」

「免許証を見せてもらえるかい？」

デービー・フランクスは若い男がポケットに手を伸ばす前に、一瞬ためらったのを見逃さなかった。もう一度、若い女を見ると、こんどは目を開いて、じっとこちらを見ていた。目に膜がかかったようだ。ほんとうに病気なのか、それともドラッグを決めているのか？

運転免許証を受け取りながら、デービー・フランクスは尋ねた。「きみたち、子どもふたりでどこへ行くんだい？」

「おれは子どもじゃないですよ、二十一なんで」ビクターは言った。「いとことふたりでリッチモンドの親戚のとこへ行って、これから帰るとこなんです。さっきも言ったけど、いとこは風邪気味みたいで」

「自宅はどこに?」

「フォート・ペッセル。あの、テールライトは帰ったらすぐにでも直しますから」

デービーは懐中電灯を免許証にあてて、名前を読み、顔写真を確認すると、声に出して言った。「ビクター・アレッシオ・ネッサー。中東の出身かい?」

こんどはテロリスト扱いか? ビクターは肩をいからせた。この保安官助手をなにがなんでも追いやらなければ。「おれはアメリカ人です。中東出身なのは、ヨルダンから来たおやじなんで」

「きみはヨルダン人に見えないな——おふくろさん譲りのブロンドなんだろ? 運がよかったな。あっちはなにかと騒動が多い——」デービーはいま一度、少女を見てから、免許証の写真を見た。はっとして目の色が変わり、飛びのくと同時に銃に手を伸ばした。「車から降り——」

しかしデービーにはホルスターから銃を抜く時間も、最後まで言いおわる時間もなかった。リッシーがすばやく流れるような動きで、眉間に一発、撃ちこんだからだ。ドアに手をやりかけていたデービーは、ハンドルに触れる前に死んでいた。

「ちょっと、どうしたの? デービー!」

「ほら、見て――もうひとり」リッシーが言った。

ビクターは運転席のドアを開けてかがみ、女性の保安官助手が近づくのを待った。保安官助手は切迫した声で携帯電話に話をしながら、銃を取りだした。そして、ビクターが銃を持っているのを見て、叫んだ。「動くな！」

ビクターは保安官助手の胸を撃った。

彼女が銃を取り落として、胸をつかんだ。指のあいだから血が滲みだす。額に穴を開けてこちらを見つめているパートナーを見おろして、ビクターに尋ねた。「なぜわたしたちを撃ったの？」

「おれの邪魔をしたからさ」ビクターは言いながら、彼女が地面に倒れるのを見た。パートナーから一メートルと離れていない。

「確認して、ビクター。死んでるかどうか確認してきて」

ビクターは車から降り、足元に転がる女を見た。若い顔にはそばかすが散り、目が曇っている。胸は血だらけで、口からも血が垂れていた。隣に転がった携帯から、男の叫び声が漏れている。「なにがあった？　おい、ゲール！」

ビクターは携帯を道路の向こう側に蹴った。

「死んでるの？」

ゲール・リンド保安官助手は銃を探そうとしたけれど、動けなかった。自分を撃った男

——まだ少年だ——を見つめた。少年がふり返って、車のなかにいる誰かに向かってどなった。「黙ってろ、リッシー。まだ死んじゃいないけど、長くはない」

男がふたたび地面を見おろした。ゲールは痛みに濁った目で彼の目をとらえた。興奮していて、お情けは期待できそうになかった。

まだ若い女の声がした。「気をつけてね、ビクター。眉間を撃ってさっさと明かりを消せって、ママが言ってた。それなら後腐れがない、生き残ったやつが地獄への船に乗る前に、べらべらしゃべらないからって。だからどなってないで、その女の明かりを消しちゃってよ！」

「わかったよ」若い男はかがみ、「やめて、お願い、殺さない——」と、ささやくゲールにウインクした。

そして引き金を引いた。コンクリートの塊が顔のすぐ先で跳ねた。ゲールは彼を見あげた。

彼がまたウインクする。

ゲールは車から異様な歓声があがるのを聞いた。「名誉の星ひとつ！」

22

　ビクターはフォート・ペッセルの市街地に入るとすぐ、ハイストリート沿いにあるアムジーのガソリンスタンドにインパラを進めた。このガソリンスタンドは一度も使ったことがない。おばのジェニファーがアムジーのおやじのことを〝偏屈じじいのアムジー〟と呼んで、毛嫌いしていたからだ。なんて町だろう、とビクターは思う。ここは、市庁舎の敷地に刻まれたはるかむかしの南北戦争の歴史と、三〇年代に積みあげられた見苦しい灰色の石以外に自慢するもののない、落ちこぼれの町だ。いかれ頭のジェニファーおばさんと過ごした一年半、ビクターはこの町が嫌いで、いつもしけた煙草の煙のようなにおいがする空気を吸うのがいやでたまらなかった。それでも、両親とヨルダンに戻るよりはましだった。父親の家族に会ったところで、父と同じくらい意地悪な連中だろうし、そこにいるというだけで攻撃されるかもしれない。酒を飲むことも、葉っぱを吸うこともできず、ドラッグを売ったら手や鼻を切り落とされて、悪くすれば、切り落とされるのは首になる。

　背もたれが斜めになった椅子にかけて、ストローを嚙んでいる老人がいた。その隣には薄汚れた小さな店舗があり、緑色のネオンサインは小文字の〝r〟しか点灯していなかった。この老人が〝偏屈じじいのアムジー〟だった。

「やあ」ビクターは車を降りて、老人に声をかけた。「新しいテールライトが欲しいんだけど。つけてくれる？」

「だめだな」老人は動こうともせずに、声だけ張りあげた。「もう閉店したから、明日来な。明日は月曜だな？　月曜は大忙しと決まってるが、うちのぼうずどもがなんとかおまえさんのために時間をひねりだすだろうよ」

ビクターはぶつくさ言いながら車に戻り、ハンドルを叩いた。

リッシーが言った。「考えてたんだけど、あの女の警官、車のナンバーを控えてたかもしれない。ほら、ぼけっとパトカーに坐ってたじゃん？　それに、携帯で話してたって、あんた、言ってたよね。あたいら、もう警察に追われてるかもよ、ビクター」

ビクターは深呼吸した。彼女から指図されると、自分がちっぽけで役立たずの人間に思える。リッシーのほうを見ると、目の焦点が合っていなかった。また痛みがぶり返したのだ。これはさらに気に食わない。ビクターは黙ってうなずいた。

それから三十分後、ふたりは小型の青いカローラに乗っていた。古いインパラは、ボウリング場の裏に乗り捨ててきた。隣には暑い夏の夜に悪臭を放っているゴミ満載のダンプスターがあった。

すでに日は落ち、フォート・ペッセルの中心街で日曜日に営業している数少ない店も、もう閉店している。ビクターはエルム・ストリートのクーガー薬局裏の路地に車を停めた。リッシーの薬瓶を手に取り、静かにカローラを降りた。「おまえはここにいろ」リッシーにささやいた。「ついてくるなよ、いいな?」

薬局の裏口を金てこでこじ開けた。案の定、警報装置は作動しなかった。年老いたミセス・クーガーは、二〇〇六年の大嵐のときに壊れた警報装置を修理せずにいて、そのことをみんなが知っていた。

片手には二二口径、もう一方の手には薬瓶がある。懐中電灯は大型しかないので、できれば使いたくない。薬局のカウンターの奥に入ってから懐中電灯をつけ、麻酔効果のある痛み止めを見つけるとすぐに切った。ありがたいことに薬にはすべてラベルが張ってあった。なければリッシーの薬がどれだかわからなかっただろう。まったく同じ薬ではないけれど、バイコディンなら使える。彼女の瓶とポケットをいっぱいにして、おおむねからになった薬局用の大瓶をそっと棚に戻した。朝になるまで、誰も侵入者があったことに気づくまい。

そのとき年配女性のかすれた叫び声がして、心臓が止まりかけた。「ちょっと! あんた誰? なにか入り用なの?」

ビクターは狙いも定めず、声のしたほうを撃った。彼女が悲鳴をあげてなにかにぶつかり、箱が落ちる音がした。また引き金を引いた。明かりをつけて口やかましい老婆をしとめるか、ここを出るかだ。銃声を聞いた誰かが警察に通報するだろう。クーガーばあさんが警察に電話をするのは間違いないが、少なくともビクターが知るかぎり、顔は見られていない。怖すぎて頭が働かず、吐き気がした。全速力で裏口から逃げた。車に飛び乗り、アクセルを踏んで、路地を飛びだした。

汗まみれで、肩で息をしながら、リッシーに薬の瓶を投げた。意識して何度か深呼吸をして、呼吸を整えた。町から出てひと心地つくまでに、店内でのことを切れぎれに報告した。

「ばばあを殺さなかったの？」

失望感もあらわな彼女の声を聞いて、気持ちが落ち着いた。軽く笑みすら浮かべた。「あ、たぶん殺してない。店のなかはまっ暗だったんだ。ばあさんが床に倒れる音は聞いてないし、うめき声もしなかった」

「クーガーのばばあって、むかしから大嫌い。いっつも人のことにくちばしを突っこんでさ」リッシーはシートにもたれて、ふたたび目を閉じた。「あたしがコンドームを買いにいったときの顔、絶対に忘れらんないよ。死んでないにしても、あんたに撃たれたのは確かだもんね、いい気味」

十五分後、アドレナリン放出の効果が薄れて、血圧も下がってきた。すでにビクターはぐるっと道をめぐって町へ戻りだしていた。ほどなくゆっくりとハンドルを切り、デンバー・レーンに入った。スマイリー家の家屋は袋小路の奥にあり、三方がオークとカエデの密生する森に囲まれ、その森が五百メートルほど先の二車線舗装道路まで続いている。通りを三十メートルほど行った先が、もっとも近い隣家である四五二番地のミズ・エリスの家だった。ミズ・エリスは毎夜七時半にはベッドに入る習慣なので、明かりはひとつもついていない。彼らと顔を合わせるたびに、美容のために睡眠は欠かせないんだよ、とけたたましい声で言ったものだ。そしてビクターとリッシーは手を振ってよこす彼女を見かけるたび、車の速度を落として震える手を見つめ、お返しになにをしてやろうかと笑い転げたものだ。リッシーはなかば本気で、ガレージの冷凍庫にステーキ肉よろしく、老婆を閉じこめたがっていた。

リッシーがふいにビクターの手をつかんだ。「止めて!」

ビクターはゆっくりとブレーキを踏んで、道端に車を寄せた。「なんだよ? どうかしたのか? バイコディンが効かなくて、まだ気分が悪いのか?」

「違う、そうじゃなくて。あんたじゃん、警官が自宅を見張って、あたしたらが帰るのを待ってるかもしれないって言ったの。近づきすぎ」

わかっていてやっているのだから、口出しするなと言ってやりたかった。おれを信頼することを覚えてくれたらいいのに。ビクターは肩をすくめた。「いいか、リッシー、その件についてはもう話しあっただろ? 銀行から盗んだ金は、おまえのおふくろさんが自宅に隠したまま、まだ見つかってないっておまえ言ったよな? でもって、ありかを知ってるって? おれは正面からそこに向かってるわけじゃない。裏からまわりこもうとしてるんだ」

リッシーは一時間前に食べたばかりのマクドナルドのハンバーガーとフライドポテトのせいで、軽い胸焼けを感じていた。あんなもん、食べなきゃよかった。でも、やけにおいしく感じたのだ。だが、高揚感は一時的なものでとうに消えた。いまは力が抜けて頼りなく、それゆえにふたたびむかついてきた。自分を蹴ったあの図体のでかいＦＢＩの捜査官にも、いまごろカリブ海のどこかでラムパンチを飲んでいるであろう、あの老いぼれ警備員にもだ。できることなら眠りたいけれど、物事には順番がある。ママは口癖のようにそう言っていた。銀行の美しい大理石の床で血だらけになって死んだママ。百ドル紙幣が舞っていた。

車内灯の明かりでビクターを見た。疲れた顔。へとへとのせいで、ぴりぴりしている。お金を手に入れて何日か気ままに過ごしたら、体調も回復するだろう。

ビクターは道を外れて、カローラを裏手の木立に入れた。リッシーに手を貸して、森のなかを家まで向かった。運のいいことに月も出ていない暗い夜で、星もほとんどが雲に隠れ、しかもまだ暖かかった。ふたりはオークの木陰から木陰へと移動し、デンバー・レーンに停まっている数台の車を観察した。だいたいは見覚えのある車で、なかに人がいる車もあるが、赤外線暗視装置を使って監視をするＦＢＩの捜査官の姿は見あたらず、これといって動きもなかった。

「どう思う？」ビクターはリッシーの耳元で尋ねた。

「警官はアホだってママがよく言ってた。ケツと耳たぶの区別もつかないって」

「ああ。でも、そのおばさんも死んだってことは、いつも正しいとはかぎらないってことだろ？」

「ママは絶対だよ。あいつらはたんに運がよかっただけ」リッシーは言った。「あたしにはなにも見えないけど、あんたは？」

「おれも」

「金がないかどうか調べて、帰ったのかもね。ねえ、だいじょうぶかなあ？」

ビクターがたぶんと答えようとしたとき、リッシーが自分の寝室に小さな光の弧が走るのを見た。光はすぐに消えた。リッシーはビクターの腕をつかんで引き戻し、ひどい痛みが走ったので、木の幹にもたれてしゃがみこんだ。息が少しあがっていた。「見た？　あたしの部屋で誰かが小さい懐中電灯を使ってた」悪態をつく。「やっぱりな、簡単にあきらめるやつらじゃないと思ったんだよね。ビクター、しばらく坐って、休ませて」

ビクターは苦しそうな彼女を見て、言った。「わかった、リッシー、休もう。おまえがまた動けるようになったら、ここを離れような。近くに隠れて、数日後にまた金を取りに戻ればいいさ」

リッシーはびくりとして目を覚ました。明るい日差しがオークの枝のあいだを貫き、顔にあたっていた。目をしばたたいて、自分のいる場所を思いだそうとした。

「おはよう」コーリー・ジェームズ特別捜査官は彼女を見おろし、シグの銃口を心臓に向けていた。

黒いズボンに白いシャツにローファーという、教会に行くような恰好をしている。リッシーはとっさに銃を持つ手を上げたが、彼に蹴り飛ばされてしまった。「こらこら、おまえには撃たせんぞ、お嬢ちゃん」捜査官は一歩下がって、続けた。「やあ、ビクター、さあ朝だ、起きる時間だぞ。おまえを刑務所まで連れていかせてもらおう」そして、無線機に話しかけた。「自宅から南西約百メートルの地点において被疑者二名を確保。ベン、トミー、応援を頼む！」

ビクターは横たわったままうめき、体をひくつかせた。だが、その場を動かず、少しだけ体を倒した。

「ほら、行くぞ」捜査官はつま先でビクターをつつき、顔を上げて、声を張りあげた。「トミー、ベン、こっちだ」

ビクターはもう一度うめくと、すばやく体を倒し、二二口径を持ちあげて、捜査官の右腕を撃った。その拍子にシグを取り落とした捜査官は、怒声とともにビクターを蹴ろうとしたが、すでに回転してその場を離れていたビクターは、体をひねってふたたび発砲した。「どいてろよ、リッシー。そのへんに銃が落ちなかったか？」

コーリー・ジェームズ捜査官は木を盾にしてしゃがみ、トミーとベンを呼びつづけた。

「ビクター、逃げなきゃ！」リッシーはそのへんを這いまわって、銃を探した。「あいつに銃を蹴り飛ばされて、見つからない! まだ暗いから、あいつの銃も見つからない。行かなきゃ!」

ビクターは汚い言葉を吐き散らしながら、弾倉に残っている弾を木立に隠れている捜査官へ向かって撃つと、リッシーを引っぱって森を走りだした。枝で腕や顔が切れても走りつづけ、立ち止まったときには、体を起こし、息を切らしながら、二車線道路の近くの青々と茂ったオークの木立に隠しておいたカローラに飛び乗った。

男たちの怒声と、木立を駆け抜けてくる物音を聞きながら、カローラをわずか二秒で急発進した。リッシーはなにも吐けないまま、開いた窓から身を乗りだしてえずき、ビクターは弾の入っていない二二口径を手にぶら下げていた。

バックミラーに目をやると、森から銃を持った男たちが飛びだしてきた。そのうちひとりは、携帯を手にしている。車は遠くに停めてあるのだろう。

とはいえ、うかうかしている時間はなかった。デンバー・レーンから曲がり道を八ブロック行った先にあるミラー・アベニューの端で、リッシーが家の私道に停めてあった古い黒のトレイルブレイザーを見つけ、三秒後にはビクターがキーなしでエンジンをかけた。

「ウィネットに行こう」ビクターは言った。「まだおれの正体を突き止めてないかもしれないし、ウィネットなら土地勘があるから、どこに隠れてたらいいかわかる。かりにおれの正体がばれてるときは、このボロ車を百キロも行かないうちに交換しよう。でもって、金を取りに戻れるまでじっとしてればいい」

「わかった、そうする」リッシーの顔が痛みにひきつっている。ビクターは痛み止めを二錠与え、彼女がそれを口に放りこんで、ボトル半分の水で飲むのを見ていた。

「あのばかたち、何人か倒せればいいのに」

ビクターが言った。「先のことはわかんないぞ。ウィネットに行ったら、風向きが変わるかもしれないだろ？　さあ、ひと休みしろよ、リッシー。森のなかをすごい走ったもんな。おれたちふたりとも、こうして無事なんだから。大切なのはそこさ」

23

ランダル郡立病院
バージニア州フォート・ペッセル
月曜の午前中

コーリー・ジェームズ特別捜査官は腕の痛みにあえいでいた。前向きに考えれば、弾頭が動脈をそれたおかげで出血死せずにすんだということになる。ついさっき設置されたモルヒネの点滴マシンを見あげて、早くきいてくるのを願った。消毒して縫いあわせた傷口には、包帯を巻いてある。麻酔が切れつつあるいま、腕が悲鳴をあげていた。

「看護師が点滴をはじめて、まだほんの一分か」リッチモンド支局を率いるガレン・マーキー特別捜査官が言った。「注射よりききが早いそうだ。めそめそするなよ、命に別条はないんだから。それより今後、機能に支障は出ないことに感謝するんだな。哀れなおまえの脳は、感謝を知らないとみえる」

「はい、はい、倒れてるあいだに好きなように言ってください」コーリーは痛みをこらえつつ言った。「いいですか、ガレン、あなたのために十二年物のスコッチのボトルを取ってあるんです。ただし、誰かうちの母親に電話しなきゃですよ。もしそんなことをしたら、母はお抱えの医師を連れてプライベートジェットで乗りつけ、ぼくをカンクンの別荘に連れていくから許可しろとあなたに迫るでしょうね。あなたが腹立ちまぎれにぼくをくそみそに言いたいのはわかります。そうです、ぼくはベンとトミーを待つべきだったのに、彼らにつまずいてしまった。あの女、まだ十代ですよ」ため息をつく。「そしたら、彼女が目を覚まして、ぼくを撃とうとした。ぼくはどうすればよかったんですか？ 言ったとおり、彼女はどうってことなかったんです。そりゃ、もっとすばやければ、手を焼いたと思いますけど」

「彼女がもっとすばやければ、おまえはとうに死体だよ」

「そうですけど。それより、明るい面を見たらどうですか？ ええ、認めますとも、ぼくが一杯食わされたのは、あの男のほうです。なんでさっさと撃たなかったかって？ そりゃ、あの痩せて貧相なガキは寝てると思ったからです。それがすばやくてですね、ガレン。ああ、痛い、腕が燃えるようだ」

ERの看護師が区画の脇を通りすぎざま、闊達《かったつ》な声で言った。「あと一分もあればきくので、愚痴はやめてくださいね、捜査官」

その言葉どおり、数秒もすると腕から怪物の牙が抜けるのを感じた。

ガレンは言った。「ぐにゃぐにゃのホットドッグのようなことばかり言ってると、モルヒネを引っこ抜くぞ。あの怖い物知らずの子どものどちらかに殺されててもおかしくなかったんだ、コーリー。おまえは〝武器を携帯していて、危険〟ってことがわかってなかった。そして、〝異常〟ってことも」

コーリーが尋ねた。「ぐにゃぐにゃのホットドッグって、セニョールナッチョのですか?」

ガレンは彼をにらみつけた。

「ええ、わかりました、おっしゃるとおり、モルヒネを引っこ抜いてください。ぼくは痛い目に遭わなきゃいけないんです。でも、もう遅すぎます。ああ、ぼくはいま痛みから解放されるという恩恵に浴している」

ガレンが言った。「ワシントンからわれらがブラザーがやってきたら、痛みがにぶるとは思えないがな。おっと、噂をすればなんとやら、ブラザーがいらしたぞ。それにシスターも」

ガレンは立ちあがって、部屋に入ってきたサビッチとシャーロックを迎えた。「おまえは運がいいようだな、コーリー」ガレンは背後の部下に言った。「会えばわかる」

コーリーはシャーロックを見て、顔を輝かせた。知らない女性で、会うのもこれがはじめてだが、すごい美人だった。モルヒネ漬けの脳がうっとりして、鼻歌混じりで彼女を見た。

サビッチが言った。「いや、彼の運はよくないぞ。やあ、ガレン」続いてコーリーに話しかけた。「連中を取り逃した救いがたい間抜けはおまえか?」

コーリーはうめいた。

ガレンが答えた。「ええ、ごらんのとおり名誉の負傷まで負ってまして」

シャーロックはガレン・マーキーに黙ってうなずきかけると、コーリーに歩み寄り、面と向かってどなりつけた。「いいこと、あんたが恐れなきゃならないのは、ディロンじゃなくて、このわたしよ。あんたが立てるようになったときケツを蹴りあげて、胴体までめりこませてやるのは、このわたしなの。ねえ、わかってる、わたしがどんなに腹を立ててるか？解剖台の上に横たえられて、こんなふうに——」パチンと指を鳴らす。「わたしたちがあなたを見おろして、頭を振ってたかもしれない。なんでこんなことになったの？　男性ホルモンの暴走？　あんたが応援を待てなかったせいで、若いサイコパスふたりを取り逃したうえに、あなたは腕までだめにしたのよ」ケガをしていないほうの腕にパンチを食らわせた。

だがコーリーには彼女のパンチが痛くなかった。血管にたっぷりのモルヒネが流れていたからだ。彼女を見あげて、しまりのない笑みを浮かべた。「あなたのこと知らないけど、その髪、ふわふわしたワイルドな巻き毛が顔にかかって、すてきだね。ぼくがまた肉を切れるようになったら、いっしょにディナーに行かない？」彼女はサビッチにうなずきかけた。「彼が誰だか知らないの？」

「いや、知ってるよ、ディロン・サビッチ捜査官さ。ぼくは去年、クワンティコで彼が担当してたコンピュータのリフレッシュコースで抜群の成績をおさめたんだよ。だから、ぼくは彼のお気に入りなんだ。優秀だから」

サビッチが言った。「おまえに関する意見を変えたよ、ジェームズ捜査官。いまやあらたな光でおまえを見はじめてるが、おまえの輝きがにぶったようだぞ」

シャーロックが言った。「それから、言っておくけど、あなたとはデートしないわよ。じつはわたし、この男性と結婚してるのよ。たぶんいまなら、喜んであなたを窓から投げ落とすでしょうね。ここ何階だったかしら？」

コーリーが答えた。「一階です」

シャーロックが彼の頭をこづいた。「運がよかったわね、おばかさん。さあ、最初の最初からすべて話してちょうだい。お願いだから、保身に走らないで、ありのままに話して」

コーリーは咳払いをして、片方の目でサビッチを見た。あまりに気分がいいせいで、自分が窮地に立たされているという現実と折りあいをつけるのをつい忘れてしまう。もう一度、咳払いをした。「ちょうど日がのぼりはじめたところでした。トミーは家の反対側を調べてて、ベンはなかでコーヒーを淹れてました。ぼくは森を抜けて袋小路全体を巡回してました。

そうしたらふたりがオークの巨木にもたれて寝てるんですから、目を疑いましたよ。ふたりとも無邪気で、若くて——といっても、彼女が目を開いたとたんに、ぼくの神経の末端が叫びだしました。彼女はすばやく銃を構えました。古くて、大きいブレン・テン、たぶん十ミリ口径の自動式拳銃です。ぼくは彼女の手からその銃を蹴り飛ばしました」

シャーロックが言った。「よくやったわね。その拳銃で腕をやられてたら、大量出血で死ぬか、よくても片腕をなくして、歯で靴紐を結ぶはめになってたわ。撃たれたのがビクターの二二口径でラッキーよ」

ガレンが疑問を呈した。「ブレン・テンなんぞ、リッシー・スマイリーがどこで手に入れたんだ？」

シャーロックは言った。「第二次世界大戦でおじいさんが使ってたとか？　先を続けて、コーリー」

コーリーは身震いして、話しはじめた。「もうひとり、ブロンドの若造のほう――ビクター・ネッサー――は、寝ているみたいに動かなかったんです。いびきをかいてる最中に撃たなくてもいいと思ってたら、あの野郎、銃を手に急に起きあがって――」

「ありのまま正直にね、ジェームズ捜査官」シャーロックはくり返した。「この状況だと、それがいちばんよ」

コーリーの話を聞きおえたサビッチは、彼が自己保身に走っていないことを認めた。そこに居合わせた全員が知っているとおり、モルヒネのおかげでいい気分になっていたコーリーには、保身などという芸当がむずかしかったからだ。サビッチは言った。「いいだろう、ふたりはカローラを乗り捨てて、黒のおんぼろトレイルブレイザーを盗んだ。そっちもフォート・ペッセルから百キロも離れないうちに乗り捨ててるはずだ」

ガレンが言った。「いま州警察と管轄署がふたりを捜してます。向こうが圧倒的に有利なスタートを切ったわけじゃないにしろ、サビッチの言うとおりなら、トレイルブレイザーは目につかない場所に乗り捨てられて、ふたりはいま別の車に乗っている。となると、盗難車の届けがないかぎり、ふたりを見つけるのはむずかしいでしょうね」

サビッチが尋ねた。「ふたりはどんな服装だった、ジェームズ捜査官?」

「少女のほうは男物のたっぷりした白いシャツに、スキニーのブルージーンズ、それに黒のスニーカーです。少年のほうは、胸の部分にジョンディア社のトラクターの絵柄が入った淡いブルーのTシャツに、ぶかぶかのブルージーンズ、スニーカーは白。これといって特徴のない無地の野球帽を深くかぶってました」

「風貌を説明できるか?」

「見たところ、とても若くて、きれいな金髪に白い肌で、朝だというのにヒゲもまだ浮いていなかった。どちらも痩せてて、娘のほうはしなやか、男のほうは貧弱といったほうが適切ですかね。男のほうはかなり上背がありましたが、娘のほうはまだ子どもみたいでした」ひと息つく。「そう思ったのは彼女が目を開けて、ぼくを見るまでのことでしたけど。その目の奥でとてつもなく悪いことが起きているのがわかったんで」

シャーロックが尋ねた。「彼女が痛がっている様子はあった?」

コーリーは首を振った。「ネッサーが彼女を引き起こして、森のなかに連れていくのを見ました。そのあとぼくは腕の傷口を押さえて、命を落とさないことを祈りながら、シグを探したんです。ベンとトミーがやってきたんで、連中のあとを追いました」

それから数分後、モルヒネによる朦朧《もうろう》状態に陥る寸前のコーリー・ジェームズに、サビッチは携帯の番号を与えた。「ほかになにか気がついたら、電話してくれ」ドアの前で立ち止まって、ベッドをふり返った。「撃たれて当然だとは思ってないからな、コーリー。むずかしい状況でよくやった」ガレン・マーキーの手を握った。「こいつを本気で罰するつもりなら、母親を呼んでやってくれ」

コーリーがうめき、シャーロックが笑った。

病院を出ようとしていたサビッチとシャーロックを、ガレン・マーキーが追ってきた。

「ちょっといいですか。昨夜、保安官助手がふたり撃たれたという報告が入りました。その場所がフォート・ペッセルから百キロほど行ったパンプリンの近くでして。保安官助手のうちひとりは死亡。彼が被疑者に職務質問をしているあいだに、もうひとりの女性保安官助手が車のナンバーを送り、彼が撃たれると、助けようと近づいた彼女も胸を撃たれました。二度にわたって手術を受けましたが、生き残れるかどうか微妙なようです」

24

バージニア州フォート・ペッセル
月曜の午前中

サビッチがカーリー・シュスターの家に入った直後、電話が鳴った。ガレンからだった。ハイキング中の人がノースカロライナに入ってすぐの森でトレイルブレイザーを見つけ、また、そこから一キロほど先の小さな煙草畑で濃紺のシボレー・マリブ二〇〇一年型が盗まれたという通報があったとのことだった。

サビッチは携帯電話をポケットにしまった。そしてふり返ると、折しも話しはじめたシャーロックを見て、ほほ笑んだ。「お時間を割いていただいて、ありがとうございます、ミセス・シュスター。ハイスクールの校長先生からうかがった話では、正式な雇用契約はなかったそうですね。けれど、数年にわたって数多くの生徒さんにコンピュータサイエンスを教えてこられ、そのなかのひとりがビクター・ネッサーだったとか。彼のことをお話しいただけますか？」

シュスターは手振りでふたりにソファを勧めた。「ええ、もちろんですとも、わたしは持てる知識のすべてをビクターに教えました。彼はそのレベルまでみずから学びましたし、実際、ひじょうに才能のある生徒でした。わずか数カ月で、わたしを追い越してしまったのです。わたしは彼以外に知りませんけれど、ああいうのを天才というんでしょう。教師をしているわたしの友人から聞いた話では、学校ではうまくいかず、コンピュータのクラスも取っていないということでした。彼からその理由を教えてもらったことはありません。ですが、彼は学ぶことに飢えていた。おわかりになりますか、どういう感覚だか？」

サビッチはにっこりした。「ええ、わかります」

「あら、それではいまリビングにおられるのは、わたしの同類かしら？」

サビッチは笑顔のまま尋ねた。「スマイリー家の人たちについて、ご記憶にあることをお聞かせ願えますか？」

彼女の唇が開き、少し突きでたまっ白な歯がふたたび現われた。シュスターはうなずいた。

「ええ、いいですよ。スマイリー家の人たちね。ジェニファー・スマイリーのことはあまりよく知らないんです。たまに町で会って会釈したり、挨拶したりするぐらいで、それ以上のつきあいはなかったので。ただ、ミセス・スマイリーは変わり者ともっぱらの評判で、町のすぐ南の、ルート33沿いにある〈ロング・スター・バー〉を切り盛りしていました。週末ともなると、お店が酔っぱらいと乱暴者でたいへんなことになると、噂が絶えませんでした。彼女もその場に居合わせたんです。彼女は店のオーナーだったタトゥーだらけのバイク乗りと、同棲したり別れたりをくり返していましてね。よくそんな男と同じうちにリッシーを住ませられたものですよ。そのうち、男のほうが愛車のバイクで事故死しました。橋の脚の部分に頭から突っこんだんです。

ジェニファー・スマイリーが店を受け継ぐのだと誰もが思っていたんですが、北のほうのどこかにいるいとこに店を残すという遺書があったんです。ジェニファーはそのことにひどく腹を立てたと聞いています。それから三カ月後くらいだったかしら、ある日、リッシーを連れていなくなってしまって。ええ、たしか、学校が終わってすぐでした。どのみち、リッシーは学校を休みがちだったんで、あまり関係はなかったんですけれど、まるで煙みたいに消えて、家には錠がかかってました。ご近所のミス・エリーは長い旅行に出かけたと思ってらしたみたい。ほら、ふたりきりでしたからね。ビクターのほうはその三年前、ハイスクールを卒業すると同時に家を出ていました」

と、ふいに彼女が口を引き結んで、首を振った。「ああ、どうしましょう、あなた方はFBIの捜査官なのよね。つまり、ビクターが悪いことをしたってことだわ。スマイリー家の人たちもなの？　教えてくださる？」

サビッチが答えた。「自分たちはいま、リッシー・スマイリーとビクター・ネッサーの両名を追っています。一連の強盗殺人事件とのからみで、いずれも指名手配されました」

シャーロックが続いた。「ケンタッキーとバージニアで、〝四人組〟と呼ばれるグループによる強盗殺人事件が起きていたのをご存じですか？　メンバーのほとんどはワシントンＤＣで殺されました」

シュスターは首を振った。「ごめんなさい、気が滅入るから、ニュースは観ないことにしているの」

サビッチはもう一度、彼女の出っ歯が見たかった。その歯のおかげで、やけに笑顔が魅力的なのだ。

シュスターがゆっくりと言葉を継いだ。「それで、ジェニファー・スマイリーもその四人組とやらにかかわっているということなの？」

シャーロックがうなずいた。「現時点では、彼女がリーダーだったと目されています」

「まあ、そんな。それで、リッシーとビクターは？」

サビッチが答えた。「ふたりもです。ほかに男がふたりいました。ジェニファー・スマイリーはワシントンの銀行で強盗中に射殺されました。リッシーとビクターは逃亡したため、いま捜しています」

「でも、ここは小さな町で、悪いことなんて起きたことがないんですよ。ええ、そうね、これほどの規模のは。そんな話は聞いたことがないわ。うちの主人も信じないでしょうね。主人はビクターを気に入ってたんです。薄汚いおたくにしては悪くないと言って。わたしもビクターが好きでした」

唇を引き結んで、思案顔になった。「ビクターに関しては、どうしても信じられないわ。でもリッシーなら。十六の娘さんのことをこんなふうに言いたくありませんけれど、彼女が関与していたと聞いても、驚きませんよ。リッシーは……そうね、なんと言ったらいいのかしら……常識外れな子で、まともじゃないと言うか。とても変わっていて、人を見る目つきなど、ときに恐ろしくなるほどでした。わたしの最終的な結論としては、あの子はカメレオンなんです。ほかに言いようがありません。その気になれば人を魅了することもできるし、涙が出るほど退屈な人間にもなれる」

「どうして彼女のことをよくご存じなのですか、ミセス・シュスター?」シャーロックが尋ねた。

「うちの息子のジェイソンと四カ月間、交際していたんです」シュスターはあっさり言った。「ですから、個人的にやりとりがありました。もちろん、息子からも彼女の話を聞いてました。ふたりがセックスしているのも知っていて、正直、そのことをわたしは恐れていました」

サビッチとシャーロックは黙して待った。

シュスターは深く息を吸いこんだ。「この春になって、ふたりは別れたんです。息子はそうは言いませんけれど、彼女のことが怖くなったんでしょう。別れたあと、彼女から殺すと脅されるようになりました。思春期の芝居がかったやりとりのようですけれど、わたしには怖かった。息子が心配でした。そんな事実はないのに、彼女は息子が別の女の子と寝ていると騒いだことがあって、その数日後、引きあいにだされたリンディという女の子が自転車に乗っていて車に撥《は》ねられ、脚を折ったんです。撥ねた相手はわからずじまい。ジェイソンは傷つけられたことはないけれど、乗っていた古いホンダのタイヤが切られるという事件がありました」

「ジェイソンはお近くにお住まいですか、カーリー？」シャーロックが尋ねた。

「いいえ、残念ながら。いまは父親――別れた元夫とスペインにいて、九月まで帰ってきません。リッシーとその母親がこの町を出たとき、ジェイソンはほっとして大きなため息をついたんじゃないかしら」

25

ふたりがポルシェに乗ると、それを待っていたかのように、サビッチの携帯電話から映画『タイタニック』で使われたセリーヌ・ディオンの美しい歌声が流れだした。

「はい、サビッチ」サビッチは電話を聞き、そして言った。「二二口径と一ミリ口径のブレン・テン、自動式拳銃であることに賭ける。ああ、確認してみてくれ」携帯を革のジャケットのポケットに戻し、シャーロックの目を見た。

「踊りだしたくなるような話を聞かせてやろうか？　例の保安官助手が手術を切り抜けて、生きてるぞ。これからパンプリンのオーバールック病院に向かって、彼女から話を聞けるかどうか、かけあってみることになった。病院には家族や同僚が大挙して押しかけてるから、保安官から三階のＩＣＵに直接来るように指示された。そこでおれたちを待っていてくれるそうだ」

「ビクターとリッシーに間違いないわ。こちらに向かう途中でやったんでしょうね。不思議なのは、保安官助手が生き残ったことのほうよ」

「おれにも理由はわからないが、彼女に聞こう」

シャーロックが言った。「車のナンバーは古いインパラのものだったんでしょ？」

サビッチはうなずいた。

シャーロックは目を閉じて、自分が撃たれたときのことを鮮明に思いだして、死ぬ可能性はあったのだろうかと思った。「保安官助手の名前は？」

「ゲール・リンド。保安官助手になって六年、既婚者で、まだ幼ない子どもがふたり。それを言ったら、殺されたほうの保安官助手にも家族があった」

「早くあのふたりを捕まえないと、ディロン。これ以上、被害者が出ないうちに」

「おれの勘はビクターは自宅のあるノースカロライナのウィネットに向かうと一貫して訴えてるが、理屈の通る相手じゃない。フォート・ペッセルについてはどんぴしゃだったにしろ、向こうもばかじゃない。コーリー・ジェームズ捜査官の母親を含むみんなが、彼らを捜している。とはいえ、すぐにはおれを狙わず、しばらく潜伏するだろうから、ビクターはウィネットかその近辺に隠れるあてがあるのかもしれない。ともあれ、病院でゲールと話をしたら、やつの自宅へ向かおう」

サビッチが病院前の駐車スペースに車を入れたとき、ふたたびガレンから電話があり、フォート・ペッセルのクーガー薬局から相当量のバイコディンが盗まれたと聞かされた。「あの娘が寝入ってたのは、薬のせいかもしれません」

シャーロックとサビッチは三階の長い廊下を歩いた。くつろいだ感じを演出するためか壁は淡い緑色だったが、シャーロックには効果がなく、いらいらして落ち着けなかった。待合室で制服警官や家族らしき人たちとすれ違ったときも、歩をゆるめることも、顔を確認することもなかった。

保安官はいなかった。

ドローレス・スターク看護師は、遠近両用眼鏡の上からふたりを見て、身分証明書を確認した。「保安官は緊急の用件で、出かけましたよ」

シャーロックがうながした。「リンド保安官助手の様子をお聞かせください」

ICUを担当するドローレスは、シャーロックの義母と同じくらい肝が据わっていて、にっこり笑ってこう言った。「彼女は二度の手術を切り抜けました。ラザラス先生が四時間にわたって処置しましたが、出血が止まらず、再手術になったんです。意識を失うこと二度、そのたび戻ってきたんですよ。この先は快復する一方のはずで、予想外のことが起きても排除します。いまこの段階で彼女と話ができるかどうか、わたしにはわかりかねます。二時間前に抜管したばかりですからね。あ、ラザラス先生、こちらはFBIのサビッチ捜査官とシャーロック捜査官です。リンド保安官助手に会いにいらしたそうで」

ラザラス医師は迷惑そうだった。だが、よそに閉じこめられてひと晩過ごすつもりはないようだ。よれよれでもなければ、目の下にくまもない。つまりいますぐ横になって、一年眠りつづけたいといった様子はなかった。むしろ、ボギーを叩きまくりながらも、ゴルフコースから悠然と帰ってきたかのような風情だ。「だめだ」医師は言った。「とてもまだ話せる状態じゃない。明日ならいいかもしれないから、わたしに電話してみてくれ」

シャーロックはとびきりの笑みとともに、医師に近づいた。「同行されますか、ラザラス先生？ 彼女が少しでも対応して、犯人について教えてくれることを願っています。何号室ですか、スターク看護師？」

「三四三号室です」スタークは答えた。

サビッチとシャーロックは早足で廊下を進み、ラザラス医師がそのあとを追った。「待ちたまえ！ そんなことは許されないぞ。わたしに許可――」

サビッチは手振りでシャーロックを先に行かせ、自分はふり返って、軽い口調で医師に話した。「同席してください、ラザラス先生。それでいいですね？」

ふたりで病室に入ると、シャーロックがゲール・リンドの上にかがみこんで、指先でそっと腕を撫でていた。「ゲール、聞こえる？」

返事がない。

「ほらみろ、彼女はまだ――」

「ゲール、聞こえる？ わたしはＦＢＩのシャーロック特別捜査官です。あなたを撃って、あなたの相棒をマリアナ海溝送りにした不届き者をどうしても見つけだしたいの。マリアナ海溝でいい？」

ゲール・リンドがうめいた。

「その調子」シャーロックは言い、ゲールの腕を指先でそっと撫でつづけた。「目を開ける必要はないんだけど、もし開けてくれたら、あなたの目が見られて嬉しいわ。わたしの目も見てもらえるし」

ゲール・リンド保安官助手は目をこじ開けた。そして森のように深い緑の瞳を見あげ、「マリアナ海溝ならいいわ」と、つぶやいた。

「会えて嬉しいわ、リンド保安官助手。きれいな青い瞳ね。わたしのことはシャーロックと呼んでちょうだい。昨夜なにがあったか話せる？」

「昨夜？　ついさっきのこと、いいえ、あれは――」ゲールはひんやりと心地よく濡れたものが軽く唇に触れるのを感じて、それを吸った。シャーロックがふり返ると、ラザラス医師が患者を守るために飛びかかってきそうな顔をしている。それを見て、頬がゆるんだ。「水は？」シャーロックは医師に尋ねた。「少しならいいですか？」

医師がいかめしい顔のままうなずいたので、シャーロックはリンドの頭を少し高くして、口にストローをくわえさせた。「ほんの少しよ。気分が悪くなったらいけないから」

「ありがとう」その声はしわがれていた。声が出たことに驚いて、目をぱちくりしている。

「いま痛みは？」

いで」

ゲールは考えてみて、首を振った。「いいえ。痛いというより、首から下が死んでるみた

「たぶんそれでいいのよ」シャーロックは言った。「さあ、ゲール、あなたに無理をさせたくないから、疲れたり、痛みが出たりしたら、そう言ってね。そこでおしまいにするわ」

ゲールはのろのろと話しはじめたが、最後にはたたみかけるような口調になっていた。

「……銃声が聞こえて、デービーが倒れたんで、デービーに呼びかけながら、インパラのほうに走りました。そしたら、その若い男が運転席から身を乗りだしてきて、わたしを撃ったんです」シャーロックを見る彼女の目は、涙でいっぱいだった。「いままで撃たれたことなどなくて。どうなるか知識としては知っていたし、話しあったこともあったけれど、考えていたのとは違ってた——大きなハンマーみたいに食いこんできて、後ろに倒されました。彼が近づいてきました。眉間を撃てと、娘が叫んでました。眉間を撃てばすぐに明かりが消える、生かしておいたら誰になにを話すかわからない、母親から教わったって」ゲールはそこでひと息入れて、しばらくじっとしていた。やがて目を上げて、シャーロックを見た。「母親から」小声で言った。「彼女はそれを母親から教わったんですね」

「ありがたいことに、彼女の母親は死んだわ」シャーロックは事務的に伝えた。「ほかに、捜査の手がかりになるようなことを言ってなかった？」

「彼女は人間じゃありません、シャーロック捜査官。男のほうはわからないけれど、あの子

は手に負えない。わたしには力なく横たわっていることしかできませんでした。ええ……とても恐ろしかった。自分の死を予期して、待っているんですから。ただ待つだけで、受け入れることなんてできないから、ひどく苦しくて、苦しみながら待つんです」

シャーロックはリンドの目の端からこぼれた涙をそっと拭き取った。「そろそろ休む?」

「いいえ、最後まで話させてください。あのふたりを捕まえてください。ひとつ気になるのは、あの若い男――少女はビクターと呼んでました――彼はわたしのところへ戻ってきました。眉間を撃たれるのだと思いました。そして、わたしにはどうすることもできなかった」

誰ひとり口をはさまなかった。ラザラス医師は自分が命を救ってやった若い女性を見つめた。そう、医師は彼女の胸のなかに入った弾頭を取りだし、肺を修復して、二度心臓が止まるのに立ち会った。だがいまは彼女の頭のなかにいた。撃たれて、死に瀕した彼女の記憶をともにたどり、それがどんなものかを教えられている。命あるかぎり、このときを忘れることはないだろう。医師は前にいる大柄なFBI捜査官から一歩下がり、自分の胸を撫でてみた。彼女の話を聞いていると痛くなってくる。

「恐ろしく奇妙でした。彼がわたしにウインクしたんです。二度。そして、発砲した。けれど、銃弾はわたしの頭から十五センチほど先の舗道にあたりました。少女の叫び声が聞こえました。『名誉の星ひとつ』とかなんとか。それにランドル――通信係です――のどなり声が携帯から聞こえて、それで、望みがあることがわかりました」目を上げて、医師を見た。

「あなたがわたしの命を助けてくださったんですか?」

医師は言葉もなくうなずいた。

「ありがとう、先生。シャーロック捜査官、あの幼い殺し屋たちを捕まえて」

「ええ、捕まえるわ」

「あの娘、リッシーがデービーを撃ったの?」

シャーロックはうなずいた。

「わたしが眉間を撃ち抜かれていても、おかしくなかった」

ふたたびシャーロックはうなずいた。

「なぜ彼はそうしなかったのかしら?」

なぜなら、リッシーには見えないことをビクターは知っていたからよ。シャーロックはゲールの手に手を重ね、そっと握った。「いい質問ね。ひょっとしたら、彼のなかにはまだ更正可能な部分が残っているのかもしれない」

腰をかがめた。「わたしにもあなたの体験したことの恐ろしさがわかるわ。恐ろしい体験としてこれからもよみがえってくるけれど、でもね、あなたが感じたショックや痛みや無力感は、また大笑いしたり、鏡のなかの自分にほほ笑みかけたり、子どもを抱きしめたりできるようになると、薄らいでくるわ。わたしもかなり最近、撃たれたのよ。でも、やっぱり薄らいできてる。自分が生き残ったことを絶対に忘れないでね、ゲール。また連絡します。あとは快復あるのみ、後退はなしよ。いい？」

目を閉じるゲール・リンドの口元には、勇敢にも笑みが浮かんでいた。

26

バージニア州タイタスビル
月曜の午前中

　イーサンがキッチンに行ってみると、オータムがルーラとマッキーとビッグ・ルイにペットフードを投げて、はしゃいでいた。少女はイーサンを見て、お日さまみたいな笑顔になった。「イーサン、ビッグ・ルイがすべると、爪が床をこする音がするんだよ」

　イーサンはかがんで少女を抱きしめた。チューリップの柄が入ったピンク色のTシャツを着ている。「ちゃんと眠れたかい、お嬢ちゃん？」

　オータムは彼を抱きしめ返してから、うなずいた。「ママはだめだったみたい。怖い夢を見て、うなされてた。あたしが起こしたげたの」

「無理もないさ。あれだけいろんなことがあったんだから。きみまで怖い夢を見なくて、よかった。ライスクリスピーとトーストでも食べるかい？」

　オータムはうなずき、もうひと粒ペットフードを投げると、ルーラがそれを追ってキッチンから飛びだしていった。

「あれが最後のひと粒だったの」オータムは白い半ズボンで両手をぬぐった。「今日はブレシッドを捕まえてくれるといいな、イーサン」

子どもから言われてしまった。「そうだな。みんなそのつもりでがんばってるんだ、オータム。さ、坐ろ」ボウルにシリアルをそそぎ、ミルクを手渡した。ミルクをかけながら、オータムは言った。「あたし、今夜またディロンに連絡してみる」

オータムは元気よくシリアルを食べだし、そのあいだにイーサンはトースターにパンをセットした。彼女を見つめて尋ねた。「ディロンって誰だい？」

オータムの動きが完全に止まった。怯え顔になっている。

イーサンは近づいて、彼女の椅子の隣に膝をついた。「どうした、かわいこちゃん？」

「内緒にしなきゃいけなかったの」

「なにを？　ディロンのことかい？」

「ディロンに連絡したことは、ママにも言ってないの。言いたくなくて。だって、すごい怖がってて、あたしのこと心配してるから、きっと怒るよ。でも、ママはトリーおじさんには話すつもりでいる」

なにを話すんだ？

トーストがぽんと飛びだした。イーサンは考えこみながら、自分とオータムのそれぞれのトーストにバターとイチゴジャムを塗った。「はい、きみの分。おふくろお手製のジャムだぞ。うまいんだ」

オータムは後ろめたそうな顔で、首を縮めた。坐ったまま、食べようとしない。ビッグ・ルイが駆け足でやってきて脚に頭を載せたので、オータムが頭を撫ではじめた。

イーサンはしばし待ってから、尋ねた。「ディロンにはママの携帯を使って連絡したの？」

オータムが首をかしげた。「ううん。番号知らない」

どういうことだ？「じゃあ、どうやってディロンに連絡したの？」オータムは下を向いたまま、ビッグ・ルイの頭を撫でる手の動きが速くなった。

「オータム、いい子だから、わかってくれよ。おれにはなんだって話していいんだ。なんでも言ってくれたら、おれはきみたちを助けやすくなる。だから、話してくれなくちゃ」

オータムがイーサンを見あげて、ため息をついた。「トリーおじさんが助けてくれるはずだったのに、おじさんはここにいないもんね。でも、あなたはいるわ、イーサン」

イーサンはうなずいて、先を待った。

オータムはイーサンの目を直視した。「ディロンには先週の木曜日の夜、すごく遅い時間に連絡したの。そのあとは一度も話せてない。彼がそこにいなくて」

「どうやって連絡したんだい？」

オータムは一瞬、目をつぶって、蚊の泣くような声で言った。「ママが知ったら、すっごく怒る」

じれったさと闘いながら、イーサンは待った。いったいこの子はなにを言い淀んでいるのだろう？

「ディロンに連絡したのは、テレビで観たから。銀行の前に立ってた。銀行強盗たちをやっつけたって、英雄になってたの。この人なら助けてくれるとわかったから、遅い時間になるまで待って、いっしょうけんめいディロンのことを考えて、頭のなかにはっきり思い浮かべたの。そしたら、彼はそこにいて、あたしの声が聞こえて、あたしが見えて、刑務所にいたパパと同じだった。ディロンは怖がったりしなくて、あたしは、あたしとママが困ったことになってるって話したの。今日、もう一度、ディロンに連絡してみる。すごく遅い時間に」

どう応じたらいいのだろう？　想像力が豊かなのはいいけどな、お嬢ちゃん、さっさと現実の世界に戻ってシリアルを食べ、猛獣どもに餌を投げてやらなきゃな、とでも？

イーサンは代わりに尋ねた。「きみとママが困ったことになってるって話したとき、ディロンはなんて言った？」

「それがね、連絡がうまくいかなくなっちゃったの。パパが死んでから、そういう人と話をしてなかったから。ディロンはあたしの名前は知ってるけど、名字もどこにいるかも知らないの。だから、こっちに来て、ブレシッドを捜すのを手伝ってくれるように頼まなきゃ」

ジョアンナが腕にルーラを抱えて、キッチンに入ってきた。娘を見るなり、やわらいだ表情が消え失せ、ぴたりと立ち止まった。ルーラが鳴いたので、床におろした。「どうしたの、オータム？　イーサンになにを話したの？」

オータムは無言だった。トーストにかぶりつき、顔を伏せたまま口を動かした。

イーサンが助け船を出した。「先週の木曜の夜、ディロンという人物に連絡を取ったって話を聞いてたんだ。父親と話をするのと同じだったそうだ。それで、今夜またそのディロンに連絡を取って、助けを求めると。彼女はきみにもこういう話をしたのかい、ジョアンナ？」

オータムがぼそぼそ言った。「ディロンはヒーローだよ。覚えてる、ママ？　ワシントンで銀行強盗を撃った人。あたし、パパに連絡するのと同じように、その人に連絡したの。そしたら、その人のほうもわたしに話してくれた」

「ああ、オータム、やめて。言ったでしょう――」言葉を切って、イーサンに横目をくれた。「そうね、いいわ。その話はあとにしましょう、保安官。お腹がすいてるの。パンケーキでも焼きましょうか？」

「いや」イーサンは彼女に近づいた。「パンケーキはいらない。オータムがなにを言っているかが知りたい。きみは彼女の話を信じたのか？　数百キロも離れた刑務所にいる父親と頭のなかで話したことや、先週の木曜の夜、そのディロンって男と話をしたことを？　そういう話を聞かされていたから、オータムが墓地で見たという話を疑ったのか？」

ジョアンナは自分の腕に手をまわし、小さなキッチンを行きつ戻りつしはじめた。

「ジョアンナ?」

オータムが言った。「ママ、トリーおじさんに話をするつもりだったけどここにいなかったって、イーサンに言ったの。イーサンにちゃんと話して、説明しなきゃいけないから」

イーサンが皮肉混じりの口調で言った。「おれに話す内容を吟味してくれて、ありがたすぎて涙が出そうだよ、ジョアンナ」

これに彼女が反応した。近づいてきて、正面からイーサンの目を見た。「ああ、そう、保安官、だったら話すわ。オータムには特殊な能力がある。わたしも最初は信じられなかったわ。でも、ブリッカーズ・ボウルでバックマン家の人たちに会って、ブレシッドの能力を見てからは信じるしかなくなった。オータムはその能力を父親から受け継いだの。そして、彼らがオータムを奪いたがっているのもそのせい、たぶんこの子が父親と同じ能力を持っているからよ」

「オータムにも、ブレシッドと同じことができるってことか?」

「いいえ、人を催眠状態に導くことはできないわ。でも、オータムには特定の人とテレパシーで意思を疎通しあう能力がある。相手はそんなに多くないけれど、当然の流れとして父親とはできたし、ディロンという人ともできるみたい。オータム、あなたほんとうに銀行強盗を殺した男の人と話をしたの?」

オータムはうなずき、トーストを少しかじった。

ジョアンナが続けた。「でも、そんなことをするなんて、頭のおかしい人よ。銀行に子どもがいることを考えなかったのかしら？」

「ディロンはヒーローだよ」オータムは譲らず、顎を突きだした。「あたしにだってすっごく親切にしてくれたんだよ、ママ。あたしが声をかけたときね、ディロンは驚いたけど、でも、怖がったりとかそういうのはなかったんだよ。ふたりで話をしたの。でも、そのあと何回も連絡を取ろうとしたんだけど、彼はそこにいなかった。内緒にしてて、ごめんなさい。でも、ママはあたしのことすっごく心配してて、ママがこれ以上怖がるのを見たくなかったの。それに、トリーおじさん以外にはもう誰にも話しちゃだめって言われてたから」

イーサンは母娘を見くらべた。ブレシッドのことを現実として受け入れなければならないという事情があるだけに、腹は立たなかった。とうてい信じられないような話ばかりだが、ブレシッドの件があり、その事実は動かしがたい。オータムはそのブレシッドの姪だ。「ママともテレパシーで交信できるのかい、オータム？」

オータムがかぶりを振った。「できたらいいのに、ママにはあたしの声が聞こえないの。もうほかの人に試すのはやめちゃった。聞こえたら、その人、頭がおかしくなったと思うもの。でもね、ガソリンスタンドに男の子がいて、その子に一度やってみたら、頭のなかであたしとおしゃべりするのが好きになっちゃったの。その子、自分のことおれって言ってた。それで、いつもあたしからお金を借りようとするの。あたしのこと、自分と同じ十代だと思ってるみたい」

「おれに話しかけてみてくれないか、オータム」

彼女が試してくれたので、イーサンも努力した。彼女に意識を向け、肩の力を抜いて心を開いたものの、なにも聞こえてこなかった。正直なところ、ほっとした。

ジョアンナが言った。「偶然、オータムが父親の才能を受け継いだのを知ってると、シェパードが言ってたのを耳にしたわ。わからないのは、どうやって彼女が知ったかよ」ジョアンナは言葉を切って、娘を見た。「あなたが、あの人たちになにか言ったんじゃないわよね、ベイビー？」

「あの人に聞きだされちゃったの、ママ。あの人、すっごくまずいレモネードをあたしに渡して、ほんとはちっとも興味がないみたいに、なにげなく尋ねたの。パパとよく話をしたのかって。それで、思わずうんってうなずいちゃった。あの人は笑顔になって、パパが小さいころは、どこにいても連絡をくれたよって言ったの。あの人のほうから返事ができなくて、それがいつも残念だったって。でもわたしはできないけど、おまえにはできるんだろうって訊かれて、あたし、うなずいて、全然お金がかからないから、いつでもパパと話せるんだよって答えちゃった。

あの人ね、もうずうっとパパから連絡がなかった、それって悲しいことだろうって言ったの。あの人、すごく恐ろしかったから、わたしは同情しなかったけど、それは言わなかった。

あの人は、あの子に何度も何度も連絡しようとしたんだけど、できなかったって。頭のなかで話しかけてみてくれないかって頼まれたけど、それはしちゃいけないってわかったから、逃げちゃった。ごめんなさい、ママ」

ジョアンナは娘を強く抱きしめた。「いいのよ」そう言ってはみたものの、これですむ問題ではなかった。「事情はよくわかったから」

そしてイーサンを見た。「マーティンはそんな才能があることをおくびにも出さなかったわ。彼の心のなかで家族につながっていて、その部分を切り捨ててしまいたかったのかもしれない。刑務所に入ってはじめて、テレパシーを使ってオータムに交信してきたの。娘に会いたくてたまらなかったのね、きっと。その当時、オータムはまだ四つだったけど、彼には問題にならなかった。話をしているあいだはお互いに見えていて、だから、彼には娘が成長するさまが見られた。マーティンはオータムがもっと大きくなるまで、わたしに内緒にさせておきたかったみたい。わたしが動揺するのがわかってたから。たぶんオータムの言うことを信じずに、病気扱いすると思ったんでしょう。そのあと、マーティンが急死して、オータムがわたしに打ち明けてくれた。

わたしはオータムが父親がいなくなって深く悲しんでいるのを知ってたから、父親を手放さないですむように、オータムなりに想像したんだと思った。でも、バックマン家を訪れてからは、信じたわ。この一週間はとても時間をかけてオータムとこの件について話したし、オータムからもマーティンに教わらなければ知るはずのない話を聞いたの。

でも、まだ誰かに話す心の準備ができてなかったの、保安官。まだこの子をどうやって守ったらいいか、わからない。敵はブレシッドだけじゃない。この子を利用しようとする人たち全員。でも絶対、この子をバックマン家には渡さない。そのためなら、わたしはなんだってする」

職業人生においてはじめて、イーサンは大きな足の裏の大地に心許なさを覚えた。ジョアンナは明らかにすべて信じているが、それをイーサンや第三者に証明できるかというと、そうはいかない。俗人のイーサンにしてみたら、もうひとつ別の宇宙に投げ入れられたような展開だった。心のなかには、信じられないと抵抗する部分があり、さらなる証拠を求めていた。だが、ブレシッドの一件がある。

その事実をねじ曲げることはできない。

27

ワシントンDCジョージタウン
月曜の夜

ふたりが午後九時ごろ帰宅したときには、ポルシェの燃料タンクがからになりかけていた。大興奮のアストロに出迎えられた。ショーンにポップコーンの固い部分を投げてもらい、それを追いかけて遊んでいたのだ。ガブリエラはリビングの床に坐り、ポップコーンを追いかけて行ったり来たりしているアストロを見て、大笑いしていた。ふたりもそのゲームに参加したが、へとへとで長くは続かなかった。

そして真夜中にオータムからサビッチに交信があった。

ディロン？　そこにいる？

オータム、きみかい？　どこへ行ってたんだい？　元気にしてるかい？　きみに連絡を取ろうとしたんだよ。返事がなかった。

サビッチはベッドサイドの明かりをつけた。これでオータムには彼がよく見えるようになった。黒いヒゲが浮いている。黒い瞳も見える。すてき。

オータムは彼がそこにいるのが嬉しくて、はじけそうだった。こんばんは、ディロン。元気だけど、やっとっていう感じ。返事できなくてごめんなさい。まだ、慣れてないの。ほら、あなたとパパとだけだから。あなたは銀行強盗を追ってて忙しいって、イーサンから聞いた。

ああ、大忙しだよ。悪かったね。きみの名字を教えてくれるかい、オータム？　それと、いまどこにいるかを。イーサンって誰だい？

あたしはオータム・バックマン。あたしとママはいまバージニアのタイタスビルで、イーサン保安官といっしょなの。すごくいい人で、あたしたちを助けようとしてくれてる。

明かりをつけられるかい、オータム？　きみの顔がはっきり見たいのに、見えないんだ。

ううん、隣でママが寝てるから、起こしたくない。

一瞬の沈黙があったけれど、オータムはディロンが少しほほ笑んだのを見逃さなかった。どういう事態になっているか、説明してくれるね。

オータムは保安官のイーサンのこと、彼のペット三匹のこと、なかでも投げてやったフードをあらかたとってしまうルーラのことを語った。保安官もいまはオータムがディロンと話ができるのを信じてくれているかもしれないということも。でも……あたしのこと、信じたくないみたい。気持ちが悪いし、それにあたしがまだ小さいから。みんなまだ七つの子の話を信じたがらないの。

オータムは語った。ブレシッドがオックスに魔法をかけたこと、イーサンが顎を思いきり蹴って覚醒させたこと、みんながブレシッドを捜していること、けれど上手に隠れていて見つからないことを。

あたしとママにはあなたが必要なの、ディロン。こっちに来てあたしたちを助けられるように、銀行強盗を捕まえて。いまたいへんなの。ブレシッドがこっちに来てるの。ブレシッドはオペラ座の怪人より恐ろしいんだよ。

オータムは滔々《とうとう》と語ってサビッチを圧倒した。ブリッカーズ・ボウルで死体を見たこと。シェパードとグレースのこと。一度もまばたきせず、声も顔つきも一定だった。ママとあたしは逃げてタイタスビルに来たんだけど、トリーおじさんがいなかったの。おじさんは知りあいがいっぱいいないのよ、ディロン。でも年寄りだから、あなたは知らないかもしれない。名字と名前を教えてくれないか、オータム？

トリー・トルバート。

オータムはディロンが胸を掻くのを見た。彼はそのあと照れくさそうな笑顔になった。オータムから見られていることを忘れ、そのことに困惑してるみたいだった。

トリー・トルバートなら知ってる、とディロンは言った。おれと同じFBIの捜査官でね、みんなからTの二乗と呼ばれてた。ほら、名前も名字もTではじまるからさ。で、そのトリーがバージニアのタイタスビルに住んでて、きみのママの知りあいなんだな。ほっとしたよ、オータム。トリーは人に哀れみをかけられることをよしとしない、強い男だからね。トリーはおれの父親の知りあいで、ニューヨーク時代はときどき仕事で組んでた。おやじはトリーのことを、ツナ缶を開けるより早く、目撃者の口を開かせると言ってたよ。目つきの怖さにものを言わせられる男だったんだ。それで、彼はどこにいるんだい、オータム？

エバーグレイズっていうとこ。フロリダにあるんだって。まだ帰ってこないの。あたしたち、ずっと待ってるんだよ。

そうか。ところで、きみにはおれの携帯番号を教えておいたほうがいいかもな。明かりをつけてママを起こさずにすむように、番号を暗記できるかい？

サビッチは携帯の番号を三度くり返し、一度言うたびに、彼女にくり返させた。いいぞ。さて、イーサンの言うとおり、おれはいま悪いやつらに首までつかってるんだ。イーサンには朝になったら電話するし、二日ぐらいでタイタスビルに行けるかもしれない。それでいいかな？

ほんとはいますぐがいい。イーサンがあなたみたいなヒーローかどうか。わかんないもん。

イーサンが本物のヒーローのほうに、おれは賭けるよ。いまきみときみのママを見守ってくれてるのは、イーサンなんだろ？

サビッチは、「オータム、あなたなの？」という女性の声を、たしかに聞いた。

そしてオータムが、「ママ、さっき言ったでしょ、いまディロンと話してるの」と答えた。

それきり声が途絶えた。そのあとオータムが言った。あたしがあなたと話してること、ママは信じたくないの、ディロン。でも、あなたによろしくって。
おれからもきみのママによろしくと伝えてくれ。
ブレシッドを捕まえてくれる？
最善を尽くすよ。
ありがとう、ディロン。
その言葉を最後に彼女はいなくなった。

28

「オータムだったの?」

「ああ」サビッチはシャーロックの顔を見てから、ベッドサイドの明かりを消した。彼女の顔に陰が差した。寝室を照らすほどの月は出ていない。サビッチはその髪に触れて、ほほ笑んだ。「彼女とその母親はバージニア州のタイタスビルにいて、イーサンという保安官がいっしょだ。彼の名字は聞かなかった。オータムによると、困ったことになってるようだ。少なくとも保安官の家にいて、周囲には保安官助手がうようよしてるが」そう前置きしたうえで、オータムから聞いた話をすべてシャーロックに話して聞かせた。

「トリー・トルバートなんて人、あなたから聞いたことないけど。それにしても、なんて名前なの。ほんとうにあなたのお父さんの知りあい?」

サビッチはうなずいた。「引退してかなりになるよ。最後に彼に会ったのは、おやじの葬式のときだった。彼がいてくれたらもっとうんと安心できたんだが、オータムによると、いまトリーはエバーグレイズに出かけてるらしい。保安官はぬかりなく対処してくれてる——

といっても、これは七歳の子どもから見てということだが。おれが思うに、特殊な才能を与えられたがゆえに、オータムはふつうの子より、うんと成長するのが早かった。とても説得力のある子なんだよ、シャーロック。話がうまくてね。でも、あの小さなかわいい顔を見ると、なにもかもうち捨てて、早く危険な状況から救いだしてやりたくなる。オータムは奇妙きわまりない親戚たちに怯えている」

「ブレシッドのような？」

「そうだ。ブレシッドの母親のシェパード・バックマンと、きょうだいのグレースもいる」

シャーロックは頭を夫のほうにかしげた。

「なに？」

彼女は言った。「ブレシッドっていう名前に聞き覚えがあったのに、そのままにしてたわ。でも、その三つの名前――」頭を下げて、夫の首につけた。「見たことがある。どこだったのかしら？」頭を起こし、平手でぴしゃりと叩いた。「わかった、やっと思いだした。アイダホで起きたカルトがらみの事件についてオンラインで調べ物をしてて、宗教カルトに関する記事を読んでたの。そうした団体がなにをして、どう運営され、どう信者を洗脳するかといった内容だった」

サビッチは短いパジャマの上着の下に手をもぐりこませ、彼女の背中をさすりだした。

「それで、なにを見つけたんだ？」

「カルトの側が書いたブログが何百もあったわ。勧誘のためでしょうね。それにニューズレターも。購読者限定で、毎月出しているものもあった。そのなかに、精神の超自然的な力を奉っているカルトがあって、そこで話題に出ていた人物三人がそんな名前だった――たしかシェパードと、ブレシッドと、グレースだったと思う。名字はなかったわ」

サビッチは妻に派手なキスをした。「きみには驚かされっぱなしだ」彼女をどかして、ベッドを出た。スエットの上下を身につけるのを、シャーロックがにやにやしながら見ている。

「ブログの名前を教えてくれ」

「サンセットだか、サンダウンだか――そんな名前よ。わたしのファイルに入ってる。待って、思いだした――〈夜明けの子どもたち《チルドレン・オブ・トワイライト》〉」

サビッチは感心して、首を振った。「見てみる、助かったよ。さあ、きみは眠って」

29

バージニア州タイタスビル
火曜の午前中

イーサンは朝の六時に目覚めた。いまベッドを出たら、ペットたちがさも腹をすかしているふうに吠えたり鳴いたりするし、その合間には猫たちの諍いもあって、ビッグ・ルイが家じゅうを追いかけまわされる騒ぎになる。こんな時間にオータムやジョアンナを起こしたくない。

だからベッドに横たわったまま、ルーラの軽い寝息を聞き、ビッグ・ルイが寝ながら体をびくつかせるのを見ていた。マッキーは目を開けてちらっとイーサンを見ると、うーんと伸びをして、ふたたび眠ってしまった。すっかり目が覚めているイーサンは、気がつくと、ブレシッドのことを考えていた。

ブレシッドはいまだそこ、どこかにひそんでいる。たぶんワイルダネスのなかで、オータムを奪う時宜《じぎ》をうかがっているのだろう。本人のオータムが知らないうちに、ブレシッドが彼女の頭のなかに入りこんで、居場所を突き止めたのだろうか？　ジョアンナもそう言っていたが、イーサンが本気でその可能性を考慮したのは、これがはじめてだった。イーサンは頭を振った。ジョアンナの言ったことを鵜呑《うの》みにしかけている。いや、もう信じているかもしれない。ただ、そんななかで、好ましくないことがひとつある。頭のなかでブレシッド・バックマンを全能の怪物に仕立てあげつつあることだ。

どこにいるんだ、ブレシッド？

携帯電話が鳴ったので、飛びだすようにしてベッドを出た。「メリウェザーだ。どうした？」

「イーサン、タイタスヒッチ地区の森林警備員のチップ・アイバーソンだ」

チップとは二年越しのつきあいになる。脳みそをぶち抜かれたような声を出していた。ショック状態なのだろう。イーサンはことさらゆっくりと尋ねた。「チップ、なにがあったか教えてくれ」

岩のように頑丈なチップが息を吸う音がした。気持ちを鎮めようとしているらしい。イーサンは自分の心臓の鼓動が速くなり、アドレナリンが放出されるのを感じた。

「保安官――いや、イーサン、陰惨な事件が起きた」チップが息を切らし、喉を詰まらせるのに続いて、嘔吐する音がした。

イーサンは待った。チップがむさぼるように息を吸い、向こうにいる誰かに話をして、水をいきおいよく口に含んで、ぺっと吐きだした。そうしてようやく、チップは電話に戻ってきた。「イーサン、男が死んでる。クマに襲われたんだが、様子がおかしい。とにかく変なんだ。すぐに来てくれ」

イーサンは全速力でルビコンを駆ってワイルダネスに入り、林道を行けるところまで行った。助手席に陣取ったビッグ・ルイが、窓から顔を突きだしていた。そのあとビッグ・ルイをつれて五百メートルほど走り、スイートオニオン川の南側の分岐点まで行った。

たどり着くまでの十五分、イーサンはずっと考えつづけていた。人間がクマに襲われる？なぜそんなことが起きたのか。納得がいかない。餌ならたっぷりあるので、クマが人間を獲物にしなければならない理由がなかった。ただ、めったにないことではあるけれど、興味本位にクロクマをからかう救いようのない大ばか者がたまにいる。

「そうじゃないよな、ビッグ・ルイ」イーサンは犬の頭を撫でながら、話し声のするほうに近づいた。「おれは偶然を信じない。都合がよすぎる。ブレシッドがからんでるんだ、ビッグ・ルイ、おれにはわかる」

八十キロ圏内にいる制服組は全員、ブレシッド・バックマンを捜している。イーサンはその多くにできるだけ直接、声をかけ、自分の知っていることを伝えた。ブレシッドが少女を誘拐しようとしたことや、警官数人に発砲したこと、そしてブレシッドが力のある催眠術師であることをだ。だから、顔を直視してはいけない、最大の防護策は見るなりその場で彼を撃つことだと忠告した。疑っている者もいたかもしれないが、それを口に出す者はいなかった。いざとなったら彼らが殺傷能力のある武器を使うことがわかったし、法律がどのような線引きをしていようと、イーサンはそれが正しいと確信していた。あの男を倒すにはそれしか方法がない。

ビッグ・ルイが喉の奥で情けない声を出して、イーサンの脚に身を寄せた。いずれも森林警備員の四人が川岸に広がるアシの茂みに立ち、そのうちのふたりはくるぶしまで水に浸かっていた。

ビッグ・ルイがくんくん鳴いている。

チップ・アイバーソンが声をあげた。声も目つきも悲痛だった。「こっちだ、保安官。おれたちはいっさい手を触れていない」

四人の森林警備員がイーサンのために場所を空けた。十二時間前には生きて笑っていたであろう人間の残骸が、大きなヤナギの根元に横たわっていた。まさにクマに襲われたとしかいいようのないありさまだった。

ビッグ・ルイが後ずさりをし、立ち止まったかと思うと、天を仰いで遠吠えをした。警備員のひとりが隣に膝をついてルイを抱き寄せ、落ち着かせようと話しかけだした。

喉に込みあげた苦いものを飲みくだしたイーサンは、渡されたハンカチを受け取り、強烈な悪臭を防ぐために顔をおおった。その場にしゃがんで、男の顔の残りを見た。

男はずたぼろだった。片方の目がなくなり――歯か前肢でえぐり取られたのだろう――イーサンを見あげている視覚のないもうひとつの瞳は、黒い血でいっぱいだった。喉はかき切られ、胸は押し潰されて、内臓は引き抜かれていた。服はずたずたに千切れている。

「まともじゃない」イーサンは口に出して言うと、ふり返って、四つの顔を見あげた。「見てのとおりだ。足跡といい、爪痕といい、クマに間違いないが、おかしい点がある。クマが被害者をばらばらにしておきながら、むさぼり食べてないのは、なぜだ？　どこも大きく失われていない」

恐怖にひきつったうつろな声が四つ、その意見に賛同した。その直後、イーサンはぐちゃぐちゃになった片方の手首の下に、もつれた細いロープがあることに気づいた。ロープだと？　人間の手首を結べる動物は、イーサンの知るかぎり、二足歩行の種類だけだ。やはり、ブレシッドだ。そうとも、ブレシッドしかいない。

イーサンは男の足を見て、吐くものもないのに吐きそうになった。男の膝から下は元の形がわからないほどずたずたになっていた。ほかの部分も見るにたえないほどひどいが、膝から下ほどではない。もはや血のりと骨だけで足のていをなしておらず、足の関節がかじり取られそうになっている――なにに？　クマが引きずりおろしたのか？　まだくんくん鳴いているビッグ・ルイを、警備員が慰める声がする。イーサンはハンカチのなかで浅い呼吸を続けていた。「この足を見てくれ。なんでクマがこんなことをするんだ？」

四人の誰からも返事がなかった。

チップが言った。「足から脱がされたこの男のブーツがあった。噛みちぎられて、血だらけだ」

イーサンはうなずくと、手を伸ばして、男の手首の下からロープの切れ端をそっと引っぱりだした。

「それはなんだ?」チップはぼろぼろになったロープを見おろして、尋ねた。血を吸って、黒くなっている。

イーサンは答えを示した。立ちあがると、大きなヤナギの木を見あげた。ほどなく男が縛りつけられていた木の枝が見つかった。その枝は低くたわんで、折れそうになっていた。ぶら下がった体が、枝を下へ引っぱったのだ。イーサンは情景を思い描いた。何者かが被害者の手首を縛り、低い枝にロープをかけて体を引きあげた。あまり引きあげないようにして、伸びあがったクマが膝から下につかまって、引きずりおろせる程度の高さにした。

それが犯人の狙いであり、つまりブレシッドの意図したことだった。

チップが言った。「手首に結んでいたロープがすり切れるまで、クマがとりついて引っぱったんだろう。クマのやつ、被害者を水際まで引きずってきてる。木から三メートルぐらいあるぞ」

「クマはこんな食事のしかたをしない」プリモが言った。モンタナ出身で、タイタスヒッチに来て半年になる。「動物は殺したものを食べる。食べる気がなければ、クマはこんなことはしない。そして、すぐに戻ってくる。保安官の言うとおり、どうにも納得がいかない」

チップが首を振っている。「納得がいかないのは、なんで人間がほかの人間をこんな目に遭わせたかさ。こんなことをしてなんになる？　怪物だけ――」

チップは言葉を切り、イーサンの顔を見た。「ブレシッド・バックマンのしわざだと思ってるんだな？　この男を殺して、さらにクマに片付けさせるためにぶら下げたってことか？」

イーサンは手にロープを持ったまま立ちあがった。「ああ、やったのはブレシッドだ」

森林警備員たちの顔を順繰りに見た。「誰か、動物がこれだけの損傷を人間に与えた例を知ってるか？」そして、声を強めて続きを述べた。「ただし、そう仕向けられれば話が違ってくる」

公園で働くこと二十四年のポーリー・バーデットは、めったなことではうろたえない。その彼が挙措を失っている。そして、怒りだした。「ぼくの記憶によると、セレンゲティ公園でガイドが襲われたことがある。だが、そのガイドは骨だけになっていた。パーティに出かけてケーキを食べなかった動物など、お目にかかったことがない」

誰も笑わなかった。

「たとえ話をどうも、ポーリー」チップが言った。

イーサンは被害者のポケットを調べたが、身分証明書のたぐいはなかった。

森林警備員のジュニー・モーガンが言った。「被害者の足跡をたどるために、キャンプ跡を捜さなきゃなりませんね。現段階で行方不明者の報告はありません。それでですね、保安官、ぼくたち全員が捜査に協力する必要がなければ、ぼくはクマを追跡させてもらいたいんですが」

「もう死んでたんだよな？」チップが誰にともなく尋ねた。「まさか、生きている人間を引っぱっていって木の枝に縛りつけ、腹をさばいて動物に後始末をさせる……そんなこと、あるはずないよな」

イーサンは言った。「損傷がひどすぎて、死因を推察することすらむずかしい。監察医に特定してもらうしかないな」

イーサンは死体にカバーをかけると、部下たちと郡の監察医に電話をして、現場に来るよう伝えた。そのあと、ワシントンＤＣのフーバー・ビルに電話をかけた。驚いたことに、すぐにディロン・サビッチ特別捜査官に電話をつないでもらえた。勝手に思いこんでいたのだ――そう、留守番電話にでも切り替わり、伝言を残せと言われるかと。大物捜査官は忙しいから。

男の太い声がした。「サビッチだ」

「ディロン・サビッチ特別捜査官ですか？」

「ああ」

「自分はバージニア州タイタスビルのイーサン・メリウェザー保安官です。困った事態になってまして」

「やあ、保安官。オータムとはもう話をしたようだね」

30

イーサンは皮膚が粟立つのを感じつつ、携帯電話を見つめた。「いえ、まだ。早朝に呼びだされたんで、あの子とはまだです。あの親子はまだ起きていませんでした。あの、ええっと、あの子にお会いになったんですよね？」

「話したことがあると言っておくよ。彼女からそこでの様子は聞いた。ビッグ・ルイやマーキーやルーラのことまで話してくれたよ。なにがあったんだ、保安官？」

無理だ。こんなことは受け入れられない。だが、オータムの能力が事実として眼前に突きつけられていた。「いま、この瞬間のことを言うと、自分はいま身元不明男性のずたずたになった変死体を見ています。年齢は六十代、人体同様ずたずたながらハイキングの恰好です。場所はタイタスヒッチ・ワイルダネスのスイートオニオン川の岸辺で、わが家からは十五分の距離です。死体の損傷ははなはだしく、どういうわけか、クマに襲われたようです。オータムからブレシッドについてなにかお聞きおよびなら、自分が今回の一件を彼のしわざだと考えるのもご理解いただけるでしょう」

サビッチはしばらくうなったのち、尋ねた。「優秀な鑑識のスタッフはそろってるかい、保安官？　経験豊富な監察医は？」

「いままで超一流の監察医が必要だったことがないんで。郡の監察医に電話してあります。自分が知るかぎり、問題ありません。最高の監察医となるとリッチモンドでしょうね」

「おれのほうから何本か電話をして、そちらに人を派遣するよ。きみの部下たちに現場を壊させないようにしてくれ、保安官。さもないと、リッチモンドの連中にケツを蹴りあげられるぞ。切れ者ぞろいだからな」

「了解しました」イーサンは言った。

「ほかに伝えておきたいことはないかい？」

「はい。ブレシッドはいまだ捕まっていません。土曜の夜からずっと、このあたりの捜索を続けていて、危険人物であることは全員に徹底してあります。やつはここにいます。山にぽつぽつと空いた何百という洞窟のひとつに隠れている。そして、オータムを手に入れるまであきらめない。だからです、自宅周辺に捜索隊を配備してるのは。しかし、ここタイタスヒッチ・ワイルダネスで彼を見つけるとなると――見込みは薄いと言わざるをえません」

「オータムを手に入れたければ、出てくるさ。言ったとおり、ブレシッドに関して彼女が知っていることはすべて聞いた。ひとつ問題があるとしたら、まだ七歳なんで、順番だった説明がいまひとつだ。質問したいことが山ほどある。

オータムの母親のジョアンナ・バックマンがなにか知ってるといいんだが。ただそのことにまだ向きあえずにいるのだとしても、責める気にはなれないよ」

イーサンが言った。「正直な話、ぼく自身、まだ受け入れられずにいます。ジョアンナは協力的でした。これまでに多くを語ってくれたんで、それをあなたに伝えることはできます。それとオータムのことですが、テレパシーを使ってあなたに連絡を取ったのはほんとうだった——あなたにもうかがいたいことがたくさんありますよ」

「今日じゅうにそちらへ行く」サビッチは言った。「保安官、あらためて尋ねる。きみは本気でブレシッド・バックマンのしわざだと思ってるんだな？」

「はい」

「だとしたら、いまこのタイミングを選んでその陰惨な殺人を起こすとは、奇妙だとは思わないか？　あえて言わせてもらえば、オータムとはまったく無関係な殺人を」

イーサンはわが身を呪った。「なにやってんだ、おれは。ブレシッドはおれがすぐに呼びだされて、この騒ぎに追いまくられるのがわかってた。おれをうちから離したかったんだ。だから家を見張って、おれが出かけるのを待った。彼女を守っている保安官助手はふたりしかいない」

イーサンは携帯を切ると、森を走ってルビコンまで戻った。吠えながら併走してきたビッグ・ルイと車に飛び乗り、アクセルを踏みこんで、石ころだらけの林道を転がるように下った。

ジョアンナの携帯番号を知らなかったので、自宅の固定電話に電話した。誰も出ない。一分待って、もう一度かけた。やはり出ない。愚かな自分が恨めしかった。ブレシッドは恐怖を配達してきて、イーサンはまんまと乗ってしまった。オータムから引き離されてしまったのだ。

ラーチの携帯に電話した。呼び出し音が三度鳴った。パニックを起こしかけたとき応対があり、ラーチの太くて低い、頼りになる少年のような声がした。

「ラーチ、おれだ。そちらはどうなってる？」

「異常ありません、イーサン。静かなもんです」

イーサンはほっとしすぎて、気絶しそうだった。「ラーチ？」

「は？」

いつものラーチだ。言葉は少ないほどいいと思っている。その返事にはどこにも異常なところ、ブレシッドを思わせるものがなかった。「グレンダに替わってくれ」

「できません、イーサン。グレンダは家と敷地を見まわりにいってるんで。そのあと、あの子の部屋に寄ってるんじゃないかな」

「家に入ったのか？　入ってどれぐらいになる？」

「ええと、言われてみると、十分はたってますねえ。ジョアンナとオータムと話でもしてるんでしょう。呼んできますか？」

「森にいる連中を招集して、家を囲ませろ。すぐに行く」折しも車は土埃を舞いあげて私道に入るところだった。ラーチはイーサンを見ると、クルーザーから飛びだしてきた。

「どうしたんです、イーサン?」

携帯が鳴ったが、イーサンは無視した。「ブレシッドがいたら、ラーチ――忘れるなよ――絶対にやつの顔を見るな。さもないとオックスと同じ目に遭う。銃を抜いて、あとについてきてくれ」

玄関のドアには錠がかかっていなかった。そっとドアをくぐり抜けるイーサンはベレッタを構え、その後ろにはビッグ・ルイがついている。

ラーチがひそひそと尋ねた。「ブレシッドがグレンダについたと思ってるんですか?」

低くてがらがらの女性の声、グレンダの声がした。イーサンは手で合図してラーチを下がらせ、足音をひそませてキッチンに向かった。

グレンダが叫んだ。「忍び寄ろうとしたって無駄だよ、保安官。そこにいるのはわかってる。象の大群より、大きな物音をたててたからね」

ジョアンナの声が続く。「イーサン、下がってて。彼女、銃を抜いてるわ」

「ああ、そうだよ、レディ。妙なことをしようとしたら、頭を撃ち抜くよ。あんたに用はないんだからね」

ジョアンナが言った。「どうせわたしを撃つんでしょう?」

「そうだね。わたしがすべきことをするとだけ、言わせてもらおうかな。どうせ、あんたにはわたしを止められやしないんだ。保安官、邪魔すんじゃないよ、わかったかい？」

「ああ、わかった」イーサンは彼らの小さなささやきを聞いたが、内容はわからなかった。と、オータムの声が大きくはっきりと聞こえた。「あなたとは行かない！――あたし、戻りたくないもん！　ママに触らないで――」

グレンダが金切り声をあげた。「あんたはいいから黙ってな！」

ジョアンナが大声をあげた。「ビッグ・ルイ！」

ビッグ・ルイがふいに飛びだし、イーサンの脇をすり抜けた。激しく吠えたてながらキッチンに飛びこむと、タイルの床に爪を立ててグレンダに突進した。グレンダが悲鳴をあげ、せまいキッチンに不快な銃声が大きく響いた。続いてイーサンもキッチンに駆けこんだ。

ジョアンナが右手でパンチを繰りだし、顎に一発食らったグレンダの頭が後ろに倒れた。その脚に激しく吠えたてていたビッグ・ルイが嚙みつく。グレンダはめまいを払おうと、首を回転させた。そのときオータムが壺をつかんで、グレンダの背中をまともに強打した。

ジョアンナにはそれでじゅうぶんだった。再度、グレンダのこめかみを殴った。イーサンが見ている前で、グレンダは白目を剝き、独立型のキッチンカウンターにぶつかって、床にすべり落ちた。イーサンはベレッタをベルトに戻した。「ビッグ・ルイ、もういいぞ。お手柄だ」

イーサンはグレンダの銃を拾いあげ、唯一の女性保安官助手を見おろしながら拳を撫でているジョアンナを見た。

彼女の顔を見て、イーサンは目を疑った。得意満面の笑顔。「これで彼女を正気に戻せるといいんだけど。ありがと、ビッグ・ルイ、あなたはわたしの王子さまよ」膝をついて、ビッグ・ルイを抱きしめた。ルイは彼女の顔をひと嘗めすると、後ろを向いてオータムの顔をぺろぺろっと嘗めた。

飼い主はお呼びでなかったが、ビッグ・ルイが助太刀として活躍してくれた。

イーサンは言った。「ふだんのこいつなら、困ったことが起きたとみるや、おれのベッドの下に隠れるんだが、今回は違ったな」犬の頭を掻いてやった。

グレンダがうめいたので、イーサンは隣にひざまずいて、瞳をチェックした。彼女が目を開けた。「イーサン？　なにがあったんです？　ああ、なにこれ、頭がずきずきする」

「もう心配いらないぞ、グレンダ。しばらくじっとしてろ。ラーチ、ほかの連中が来たらすぐに、グレンダをスピッツ先生のところへ運んでくれ。彼女をひとりきりにするなよ、いいな？」

「ジェフが震えあがるな」ラーチが言った。

「ああ、だろうな。だが、よくなる」

「目にでっかい痣ができますよ。ジェフが見たら、なんと言うやら。まだ結婚して半年ですからね」

「おれから話をするよ。頼んだぞ、ラーチ。グレンダ、呼吸を浅くして、意識を失うなよ。いいな？」

うなずいたグレンダの口から、うめき声が漏れた。

ジョアンナが言った。「グレンダ、思いきり殴ってごめんなさい。でも、ブレシッドからあなたを解き放つには、それしかなかったの」

「わかんないんだけど」グレンダは両手を頭にあてがって、つぶやいた。「思いだせない」

ラーチがうなずきながらグレンダを抱きあげて、肩に抱えながらキッチンから出ていった。

イーサンはオータムを抱き寄せた。「ブレシッドを見たか？　どこにいるかわかるか？」

ジョアンナが答えた。「いいえ、保安官。でも、グレンダが裏口から入ってきたときから、ブレシッドに操られてるのがわかったわ。歩き方が違ったし、独特の表情をしていて、ほんとに怖かった。妙に聞こえるかも――」

「いや、そんなことはないよ。オータム、ママが言い忘れてることがあったら、きみがつけ加えてくれ、いいね？」

オータムは身をすり寄せてきて、イーサンの腰の位置でうなずいた。

ジョアンナが言った。「彼女はもう銃を脇に出してたんだけど、オックスと同じでオータムを傷つけるのを恐れていたから、おかげで、わたしにもできることがあったの」

イーサンは内心とはほど遠い落ち着いた声で言った。「その場で、彼女に眉間を撃たれていたかもしれないんだぞ」

「でも、実際はそうはならなかった」ジョアンナは横目でオータムを見た。

オータムが少し体を離し、笑顔でイーサンを見た。「ママはあの人を二度殴ったんだよ、イーサン。頭をやったの。イーサンも見た？　ママってすごいよね」輝くような笑みを母親に送った。

保安官助手たちの声が外から聞こえ、イーサンはひと心地ついた。オータムを抱きあげて、悲鳴をあげるまでぎゅっと抱きしめた。「ふたりとも最高さ」

ジョアンナは娘をイーサンから受け取ると、何度もくり返しキスし、最後にはオータムがくすくす笑いだした。「わたしたちはいいチームね、オータム。あなたが彼女の背中を壺で殴ったときのあのスイング、すごかったわ。将来はヤンキース入りね」

オータムは母親の頰を軽く叩き、イーサンを見た。「でも、帰ってきてくれて嬉しかった、イーサン。ちょっと心配だったもん」

ジョアンナが言った。「なぜ出かけたの、イーサン？　かなり早い時間に車が出る音を聞いたけど」

オータムを見たイーサンは、子どもを怖がらせるであろう言葉を呑みこみ、肩をすくめた。

「急いで対処しなくちゃならないことがあってね」

オータムが凍りついたのがわかった。ブレシッドがイーサンを家から引き離すためになにか恐ろしいことをしでかしたのだと、察したようだ。オータムは唾を呑んだ。少なくともこの段階ではまだ、知りたくないと思っているらしい。

三十分後、フェイディーンが被害者が特定されたと電話をしてきた。「名前はハロルド・スポールディング、六十六、アラスカ州シトカ出身の、元小型機のパイロット。キャンプ場で隣りあわせた人によると、娘さん家族が今日合流して、そのあと一週間かけてタイタスヒッチをいっしょに探索する予定だったそうです。孫にワイルダネスにおけるサバイバルの技術を教えると、はりきっていたとか」

いまとなってはかなわない。ブレシッドのせいで。

このあと、ハロルド・スポールディングの娘家族と会うことになるだろう。娘に父親が殺されたことは伝えるにしろ、それ以上は話すことがない。動機を尋ねられたら、どう答えればいいのか。イーサンは暗澹《あんたん》たる気分になった。DEAに在籍中も麻薬密売組織のやり口にはらわたの煮えくり返る思いをしてきたが、ブレシッドに対してはかつてないほどの怒りを覚えた。キッチンに戻り、ジョアンナが用意してくれてあったポットのコーヒーをついだ。苦くて濃かった。それで頭の靄は晴れたが、怒りの虫はおさまらなかった。

31

火曜の午後

イーサン・メリウェザー保安官の自宅の前の郡道に、FBIの黒いヘリコプターが降り立ち、午後の熱気を巻きあげながら、その物音で屋内の人びとを呼びだした。オータムが叫んだ。「うわあ、見て、イーサン、ママ、大統領だよ！　道に着陸した！」

「おれたちがいかに重要な人物か、これでわかるだろ」イーサンがにやりとした。「電話らしてないのに、うちの玄関前までやってきた」見ていると、白いシャツの袖を肘まで巻きあげた大柄な男が降りてきた。黒いズボンにブーツ。ふり返って手を貸した女は、すらっとした長身で、黒いローヒールのブーツに至るまで、男と同様の身なりをしている。目をみはるような美しい赤毛だった。アイルランドの夕日のように燃えあがっている。男がパイロットに手を振ると、ヘリコプターは飛び立っていった。

ふたりとも革のジャケットを腕にかけ、男のほうは黒いコンピュータケースを持っていた。これがディロン・サビッチか。FBI捜査官がいかに精悍《せいかん》な顔つきをしているか、イーサンは忘れていた。イーサン自身、三年前までは似たような恰好をしていたが、長い目で見ると自分では担いたくない役割をあてがわれたことに気づいたので、山間部の故郷でふたたびフランネルのシャツとブーツとジーンズの生活を送ることにした。部下たちがかつての自分を見たら、このふたりと同じくらいかっこいいと思うだろうか？　そんな日々が百年も前のことのように感じる。

オータムの小さな手が手にすべりこんできた。にっこりして、見おろした。「悪いな、ベイビー、大統領じゃないみたいだ。だが、きみの知ってる人かもしれないぞ」

オータムは息をひそめて、額に手をかざした。「ディロン！」叫ぶと、イーサンと母親から離れて前庭を駆け抜けた。ビッグ・ルイが吠えながら、そのあとをついていく。彼女の先には、黒髪を風にあおられている、厳めしい顔の男がいた。

サビッチはすぐに少女に気づいて、立ち止まった。「たぶんおれの真夜中の訪問者だ」シャーロックに説明すると、両腕を開いて飛びかかってくる少女を受け止めた。「やあ、オータム」彼女の頬にキスして抱きしめ、子どものにおいを嗅いだ。いいも悪いもなく、ショーンとは違った。これが幼い女の子のにおいか。「ようやく現実の世界でリアルタイムにきみと会えて、嬉しいよ」

「リアルタイムね」オータムがくり返した。「あたしもそれが好き」抱かれながら背をそらせ、サビッチの頬に指をつけた。「すっごくハンサムなのね、ディロン」

「うちの奥さんはそう思ってくれてるよ」

「イーサンと同じくらいハンサム」

「おっと。奥さんのシャーロックを紹介するよ。シャーロック、こちらオータム。いまおれの高慢の鼻をへし折ってくれたお嬢さんだ」

シャーロックは少女の手をそっと握って、ほほ笑みかけた。「うちには小さな男の子がいるの、知ってた？　ショーンっていうのよ」

オータムはゆっくりとかぶりを振った。「はじめて聞いた。あたしと同じぐらい？」

「そこまでいかないわ」シャーロックが答えた。「ショーンはね、アストロって名前のテリアを飼ってるの。アストロは全身まっ白の元気者で、ショーンが抱くのにちょうどいい大きさなのよ」

サビッチが言った。「あそこにいるのはきみのママかい、オータム？」

少女は嬉しそうにうなずいて、声を張った。「ママ！　ディロンよ。それとシャーロック。ふたりにはショーンっていう男の子がいるんだって。それにアストロも。ビッグ・ルイのほうがアストロよりずうっと犬らしいみたいだけど」

「うまく心を開いたな」サビッチはシャーロックにささやいた。「さあ、みんなに会わせてくれ、オータム。紹介してくれるかい？」

それから一時間、イーサンはリブとチキンと野菜とアルミホイルに包んだポテトを裏庭のグリルで焼きながら、あやしい動きやブレシッドの気配はないかと森に警戒の目を光らせていた。サビッチは鼻歌混じりに柄のついた長いフォークで軸つきのトウモロコシ十二本を回転させながら、思いつくままにあれこれ尋ねて、ここのことや奇怪な状況に探りを入れ、久々にうまいアイスティーを楽しんでいた。

サビッチは尋ねた。「ハイカーの事件を具体的にジョアンナに話したのかい?」

「いや、いっさいしてません。なにかを察知して過敏に反応していたんで、しそこねてしまって」

「バックマン一族が住んでいるブリッカーズ・ボウルとかいう場所だが――ブレシッドの身元がわかったあと、向こうの保安官には?」

イーサンはチキンの胸肉をひっくり返し、バーベキューソースをたっぷり塗った。「ええ、コール保安官に電話しましたよ、無駄骨でしたけど。開口一番、ブレシッド・バックマンを容疑者として特定できるのかと尋ねられて、もちろんできないわけです。おれはマスクをかぶった姿しか見てませんから。それでブレシッドの写真を電子メールで送ってくれるように頼むと、ふたつ返事で送ってきてくれました。オータムが見たという墓地の話もしてみましたが、鼻でせせら笑って、あそこは個人墓地だから、死体が歩きまわってても法律には反しないだろう、と。もちろん、この場合、幼い女の子が夢でも見たんだろうという調子だったわけですが。ミズ・シェパードに話をしてみようとかなんとか言ってましたが、電話から手を伸ばして首を絞めてやりたくなりました」

サビッチは考えこむような顔になった。「シャーロックとおれとでブリッカーズ・ボウルを訪ねたほうがいいかもしれないな。シャーロックから教わったサイトを調べてみたんだ。〈チルドレン・オブ・トワイライト〉と名乗る団体のブログのなかに、バックマン一族のことを示すかもしれない書きこみがあった。サーバーのIPアドレスをたどったところ、ジョージア州の北部、ブリッカーズ・ボウルあたりとわかった。このブログの執筆者とされるのはカルディコット・ホイッスラーという人物で、カルトの指導者としてがまの油のごときいんちきくさい魅力を放ってるんだ。そのブログには、ブレシッド、グレース、シェパードという、ファーストネームしか書かれてないが、いずれもホイッスラーの指導を受けて、マインドパワーを手に入れた弟子たちというふれこみだ。カルトは金を要求する。いったいどこから金が出てるんやら」

イーサンは出どころとおぼしき場所を知っていたが、シオドア・バックマンにスロットマシンを操る能力があったなどということは、言う気になれなかった。

そして、いよいよ我慢できなくなった。イーサンはリブにバーベキューソースを塗り、オニオンをひっくり返しながら尋ねた。「ほんとにある晩、オータムが突然、頭のなかに現われて、あなたに話しかけたんですか?」

サビッチはうなずきつつ、アルミホイルに包んで石炭のなかに埋めたポテトをそうっとひっくり返して、イーサンを見た。「そりゃ驚いたよ。真夜中に目覚めたら、そこにあの子がいたんだから。最初は息子かと思った。深夜零時ちょうどのことだ」

「彼女は……ひょいと現われたんですか？　こんなふうに？」ぱちんと指を鳴らした。「あなたの頭のなかに？」

サビッチが笑顔になった。「そうさ。声ははっきり聞こえたんだが、姿はよく見えなかった。それで、上を向いて顔を見せてくれと頼んだ。かわいい子だった。焦げ茶色の髪に、ブルーの瞳、鼻にはそばかすが散っていた。母親にうりふたつだな。大人になったら母親と同じように、美人になるだろう。そして、彼女には特別な能力がある」

「でも、あなたにもあるってことですよね」イーサンは口に出したとたん、ブーツの先まで奇妙な気分になった。「前にもあったんですか？」

「ああ、何度か。ブレシッドと同じくらい危険な殺人犯を追っていたことがある。タミー・タトルといって、まさに恐怖だった。ブレシッドがその同類だとしたら、射撃練習場の的に集中するつもりでかからなければならない。オータムの能力を受け入れるのがむずかしいのはわかる。だが、重要なのはそんなことじゃない。ブレシッドを捕まえることだ」

「たしかにそうですね」

サビッチはうなずき、ズッキーニとカボチャのスライスと、アルミホイルに載せたオニオンリングの山をひっくり返した。どれもオリーブオイルをまぶしてある。なんといいにおいだろう。サビッチは深々と息を吸った。「夏はいい。たとえワシントンで揚げ物になりそうに暑い日でも、夏の空気には甘い生気のようなものがある。ここの環境はすばらしいよ。よくグリルを使うのかい？」

「夏のあいだは、最低でも週に二回は。冬じゅう顔を見てなかった友だちが、のこのことやってくるんです」

「いいにおいはすぐに広がるんだろう」

イーサンはバーベキューソースの瓶をいじりまわしていた。「でも、彼女が突然ぽんと現われたときは驚いたでしょう？」

「そりゃそうさ。いいかい、保安官――」

「イーサンと呼んでください」

サビッチはにやりとしたが、強引なFBI捜査官に見えることには変わりなかった。

「イーサン、おれにファーストネームで呼んでくれときみの前に言った保安官は、ドギーという名だったよ」

「なんて名前だ。なんで彼が両親に嫌われてたのか、訊きましたか？」

サビッチが大笑いした。「そのときの彼はオーバーオールの作業服を着て、その上にガンベルトをしていた」

午後のあいだじゅう、保安官助手たちが入れ替わり立ち替わり出入りして、シャーロックとジョアンナがオータムに手伝ってもらってつくった八リットルのアイスティーを飲んでいた。ひとりの例外もなくFBIの捜査官ふたりに会いたがり、感心しすぎたり、卑屈になりすぎたりしないよう気をつけていた。ディナーがはじまるちょっと前に、グレンダがラーチといっしょにキッチンに入ってくると、ジョアンナは彼女に歩み寄り、しげしげと顔を見て謝った。「殴って、ごめんなさい。でも、しかたがなかったの」

グレンダはうなずいた。「わかってます。あいつを叩きださなきゃならなかったんですから、しかたありません。ありがとうございました」

イーサンはサビッチとシャーロックを紹介した。サビッチはグレンダの手を握りながら、尋ねた。「他人が頭のなかにいるのがわかったかい?」

グレンダは眉をひそめた。頭痛はまだ消えていないものの、スピッツ医師にもらった痛み止めのおかげでにぶい脈動程度になっている。自分の発言によって、宇宙人に乗っ取られたようなイメージを持たれたのがわかった。頭の痛みがひどくなり、目をつぶった。

「これを」ジョアンナが言った。「アイスティーを飲んで、緊張をほぐして。考えるのはやめたほうがいいわ」

グレンダはアイスティーを飲んでから、何度かゆっくりと呼吸をした。

イーサンが励ました。「その調子だ、アクセルをゆるめろ、グレン。気楽に構えて、真剣に考えるなよ。ほら、オックスはブレシッドに操られたことをまだ思いだせずにいる」

ありがたいことに、グレンダの痛みはふたたびやわらいできた。

「よくジェフが出してくれたな」イーサンは言った。

「渋ったんですけど、これがわたしの仕事だし、首にされたくないと言ってやりました」彼女はイーサンに特大の笑みを向けると、リビングの隅に転がっているロープでできた大きな骨に視線をやった。ビッグ・ルイにさんざん嚙まれて、すっかり薄汚れている。「そうなんです、わたしも思いだせないんです。ですが、イーサン、わたしの頭のなかに自分がいなかったことだけはわかります。ジョアンナに顎を殴られるまで、その状態でした。一発めのとき、倒れることはなかったけれど、激痛が走って。それで頭を振ったら、一瞬、頭のなかのなにかがすべり落ちるのを感じました。すべりやすい手でドアノブを握ろうとして握れないような感覚です。それで、バランスを崩して、安定感を取り戻そうと必死になった」

そこで押し黙り、恐怖の面持ちになった。「自分が言ったことが信じられません。わたし、頭がおかしいですよね？」

「きみがおかしければ――」イーサンはこともなげに言った。「おれたち全員もさ」

このひとことが効いた。グレンダの目が澄んだ。「それが事実です。彼はわたしのなかにいて、わたしはそのことを知らなかった。彼女に殴られてはじめて気づきました。あなたがもう一度殴ってくれてよかった、ジョアンナ。二度めのパンチで彼が叩きだされたようですから。その先はなにも覚えてなくて、目を覚まして上を見たら、イーサンの顔がありました」

ラーチが言った。「おまえのせいで、ちびりそうだったぞ、グレン。それでその青痣だが、ジェフはなんと言ってた？」

「わたしに不平を言うつもりがないのがわかったら、これはこれでかわいいって」

32

イーサンはシャーロックとサビッチに説明した。「グレンダの亭主のジェフ・バウアーは、グレンウッド地区の森林警備員なんです。これが鼻っ柱の強い男で、彼が食べ物を盗んでいるクマを見おろしていたのを目撃したことがあります。ジェフとグレンは結婚してまだ――半年かな？　ジェフもおおぜいのひとりとして、ブレシッドの捜索にあたってますよ。このあたりをうろついてないのが、不思議なようだ」

グレンダがほほ笑んだ。「わたしならだいじょうぶと伝えましたから。でも、ご存じのとおりの人ですから、イーサン、いつここに乗りこんできても、驚かないでください。わたしが電話したときは、震えあがってました。オックスがどんな目に遭ったか、彼も知ってましたからね。大わらわでスピッツ先生のところまで来てくれました」

サビッチが言った。「グレンダ、どこかの時点で、ブレシッドがなにをどうしろと指示する声を聞いたかい？」

グレンダは首を横に振った。「自分が誰か別の人間になったようというか、自分が深く埋められていなくなったも同然というか、そんな感じでした。ジョアンナに殴られた一発めで、自分が戻りました。そのあとビッグ・ルイに脚を嚙まれ、オータムに背中を殴られたんです」グレンダはオータムの頬を撫でた。「あなたたち親子が彼に猛攻撃をかけてくれたのよね。感謝してるわ。あんたにもね、ビッグ・ルイ」かがんで犬の耳の裏を搔いた。

グレンダの緊張した声を聞いているうちに、シャーロックは自分の肩までこわばってきたのを感じた。グレンダはわが身に起きたことを笑いに変えようと努力している。シャーロックはイーサンに尋ねた。「ビッグ・ルイの名前の由来は?」

イーサンが笑い声をあげた。「祖父の飼ってた高齢の猟犬がビッグ・ルイといってね。うちの両親はその犬のこと聖ルイと呼んでた。祖父があまりに偏屈だったから、そんな祖父につきあえる猟犬は本物の聖犬だと思ったらしい。でも、祖父とその犬はハムとライ麦パンぐらい近しい間柄だった。

ビッグ・ルイはかなり年取ってから死んだ。祖父が亡くなった二時間後だった。それでうちのおやじは祖父とビッグ・ルイを同じ墓に埋めた。信じがたい話だけど、誰もそのことを通報する人はいなかった。ビッグ・ルイはおれが子どものころ、いつもいっしょだった。きっと、彼をそのまま逝《い》かせたくなかったんだと思う。だから、ビッグ・ルイ、おまえをルイ二世にしても許してくれるよな?」

ビッグ・ルイはワンと鳴いて、鼻面でイーサンの手をつついた。

そのときグレンダの夫のジェフがずかずかと入ってきた。鬼のような形相をしていたが、妻の笑い声を聞くと、深く息を吸いこんだ。そして妻の青痣を見て、顔をしかめた。「だから言ったろ、ベイビー、飲み屋でクロリスと喧嘩するなよって」

グレンダが吹きだした。頭痛がほとんど消えてしまった。「あら、大口叩きのクロリスならわたしが叩きのめしてやったわよ」

室内の緊張がゆるみ、そのことにシャーロックは感謝した。

外の赤いギンガムチェックのクロスをかけた細長いピクニックテーブルでは、十二人が食事をしていた。

シャーロックが見ると、大皿にリブが一本と、ズッキーニが何枚かだけ残っていた。バーベキューソースたっぷりの最後の一本だけれど、満腹すぎて手が伸びない。ゆっくりと暮れる空のもと、みんなでコーヒーとティーとソフトドリンクを楽しんでいた。気温が下がってきたので、ジョアンナが自分のセーターを娘の肩にかけてやっている。周囲を山に取り囲まれ、薄れゆく光のなかで空は刻々と色合いを変えて、気持ちのいい夜が訪れようとしていた。

ジェフはグレンダの手を取ると、大きなピクニックテーブルから立ちあがった。「うちのお姫さまをベッドへ運ぶよ。もうしばらく目を冷やさなきゃならないかもな」

やがてみんなが寄り集まり、雰囲気が変わった。友人同士で食事と軽い会話を楽しんでいた時間が終わって、夜が迫るにつれて、ブレシッドの存在がふたたび重くのしかかってきた。

保安官助手ふたりは、引きつづき警備するため残った。サビッチとシャーロックが坐ったまま動かないので、このあとまた話になるのだとジョアンナは思った。保安官助手ひとりひとりにお礼を述べ、娘がきまじめな顔で彼らと握手をするのを見守った。最後、五人だけになると、オータムが伸びあがって母親にささやいた。

「トイレに行きたい」

「おれが連れてくよ」イーサンがすかさず申しでて、立ちあがりかけた。

「いいえ、わたしが行くわ」ジョアンナがさえぎった。「すぐに戻るわね」

娘の手を握ったジョアンナは、キッチンを抜けてコテージに入った。ビッグ・ルイは満腹で歩くのもおっくうそうだったが、尻尾を半分上げてついてきた。

ジョアンナがキッチンの先にあるトイレのドアを開けたとき、さっき客用の寝室のロッキングチェアで寝ていたルーラがなにかを威嚇する声が聞こえた。ジョアンナに迷いはなかった。オータムをトイレに押し入れ、「じっとしてるのよ、オータム。動いちゃだめ。わかったわね?」と小声で命じて、静かにドアを閉めた。大声でイーサンを呼ぼうとして、すんでのところで気を取りなおした。もしここにブレシッドがいるなら、自分の手で殺して、終わりにしたい。コルトはオックスに返してしまった。そこでイーサンの寝室に入ってすぐの場所にあったガンキャビネットまで走り、小型のスミス・アンド・ウェッソンを取りだして、弾倉を調べた。弾がいっぱいに入っていた。

男の小さなののしり声が聞こえた。客用の寝室にいる。ジョアンナはしゃがんで、耳を澄ませた。なぜか、今回はブレシッド本人で、催眠術にかけられたかわいそうな誰かではないという手応えがあった。いますぐこの場で決着をつけたい。ジョアンナは廊下を走った。ふたたび威嚇する声がしたかと思うと、ルーラが客用の寝室から飛びだしてきた。尻尾を太くして、喉の奥でうなっている。怖がっているというよりは、憤慨しているようだ。

ジョアンナは強い恐怖を感じつつ、それを無視した。かがんで客用の寝室へと走った。彼がそこにいるのはわかっている。なにを待っているの？　オータムが偶然入っていくこと？　それともわたしが？　ブレシッドを見てはだめ。なにも考えずに撃てばいい。テレビで観る警察官のように、身を低くして室内に入った。彼はベッドの脇に立ち、オータムの青いパジャマを手にしている。枕の下から引っぱりだしたのだ。

ブレシッドから見られていることはわかっている。自分を見返させよう、目を見させようとする意志のようなものを感じる。だが、ジョアンナは顔を上げず、オータムのパジャマを持つ彼の両手を凝視した。荒れた手の甲に太い血管が紫色に浮いていた。

撃つのよ！　さあ！

「やあ、ジョアンナ」

ブレシッドの立っている位置に銃口を向けた。狙いを外すのがむずかしいほど距離が近い。あとは引き金を引くだけで殺せるのに、肝心の指が動かなかった。

ブレシッドの声は太く低く、誘いかける歌のようだった。「おまえには驚かされたぞ、ジョアンナ。おまえとマーティンの娘にはな。あいつが十二のとき、本名に耐えられないといって名前を変えたのを知っているか？　本名はハーモニーといったのだ。母はその名前がいたくお気に入りだったのに、あいつはニューエイジかぶれみたいだと毛嫌いして、だだをこねた」

「母はおまえのことをいい母親だと思ったそうだ、ジョアンナ。だが、わたしはそうは思わなかった。身勝手にねじ曲がった根性の持ち主だと、すぐに看破した」

とっさに顔を上げそうになった。間一髪だった。なぜ引き金ひとつ引けないの？　「そっちを向いて、ブレシッド。あなたの顔を見るつもりはないから。さあ、そっちを向くの！　早くしないと、撃つわよ！」

「いいや、おまえは撃たないよ、ジョアンナ。本意ではないからだ」彼の小声はなだめるように続き、しだいに低くなっていく。心のなかで彼の声がとろりとした液体となり、血管のなかを温かく流れだすのを感じる。と、それがいきおいよく血管を駆け抜けて、心臓に達した。そしてまるで遠い光景のように、彼がオータムのパジャマを持ちあげて、頬にすりつけるのを眺めていると、心臓がどきどきしてきて、嫌悪となにかほかの感情であふれ返った。

そのとき、彼が言った。「おまえにはできない、わかるだろう？」その声が血管を内側から沸き立たせる。

自分ではどうすることもできなかった。さっと顔を上げて、ほんの一瞬、彼と目を合わせて、引き金を引いた。

33

せまい部屋には大きすぎる銃声だった。一瞬にしてジョアンナの聴覚は奪われ、撃った反動で後ろによろけてバランスを取った。部屋がぐるぐるまわって、吐き気が込みあげてくる。倒れたかったけれど、その場に踏んばり、銃を持った手を力なく垂らして、酔っぱらいのようにふらついていた。

世界が動きを止めた。ぴたりと止まって、ただジョアンナだけがからっぽの頭のまま立ちすくみ、真正面に立っているブレシッドに見入られていた。さっきより近くなったブレシッドが、その深くて靄のかかったようなまなざしを指のようにして頬を撫でてくる。そして血のなかに彼の心がすんなりと甘く流れこんできた。いいえ、そんなことはありえない。どうしてそんなふうに考えるの？　なぜブレシッドは死なないのか。まっすぐに撃ち抜いたはずなのに、彼は目の前に立っていて、ジョアンナのことを珍奇な昆虫でも見るような目で見ている。その目を見返すジョアンナは、彼に内側を探られるのを感じた。彼が大嫌いで、いやでいやでたまらないから、その感情で窒息しそうだ。どうして動けないのだろう？

ジョアンナはオータムのことを思った。だが、娘のイメージは遠ざかっていく。深い部分で、自分が失敗したことを悟った。けれど、なんとしてもこの怪物を退治しなければならない。ふたたび銃を彼に向けたいと思ったが、銃を持ちあげる気力や力が湧いてこなかった。ブレシッドが笑っている。そして、あのベルベットのようになめらかな声で、歌うように言った。「この部屋に入ってきた時点で、おまえはわたしの手の内に落ちたんだよ、ジョアンナ。そしてこれから、わたしの望みどおりに動く。おまえはその銃を使わない。使うとしたら想像のなかか、自分に対して向けるかだ。そしてベッドに横たわり、胸の上で腕を重ねてもらう。そう、棺に横たえられた死体のように。まずはそこからだ」

「ママ！」

オータムが客用寝室に駆けこんできた。その目は母親に向けられて、笑顔でオータムを見ているブレシッドのことは見ていない。「ママ、だいじょうぶ？　ママ、どこか悪いの？」

オータムは母親に駆け寄り、腕を強く叩いた。ジョアンナは動かず、ベッドを見ている。ベッドに一歩近づいたが、オータムがそれを押し戻した。

「こちらへおいで、オータム。ブレシッドおじさんだよ」

オータムは彼の目を見て、言い放った。「やだ。悪い人だもん。どっか行って。あたしたちをほっといて」

「力を恐れてはならない、オータム。おまえはわたしとともにここを去り、おまえの価値を理解する人びとのなかに入って、おまえが本来の姿になるのを助けてもらわなければならない。おまえの母親にはいまも、これからも理解できない。おまえの母親は一般人で、おまえの足かせにしかならない無価値な人間なのだから、切って捨てなければならない」ブレシッドはオータムに手を伸ばした。紫色の血管がくっきりと浮きだした、見苦しい手だった。

オータムはどなりながら、もう一度母親を叩いた。「あんたなんか嫌い！　ママを自由にして！　ママ、戻ってきてよ！」母親の腕や肩を何度も叩き、手を引っぱった。

ブレシッドはとまどいをあらわにした。「おまえは驚異だよ、オータム。わたしの目を見て、それでもわたしに抵抗できるとは」自分の目をまっすぐ見つめている少女を見ながら、ゆっくりと首を振った。そしてより高くてきびきびしたふだんの声で、哀願するような節をつけて言った。「ほんとうにわたしを見ているんだろうな？　考えてみれば、ありそうな話だ、マーティンの娘なのだから。マーティンも阻害《スタイミー》できなかった。いいかい、おまえには自分の能力がわかっていない。おまえの母親には、おまえになにかを教えることもできなければ、おまえの真の姿やこれからのおまえを受け入れることもできない。

こちらへおいで、オータム。これからふたりで長旅をしなければならない。たぶんあの愚かな保安官がまもなく駆けつける。その前に出かけよう」

オータムは動かなかった。

「わたしと来なければ、おまえの母親に自分を傷つけさせるぞ。そうとも、引き金を引けとわたしが言いさえすれば、彼女は進んでそうする」

「だめ!」オータムは母親を見た。いまだ動かずにベッドを見つめ、ブレシッドのほうにまっすぐ銃を突きだしていた。表情はうつろで、そこにいないようだ。オータムは母親の腕を強く揺さぶった。「あたしのママを奪ったのね!」

「ああ、そうだよ。だが、おまえがわたしと来れば、彼女に害は及ばない。もし来なければ、自分で自分を殺させる」

オータムは目をつぶった。

「目を開けなさい。ばかなまねはよすんだ。なにをしているんだ? いったい――」

そのときサビッチはアイスティーをちびちび飲みながら、イーサンが土曜の夜、ブレシッドから攻撃を受けたときの話をするのを聞いていた。と、オータムの叫び声が聞こえた。ディロン、助けて! あいつが寝室にいて、ママを傷つけてるの。ディロン!

サビッチはアイスティーを噴いた。わずか三秒でシグを抜いて家まで走り、走りながら背後にどなった。「イーサン、ジョアンナの寝室の窓の外にきみの部下を集めて、きみは玄関にまわってくれ。ブレシッドは家のなかだ!」

サビッチはキッチンのドアを走り抜けた。二メートル遅れで、やはりシグを手にしたシャーロックが続いた。奥の廊下を走っていて、男の叫び声を聞いた。「近づくとジョアンナを殺すぞ。わかったか?」

オータムが叫ぶ。「ディロン、そいつを見ちゃだめ！」

「おい、そこの、いますぐわたしを見ろ。さもないと彼女の命はないぞ。わかったか？」

サビッチは顔を上げて、ブレシッド・バックマンを見つめた。ブレシッドがどんな人物だと思っていたか自分でもわからないが、この青白い顔をした中年男でないことは確かだった。貧弱で丸まった肩、ゴルフシャツと、高い位置でベルトを締めたぶかぶかのズボン、薄くなりかかった薄茶色の髪。血の凍るような悪夢に出てくる悪い妖怪には見えない。しかし、その目――目の奥でなにかがうごめいていた。邪悪で、まがまがしく、熱を帯びたなにかが。ふつうの人には見えないものを見ているような目。たとえば、地獄で燃えさかる業火。それを見て、両手を温めているような男。タミー・タトルと同じ目だった。

サビッチが見ていると、ブレシッドの顔に並々ならぬ集中力が表われた。そしてサビッチを操って破滅に導くため、頭のなかに入りこもうとする邪悪な意図を感じ、その直後に、サビッチのなかには入りこめないとブレシッドが気づいたのがわかった。

サビッチはほほ笑んだ。「無理みたいだな、ブレシッド」

ブレシッドはパニックに目をみはった。太い声でうめくように言った。「なんと！　何者だ？　ふたりそろってこんなことがあろうとは！」

サビッチはブレシッドの顔から目をそらすことなく、言った。「オータム、見てごらん、みずからの才能に足元をすくわれた男を。ジョアンナを解放しろ、ブレシッド。彼女の縛りを解け」

　ブレシッドは狂気が燃えさかるような目をジョアンナに向けた。「なにを言うか。この売女《ばいた》にはわたしの言うとおりにさせる」

　ジョアンナはゆっくり、そろそろと銃を持ちあげ、銃口を自分の頭に突きつけた。

　サビッチがブレシッドを撃った。

　撃たれた衝撃でブレシッドは壁に叩きつけられ、かかっていた絵が背後の床に落ちた。サビッチをにらみつけながら、ブレシッドが壁をすべり落ちてゆく。とまどいに眉をひそめるや、手のひらを肩にあてがった。指のあいだからあふれだす鮮血を目にして、口をぱくぱくしている。

　サビッチの脳裏には、タミー・タトルの顔が鮮やかに浮かんでいた。この男はタミー同様に危険で狂気をはらんでいる。抑えこめる相手ではない以上、殺すしかなかった。それをわかっていながら、サビッチはゆっくりとシグをおろした。

　シャーロックはジョアンナに駆け寄り、銃を奪って自分のベルトに差すと、彼女の肩を揺さぶった。オータムは母親の腕を叩きつけ、シャーロックは顔の正面でどなった。「起きて、ジョアンナ！」

　オータムは涙を流しながら母親を連打し、くり返し呼びかけた。「ママ、戻ってきて、戻ってきてってば！」

シャーロックがさらに揺さぶっていると、ジョアンナがまばたきし、目の焦点がシャーロックの顔に合った。まだぼんやりしているが、正気が戻った。「なにがあったの？　オータムはどこ？」

オータムは母親の腰をぎゅっとつかんで、小声で伝えた。「ディロンがブレシッドを撃ったの。もう心配いらないんだよ。シャーロック、ママ、ほんとにだいじょうぶ？」

「ええ、わたしが請けあうわ」シャーロックはふたりをまとめて抱き寄せた。サビッチは枕カバーを引きはがし、しゃがんでブレシッドの傷口を押さえた。

ブレシッドは痛みのせいなのだろう、短い間隔で喉の奥からうめいている。サビッチにしてみればいい気味だった。ブレシッドの目がぱっと開き、サビッチを見あげた。

「どうやったんだ？」

「教祖さまに質問するような聞き方だな、ブレシッド。枕カバーの上から傷口をしっかり押さえてろよ。それで出血がおさまってくる。しっかり押さえてないと、保安官の客用寝室で出血死するかもしれないぞ。誰かが同情してくれるとは思えないが」

ジョアンナはブレシッドを見おろすように立ったが、彼の顔は見なかった。彼の手を染める血を見て、脇腹を強く蹴った。

うめき声を漏らして、ブレシッドが唾を吐きかけようとする。だが、できなかった。「わたしはおまえを阻害《スタイミー》した。すぐに銃口を口に突っこませて、引き金――」

「わたしを阻害《スタイミー》？　あなたはあれをそう呼んでるの？　あなたがわたしを操って、恐ろしいものを見させたり感じたりさせようとしてるのがわかったわ。ここに入ってくるなり、撃てばよかった。ありったけの弾をあなたにぶちこんでやるべきだった」もう一度、肋骨を蹴った。ブレシッドの口から胸のすくような、沈痛な叫び声があがった。「ほかに言うことはないの、この化け物？」

ブレシッドがじっと見つめているのに、ジョアンナは彼の顔を見ようとしない。「わたしを見ろ、そこの女！」

「いいかげんにしろよ、ブレシッド。もう一度、撃ってやろうか？」サビッチが言った。「下がってたほうがいい、ジョアンナ」顔を上げると、入口にイーサンがいた。部下をふたり引き連れている。「イーサン、九一一に電話してくれるか？　ここは慎重にことを運ばないとな。まず、こいつの攻撃を防ぐために目隠しがいる。救急車にはおれが同乗する」

ジョアンナが言った。「阻害《スタイミー》――この惨めったらしい芋虫は、彼が他人の頭に施す術のことをそう呼んでた」

「阻害《スタイミー》か」イーサンがその風変わりな言葉を味わうようにくり返した。ブレシッドの脇に膝をついて、ポケットからハンカチを取りだして、それを頭に縛って目隠しにした。「取ろうとしたら、スイートオニオン川まで蹴り飛ばしてやるぞ、ブレシッド」それでようやく携帯を取りだし、九一一にかけた。思ったとおり、最初の呼び出し音でフェイディーンが出た。

彼女が九一一の当番にあたっているときは、携帯をブラジャーに留めつけている。

「気持ちのいい火曜の夜を邪魔してすまない、フェイディーン。うちまで救急車を一台頼む。ブレシッド・バックマンの身柄をここで確保する際、肩に銃創を負わせた」

「やりましたね、イーサン。でも、なんでその惨めったらしいへなちょこを殺さなかったんです？」

34

イーサンは携帯を切るなり、サビッチに言った。「フェイディーンが惨めったらしいへなちょこを殺さなかった理由を知りたがってましたよ」

サビッチは答えた。「一瞬、真剣に考慮したが、あきらめるしかなかった。申し訳ない」

イーサンは首を振った。「いまあいつを殺すわけにはいきません。そうです、殺したいのは山々ですが、そうはいかない。いまとなっては、あいつの身の安全を確保しなければならない。それはそれとして、対処するまでです」

「あの人、ディロンを阻害できなかったんだよ」オータムが言った。「ディロンはあたしといっしょなの。あたしたち——なんていうの、ママ？」

ジョアンナが娘をなだめるように軽く叩いた。「あなたとディロンには天賦《てんぷ》の能力があるのよ。ふたりとも、とてもいい意味で特別なの」

オータムは誇らしげだった。天賦の能力。適切でいい表現だと、サビッチも思った。娘の才能をそういう形で受け入れたという意味で、ジョアンナは大きな一歩を踏みだした。

サビッチは立ちあがり、ブレシッドを見おろした。シャーロックの手を腕に感じたので、その手に手を重ねて握りしめた。「捕まえたよ、シャーロック。これで終わりだ」

ジョアンナもこんどはブレシッドを見た。「こうして見るとふつうすぎて、かえって恐ろしいみたい」

まったくだ、とサビッチも思った。ブレシッドはうめいたり、わめいたり、さらにはおかしなことに、母親を呼べと求めた。

シャーロックはサビッチを脇に引っぱった。「覚えてるでしょう、ディロン？　あなたがタミー・タトルに近づいて、彼女をはっきりと見たときのこと。あなただけは彼女の術にかからなかった。ほら、ブレシッドの言葉を借りれば――そう、あなたを阻害できなかった」

サビッチはうなずいた。「ああ、覚えてるさ。理屈にかなってるだろ？」

「いいえ」シャーロックは首を振った。「全然よ。理屈にかなったことなんて、ひとつもない」深く息を吸って、言い足した。「あなたは運がよかったのよ」

サビッチは肩をすくめた。「実際は選択の余地がなかったんだ。やつはジョアンナを自死させようとしてて、おれはそれを阻止しなきゃならなかった」

ジョアンナが言った。「このつまらない小男が持つ大きな力が、わたしには死ぬほど怖いわ。ディロン、命を助けてくれて、ありがとう」

サビッチは彼女に笑みを向けた。

イーサンが言った。「ジョアンナ、ふらついたり、めまいがしたりしている様子はないけど、いまの気分はどう？　頭痛は？」

「あら、全然だいじょうぶだから、心配しないで、イーサン」われながら意外そうで、同時にほっとしているのが伝わってきた。「わたしに対して時間が足りなかったのかもね」

「かもな」サビッチは思案顔だった。「いいだろう、残りはあとにしよう。こいつを片付けたら、彼の顔、彼の目を見た瞬間になにを感じたか、こと細かに教えてくれ」

ジョアンナがうなずいた。「いまでもいいわ――正直に言って、彼を見たときのこと、その最初の瞬間のことは覚えてないの。でも、そんなことはどうでもよくなってた。わたしは彼を撃ったと、わたしの銃で真正面からとらえたと信じて疑ってなかったからよ。なにを意図したか知らないけれど、彼はわたしに引き金を引いたと信じこませた。でも、実際は引いてなかったのよね」ふたたび目隠しをほどこされたブレシッドを見おろし、こんどは脚を蹴った。ブレシッドが身を縮めて、声をあえがせて言った。「この不届きな売女め。おまえを火《ひ》炙《あぶ》りにしてくれる。敷き詰めた石炭の上にみずから飛びこませて地獄に送ってやるから、そのつもりで心の準備をしておくがいい」

ジョアンナは応じた。「ええ、そうね、惨めな化け物さん。地獄に送られるのはあなたのほうよ。あなたの一族を引き連れてね」

ブレシッドは痛みと怒りに息も絶えだえだった。「マーティンはわたしの家族だぞ。弟も地獄にいるということか?」

「いいえ。あの人はあなたたちの邪悪さに気づいて、逃げだしたのよ。あなたとグレースとあなたたちの母親から」

「おまえが弟を死なせた、いや殺したんだ」

「いいえ、わたしはマーティンを愛してた。でも、あなたは頭がおかしいから、わたしの言うことなんて信じないでしょうけど」

「おまえがあの子の心を焼きつくしたんだ! 大切な心を焼きつくして、おまえ同様のけちな人間にしてしまった。おまえは弱くて愚かだ、ジョアンナ。そして、弟までそんなふうにしてしまった。その報いを受けさせてやる」

オータムが大声でなじった。「ママはパパの心を焼いてなんかないよ! パパの心はすばらしかったんだから。ママのこと、弱くて愚かなんて、言わないで!」スニーカーのつま先でブレシッドを蹴った。

ジョアンナは娘を引き戻し、さっとハグした。「いい蹴りだったわ」

そしてブレシッドが悪態をつくのを聞いた。示唆に富む悪態をひとつふたつと繰りだしたあと、頭を横向きに倒した。

サビッチはしばしその姿を見ていた。「賭けてもいい、いまこいつから目隠しを外して目を見ても、こいつにはなにもできない。弱っていて、心に働きかけるだけの集中力がないからだ。そうはいっても、おれがそう思ってるだけの話だが」

サビッチはブレシッドに話しかけた。「起きてるんだろ、動くのを見たぞ。気をつけたほうがいい、ブレシッド。傷口の押さえ方が甘いせいで、また血が出てきてる。死にたくなければ、しゃんとするんだな」

ブレシッドは唇を嚐めると、こんどは一度だけ弱々しく悪態をついて、ふたたび肩に手をやった。

ジョアンナはサビッチに言った。「こんな男は殺すべきだったのよ、ディロン。この先どうなるの？」

彼女の言うとおりだ、とサビッチは思った。当然の心配だった。審議のあいだじゅう、ブレシッド・バックマンに目隠しをさせておくわけにはいかない。彼の弁護士は警察が哀れな男をどんなふうに痛めつけているか、そして彼を訴えた人間たちと対面するという基本的な権利を奪っていると判事たちに訴えるだろう。しかし、いまさら遅い。イーサンの言うとおり、それはそれとして対処するしかないのだ。

まもなく寝室は保安官助手たちであふれ返った。その全員がブレシッドの顔を見るのを避けていた。牙を抜かれたヘビのように、目隠しをされてなすすべがないように見えるけれど、それでも用心したほうがいい。

夜気を切り裂くサイレンの音が近づいてくる。サビッチは言った。「こいつにはおれが付き添う。目隠しを外してはならない理由を救命士全員に徹底して、たっぷり脅してやらないとな」

35

真夜中近くだった。シャーロックとサビッチは〈ジェラルドズ・ロフト〉のベッドにもぐりこんで、しっかりと身を寄せあった。山並みに太陽が沈むやいなや、いっきに冷えこみが厳しくなった。遅くなってからの来訪にもかかわらず、ミセス・デイリーは喜びいさんで対応し、ふたりに食べるものを提供したがった。

シャーロックが体を引き離して、サビッチの腕をパンチした。

「うん？　なんだよ？　なんで殴られなきゃならないんだ？」

「あなたがどう言い繕ったって、わたしは許さないわよ。あの男の顔を直視するなんて、大胆にもほどがあるもの」

サビッチは胸の上に彼女を抱き寄せた。「ほかに選択肢がなかったんだ」

「ええ、それでいちおうの言い訳はたつけど、わたしはごまかせないわよ、ディロン。あなた、試してみたかったんでしょう？」

たしかに妻はごまかせない。サビッチは彼女の髪に指を通しながら、穏やかに応じた。

「危険というほど危険じゃなかったさ、シャーロック」

「そうでしょうとも、このろくでなし」またまたパンチを食らわしたが、抱えられているので、たいした被害は与えられなかった。

サビッチは笑いながら妻の両手を握り、口づけをした。「軸つきの焼きトウモロコシのうまかったこと、長く焼かれてたやつはとくにね。口のなかに粒が落ちてきて、かじる必要すらなかったよ」

シャーロックが口づけしたまま言った。「いいわよ、わたしを笑わせて、気をそらせてみなさいよ。そんなのショーンにしかきかないんだから――それも毎回は無理」夫の首筋に歯を立て、そしてキスした。「それで、ディロン、ブレシッドは無事病院のベッドに寝かせたとして、これからどうするつもり？」

「明日ブレシッドの様子を見にいって、安定しているようならクワンティコへ送る。うちの管理が行き届く場所に置きたい。そのあと、おれたちでジョージアのブリッカーズ・ボウルへ出かけて、コール保安官と、ミセス・バックマンと、ブレシッドの弟のグレースに会おう。〈チルドレン・オブ・トワイライト〉か。バックマン一族がホイッスラーと組んでカルトを運営してるのか？　それともホイッスラーがグルで、彼らは信者なのか？　金の出どころや、行き先は？」

「彼らが埋めてたっていう死体だけど、上納するものがなくなったか脱退したがったかで殺されたメンバーでないことを祈るわ」シャーロックはため息をつき、サビッチの胸を指で小刻みに叩いた。「ディロン、手いっぱいの状態になったわね。リッシーとビクターのこともあるし」

「そっちのほうは、二日か三日、リッシーが回復するまでは出てこないと踏んでるんだが。ノースカロライナのウィネット郊外に連中が使いそうな建物がないかどうか、いまマックスに調べさせてるし、向こうではＦＢＩ捜査官と州警察が捜索にあたってる。ふたりがまた出てくるまで、できることはかぎられてる」

「いい考え方ね。そのうちあなたを殺そうと彼女がジョージタウンに現われるのは、目に見えてるのに」サビッチの鼻にちょんと触れた。「わたしがなにを考えてるかわかる？」

およそ仕事に関係あることとは思えない口調だった。サビッチは妻を見あげた。

「いま頭のなかにフラクタルアートを思い浮かべてるの。色も形も混沌として、先の予測がつかないわ。それでね、お利口な女は外が大混乱に陥っているあいだ、機会が与えられたら飛びつくべきじゃないかと考えてたの」

「うん？　機会って、なんの？」

シャーロックは夫に顔を寄せて、唇を重ねた。

36

ロッキンガム郡立病院
バージニア州タイタスビル近郊
水曜の午前中

「メリウェザー保安官、わたしにはどうしても理解できないんだよ。この男が――わたしよりも年上なうえに、目も開けられないぐらい弱ってる男が――つねに目隠ししておかないとわたしを催眠術にかけるかもしれない危険人物だと言うのか？」

「ええ、そいつがその気になれば。あなたにしろ、誰にしろ、そいつを見た人間は催眠術をかけられます」同じことを何度言わせれば気がすむんだ、このばか、とイーサンは内心ぼやいた。

「人がほかの人の心を奪うなんてことは、そもそもありえない話だ。それなのに、目隠しを外さないように両手を脇におろして縛りつけておけと？　かんべんしてくれ、メリウェザー保安官、いくらなんだってやりすぎではないか？」

目隠しをしたうえで手まで縛りつけておくのは、なるほど、やりすぎに見えるだろう。あるいは、常軌を逸していると映るかもしれない。それでも、この男にわからせる努力をしなければならない。ここで挫けているようでは、病院にブレシッドを閉じこめておくことはできないし、裁判にかけることなど夢のまた夢だ。「いいですか、トゥルーイット先生。ぼくを信じてもらうしかありません。その男に関しては最大限、用心する必要があります。ぼくはその男がすでに三人の人物を催眠状態に陥れるのを見たんです。三人とも完全に乗っ取られました」

白髪混じりの眉が五センチは持ちあがった。イーサンは話の通じないいらだたしさに、爆発しそうになった。ブレシッド・バックマンが怪物じみた危険人物だと、この医者を納得させられないようなら、今後の見通しは暗い。「ぼくが大げさなだけだと思ってるんでしょうし、そりゃ信じられない話ですが、事実です、ぼくがこの目で見ました。スピッツ先生から、うちの部下たちがどう訴えているかお聞きおよびのはずです。この男のせいで、ミセス・バックマンはあやうく自殺しかけたんですよ」

「スピッツ医師というのは地方の一般医だろう？」イーサンはその声に見くだしている調子を聞き取った。

「そんな医者だから騙されたってことですか？」

「いや、いや、そんなつもりはもうとうないよ。ただ、たちどころに催眠術にかけるとか、指示に従って自殺するとか、そんな突拍子もない――」

イーサンにはこれからの道程が目に見えるようだった。絶えず説明と弁明を強《し》いられ、ブレシッド・バックマンという男には邪魔をする者たちを操る能力があり、そして必要とあらばその能力を使う男であることを、関係者にわからせなければならない。「なんにしろ、目隠しを外すわけにはいきません。痛み止めがきいて、集中力が戻ったらすぐにでも、またはじめますからね。先生だって、術をかけられるのはいやでしょう？　ご存じのとおり、昨日もタイタスヒッチでこいつに殺されて、動物にいたぶられた男性が見つかっているんです」

トゥルーイット医師がショックをあらわにした。下唇を嘗めている。「この男のしわざだという、証拠はあるのかね？」

「はい」イーサンはすらすらと嘘をついた。

医師はしばらくのあいだブレシッドを見つめていたが、やがて首を振って、顔をそむけた。

イーサンは語気を強めた。「なんの力もないように見えるでしょう？　脅威などありえないように。わかりました、先生、だったらこれは命令とみなしてください――この男を常時目隠しし、手は下に固定しておくこと。命令が守られているかどうか、部下を巡回させてもらいます。目隠しを外す、ほんの一瞬の隙を与えたら、それでおしまいですから」イーサンは手を銃の形にして医師に向け、引き金を引くまねをした。「あなたを殺すかもしれないし、あなたにほかの誰か、医者なり看護師なりを殺させるかもしれない」

そのときブレシッドがうめいた。

トゥルーイット医師は跳びあがり、暗示にかかりやすい自分をののしった。それでもイーサンから見られているのを意識して、淡々と患者の脈を取り、イーサンがすぐ近くにいるにもかかわらず目隠しを持ちあげて瞳孔をチェックした。「意識を失ったままだ。催眠術をかける能力があるにしろ、自分に意識がなければ、それも使えない。手術はうまくいったし、傷口はどちらもよくなる。あとは安静にするだけだな」

「明日FBIの医療チームが来ます」イーサンは言った。「そのときまでにある程度快復していれば、肉体と精神の両面からテストされることになるでしょう」

「どんなテストだね？」

「移送の時期を探るため、状態を調べるんでしょう。あなたを含むこの病院のスタッフは、全面協力を求められると思いますよ」イーサンはトゥルーイット医師の腕をつかんで、軽く揺さぶった。「しつこいようですが、この男はあなたが思っているより、ずっと危険です。いまは歯の抜けた犬ぐらいにしか見えませんが、先生、実体は違う。ぼくがこれまでに会ったなかでもっとも危険な人物です」

トゥルーイット医師はそれでもなお迷っていた。もしジョアンナがここにいたら、平手打ちを食らわせているだろう。医師は言った。「事務長の許可が出たら、そのFBIの職員たちには道義的に問題のない範囲で協力させてもらおう。この男はわたしの患者だからね。彼の福利を第一に考えなければならない」

一発殴ってやりたくなったが、まだ先は長い。イーサンはうなずいた。「なにか変化があったら、電話してください。うちのオックス・コビンが見張りとしてこの部屋に残ります。そういえば、オックスも被害者のひとりですから、体験談が聞きたければどうぞ。

いいところに来たな、オックス。入ってくれ。ブレシッドはまだ意識が戻っていないが、何分か前にうめいた。どうすればいいか、わかってるな?」

オックスはうなずきつつ、可動式のフットレストがついた大きな安楽椅子を引っぱってきた。「ロウェリー看護師が大男用の椅子を貸してくれました。持ち主はクロアチアに旅行中だとかで」

イーサンはにやりとした。「いい気分だろ?」

「ええ。ですが、イーサン、この小男を見る気にはなれませんね。たとえ縛りつけられて、目隠しで異様な目が隠してあったって、ごめんこうむります」

医師はわざとらしい咳払いをすると、ふたりに背を向けて、病室を出ていった。

オックスはその後ろ姿を見ながら、重い口調で言った。「みんなあんな反応なんでしょうね、イーサン。医者も弁護士も判事も、その他もろもろの人も」

「ああ、そうだな。アラスカからの観光客がブレシッドに殺されたと言ってもあの反応だ。ブレシッドがクマを使って死体を痛めつけさせてたことは、言う気にもなれなかった。たとえFBIの鑑識班がブレシッドとスポールディング氏の殺害を結びつける証拠を見つけられなくても、こっちにはブレシッドに対する重罪の嫌疑が一ダースはある。

　わかるだろ、オックス、こんなことは言いたくないが、おれにはブレシッドに弁護士を呼ばせるところまでもいけない気がする。なぜか、やつがまもなくこの快適な病院から抜けだして、そのあとに操られた人びとの山が残るとしか思えないんだ」

「いまここで自分に殺させてください、イーサン。顔に枕を押しつけてやれば、たいして時間はかかりません」オックスの口調は真剣だった。

　イーサンは首を振った。「できることならそうしたいよ、オックス。心そそられるファンタジーだ。だが、法の執行を担当する人間が口にすることじゃない。まもなくＦＢＩの連中がやってきて、ここからやつをクワンティコに移してくれる」

「痛みが引きしだい運ばれるんでしょう」オックスは言った。「ところで、土曜の夜、ブレシッドに阻害《スタイミー》されてスピッツ先生に診てもらったあとのことですけどね、うちに帰ったらベレが寄りつかなかったんです。においを嗅いだりうなったりで、おれのことを怖がってるみたいに避けて、そのくせ、いまにも襲いかかってきそうで。あれにはびびりましたよ。落ち着かせるのに一時間はかかりました」

「興味深いな。明日、ＦＢＩの連中が来たら、忘れずに伝えろよ」イーサンは口を閉じて、貧相な中年男を見おろした。指一本上げられそうに見えない。「目を離すなよ、オックス」

「わかってます、イーサン」オックスは安楽椅子に腰かけ、ボタンを押して足置きを持ちあげると、ボスを見あげてにんまりした。「さて、ゆっくりさせてもらいます。なんで病院の大物はわざわざクロアチアくんだりまで出かけるんですかね？　こっちにいりゃ一日じゅう、このキャデラックにのんびり腰かけて、ビールを飲んでられるってのに」

37

ＦＢＩにおいてトップの司法精神医学者であるヒックス医師は、みずからもきわめて優秀な催眠療法士であり、大のビートルズ・ファンでもあった。彼はＦＢＩのほかのメンバーを待つことなく、その午後のうちにひとり先着した。興奮に目をきらきらさせている医師を見て、オックスは、クリスマスの朝の子どものようだと思った。ヒックス医師は自己紹介をし、オックスと握手を交わした。オックスはブレシッドを手で指し示した。「この男です、先生」

ヒックス医師はさっそく静かに横たわっている中年男を見おろした。「これがブレシッド・バックマンか。なんとも興味深い名前だと思わんかね？」頭を振った。「害があるようには見えないな。話をしてくれ」ヒックス医師はオックスに意識を集中した。「この男にされたことを」

オックスは語った。「……自分がそこに、そう自分の脳のなかにですね、いなかったんです。痛みによってわれに返るまでは」オックスは短く刈りあげた頭をつついた。「妙ちくりんでおかしく聞こえますよね。信じてもらえますか？」

ヒックス医師は眉根を寄せて、ブレシッドを見おろした。「信じるとも、当然だろう」

そしてブレシッドの手の甲をつねった。反応がないのを確認して、目隠しを持ちあげ、まぶたをめくった。たっぷり一分は見つめてから、医師は言った。「ふむ。この状態はいつから？」

入口からサビッチの声がした。「チームを待たずにあなただけ先に来るだろうと、シャーロックに言ってたんです。B&Bにもトイレにも立ち寄らず、ベーグルも食べずに直行したんでしょう？」

ヒックス医師は心からの笑みを浮かべた。「リンゴひとつ食べておらんよ。早くこの男に会いたかったんでね。医師団とベイリーは明日到着する。おまえがよこした報告書のせいで、連中から質問やら憶測やら、言うまでもなく、信じられないという声が、わたしのところへ大挙して押し寄せた。で、頭を突きあわせて、クワンティコに移送するにあたって必要となる検査内容や拘束の方法を相談してたんで、そのまま置いてきた。脳腫瘍の有無は、ここにあるMRIで調べられる。スプーン曲げの能力やなんかは、あとで調べればいい。とにかく意識を取り戻してくれることだけが、わたしの願いだ。早く話がしたい」

サビッチはうなずいた。「外でお話ししたいことがあります、ヒックス先生」

廊下に出ると、サビッチはシャーロックを見た。彼女はうなずくと、いきなり本題に入った。「わたしたちが見込んだとおり、熱意をもってあたってくださって感謝します、ヒックス先生。ですが、ブレシッドをクワンティコに移すまで、保安上、大きな問題を抱えています。ここにいるあいだは、彼をこの部屋から出せないんです」

ヒックス医師は考えながら、言葉を紡いだ。「わたしにはまだ、実際に他人を自殺に追いやるほどの力があるとは、信じられない。そして、サビッチ、きみにはその力が及ばないと聞いた。人生、いつまでたっても驚きが絶えんな」

「まったくです」サビッチは応じた。「ブレシッドを離れたところから監視できるように、これからこの部屋に監視カメラを設置します。そんなことにならないのを願ってはいますが、トゥルーイット医師がブレシッドの能力を疑っている以上、病院のスタッフにも信じてもらえない可能性があるので、現実を証拠として撮影するつもりです。かりに催眠術にかけられる人間がいても、ケガ人が出ないことを祈っています」

「いっそトゥルーイット医師に付き添わせたらどうです？」イーサンが提案した。「彼がどうするか見てみたいもんだ」

サビッチはイーサンに言った。「本来ならそうすべきだろうな。イーサン、この線で進めていいか？　ブレシッドがなにか試みたら、映像として証拠が残る。被告側の弁護士はすべてやらせだと主張することもできるが、その心配はそのときすればいい」

ヒックス医師は手のひらを外に向けて、両手を挙げた。「おっと、ちょっと待ってくれ。その前にやつとしゃべらせろ。声を聞いて、目をのぞきこんでみたい。いいだろう？　わたしが術にかけられたとしても、オックスに殴ってもらえばいい」

サビッチが言った。「いや、こうしましょう、ヒックス先生。先生がこちらにおられるあいだに意識が戻ったときは、どうぞ彼と話してください。ただし、目隠しはつけたままです。自分の見ている前で、これ以上の被害者は出せません」

イーサンが言った。「監視カメラが設置できたら教えてください、サビッチ。オックスに椅子を廊下まで引っぱってこさせますよ」

38

「誰かいるのか？　目が見えないのでは、いるかどうかわからないではないか」

「いますよ、バックマンさん。目隠しをしたままで、すみません。担当看護師のシンディ・メイベックです。なにかご用ですか？」

ブレシッドの声は力なく、不満げだった。「このばかげた目隠しを外してもらわなければ」

「ごめんなさい。でも、わたしの身を守るため、そのままにしろと指示されてるんです。わたしは信じてませんけど、指示には従わないと。脈を取って、心音を聞かせてください」

ブレシッドは左手首が持ちあげられ、脈に二本の指があてがわれるのを感じた。「あの田舎保安官の差し金だな。意見の相違があったせいで、わざとわたしに苦痛を与える。ごらんのとおり、保安官は父親にも等しい年齢であるわたしを恐れているのだから、なんとも滑稽な話だろう？　いいかね、看護師さん、手を固定された状態で、暗闇のなかに横たわるのは、どんな気分だと思う？　自分の鼻さえ掻けないのだぞ。非人間的な扱いだと思わないかね？」

「さあ、どうでしょうか、バックマンさん。わたしは指示——」

「痛いんだよ、ひどい痛みだ」

「でも、モルヒネを打ってからまだ一時間もたってませんからね、バックマンさん。眠られたらいかがです？　睡眠は回復を早めてくれるんですよ。痒いところがあるんなら、わたしが掻きましょうか？」

ブレシッドはうめいただけで、答えなかった。

シンディは彼の脈を取った。ゆっくりとしたリズムで、規則正しく打っている。続いてケガをしていないほうの腕に血圧計を巻いた。多少高めではあるけれど、問題になるほどではなかった。シンディは体を起こして、ブレシッドを見おろし、小声で話しかけた。「泣かないでください、バックマンさん。目隠しの布が濡れてしまうわ」

彼はすすり泣いている。

「泣きやまないと、目がちくちくしますよ、バックマンさん」

「目を拭いてくれないか、看護婦さん。お願いする。わたしになにができるものか。手を固定されて、無力なものだ」

シンディはしばし黙って考えこんだ。トゥルーイット医師はこんな予防措置などくだらないと言っていた。しょせん、ブレシッドなど老人だからだ。けれどそのあと保安官とＦＢＩの捜査官のほうから全員に対して目隠しを取ってはならないことと、その理由の説明があった。他人をたちまち催眠状態に陥れるですって？　そんな話は聞いたことがない。トゥルーイット医師の言うことのほうが、納得がいく。この哀れな老人は二度撃たれて、子馬のように頼りない。「ほんとはいけないんです。指示にそむくことになりますから。でも、わかりました、ほんの一瞬ですよ。それと、ここだけの秘密ですからね。誰にも言わないと約束できますか？」

ブレシッドの声は涙に湿っていた。「ああ、誓うよ、言わないとも、看護師さん」

シンディが目隠しを頭の上に移動し、涙をぬぐった。本物の涙をまのあたりにして、トゥルーイット医師の正しさを確信した。このかわいそうな老人が他人に害を及ぼせるわけがない、とシンディは青白い顔をしばし眺めた。そうよ、そんなはずない。そのとき、ブレシッド・バックマンが目を開いて、彼女を見あげた。

「ありがとう」彼はささやいた。「なんという美しいお嬢さんだろう。その金髪――本物かね？」

「ええ。祖母譲りなんです」

「きみはきれいなだけでなく、役に立つお嬢さんだ。手首のストラップをはどいてくれ」笑顔でシンディを見あげた。

なんの迷いもなく、シンディはストラップをほどき、ベッドの脇で体を起こして、その場に立ちすくんだ。

ブレシッドはゆっくりと横向きになると、包帯を巻いた肩をもう一方の手で押さえて起きあがった。顔をしかめて、小さくののしる。

シンディが声をかけた。「手を貸しましょうか?」

彼がシンディを見あげて、ふたたびほほ笑んだ。「いや、いいよ、看護師さん。ずいぶんとよくなったからね。それより、わたしの服を持ってきてもらおうか」

シンディは患者用のクロゼットまで行くと、彼のシャツとズボンをハンガーから外し、靴を取りだした。「下着と靴下がないわ」

「かまわんよ。それをこちらに持ってきてくれ」

シンディは腕に服をかけて、彼のもとへ運んだ。

「つぎは外に出ておくれ。あの見張りに話しかけて、気をそらしてもらおう。きみはきれいだからね、死者でもふり向く。あの男をおだてて、おしゃべりに夢中にさせてくれ。そのあとわたしが呼ぶから、そうしたらあの男をいっしょに連れてくるんだ。いいかな?」

「いいわ」

サビッチとイーサンとヒックス医師は、隣の病室でこの光景を見ていた。サビッチが言った。「おやおや。思ったより時間がかからなかったな。これでトゥルーイット医師に信じてもらえるだろうか?」

「トゥルーイット医師は疑い深いタイプだと言ってましたよね、サビッチ。この全体をやらせだと言い張るかもしれない」

「いいだろう、被告側の弁護士みたいなことを言うんだな」サビッチは言った。「もうしばらく、このままやらせよう。看護師に害を与えそうになったら、早急に動くことにして」だが、本心ではいやだった。病室から出てきたシンディ・メイベックを見れば、頭のなかに彼女がいないのが一目瞭然だった。その状態を続けることにはリスクがあるが、それが対処可能なリスクであることを祈って、疑義や恐怖のすべてを脇に置いた。サビッチは深呼吸した。

一同の目は、肩と腕に大々的に包帯を巻いた痩せて筋張った中年男にそそがれていた。男は両脚をゆっくりとベッドの脇に垂らした。

「あんなふうに動けるとは、とうてい信じられんな」ヒックス医師が言った。「ほかの能力とならんで、彼にはみずからの肉体に働きかける能力もあるのかもしれん」肩をすくめる。

「あながちありえない話じゃないぞ」

ブレシッド・バックマンはゆっくりと立ちあがると、しかめ面で少しふらつきつつも、反吐《へど》のような緑色の入院着を脱ぎ捨てた。苦労してズボンをはくまではよかったが、シャツを前にして動きを止めた。これはさすがに着られない。肩に厚く包帯を巻いているし、動きによって痛みが生じるからだ。

ブレシッドが声を張った。「看護師さん、こちらに来て、手伝ってくれないか」

シンディがドアを開けて、入ってきた。彼の顔から目をそらさない。ブレシッドは言った。

「このシャツを着るのを手伝っておくれ」

看護師は言われたとおりにした。そのあいだじゅう、ブレシッドは悪態をついていた。隣室の三人にも、彼の顔の青白さや、額に浮かんだ玉の汗が見えた。「苦しんでるな」ヒックス医師が言った。「にしても、動けている。信じられん」

ブレシッドはシンディに尋ねた。「わたしの靴はどこだね？」

「クロゼットに置いたままですけど」

「取ってきておくれ」

彼女は靴を持ってきた。膝をついて、ブレシッドに靴をはかせた。

「いいだろう。つぎは保安官助手に言って、ここに連れてきておくれ。わたしが自由の身になろうとしているようで怖いから、様子を確認してほしいと頼めばいい」

シンディはうなずき、くるっと回れ右をして部屋を出た。

「ここまでですね」イーサンが言うやいなや、彼とサビッチは一秒ちょうどで部屋を飛びだした。「きみは外にいてくれ」サビッチはイーサンに告げた。「四の五の言うなよ」サビッチがメイベック看護師の脇をすり抜けて病室に入ると、ブレシッドがサイドテーブルの腕時計をつかもうとしていた。

すべてが映像に記録されている。

「おまえは！」

「ああ、そうとも、おまえにとっては最悪の悪夢さ、ブレシッド。さあ、お得意の能力を発揮してみろよ。いいから、おれに試してみろ。うむ、悪いな、かからないらしい。パーティはお開きだ。なかなかの名演技だったよ」サビッチは上部に設置されたカメラを顎で指し示し、ブレシッドはその先に視線を向けた。カメラの向こう側にいる人間にまで催眠をかけることができるとは思えないが、あぶない橋は渡りたくないので、サビッチは視界をはばみ、看護師のほうを見た。虚空を見つめて、ドアのすぐ外にぽつねんと立っている。サビッチはブレシッドに言った。「服を脱げよ。入院着を着るのを手伝ってやろう」ブレシッドが罵声をあげながら、いたずらに抵抗するので、サビッチが服を脱がせた。ブレシッドはメイベック看護師に叫んだ。「助けてくれ、看護師さん。助けてくれ！」

「患者さんになにをしてるんですか？　患者さんを放して！」

だがオックスが彼女の両腕をつかみ、体を肩にかつぎあげて、部屋から遠ざけた。

サビッチは入院着を着せたブレシッドを、ベッドに転がした。まっ青な顔で痛みにあえぎながら、怒りに燃えるような瞳でサビッチを見あげている。「おまえを殺してやる。おまえの皮をはいで、それでランプをつくろう。死体は深く埋め、誰にも――」

「はい、はい」サビッチは彼の両手首にストラップを巻きつけ、ベッドの手すりに固定すると、ふたたび目隠しをした。

「いいぞ、イーサン、入ってきてくれ」

「こりゃたまげたな」入口のところでイーサンとならんでいたヒックス医師が言った。サビッチに向けていた目を、いまだ痛みにあえいでいるブレシッドに向けた。「これほどの催眠能力は、はじめて見た」

トゥルーイット医師がその隣に現われた。「呼び出しを受けたんだが、なにがあったのかね？」

すぐに五、六人の職員がトゥルーイット医師のまわりに集まってきた。彼らの視線はサビッチから、視覚と自由を奪われてうめいているブレシッド・バックマンに向けられた。

その傍らに立つオックスは、いまにも殺したそうな顔でブレシッドを見おろしている。サビッチは病院の職員を見まわした。「これで決着がつきました。あなたにお見せしたいものがあります、トゥルーイット先生。そして職員のみなさんにも、見ていただきたい。隣室にビデオがあります。ありのままのおまえが映ってるぞ、ブレシッド。これがあればおまえを一生、隔離しておけるかもしれない」

イーサンが言った。「この一連の出来事をマスコミから遠ざけておけるお祈りなど、どこにもないでしょうね」

「試してみるさ」ヒックス医師は言った。「他人の心をやすやすと乗っ取るのを目撃したことなど、人に話したくない人間もいるし、単純に信じられない人間もいる。だが、マスコミは霊能力と聞くと、とたんに騒ぎを大きくしたがる。信じてもいないのに、バッタのように群れをなして押し寄せる」

だが、サビッチにはわかっていた。この話は外に漏れて、ブレシッドの家族はすぐに彼が捕まったことを知る。彼らはどういう行動に出るだろう？

シンディ・メイベックはオックスとならんで、殴られた腕をさすっていた。オックスのことは、メリウェザー保安官とともに到着したときから気づいていた。去年、彼に駐車切符を切られたのだ。シンディは彼を見あげた。「どうしてわたしを殴ったの？」

「あの困った老クーガーがしばらくのあいだきみの脳を奪い去っていたからだ。もう心配いらない。頭は痛むかい？」

彼女は首を振って、眉をひそめた。まだ理解できていないのが、オックスにはわかる。ただし、もし彼女が誘いを受けてくれて、マーリンのメキシカン料理を食べながらオックスの説明を聞いてくれたらわかるかもしれない。そのとき、まっすぐに駐車する方法も教えてやろう。

39

ジョージア州ブリッカーズ・ボウル
水曜の午後

「ジョアンナはブリッカーズ・ボウルの特徴をよくとらえてたわ」シャーロックは周囲を見まわした。「町全体が巨大なスープボウルの底にあるみたい。不思議な感覚ね。チキンヌードルスープが飲みたくなってきちゃった。この谷間の町にどれくらいの人が住んでるの？」

「五百人前後だ」サビッチは答えた。

「長いあいだ人の出入りがなかったみたいな町ね。ほら『プレゼントビル』っていう、古い映画のなかのモノクロの町みたい。見て、ディロン、携帯電話の電波塔とか電線とか、文明の機器も入りこんできてる。でも、それが場違いに見えるの。バックマン一族は評判に傷がつくのを恐れて、ここではめったなことをしないように気をつけてるんじゃないかしら」

「マーティン・バックマンの骨壺を墓地に埋めた日、写真を撮っていた若い男にブレシッドが術をかけるのを見たと、ジョアンナが言ってたよな」

シャーロックが言った。「ええ、弟のグレースはそれを止めたわ」

サビッチはさらに踏みこんだ。「ブレシッドはその若い男に、このことは記憶に残らないと言った。オックスもグレンダも、病院の看護師もそうだった。用心していないと、いずれみんなから吊るしあげられるからだ」

シャーロックはうなずいた。「しかも、この土地に代々住んできたのよ、ディロン。ほら見て、牛や山羊がのんびり草を食《は》んでる。なごむわね。でも、なぜブレシッドは銀行の窓口係を操って、大金をせしめないのかしら。そのほうが簡単だし、誰の記憶にも残らないのに」

「もうやったかもしれないぞ。墓地に大金が埋まってる可能性もある。これからそれを調べよう」サビッチは最初に見つけたガソリンスタンド〈マイリー〉に、レンタルしたカムリを入れた。小麦色の髪を短く刈りこんだ少年が古いホンダのタイヤに空気を入れ、体格のいい女性が〈クイックマート〉のレジの前に坐り、ガラス越しにこちらを見ていた。

シャーロックは言った。「あの女の人、わたしたちのことを厄介ごとの種みたいな顔で見てるわ。でも、正直に言うと、もしわたしがバックマン家の近くに住んでたら、神経質になるぐらいじゃすまなくて、引っ越すでしょうね。まだガソリンはたっぷりあるのに、なぜ止まったの？」

「レジの前に坐ってるあの女性は、ここへ入る前からおれたちのことを見てた。車を降りてガソリンを入れる前に、しばらくここでじっとしてよう。おれたちはよそ者で、なにもしてないのに、彼女は赤い警報ランプが灯ってるみたいな目つきになってる。なにかおもしろいことがつかめるかもしれない」

「運に恵まれて、ここでカルディコット・ホイッスラーが見つかりますように。たぶん〈チルドレン・オブ・トワイライト〉を運営してるのは彼だし、今回のこと全般にかかわってるかもしれない」

「マックスでわかることはすべて、今朝のうちに調べておいた」サビッチは言った。「年は三十七、ハーバード・ロースクールを卒業して、マンハッタンの弁護士事務所で四年働いたのち、転居先も教えずにぷいと引っ越してしまった。パートナーとして受け入れられないことが決まったあとだ。妻子はおらず、加えて、生存している血縁者はひとりも見つけられなかった。

つぎに彼が登場するまでに四年の空白がある。彼は〈チルドレン・オブ・トワイライト〉を率いる指導者としてここジョージアに現われた。驚いたことに、彼に関してマックスが見つけられたのはこれだけだ。

おっと、見ろよ。ガラスの向こうのあの女性がおれたちをにらんでるぞ。おれたちのことを犯罪者か、配偶者の目を逃れてブリッカーズ・ボウルを隠れ家にしようとしてる不倫カップルじゃないかと思ってるんだ。それに、あの少年、タイヤに空気を入れすぎだ。あのままじゃ破裂する」

シャーロックが言った。「〈チルドレン・オブ・トワイライト〉の捜査は、わたしにさせて」

サビッチは先をうながした。「それで？」

「その呼称のもととなったかもしれない記述を見つけたの。でもね、ディロン、ほんとうにそこに――」

「それで、肝心な点はなんだい？」サビッチは手を挙げた。ガラスの向こう側にいる女性が右肘の位置にある電話に手を伸ばした。「ここでの用事がすんだら、続きを聞こう。これからガソリンを入れる」

サビッチはのんびりと車を降りると、ガソリンタンクにノズルを差しこんだ。レジの女性は受話器を戻し、ふり返ってサビッチを見た。十メートル近く離れていても、血色の口紅からまっ青なまぶたまで、化粧品を厚く塗りたくっているのがわかる。サビッチは小さく手を振った。

ノズルを戻し、支払いをするため〈クイックマート〉に入った。彼女の顔に疑いが皺となって刻まれている。ブルーのシャドーを塗った緑の瞳には、黒のアイラインが入っていた。

サビッチは笑いかけたが、彼女から笑みは返ってこなかった。

「こんにちは」なめらかで、自信に満ちた声で挨拶した。「すてきなドレスですね」

彼女は思ってもみなかったお世辞に虚を突かれたようで、ほんの少しだけサビッチのほうに身を乗りだしたものの、すぐに体を起こすと、太い腕を組んだ。彼女が脚を組むと、青い花柄模様のドレスから膝がのぞいた。

「たった十四ドル六十三セントだったよ」と、彼女は手を差しだした。「ガソリンもたいして減ってないのに、どうしてここに停まったの？」

サビッチは彼女の名札をちらりと見て、財布から紙幣を取りだした。「きみはドリーンというんだね？」

「まあね」彼女は紙幣を受け取った。「三ペーニーある？」

その言葉には強いジョージアなまりがあって、甘ったるいシロップのように母音を伸ばして発音する。サビッチは返事の代わりに首を横に振り、彼女がおつりを用意するのを待った。

彼女はおつりとして大量の小銭――わざとだ、とサビッチは思った――を差しだしたあと、探るような調子で尋ねた。「道を間違えたのかい？」

「いいえ、違うよ」サビッチは言った。「バックマン家を訪ねてきたんだ」

彼女の目に一瞬、恐怖がよぎったのを、サビッチは見逃さなかった。「いいご家族だよ」

ドリーンは膝の上にあった古い〈ピープル〉誌に目を落とした。表情豊かなドリュー・バリモアが表紙を飾っている。おれの言うことを信じていない、とサビッチは彼女を見て思った。

ドリーンは言った。「外から来る人はふつう、現金じゃなくてクレジットカードを使うんだよね。隠すことがなければとくにさ」

サビッチはあっさりと受け流した。「でも、カードを使うほどのガソリンじゃなかったからね。レンタカーはなるべく満タンにしておきたいんだ。ところで、ドリーン、カルディコット・ホイッスラーとも知りあいかい？　きみと同じ年ぐらいの、いい男なんだが」

サビッチはドリーンが気に入った。隠し事ができず、なんでも顔に表われる。彼女は一瞬はっとしたのち、恐怖か疑心暗鬼か、あるいは警戒心をあらわにした。

「いや、ホイッスラーなんて、聞いたことないね。おかしな名前」

「そうかな。それより、ブレシッドのほうがおかしな名前じゃないかい？」

「いいえ」

「ここに泊まりたいんだけど、どこかいいところを教えてくれないか？」

「バックマン家に泊まるんじゃないの？　あそこはカリフォルニアのハースト・キャッスルよりも大きくて、たくさんの寝室がある。ここへはいつまで？」

「まだ決めてないんだ。ブレシッドに用事があるんだが、それがどれぐらいかかるか、見きわめなきゃならない」

彼女が音をたてて、息をついた。「そんなこと言って——ほんとにブレシッドを知ってるの？」

「ああ。よく知ってるよ」

「どうしたらそんなことが可能なんだか。ブレシッドはブリッカーズ・ボウルをめったに離れないし、あなたは見かけたことのない顔だからね。でも実際にはブレシッドはここにはいないよ、そう、町には。一週間以上、顔を見てない。たしかクラウスさんから古いＳＵＶ車を借りて、どっかに出かけたとかって。運が悪かったね」

「だったら、グレースとシェパードに会っていくよ」

「グレースも見かけないね。シェパードについちゃ、わからないけど。めったにあのお屋敷から出てこないぐらいだから、ブリッカーズ・ボウルを出ることはないだろうけど。つい二週間前に息子さんのひとり――いない子《ロスト・ワン》――を埋葬したって聞いた。マーティンって名前だった。彼とは同級生で、ずっといっしょだったけど、お勉強のできる子だったよ」

「なぜマーティンのことをロスト・ワンと？」

ドリーンはごつい肩をすくめた。「マーティンが出ていったあと、母親のシェパードがそう呼ぶようになったんだよ。ロスト・ワンと。そういってシェパードは泣いてた。それきりマーティンはいっさい連絡してこず、二週間前になって、埋葬するために奥さんが彼を連れて帰ってきた。哀れなことに、北のほうでもう火葬されて、骨壺に入れられてね。このあたりの人は火葬を嫌う。なんでもその骨壺は特殊処理された木材で、金属と同じくらい長くもつそうだけど、想像つくかい？　シェパードにしたって、ブレシッドやグレースにしたって、火葬にはがっかりしてるはずだ」

「でも、マーティンの奥さんが夫の家族のために故郷までお骨を運んできたんだろう？　そこまでしてくれて、いい奥さんだと思わないのかな?」

「それが、すぐに帰っちゃってね。クリーニング店のデリア・フープから聞いた噂だと、マーティンの奥さんは澄ました都会っ娘、娘のほうは愛らしくて、バター・ピーカン・アイスが好きだとか。〈フード・スター〉のマービンがそう言ったそうだよ。でも父親にはちっとも似てなかったそうだ。マーティンは瞳も髪も黒くて、十六のころにはうっすらヒゲが生えてたからね。聞いたところによると、娘が母親にうりふたつだっていうんで、シェパードもおもしろくない顔をしてたらしい」

サビッチはうなずいた。「新聞社の若い男が墓場にひそんでいたんで捕まえてやったと、ブレシッドから聞きましたよ。どうやって仕事をやめさせて、追い払ったかも」

ドリーンの目がまたきらりと光った。怖いのか? いや、ブレシッドの宇宙に住んでいると、こうなるのか?「のぞき屋には当然の報いだけどね、自慢のカメラがなくなったって、メイナードじいさんは彼をやめさせやしないよ」

「ああ、ブレシッドはカメラを壊したと言ってたな」

ドリーンが口を開けたので、サビッチは少し身を乗りだした。と、ふいにドリーンが窓の外を見たので、サビッチもその視線をたどった。ごつい大型トラック、シボレー・シャイアンが入ってきた。黒い塗装はぴかぴかに磨きあげられて、鏡のようだ。ガンラックは見えたが、散弾銃を抱えた人間はいなかった。

ドリーンが説明した。「コール保安官のお出ましだよ。たぶんあんた方を見かけて、確認しにきたんだろう。彼はつねに町の治安に気を配ってるからね。さっきも言ったとおり、ブレシッドとグレースはここにはいないから、いまのうちに立ち去ったらどう？　ガソリンも満タンなんだろ？　悪いことは言わないから、コール保安官とはややこしいことにならないほうがいいよ」

「保安官とややこしいことになるなど、とんでもない。おれたちのために保安官を呼んでくれて助かったよ、ドリーン」

40

「コール保安官はよそ者が嫌いなんで、そういう人が入りこんでないかどうか、町のなかをつねに見まわってるんだ。だから、保安官に引っ張られて痛めつけられる前にブリッカーズ・ボウルを出て、さっさとハイウェイを走りだしたほうがいい。それと、わたしは電話なんかしてないよ」

「おれを傷つける？　よそからブリッカーズ・ボウルにやってきた人たちを殴りつけるのが習慣になってるのかい？」

「殴られて当然の人間と思われないように気をつけるんだね」

「めっそうもない」サビッチは言うと、小さく敬礼をし、ドリーンがはっとするような笑みを浮かべた。ドアをくぐって外に出ると、つと立ち止まって、伸びをした。トラックから降りてきたコール保安官が、明るい日差しのもとで自分の身なりをチェックしている。これがイーサンを足蹴にした男か。サビッチが見ていると、コール保安官はポリエステルでできた小麦色のズボンを引っぱりあげ、胴体に巻いた幅広の革のベルトと大きなホルスターの位置をなおして、ダーティ・ハリー愛用のスミス&ウェッソンM29、四四マグナムの銃把を撫でた。小さな田舎町の保安官が、そんな威力のある銃を持ち歩くとは、どういうつもりなのだろう。尋ねるまでもない。トラックともども、人から恐れられる強面《こわもて》を気取りたい男の小道具にはぴったりだ。実際、筋肉質で大柄な男だった。年のころなら三十代の後半。手も大きければ、ブーツをはいた足も大きい。そんな体格を誇るように、保安官はがっちりした肩をまわし、なんと、指の関節まで鳴らしてみせた。およそ友人にはなりたくないタイプだ、とサビッチは思った。ドギー・ホリフィールドやイーサン・メリウェザーとは似ても似つかない。見るからに短気そうな男で、それゆえに危険な人物といえた。ジョアンナの見立ては正しい。この男はバックマン家の言いなりと思って間違いない。

コール保安官の見た目をひとことで言うと、生まれついてのいじめっ子だ。

保安官はサビッチから一メートルの位置まで来て立ち止まると、銃把に手をやったまま仁王立ちになった。そしてじっくりとサビッチを値踏みした。叩きのめして気絶させるまでにかかる時間を計っているような目つき。殴れるとなったら、大喜びで情け容赦なく相手を叩きのめすタイプだ。そして百九十センチはありそうな長身にもかかわらず、六センチものヒールのあるブーツをはいているのは、相手をより威圧して、もっと威張るためだ。イーサンに聞いていたとおり、この男には協力を期待できない。たぶん保安官がこの町で恐れているのは三人のみ。いずれもバックマンの名字を持つ者たちだ。

コール保安官はひどくなまっていた。腹の底から響くどら声で、強引で脅しに満ちた口調だった。「やあ。自分が誰で、どんな用件でここへ来たか、話す気はあるか?」

シャーロックがそろそろとカムリを降りてきた。保安官の背後にまわりこみ、三メートルほど距離をとって立ち止まった。腕は両脇に垂らし、シグに手を近づけているせいで、ジャケットが後ろに引っぱられている。

「いやだと言ったら?」サビッチはさらりと応じて、黒い眉を吊りあげた。

「そのときは、不届きな人間としてケツをむち打って、この町から蹴りだしてやるさ」

「それだけ?」サビッチは笑顔で身分証明書を取りだして、保安官に掲げた。「これを見てもらえばわかるが、保安官、わたしがFBIのディロン・サビッチ特別捜査官、そしておたくの背後にいるのがシャーロック特別捜査官だ。しょっぱなからなんだが、保安官、わたしは汚い言葉が嫌いでね。覚えておいてもらえないか。それと、おたくの名前を聞き漏らした」

コール保安官はふり返ってシャーロックをにらむと、顔を戻した。そして、唾を吐いた。つばきが飛び散るようなことはなかったが、サビッチの右足から二十センチほどの位置だった。「ブリス・コール保安官だ。こんなちんけな町に、FBIの捜査官が雁首そろえて、なんの用だ?」

「いまドリーンにも話したんだが、ブレシッド・バックマンに会いにきた」

保安官は衝撃を受けつつも、あっぱれなことに、すぐに立ちなおった。「ブレシッドなら、いまここにいないはずだぞ。ドリーンからそう聞かされただろう？　だとしたら、あんたらがここに留まる理由はほかにない」

「感じのいい町だな、保安官。シャーロック捜査官とふたりで、しばらく町のなかをぶらついてから、シェパードとグレースを訪ねてみる。ブレシッドがひょっこり現われないともかぎらないからな。それと、保安官、カルディコット・ホイッスラーに会うにはどうしたらいいか教えてもらえるかい？」

サビッチはその場で襲いかかられるかと思ったが、保安官は常識のあるところを見せて、すんでのところで思いとどまった。いらだたしげにため息をつき、凶暴さを奥へ押しやって、幅広のベルトに親指をかけた。

サビッチにはがっかりな結果だった。コールの色の薄い瞳を見つめた。力が入りすぎて、ベルトにかけた指が白くなっている。この男にも自制心があるらしい。残念ながら。

「カルディコット・ホイッスラーはこの町にはいない」

「ここじゃなければ、近くにいる。おたくが知らないはずないぞ……〈チルドレン・オブ・トワイライト〉という組織だが。同じ法の執行官として、ご協力願えるとたいへんにありがたい、保安官」

保安官はまた唾を飛ばし、こんどはサビッチの左足から二十センチと離れていなかった。

　サビッチは頭を振りふり、ため息をついた。「協力できないってことだな。シャーロック捜査官、ミュラー長官に電話して、なるべく早くブリッカーズ・ボウルに捜査官の集団を送ってくれるように頼んでくれ。カルトの指導者を追跡しなきゃならない」

「了解しました、チーフ」

　二秒もすると、シャーロックが携帯を取りだして、話す声が聞こえてきた。

「待てよ。おれの町をおたくらの連中であふれさせて、かきまわさせるわけにはいかん。わかった、協力しよう」

「シャーロック捜査官、地元の協力が得られるかもしれないと長官に伝えろ。あらためて尋ねる、コール保安官。カルディコット・ホイッスラーはどこにいる？〈チルドレン・オブ・トワイライト〉の本拠地は？」

「言ったとおり、ホイッスラーはブリッカーズ・ボウルには住んでない、たまにやってくるだけだ。それにカルトの話など、聞いたことないぞ。〈チルドレン・オブ・トワイライト〉だと？　きてれつな名前だな。ホイッスラーはいいやつだ、サビッチ捜査官。人を傷つけるような人間じゃない。ハーバーヒルで車の販売をしてると聞いてる。なぜやつに会いたいんだ？」

「おたくが聞いたことがないというカルトの件でね」サビッチは答えた。

「そんなもの知らないと言ってるだろうが。政府のお役人さんたちには、車のセールスマンを追いまわすよりほかにやることがないのか？　そうとも、それがホイッスラーの商売だ。いかしたドイツ車を売るのが仕事で、カルトとは縁もゆかりもない。誰がそんなことを言った？」

サビッチは少し前のめりになって、自信たっぷりの口調で言った。「いいか、保安官、FBIには必要とあらば、ほとんどのことが調べられる。ところがきみはなんだ？　法の執行官にもかかわらず捜査を怠っているばかりか、FBIにも調べがつかないとたかをくくっている。ま、こんな谷間に長くいすぎたのかもしれないが——テレビや新聞もろくに見てないんだろう？　さて、カルディコット・ホイッスラーの住所を教えてもらおうか」

「ここにだってテレビも新聞もコンピュータもある。雑誌の〈ピープル〉だってな」コール保安官は、サビッチを絞め殺すなり、こっぴどく痛めつけるなりしたくなった。同時にごつい革のベルトが食いこんで、腹をかきむしりたかった。よりによって、こんなときに。まっ白な肌に燃えるような赤毛の女はいまにもシグを抜きそうにしているが、もっといいことを教えてやりたい——ボウリングとか恋愛とか痛みとか。

だいたい、この女にあの強力な銃をちゃんと扱えるのかどうか、わかったものではない。保安官助手ふたりはもう、カンドラのカフェで今日の特別サービス、トルティーヤチップス食べ放題にありついているだろう。コール自身も、トルティーヤチップスと豆入りの大きなブリトーに誘惑されて、ここへ来るのをやめかけたほどだ。カンドラのかみさんの機嫌さえ悪くなければ、あのカフェの料理は間違いがない。

道に迷ったうかつな旅行者のケツを叩いてやらなければならないと思っていたら、このざまだ。ＦＢＩの捜査官がふたり、片方は鼻っ柱をへし折ってやらなければならない野郎、もうひとりはその恋人とおぼしき女ときている。ガソリンスタンドの裏に引きずりこむ手もあるものの、いくらなんでも危険すぎる。すでに女がくそ長官に電話をかけてしまった。

そういえば、質問されたんだった――そう、ホイッスラーのことを。怒りにはらわたを煮えたぎらせながら、コール保安官は答えた。「ホイッスラーの住所ならブレシッドに訊け。おれはいっさい知らない、わかったな？」

「いいや。だが、わかるかもしれない」サビッチは気安げに言うと、まっすぐ保安官に近づいた。とっさに飛びのいた保安官がからかわれたと気づいて怒りに目を燃えあがらせたので、シャーロックは笑みを噛み殺した。保安官は〈クイックマート〉に入って、ドリーンに話しかけた。一分もすると出てきて、サングラスをかけ、トラックに乗りこんで、車を出した。

シャーロックは眉を吊りあげた。

サビッチが言った。「ミュラー長官に電話してくれて、助かった」

「おやすいご用よ。長官、手ぐすね引いて待ってたみたいで、すぐに電話に出たわ」

「早々に話をつけてくれて、感心したよ」

「ありがと。それで、グレースとシェパードに会いに行くのよね？」

「ドリーンによると、グレースもここにはいない」サビッチは言った。「嘘をつかれた可能性もある――バックマン家まで行けば、わかることだ」

サビッチは遠ざかる黒いトラックを見た。「コール保安官とは親友になれそうにないな」

「あの人、バックマン家のことを恐れてるし、あなたのことは仰々しいブーツの先っぽまで嫌ってるわ。あなたのことを本気で蹴りたがってるわよ、ディロン」

サビッチは眉をうごめかせた。「おもしろがってるんだろ？」

「ええ、あなたのためになると思って」

サビッチはわずか二ブロックからなる町のメインストリートを走った。〈インティメートアパレル〉というブティックから、〝ドス・エキス〟のネオンサインをつけた角の〈ヒギンズバー〉、その隣が〈ポリーのクリーニング店〉と、商店が軒を連ねている。サビッチは自転車に乗る幼い少年を見かけると車を止め、バックマン家はどこかと尋ねた。

少年は前歯が二本抜けた口でにかっと笑い、体を近づけてきて言った。「変人のうちには近づいちゃだめって、ママに言われてるんだ」そして東の方角を指さした。

「なんで変人呼ばわりするんだい？」

少年は答えた。「あいつらが変人なのは、みんな知ってるよ。でも、あいつらのことはしゃべらないでってママに言われてる。ママはそう言わないけど、きっと怖いんだよ」

「どうしてそう思うのかな？」

少年は顔をしかめた。「ママとパパはあいつらのことだと、ひそひそ話になるから」

「なるほど。町でバックマン家の人を見かけたことはあるかい？　ブレシッドでも、グレースでも、ミセス・バックマンでも」

「ミズ・バックマンは〈フレッシュ・フィッシュ・フィレ〉でたまにドリーと話してる。この町のレストランのことだけど、ママは魚がたまにいっちゃってるとか言って、どういう意味だか知らないけど、あそこで食べたがらない」

少年は情報の宝庫だった。サビッチは尋ねた。「きみのご両親はなにをしてるんだい？」

「ぼくのパパ――ハルパート師っていって、バプティスト教会の牧師なの。悲しみの聖母教会のマイケル神父より信徒が多くってよかったって、いつも言ってる。マイケル神父はパパのこと異端だって笑うんだよ。でもパパは、異端かもしれないけど、うちの持ち寄り食事会のほうが上等だ、カトリック教徒にはまともなポテトサラダがつくれないって言い返して、やっぱり笑ってる」

「バックマン家の人たちはきみのお父さんの教会に通ってくるのかい？」

「ううん。あの人たちカトリックだもん。でも、うちにも献金してくれるの。大金だって、パパが言ってた」

「きみの名前は？」

「テイラー」

「やあ、テイラー、おじさんはディロン・サビッチだ。話を聞かせてくれて、とても助かったよ。さあ、アイスクリームでも買っておいで。さっきフレーバーが三十種類あるエルモのアイスがあったけど、あれ、おいしいのかい？」

「わあ、ありがと、おじさん。トリプルファッジチョコが一番だよ！」テイラーはポケットに一ドル札をしまうと、アイスクリーム屋へとペダルをこぎだした。半分ほど行ったところでふり返り、カムリの運転席に戻っていたサビッチに向かって叫んだ。「ほんとはエルモには三十一種類のアイスがあるんだよ。ぼく、数えたんだ。ありがと、おじさん！」

「バックマン家は変人ぞろい、か」車が縁石を離れると、シャーロックは言った。「かわいい子ね。ママはバックマンを怖がってるって？」

「みたいだな」サビッチは一軒の店先でチェスに興じているらしいふたりの老人にうなずきかけた。黒いガラスに金色の文字で〈ジェネシス・スピリット〉と描いてある。

「あれはなんなのかしら？」

「下に小さな看板がある。タロットと手相見の店みたいだな。この規模の町でよくやっていけると思わないか？」

「ミセス・Bに尋ねてみましょう」シャーロックは、ゲームよりもよそ者に興味津々《しんしん》の様子の老人ふたりに手を振った。

41

バックマン邸までは長い砂利敷きの私道になっていた。オークの巨木二本をまわりこんだのち、咲きほこる赤いシャクナゲのなかを縫うように進む。オークとメープルの街路樹は、大きく広げた枝で天蓋を形づくり、王宮にいたる道のようだった。

屋敷は谷の東端にあたる一等地にあった。照りつける日差しを浴びてウェディングケーキのように輝き、アクセントカラーの青と緑で華やかに飾りたてられている。オークの木立ちが屋敷を取り囲み、芝生が波打つような前庭は、丹精されていて美しかった。小さなイチイの木に縁取られた花壇にはサツキとペチュニアとフクシアがあふれ、バラのつぼみとジャスミンが家の側面のトレリスを這いのぼっていた。これほどロマンチックでみごとな庭がブリッカーズ・ボウルにあるとは、思いもよらなかった。

墓地はどこだ？　と、サビッチはまっ先に思った。

「すごい」シャーロックは口笛を吹いた。「ここを見てよ、ディロン。これほどの大邸宅だとは思わなかったわ。ジョアンナからはお屋敷だとしか聞いてなかったから。ポイントに使われてる色のきれいなこと。濃紺とグリーンで高級感があるわ。サンフランシスコのペインテッド・レディ界隈でもこれだけみごとな配色の家はないでしょうね」

サビッチは頭が痛くなった。広すぎるし、これ見よがしだし、過剰のひとことにつきる。ただ、花はいい。とくに房咲きした白い花で枝が重そうな、アイスバーグは気に入った。

車は六台分のガレージへと続く道に停めた。前には家の縁取りと同じ、濃紺のキャデラックが停めてある。ほかにも車がしまってあるのか？　もしそうなら、なぜブレシッドは借りたSUVでタイタスビルまで来たのだろう？

シャーロックが言った。「キャデラックはミセス・バックマンが運転してそうな気がするから、ひょっとしたら在宅かもよ。墓地はどこかしら？」

サビッチはちらっと笑みを浮かべた。「たぶん裏だろう。行ってみよう」

「ねえ、ディロン、信じられない場所だと思わない？　ここの花たちはステロイドでも使ったみたいだし、地面は青々として、ゴミひとつ落ちてないわ――気味が悪いくらい」

十段からなる木製の大きな階段をあがると、広々としたポーチだった。気持ちのよさそうなブランコと白い籐製のテーブルがあって、おそろいの白い椅子四脚には家屋の縁取りと同じ青と緑のクッションが置いてあった。ポーチは涼しく快適で、西からそよ風が吹いている。

黒い錬鉄製の繊細なハンガーがふたつ、五十センチほど離して吊してある。それぞれに満開のツツジやペチュニアや、そのほか、サビッチには名前のわからない花々を活けたイタリア製の白い陶器が入っていた。

「ここの花だけど」シャーロックが感想を述べた。「ミセス・バックマンはどうやってこんなにみごとに咲かせてるのかしら？　おまじないとか呪文があったりして」

サビッチは大笑いした。「うちの庭も負けず劣らずきれいだよ」

「だといいけど」シャーロックは息をついた。「でも、バラやジャスミンのすてきなにおいがするのに、やっぱり薄気味が悪いわ。理由はわからないけれど」

「この家の人間たちのことを知りすぎてるからさ」

ノックするまでもなく、ドアが開いた。がっしりした足にビーズのサンダルをはき、小柄な体に花柄のハウスドレスをまとった、温和な雰囲気の老婦人が出てきた。ふわふわとした白髪を古めかしい髷《まげ》に結い、垂れさがった耳たぶにはパールのピアス、左手の薬指には大きなダイヤモンドの指輪が煌めいている。七十八歳になることは、ジョアンナから聞いて知っていた。そうでなければ、見た目で適当に判断するしかなかった。シェパード・バックマンは公式には存在しないからだ。出生証明書も、社会保障番号も、運転免許証も、結婚許可証も残っておらず、亡き夫は彼ひとりの名前で税の申告をしていた。いまはブレシッドが申告しており、書類によると、毎年の収入は配送トラックの運転で得た四万五千ドルほどで、それだけの額を支払ったとする地元配送会社の経営者からの書類もあった。ただ毎年、申告の時期にブレシッドがその経営者に催眠術をかけている可能性は排除できない。

シェパードはあわてず騒がず、淡い茶色の瞳でふたりを交互に見ていた。やがてサビッチを見て、尋ねた。「どなたかしら、お若い方？　ご用件は？」老婦人とは思えない声だった。長年、煙草を吸ってきた人のように、太くてしわがれている。それに、人を率いてきた人間に特有の威厳があった。あの不気味なブレシッドも、この女の指示とあれば、たちどころに従うだろう、とサビッチは思った。

サビッチは彼女に笑いかけて、身分証明書を提示した。「ＦＢＩのディロン・サビッチ捜査官です。こちらはレーシー・シャーロック捜査官」

シェパードはその証明書を確認して戻すと、こんどは大きな手のひらに身分証明書を置いているシャーロックに手を伸ばした。その手は驚くほど若々しく、爪が黒ずんでいた。庭仕事のせいだろうか？　それとも墓を掘り返したのか？

彼女はじっくりとシャーロックの証明書を見た。「さあ、これであなた方の正体はわかりましたよ。で、ご用件は？」

「あなたと、あなたの息子さんのグレースにお話をうかがいたくて、まいりました。ブレシッドはご不在でしょうから」

「グレースもいませんよ」

その返事にサビッチは警戒を強めた。笑顔で尋ね返した。「グレースはどちらに？」

「兄のブレシッドといるんじゃないかしら。いっしょに出かけましたから。ふたりでいることが多いんです」

「どちらに行かれたか、ご存じですか、ミセス・バックマン?」

「息子たちは大人ですよ、サビッチ捜査官。いつどこへ外出しようが、本人の自由です。わたしはただ母親というだけで、ふたりのことには関知しておりません」

そうでしょうとも、とシャーロックは思った。

「ちょっと失礼します」サビッチは言うと、シャーロックにうなずきかけてから、ポーチの外れまで移動した。イーサンの携帯にかけると、二度めの呼び出し音で応対があった。「グレースはタイタスビルにいる。ブレシッドといっしょにオータムをさらいに行ったんだ。グレースにどんな能力があるか知らないが、近くにいるのは間違いないぞ、イーサン。ブレシッド同様、危険な男で、ひょっとすると、ブレシッドが術をかけるのにグレースを使ってるのかもしれない。オックスが阻害《スタイミー》されたとき、オックスの声が変だったと言ってたろ? ブレシッドの声だったたってことはないか?」

「いや、言い方や内容がオックスらしくなかっただけで、そこまでじゃありませんでした。ひょっとすると、それがグレースの声だったと?」

「あまりに異様な話で、おれも考えると頭が痛くなる。ブレシッドが単独で行なっていると考えるのがもっとも妥当だが、実際のところは不明だ。ただ、グレースはそちらにいる。気をつけてくれ」

サビッチが戻ると、シャーロックが世間話をしていた。「すてきなお宅ですね、ミセス・バックマン。緑と青のアクセントがぴったりだし、隅々まで手入れが行き届いていて、目を奪われてしまいます。それにお花のきれいなこと――わたしも庭仕事が好きなんですよ」

「それはどうも」シェパードは言った。自宅や庭を誉められても態度をやわらげる気配はなく、玄関の入口に立ちふさがって一歩も引かなかった。見方によっては少しごてごてしすぎかも、とシャーロックは思った。たしかにいい状態で保たれてはいるけれど、ここは薄気味が悪い、と面と向かって言ってやりたくなった。

サビッチが先を引き取った。「この立派なお屋敷を建てて、維持するにはお金がかかります。わたしはその費用がどこから出ているのか、不思議に思っていたところです。ご主人はすでに亡くなられたとか」

「そうですよ。一九九九年十一月十七日にレノのカジノの外で強盗に襲われて、ついでに殺されてしまったわ」

「ご主人はギャンブルをされたんですか?」

「ええ、カジノに入り浸りでしたよ。主人は多方面に才能のある人でしてね、サビッチ捜査官。主人が行なっていた金融取引のことはほとんど知りませんけれど、お金はたっぷり渡してくれました。この家も遺産で建てたんです」

ジョアンナから聞いた話と少し違う、とサビッチは思った。

シェパードは続けた。「あの強盗ったら、いまいましいことに、シオドアの頭を殴っておいて、お金を奪ったんですよ。翌日の九時ちょうどにわたしに電信することになってたお金をね。地元の警察はちっとも役に立ちませんでした。コール保安官が捜査を指揮してたら、人殺しのならず者をつかまえて、縛り首にしてくれたでしょうに」

いまは腹の内をぶちまけている。

シャーロックが言った。「でも大金が入ってこなくなって、ずいぶんになりますよね、ミセス・バックマン。ご主人亡きあとはブレシッドがお金を入れてくれてるんですか？　地元の銀行の支店長に催眠術をかけて、あなたの口座と投資ポートフォリオにお金を補充させるとか、カーディーラーに新しいキャデラックを持ってこさせるとか。余談ですけど、キャデラックの青が家の青によくマッチしてますね」

シェパードはなんの反応も示さなかった。なにごともなかったかのように、平然としている。少し青ざめただろうか？　いや、サビッチにはそうは思えなかった。腹の据わったばあさんだ。

シェパードは当然といわんばかりの口調だった。「ブレシッドはブリッカーズ・ボウルでお金のために阻害《スタイミー》することはありませんよ。いけないことですからね。隣人からは奪わない。ならず者が経営する巨大カジノだったら、話はまったくべつですけれど」

「こんなお屋敷だと、なかを見せていただきたくなりますね、ミセス・バックマン」

「みなさんそのようよ」

「見せていただけませんか？」

シェパードが賞賛よりもねたみを招くほどの自宅を見せたがっているのは、明らかだった。そのうえで、ＦＢＩの捜査官を閉めだすべきか、協力する姿勢を見せるかで、迷っている。彼女の頭のなかが手に取るようにわかる。敵を入れるか、入れないか。

「いいでしょう。ですが、とても広いので、すべてはお見せできませんよ。リビングならどうぞ。見たら、お引き取り願いましょう」

42

サビッチとシャーロックがドアをくぐると、その先は床がオークの寄せ木細工になったエントランスホールだった。アンティークのテーブルと、生花を活けたピンク色の巨大な壺、その上には装飾の多いビクトリア朝様式の鏡がかけてある。すべてバッキンガム宮殿から持ってきたかのようだ。傘立てはアンティーク、何枚かまとめてかけた絵——それはもはやビクトリア朝時代のものではなかった。生々しくて素朴で、つとめて現代的な絵画。黒雲と渦巻く水と黒い岩というモチーフが四枚すべてに共通し、それぞれに溺れているとおぼしき人物が描きこまれている。血の気の失せた腕を振りまわし、口は叫んでいるらしく開いている。作家の魂がとらえた恐怖の瞬間だろうか？

「印象的な絵画ですね。なんという画家の作品ですか？」サビッチは尋ねた。

「すばらしいでしょう？　グレースの作品なんですよ。美術館に展示できるレベルではないかしら」

「これがグレースのモチーフですか？」

「グレースが嵐のなかで溺れかかっているとおっしゃりたいのかしら？　死すべき人間の意志を超えた力とエネルギーを象徴的に表現しているんですよ」ふたりはシェパードが得意げにほほ笑んだのを、見逃さなかった。彼女が背を向けて歩きだし、ふたりはそれについて右手にあった最初の部屋に入った。部屋を圧倒するカレラ産の大理石でできた暖炉の上には、年配紳士の肖像画がかけられ、淡い瞳には浮き世離れした表情が浮かんでいる。これがシェパードの亡き夫、シオドア・バックマンに違いない。

シェパードの歩き方はきびきびとして、まっすぐだった。綿のハウスドレスをゆったりと着こなし、艶のあるオークの床をすべるように歩いた。そして、ビクトリア朝時代につくられた本物のアンティークの長椅子を指し示した。

彼女自身は、ふたりの向かいにあるハイバックの椅子に腰をおろし、広いリビングを満足そうに見まわした。「この家を建てて、わたし好みに整えるのに五年かかったんですよ。もう手を入れるところはありません。ところが息子のブレシッドとグレースときたら、お皿にポークチョップが載っていて、〈フェルペス・ベーカリー〉のマージがふたりのために毎日焼いてくれるストロベリーチーズケーキが毎夜、食べられれば満足で、それ以外のことにはとんと興味を示さないんです」周囲にぐるっと手をめぐらせた。「この美しい家も、花も、アンティークも、あの子たちにはなんの価値もありゃしない。不届きだし、許されないことです。それで、わたしが死んだらここをどうするつもりだと、尋ねてやりました」

「おふたりはなんと？」

「ふたりはこそっと目配せをして、適当な話をでっちあげましたよ。わたしを埋葬したらすぐに結婚して、奥さんたちにこの聖堂を守らせるとね。そう、あの子たちはこの美しい家を聖堂と呼んだんですよ。それでわたしが、くだらない聖堂なんかじゃない、この家は芸術品なんだと言い返したら、ふたりはまた目を見交わして、肩をすくめました。まったく、どうしようもないわ」

サビッチは言った。「それで、お孫さんをこちらに住まわせたいのですか、ミセス・バックマン？　オータムをここで育て、あなたが亡くなられたとき、あとを継がせたいと？　あの美しい庭を維持して、さらにアンティークを買わせるために？」

「あの子がそれを望んでくれるのなら、そんなすばらしいことはありません」シェパードは悠然と答えた。ふたりがオータムのことを知っているとわかっても、少しもあわてていない。

「とはいえ、アンティークはもういりませんけれど。まだ年端がいかないし、ここには長くいませんでしたから、それだけのものを受け継がせる価値のある子かどうか、わかりませんしね。なんといっても、母親側からなみの血を引き継いでいますから」

内心あきれながら、シャーロック・バックは尋ねた。「息子さんの連れあいがなみだと判断される根拠はあるんですか、ミセス・バックマン？」

「それくらいのこと、少し話せばわかります」

サビッチは言った。「末のご子息が亡くなられたと聞いたときは、さぞかし悲しまれたでしょうね。たいへんなショックだったはずです」

シャーロックが見ていると、ハウスドレスの襞《ひだ》になかば隠れていた両手が拳に握られた。

「かわいそうなマーティン。若者にはありがちなことですけれど、あの子は混乱していたんです。うちに帰るつもりだったのに、あの女にたぶらかされて、わたしたちから引き離されてしまって。彼女が電話してきてはじめて息子がどこに住んでいるかわかって、そのときにはもう手遅れ、息子は死んでいました。しかも、あの女が遺体を残しておいてくれなかったので、父親とならんで葬ってやることもできなくて」興奮に声が甲高くなり、怒りがほとばしっていた。「安っぽい骨壺に入れて連れてくるなんて、あの女もたいした度胸だこと。最後にひと目あの子を見て、触れたかったのに、あの子はもうただの灰になっていたんです」

シャーロックが言った。「それでも、息子さんの奥さんはあなたに連絡を取るのに苦労されたはずですよ、ミセス・バックマン。あなたの存在すら知らなかったくらいですもの、なにもわからなかったんです。息子さんはあなたのことも、ごきょうだいのことも、彼女に話さなかったそうです。ご家族との縁を切ったのは息子さんで、彼女ではありません。亡くなられた息子さんのことを〝いない子《ロスト・ワン》〟と呼んでおられたそうですね？」

「あの子はいなくなりましたからね。でも、最後はわたしのもとへ帰ってきたんです。ああ、いまさらこんな話、意味がないわね。全部あの女が悪いんです。息子を誘惑して、家族から奪っておいて、息子がどこでどんな死に方をしたかも言おうとしない。ところで、マーティンのことはどこでお聞きに？　あの女がしゃべったの？」

サビッチのほうも質問した。「ですが、お孫さんのオータムについては好ましく思われたということですか、ミセス・バックマン？」

「言ったとおりですよ。あの女がそそくさと連れ帰ってしまって、判断できないわ」

「オータムには特殊な能力がある。あなたもそのことをご存じなんでしょうね、ミセス・バックマン？　お孫さんから、離れていた父親と頻繁に連絡を取りあっていたと聞いたんじゃありませんか？　だからオータムを連れ戻すため、ブレシッドとグレースをタイタスビルまでやったのでは？」

「ばかなことを言わないでちょうだい、お若い方」

サビッチはなおも尋ねた。「その課程でジョアンナを殺せとブレシッドとグレースに指示されたんですか？」

シェパードの目に傲慢さが表われた。この老婆は自分を攻撃できる人間はいないと思っている。高齢ながら危険な女だ、とサビッチは思った。ためらいなく人を殺せて、良心の呵責を覚えない女。ブレシッドと同じ。グレースはどうなのだろう？

もしオータムの証言どおり、シェパードと息子ふたりが死体を埋めていたとしたら、すでに複数の人間を殺していることになる。サビッチは同じ質問をくり返した。「オータムを奪還するときにジョアンナを殺せと、ブレシッドに指示されたんですか？」

「あなた、自分がなにを言っているかおわかりじゃないようね、サビッチ捜査官。そんなふうにブレシッドを責め立てても、あなたが矮小でゆがんだ心の持ち主であることを示すだけですよ。さあ、帰って。わたしは協力しました。ブレシッドとグレースはいないし、いつ帰宅するかわかりません」

「でしたら、ブレシッドについて教えてください」シャーロックが長椅子から身を乗りだした。「彼はいま目隠しをされて、病院にいます。目隠しを外して、誰かを阻害《スタイミー》するといけないので、手首はベッドの手すりに固定されています」

それでも彼女は平然としていた。「なぜうちの息子が病院に？」

「わたしが撃ちました」サビッチが答えた。「昨夜、手術を受けました。ですが、すでにグレースから電話があったんですね？　そして、ブレシッドがオータムを誘拐しようとメリウェザー保安官の自宅に忍びこんだことを聞かされた。ブレシッドが捕まったので、グレースはあなたから責められて、お仕置きされるのではと、怯えているんじゃないですか？　グレースに新たな指示を出されたんですか、ミセス・バックマン？　どんな内容だったか、教えていただけませんか？」

「あなたがブレシッドを撃ったというの？　なんと見さげはてた男でしょう！　うちの子を殺そうとするなんて！」声が一オクターブ高くなり、羊皮紙のような頬の皮膚が怒りに赤味を帯び、瞳は黒に近いほど濃い色になった。「ただじゃすみませんよ。そんなこと、このわたしが許さない」

シャーロックが朗らかに言った。「もしあなたがなにかしたら、そのときは即刻、わたしがこの手であなたの息の根を止めます」ジャケットのポケットから令状を取りだした。「これは令状です、ミセス・バックマン。あなたと息子さんたちが死体を埋めていたというオータムの証言を受けて、一族の墓地を捜索させていただきます」

シェパードの目つきと、強く握りしめた手に、ふたりは自分たちへの殺意を感じ取った。

「なにをくだらないことを。母親の口車に乗せられて、まだ年端もいかない娘の悪夢を信じるんですか？　あなた、あの母親と関係でもあるんじゃないの、サビッチ捜査官？」

「令状をお受け取りください、ミセス・バックマン」サビッチが令状を持った手を差し伸べても、彼女はまだ取ろうとはせず、しれっとした顔で黙って見ていた。「いますぐそのくだらない令状を持って出ていかないと、コール保安官に電話します」

「保安官からはもう電話があったんでしょう？　十五分ぐらい前にかけてきて、わたしたちがあなたを捜していることを伝えたはずだ」

「コール保安官に電話します」彼女がくり返す。「あなた方ふたりを片付けてもらわないと」

サビッチは自分の腕時計を確認し、外に車の音を聞いて、顔を上げた。

「保安官じゃないとしたら、うちの鑑識課の連中がおたくの墓地を調べにきたんでしょう」

サビッチは立ちあがって、彼女の膝に令状を置いた。「書類に目を通すもよし、コール保安官に電話をして遅すぎると文句をつけるもよし、好きにしてください」

「弁護士にも電話させてもらいますよ」

「カルディコット・ホイッスラーにもされたらどうです？」

図星だった。シェパードが息を呑んだ。彼女はそれでも取り乱すことなく、黙っていた。

シャーロックは彼女に笑いかけた。「どうやらうちの鑑識課が来たようですね」

43

捜索は大がかりなものになった。

一時間後、マーティン・バックマンの墓地で作業を見守っていたサビッチとシャーロックのもとへ、鑑識課を率いるダーク・プラットがやってきて、口を開く前に首を振りだしていた。「残念ながら、ここに死体はないぞ」

「彼女が動かしたのよ。ブレシッドの連絡を受けて、動かしたんだわ。そうじゃなかったら、オータムかジョアンナが逃げたのは、ここでの出来事を目撃したからだと思ったか」シャーロックは墓地を見渡した。三角形を形づくるように四十の墓地が配置されている。最近の墓から密生するオークの木立までは、五メートルほどしかなく、木立は窪地の側面まで達して、緑に燃える枝を空高く突きあげていた。木々の枝が織りなすレースが墓地を囲み、その影がそよ風に揺れていた。

ダークが尋ねた。「ほかに掘り返したほうがいい墓はないか?」

「いや、とりあえずないな」

ダークはうなずくと、地面にぽっかり空いた大きな穴を指さした。「彼女はここからなにかを取りだした。最近埋めたばかりの大きな穴があったんだ」

「血痕とか、服の切れ端とか？」

「いや、なにも出てないが、あきらめるのは早いぞ。この穴に死体があったんなら、その痕跡が見つかるかもしれない。

血や人体の一部があるかもしれないっていうんで、ロリがいま土壌のサンプルを採取してるが、見つからんだろうな。ただ、土がここのものかどうかも調べることになっている。なにも残っていなければ、土は外から運びこまれたと考えていい。血や人体があったことを示すなにかが出てくるかもしれん」

「あの人たちが死体を移動したんだとしても」シャーロックが言った。「そう遠くへは運べないはずよ。見つかったらたいへんなことになるもの、そんな危険は誰だって冒したくないわ。とはいっても、この谷はかなり広いけど」

「墓荒らしが保安官とその部下たちなら、たいした危険はないさ」サビッチは言った。「死体を防水シートにくるんでおけば、保安官のトラックの荷台に載せて、この谷のどこへでも置ける」

「墓地にはもうほかに、最近掘り返された跡がないから、それ以外にも土が動かされた形跡のある花壇みたいな場所を地中探査レーダー《GPR》で調べてみる。念のため死体捜索犬も二匹頼んであるが、死体が近くで見つからないと、どれだけ費用があっても足りないぞ」

サビッチは言った。「わかってる。できるだけのことをしてくれ、ダーク」シャーロックのほうを向いて、言った。「思うとおりに事は運ばず、ってな」

44

ロッキンガム郡立病院
バージニア州タイタスビル近郊
水曜の夕方

窓枠のように贅肉のない、白髪混じりの看護師が、堂々とした大股でブレシッドの部屋に入ろうとしていた。オックスがすっくと立ちあがり、大声で彼女を呼び止めた。「そこから動くな。見たことのない顔だな」痩せた腕をつかんだ。「誰だ？　なんの用だ？」

看護師は化粧気のない顔を上げた。オックスは一瞬、その顎にうっすらとヒゲが生えているように思った――いや、ありえない、と首を振る。看護師は従順に答えた。「エレノア・ラプリー、ここの看護師です。担当になったので来ました。どちらさま？」

「なかのベッドに固定されてる被疑者を見張るため、保安官事務所から来たんだ。彼のことを知ってるのか？」

「もちろんです。今日来たら、まっ先に彼の動画を見せられました。びっくりしましたよ。やらせじゃないんですか？」

「そういう操作はいっさいしてない」

「だとしたら、たいしたもんだわ」賞賛の響きがあった。よくない兆候だ。

オックスは言った。「いっしょになかに入らせてもらう。どんな処置をするんだ?」

「バイタルチェックをして、痛みがないかどうか尋ねて。手順どおりのことです」

オックスはうなずき、ドアを押し開けた。

記憶にあるのは、それが最後だった。


オックスは目覚めてみると、ブレシッド・バックマンの病室のベッドに横たわり、仰向けに固定されていた。目隠しをされ、手首はベッドの手すりに結びつけられている。口を開いて、助けを呼んだ。

駆けこんできた介護士は、ぴたっと立ち止まると、オックスを見おろした。

「誰だか知らんが、この目隠しをとって、手首を自由にしてくれ」

「それはできません、患者さん。あの動画を見て、あなたの能力を知ってますから。近づくのもごめんです」

オックスはどうにか自分の気持ちをなだめ、穏やかな口調で、諭すように言った。「よく聞いてくれ。ブレシッド・バックマンは五十代なかばの、痩せて小柄な男だぞ。おれは違う。なぜかやつにやられてしまった。あの看護師——」

「誰のことです？」

「エレノア・ラブリー。本人がそう名乗った」

「いいですか、エレノア・ラブリーなんて看護師はいませんよ。三十分前に雇われて、ぼくがそれを聞いてないって言うんなら、別ですけど」

「どうでもいいから、おれを見てくれ。ブレシッド・バックマンに見えるか？」

「いや、それはないけど――」

「いますぐおれを自由にしろ！　ブレシッド・バックマンが逃げたんだ。捕まえなきゃならない」

「でも――」

「いいかげんにしろ！　おれは三十三で、体重百キロだぞ！　よく見ろ！」

介護士がいましめをほどいてくれた。

オックスはサビッチが設置した監視カメラを見あげた。ヒックス医師はどこだ？　オックスは介護士を押しやって、隣の部屋をのぞきこんだ。医師は息はあったものの気を失っており、録画機材は破壊されていた。

小さな病院なので、警備員は玄関にしかいない。オックスは病院スタッフに声をかける手間を省いて、三秒後にはイーサンに電話をしていた。

「……その看護師ですけどね、イーサン、うっすらヒゲが生えてたんです。グレースはたぶんこっちにいると、サビッチ捜査官が言ってましたよね？　奇抜な話だと思うかもしれませんけど、ラプリー看護師がグレースってことはないでしょうか？」

イーサンは脳みそがかき混ぜられたような気がした。「いや、おれもグレースだと思う。看護師のふりをして病院の警備員の目をあざむいたんだろうが、いまひとつお粗末な扮装だったんだろう。いや、そう願いたい……もし扮装でなければ……考えるのもいまいましい。あと数分あれば疑いを招いたろうに、グレースはすばやかった。さっさと病室に入って、ブレシッドの目隠しを外したんだろう。だからさ、おまえの記憶がないのは……うちの連中を全員、おれの自宅によこしてくれ。ジョアンナとオータムがそこにいる以上、やつはそちらに向かう。いまおれも家に向かってるところだ」

しばらくすると、イーサンはふたたび携帯を手にし、ジョアンナにかけた。

「はい？」

「ジョアンナ、イーサンだ。ブレシッドがグレースの手を借りて逃げだした。いますぐオータムを連れて町へ逃げろ。おれはそっちに向かっているから、途中で会おう」

彼女はひとこともなく、電話を切った。

それから五分後、彼女のレンタカーが突進してくるのが見えたので、クラクションを鳴らして、ルビコンを路肩に寄せた。

ジョアンナは開口一番言った。「殺せばよかった。あんな男、殺しておかなきゃいけなかったのよ」

まっ青のオータムは、黙って母親の脇に張りついていた。「乗って」イーサンは言い、助手席のドアを開けた。ジョアンナはオータムを抱きあげて乗せたあと、その脇に飛び乗った。

「銃がないわ。ただ逃げることしかできない」

「おれが持ってる。心配するな」本来なら絶対に言ってはいけないことだった。「前のシート下の箱にライフルが入ってる。おれがそっちを使うから、きみはベレッタを持ってろ」

オータムの肩を叩いた。「心配いらないよ」

その言葉をオータムが信じなかったとしても、責めることはできない。イーサンは腰のホルスターからベレッタを抜き、握りのほうをジョアンナに差しだした。

「これからどこへ行くの？」

そのとき、古いフォード・エスコートがバックミラーに映り、急速に近づいてきた。誰が乗っているか、確かめるまでもなかった。ブレシッドとグレースに間違いない。

「つかまってろよ」イーサンはそう言うと、アクセルをぐっと踏みこんだ。

ルビコンは風の強い二車線のハイウェイをなめらかに加速し、まもなく角を曲がってブレシッドたちには見えないほど距離を開けた。イーサンはでこぼこだらけの山道に折れて、まっすぐタイタスヒッチ・ワイルダネスに向かった。といっても、森林警備員の詰め所がある正面入口ではなく、ルビコンがどうにか通れるだけの道幅しかない泥道を使った。車はスイートオニオン川まで来て、急停止した。うまくしたら、ここなら見つかるまでにかなりの時間が稼げる。ただ、いずれは見つかってしまう。

「行こう」

ジョアンナが言った。「あなたにはいまどこにいるのかわかってる。それはありがたいけど、どこへ向かってるの?」

「これから徒歩でタイタスヒッチ・ワイルダネスに入る。来た道を引き返すことはできない。となると、ここに留まるよりは、先に進んだほうがいい。このあたりの森はよく知ってるから、休憩できる場所もわかる」

「イーサン、あたしたち、ワイルダネスでなにするの?」オータムが尋ねた。

イーサンはまず母親を、そして娘を見た。「ハイキングさ」

そしてガンボックスからボルトアクションのレミントン七〇〇を取りだした。このライフル銃は十二歳のとき、おまえのなかの猟師を育てなきゃなと言って、父がプレゼントしてくれたものだ。この銃を使ってボルトアクションの扱い方を学び、ライフルをこよなく愛するようになったものの、猟は長続きしなかった。動物を撃つより、それを描いたり写真に撮ったりするほうが性に合っていた。

ボートテール型の弾薬ふた箱を手にした。わずか四十発しかないから、狙いすまして撃たなければならない。イーサンはジョアンナにというより、自分に言い聞かせるように言った。

「ライフルにも挿弾子が装塡されてて、十発あるから、合わせて五十発だ」ジョアンナを見あげた。「動きはのんびりだが、遠距離になったときの精度は高い。ほら、これはベレッタの弾倉だ。ふたつあって、それぞれ十五発ずつ入ってる」

ブレシッドについては、安全を確保するためにたっぷり百メートルほど距離をとって撃つつもりだった。だが、グレースは？　扮装がうまいのか、それともまったく別の能力があるのか？　残念ながら、答えはすでに出ているかもしれない。

トラックに戻り、金属製のストレージトランクを開いて、大型のごついバックパックを背負った。それより小ぶりのバックパックをジョアンナに渡した。「さあ、出発だ」

イーサンはふたりの先に立ってスイートオニオン川沿いに歩き、アシの茂みを突っ切った。わずか三メートルしかないせまい川に、十五年前にイーサンが足を濡らさずに川を渡れるように置いた黒い踏み石が向こう岸まで続いている。「きみが先に行ってくれ、ジョアンナ。そのあとがオータムで、おれは最後に渡る」

「わざわざ黒い石のところを渡らなくてもいいでしょう？　別の場所なら、どこを渡ったか彼らにわからないわ」

イーサンはこともなげに言った。「わからせたいのさ」

ジョアンナは彼のライフルを見てから、顔を見た。

川を渡りきると、イーサンは携帯を取りだして、サビッチに電話した。「もうしばらくしたら、通じなくなる」

呼び出し音が二度して、相手が出た。「サビッチだ」

「こちらイーサン。グレースがブレシッドを逃がしました。詳しい話を聞きたければ、オックスに電話してください。ジョアンナとオータムとおれは、これからタイタスヒッチ・ワイルダネスに向かいます。あなたにとってのワシントンと同じで、おれにとっては庭のようなものです」

「いまバックマンの家を出たところだ。死体は見つからなかったから、連中が移したんだろう。おれたちも、そっちに戻ったほうがいいか？」

「誰にしろ、おれたちのところまで来るのは、簡単じゃないですよ」イーサンは言った。

「このあたりで終わりにしないと。できればここで決着をつけたいんです」

「おれなら阻害《スタイミー》されないぞ、イーサン」

「時間がありません」

「遠距離狙撃できるのか？」

イーサンは携帯に向かってにやりとした。「まさにそれを狙ってます。おれたちは動きつづけて、夜になったらキャンプします。その間に連中と出くわさなければ、明日の昼前にはジョアンナとオータムを北辺まで連れていけますよ」

「保安官助手たちに応援を頼んだのか？」

「いや。それも考えましたが、追ってくるのはブレシッドだけのほうがいいんで。部下たちが阻害《スタイミー》されたら、かえって厄介です。オックスに連絡して、伝えておいてもらえませんか？　こっちも動きださないと」

しばしの沈黙があった。「幸運を祈る、イーサン」

イーサンは携帯電話をポケットに戻し、ジョアンナとオータムに言った。「休みたくなったときは、叫んでくれ。いいな？　これからかなりの荒れ地に入る。靴がよくないのはおれだけだ」ローヒールのブーツで石を蹴った。「きみたちのスニーカーなら問題ない。おれから離れるなよ。ロクスリーの館までには、かなりの道のりがある」

ジョアンナが片方の眉を吊りあげた。「ロビン・フッドの館のこと？」

「あとは見てのお楽しみ」イーサンは言うと、先頭を切って歩きだした。

イーサンは木から吊されてクマのおもちゃにされていたミスター・スポールディングの姿を思い描いた。あんな死に方はしたくない。ハイキング中の人に会わないように祈り、ハイキング中の人たちがブレシッドとグレースの餌食にならないように祈った。

小道を数百メートル進むと、右手に折れて道を外れ、ジャスミンやデイジーが鮮やかな彩りを添える低木の茂みに分け入った。

45

ジョージア州ブリッカーズ・ボウル
水曜午後の遅い時間

「今夜の便を取ったよ、シャーロック」サビッチはカムリで幹線道路に入った。ブリッカーズ・ボウルを出たふたりは、いま東へと疾駆している。「それより、きみを驚かせるものがあるんだ」

「タイタスビルに戻るべきよ、ディロン。彼がどう言おうと、イーサンに手を貸さないと」

「この頭痛を吹き飛ばしてくれるものなら、なんだって大歓迎」

「マックスが〈チルドレン・オブ・トワイライト〉の本拠地を突き止めた」

「この数日、そのために働いてたのね。ほんとなの？」

サビッチはうなずいた。「ああ、ほんとだ」

「効果抜群」シャーロックは指を鳴らした。「わずか四、五秒で頭痛が消えちゃった。マックスはどうやって彼らの住所を探りだしたの？」

「ホイッスラーの母親が手がかりになった」

シャーロックは夫の腕にパンチを食らわせた。

サビッチが満面の笑みになる。「カルディコット・ホイッスラーの名前じゃなにも出てこなかったんで、さかのぼって彼の両親を調べてみた。父親は死亡、母親も同じく亡くなってたが、ブリッカーズ・ボウルを中心に半径百五十キロ内のあやしい不動産をマックスにすべて挙げさせてみた。そうしたらついに、かなりの規模の不動産が見つかった。所有者は持株会社二社。片方の会社はもうひとつの会社の商標名になっていて、元になる会社の名前はC・W・ハンティンドン株式会社で登記されていた。イニシャルのCWが、カルディコット・ホイッスラーに合致したんでマックスに引っかかり、そこから探りを入れたんだ。マックスはもろもろの隠れ蓑をはぎ取り、その不動産の管財人がミセス・アガサ・ホイッスラーという女性ひとりであることを突き止めた。十五年前、亡くなった亭主から引き継いだんだ。公的な記録はないものの、彼女が昨年、八十五で亡くなったあとは、カルディコットに譲られたんだろう。彼女の子どものなかで、いまも生きているのは五十二になるカルディコットだけだからね。ほかの子どもはそれよりずっと年上で、すでに亡くなっている。

つまりカルディコットは不動産を隠そうと健闘したが、マックスに暴きだされてしまったというわけさ」

誇らしげな夫の口ぶりに、シャーロックはほほ笑んだ。「どんな不動産なの？」

「熱風乾燥式の小屋のある古い煙草農園」

「それってどんなものなの？」

「熱風乾燥式というのは、最高の煙草を製造する方式として、ジョージアの煙草農園ではいまだ広く使われているんだ。煙草の葉を棒にくくりつけて、乾燥小屋のタイヤのポールにかける。そして、レンガでできた火管の熱によって、緑の煙草葉を〝調理〟する」

「不動産証書によると、乾燥小屋は一九三〇年代まで使われていたらしい。建ててから百年以上になる乾燥小屋ふたつに加えて、二十世紀の初頭に建てられて、いまはカルトの温床となっていると思われる大きな石造りの邸宅がある。それ以外には考えられない。場所はピーズ・リッジという小さな町から三キロ郊外で、この町からカルディコット・ホイッスラーが車の販売をしていることになっているハーバーヒルとは十キロ少々しか離れていない」

「そんなことをいつ調べたのか、訊いてもいい？」

サビッチは肩をすくめた。「早く目が覚めて、そのまま眠れなかったんだ。どんな夢を見てたんだか、きみは幸せそうだったから、起こせなくてね。イーサンにはもう電話したよ」

シャーロックはうなずいた。「彼にはあらゆる情報が必要になるわ。よく突き止めたわね」

軽く眉をひそめる。「少しは疲れた顔をすればいいのに」

「おれには熱々の紅茶がある」

「わかったわ、マッチョさん。ところで、〈チルドレン・オブ・トワイライト〉という名前の由来をまだ話してなかったわね」

「ああ、話の途中だったね」

「その名前に言及しているものは何百もあったけれど、わたしの目を引いたのは異端審問まっ盛りの十五世紀のスペインで活動していた〈チルドレン・オブ・トワイライト〉というグループよ。彼らはスペイン語で〈ロス・ニーニョス・アタルデセール〉と呼ばれてた。その百年ぐらい前からあったようだけれど、これといって問題を起こすことなく、世間から孤立して暮らしていたみたい。

初代宗教裁判所長だったトルケマーダはカルトを問題視した。おもしろいのはここからよ――〈チルドレン・オブ・トワイライト〉のメンバーには全員、霊能力があると言われていたの」

サビッチは慎重に尋ねた。「当時は霊能力といわなかったろ？　どう呼んでたんだ？」

「トルケマーダは彼らのことを〈アドラドーレス・デル・ディアブロ〉、つまり〈悪魔の崇拝者たち〉と呼んで、仲間うちだけでなく悪魔の悪だくみを実行に移すため、悪魔ともやりとりをしていると考えたの」

「どうやら、悲惨な結末が待ち受けていそうだな」

「ええ、ハッピーエンドにはならなかった。トルケマーダに逮捕された人たちは、信仰に基づく行為として処刑《アウト・ダ・フェ》、串刺しのうえで火炙りにされたわ。すごいことをするわよね。逃げた人たちもいたけれど、そのグループの名前がその後取りざたされることはなかった」

サビッチが言った。「もし現代のカルトがその名前を名乗るとしたら、そこから導きだされるのは興味深い結論だよな?」

「ホイッスラーのブログも同じ方角を指し示している。そう、霊能力を賛美するカルトよ。そして、オータムのような子どもには大いなる犠牲を強いる可能性がある。もちろん、ただの偶然かもしれないけれど」

「あるいは、偶然でないかもしれない」

シャーロックの頭部をかすめた銃弾によって、フロントガラスに蜘蛛の巣状のひびが入った。

46

サビッチがどなった。「つかまってろ」

ふたたび運転に集中した。バックミラーをちらりと見ると、六メートルほど背後にフォード社の黒い小型車フォーカスがいて、助手席側の窓に黒い拳銃とそれを持つ手が見えた。敵はふたり。いまサビッチが乗っているのは愛車のポルシェでなく、レギュラーガソリンの入ったカムリだが、こうなるとドライビングゲームのようなものだ。視界に車がないのをいいことに、右へ左へ、車線を変更した。

シャーロックは座席の下に沈みこんでベルトのホルスターからシグを抜くと、体をひねって背後の車を見た。サビッチが言った。「助手席側の窓から拳銃を突きだしてるぞ。撃たずにいるのは、狙いを定められないからだ」

「了解」シャーロックは窓をおろして身を乗りだすや、大声で合図した。「いまよ、ディロン!」車体が安定するや、彼女が三発立てつづけに撃った。サビッチは左に急ハンドルを切り、側溝にはまりそうになって、ふたたび急ハンドルを切って右に戻した。銃弾が舗道と車にあたる音がした。

「男を撃ちそこなったわ。車を安定させて、ディロン！」

こんどはシャーロックの弾倉がからになった。予想どおり、フォーカスの車体が傾き、制御を失って、背後の下り勾配を猛スピードで迫ってくる。運転手が撃たれたのだろう。助手席の男がハンドルを握ろうと、運転手を押しのけている。このままだと距離が縮まる。わずか六メートルほど前方に、運転席よりも高く干し草の梱《こり》を積みあげた古い銀色のピックアップトラックがいたからだ。暑くけだるい午後、サビッチがクラクションを鳴り響かせると、さいわい反応のよかった運転手は、古いピックアップを右車線に移動して路肩に寄せ、嚙み煙草をくちゃくちゃやりながら、サビッチの車をやり過ごした。

道路の広くなった曲がりの部分で、快調に飛ばすトラックの一団と男女を乗せたホンダのバイク一台が見えてきた。サビッチは背後のフォードを見た。黒くて濃い煙がもくもくと吐きだされるなか、助手席の男が右に急ハンドルを切って、サビッチが見落としていた未舗装の田舎道に折れた。もとよりわかっていたことだが、これで地元の人間であることが確認できた。

サビッチは速度を落とし、シャーロックは交換した弾倉一個分を発砲したが、フォードは土埃とともに視界から消えた。サビッチは車の流れをやり過ごさなければならなかった。そのあとカムリをUターンして、いま通りすぎた車列の最後尾についている古いSUV車のあとにつけた。どの車も、発煙している車を気にして、速度を落としている。サビッチはクラクションを鳴らして、顰蹙《ひんしゅく》を買った。ようやく田舎道まで来ると、ハンドルを切って左に折れた。

シャーロックは窓から身を乗りだしたまま、風に髪をなびかせている。車内に戻って、言った。「あそこよ、ディロン。左手の木立の向こう。たいして離れてないわ」

車よりも黒い煙のほうが先に見えた。思いのほか近かったので、急いでブレーキを踏んだ。シャーロックは車が停まりきるのを待たずに、飛びだした。

「気をつけろよ!」サビッチは叫ぶなり、シグを手に外に飛びだして、その場にしゃがんだ。つぎの瞬間、フォーカスが爆発した。熱波に空気そのものが焼け焦げ、髪が縮れて、ふたりは背後に飛ばされた。サビッチはシャーロックをつかんで地面に伏せ、精いっぱい妻をかばいながら、カムリの下に転がりこんだ。火のついたフォーカスの破片が降りそそいでくる。

シャーロックは咳きこみつつ、空気を吸おうとした。ようやく話せるようになると、サビッチの肩にもたれかかったまま言った。「そのつもりはなかったんだけど、ガソリンタンクを撃ってしまったみたいね。あのふたり、まだ車のなかかしら?」

「たぶんな。動くなよ」炎と悪臭ふんぷんたる煙が間欠泉のように噴きあがり、熱された車が音をたてて崩れ、近くの茂みに火が燃えうつる。やがて、まったき静けさが訪れた。

サビッチはゆっくりと車の下から出ると、肘を立てて、じっくりとシャーロックを見た。

顔は黒ずみ、生え際の切り傷から頬に血が垂れている。傷口が浅いのを確認して、深い息をついた。

「わたしはだいじょうぶよ、ディロン。あなたは?」彼女が歯を見せて、笑った。爆発前には白かったサビッチのシャツよりも、もっと白い歯だった。

「おれはだいじょうぶだ。きみはケガをしてる」

「小さな切り傷よ。こんなの髪にまぎれちゃうわ。あなたはだいじょうぶなの?」

サビッチは自分の体に尋ねてみて、うなずいた。「おれも、きみみたいにひどいのか?」

「ええ。でも、黒塗りの工作員みたいでセクシーよ」

サビッチはポケットからハンカチを取りだして、傷口の血をそっと拭いた。さいわい、思ったとおりの浅い傷だったが、ほっとしてみてはじめて、自分が震えていたことに気づいた。間一髪だったのに、シャーロックは冗談を飛ばしている。地面に転がったまま彼女をつかみ、自分のほうに引き寄せて、抱きしめた。

「ディロン、わたしはだいじょうぶだから。気は進まないけど、車のなかにまだあいつらがいるかどうか調べないと」

ほんとうなら、少なくともあと一時間は彼女を抱きしめながら、新鮮な空気を吸っていたい。だが、ここには新鮮な空気が足らず、助手席の男が車から逃げださないともかぎらない。サビッチは最後にもう一度、ぎゅっと妻を抱きしめてから、いっしょに立ちあがった。

「気をつけろよ」シグを抜き、煙が立っている車の残骸に近づいた。

シャーロックは足の入ったままのランニングシューズをよけつつ苦いものを呑みくだし、吐き気にみまわれて、また唾を呑んだ。焼け焦げた肉のにおいと、プラスチックとガソリンの悪臭。シャーロックは気合いを入れなおした。「ふたりとも脱出しなかったみたいね」

煙を透かして、前の座席にふたつの人体の残骸が折り重なるようにあるのが見えた。男ふたりだ。

サビッチは携帯を取りだして、アトランタ支局に電話した。「ボーか？　こちらサビッチ、シャーロックといっしょだ。なんとも気持ちの悪いことになってる」

そう前置きしたうえで、支局担当特別捜査官のボー・チャムリーにあらましを語った。チャムリーは言った。「〈チルドレン・オブ・トワイライト〉のメンバーと夕食をともにするってわけには、いかないようですね」

ふたりは車で待機しながら、シャーロックが持参していた炭酸水で拭けるところを拭いた。サビッチは何度かイーサンの携帯を試したが、ワイルダネスにいると電波が届かない。わかっているのに、またかけた。そのあと、シャーロックのほうを見た。「うっかりして、オータムのことを忘れてたよ。あの子を呼んでみよう」目をつぶって、心のなかにオータムの顔を思い描いた。

あ、ディロン？　ディロンなの？

やあ、オータム。そっちはどうなってる?

いまお休みしてるとこ。だからおしゃべりできるよ。その顔、どうしたの?

ジョージアで面倒なことに巻きこまれてね。でも、シャーロックもおれも元気にしてる。イーサンに伝えてもらいたいことがあるんだけど、頼めるかな?

髪をネズミの尻尾のようなポニーテールにしたかわいらしい少女は、母親譲りのそばかすの散った顔を崩して、くすくすと笑った。

あたしがテレビになるんだね。

そうだよ、音声つきの画像で伝えてくれ。さて、イーサンにいまきみたちがどこにいるか訊いてくれるかい?

オータムが顔をそむけて、横を向いた。なぜか少女の横顔以外は見えず、彼女がイーサンに話しかける声も聞こえなかった。ということは、オータムにはシャーロックが見えないのか? オータムがこちらを向いた。イーサンはあたしとママをロックスリーの館に連れてくんだって、イーサンのよく知ってる洞窟なんだって。そこに隠れるんだよ。

それでサビッチにはじゅうぶんだった。イーサンはジョアンナとオータムをその洞窟に残して、ブレシッドとグレースを追うつもりだろう。サビッチならそうするからだ。ブレシッドを見るなという以外に忠告できることはあまりなく、それもイーサンは知っている。加えてワイルダネスのことも、なにを守るべきかも熟知している。結局、くれぐれも気をつけるように、とオータムを介して伝えてもらうに留めた。

彼女はうなずき、ふたたび顔をそむけた。

一分ほどすると、またこちらを向いた。

ママがあたしのこと見てるの。あたしたちが話してるのがわかってるんだけど、信じたくなくて、でも、信じるしかないからだよ。イーサンには計画があるんだって。あなたにそう伝えてって言われたけど、計画の内容は言わなかった。怖いよ、ディロン。これからどうなっちゃうの？

どう答えたらいいのだろう？　そのとき閃いた。

おれとシャーロックはこれから、ブレシッドとグレースがワイルダネスを離れて急いでジョージアに戻りたくなるように動く。おれたちはもう一度、ミセス・バックマンを訪ねる。ヘビの首を切り落としてくる、とイーサンに伝えてくれ。きみは勇敢な子だ、オータム。おれと話したいときは、いつでも話しかけてくれ。

オータムはにっこりした。その笑みは希望と信頼に満ちている。そう、サビッチに対する希望と信頼に。

ボー・チャムリーはそれから一時間後、朝まだきのころにヘリコプターでやってきた。そのときには保安官と三人の保安官助手も、郡の鑑識班の白いバンもすでに現場にいた。サビッチは開口一番に言った。「おれたちに足を提供してもらえるかい、ボー？　ブリッカーズ・

ボウルに戻って、ミセス・シェパード・バックマンを逮捕する」そのあと険しい顔で黙々と作業にあたる鑑識の面々を見て、それが自分の仕事でないことを感謝した。

47

タイタスヒッチ・ワイルダネス
バージニア州タイタスビル

イーサンは茂みをかき分けて、張りだした崖の下にあるせまい岩棚に立つと、ロビン・フッドにちなんでロックスリーの館と名づけた洞窟に入った。七歳のとき、祖父と探検していて見つけたこの洞窟は、入口の前にずらっと低木を植えて、じょうずに隠してある。それが功を奏して、ハイキング中の人に見つかることはなかったが、動物までは防げず、ほぼ毎年、クマが冬眠に使っている。さいわいにも八月のこの時期はからっぽだった。残っているクマのにおいも悪臭ではなく、ただ脂っぽい濃厚なにおいというだけだった。ここは山の奥深くにある広大な洞窟とは違う。場所によっては、高すぎて天井が見えない洞窟もあった。

茂みをかき分けて外に出ると、オータムとジョアンナを導き入れた。そのあと茂みを元に戻して、洞窟の入口を隠した。

聖域の淡い光のなかで、ジョアンナとオータムの顔を見ながら、イーサンはバックパックをおろした。「このあたりは退屈そうに見えるだろうが、山の奥に入ると、すごい景色なんだ。いつかきみたちをまた連れてくるよ。とりあえず、おれの持参した荷物を見てくれ」洞窟の床に置いてある、荷物でふくらんだバックパックを指さした。「旅行者がいつトラブルにみまわれるかわからないんで、このあたりの公務員は全員、備えをすることになってる。おれのバックパックには、サバイバルに必要なものが入ってる――水と、半ダースのパワーバーと、救急治療用品と、それにハイテク仕様の寝袋が三つ。この寝袋はとても軽いのに、摂氏マイナス五度でも温かく眠れる。いまはそこまではいかないが、夜になるとこいつのありがたみがわかる程度には冷える」そして、バックパックからビニール袋を引っぱりだした。「で、なにより大切なコーヒーとマグがふたつ」

「でも、ここには――」

「おお、信仰薄き者よ！」イーサンは聖書の文句を引用すると、さらに小さな包みを取りだして、封を開いた。金属製のディスクのようなものを取りだして筒状に伸ばし、脇についている金具に別の金属片を差しこんで、わずか数秒のうちに小さなポットを手にしていた。

ジョアンナは思わず彼に抱きついた。「手品みたいね、こんな簡単に――」

そこまで言って身を引くと、こんどはオータムが口を開いた。「あたしはコーヒー飲まないけど、やっぱり手品みたいって思うよ、イーサン」

三人は声をたてて笑った。笑うと気分がよくなり、軽い安心感が湧いてきた。ほんのいっときとはいえ、恐怖が脇に押しやられる。

イーサンは去年残していった丸太を見やった。丸太の上の石には、二十五の深いひっかき傷がある。この洞窟を見つけて以来、年ごとに刻んできたのだ。

ブレシッドとグレースが煙のにおいに気づくといけないので、火はおこさないと決めていた。その代わりとしてポットを載せるのが精いっぱいの、コールマンの小型バーナーがあった。

ジョアンナが湯を沸かし、オータムがハイテク仕様の寝袋を広げて、イーサンは武器類を点検した。

三つならんだ寝袋を見て、少女に話しかけた。「さあ、オータム、これがきみの夕食だ。いいかい、二本しかないから、ゆっくり食べるんだぞ」

あたりは静まりかえり、ワイルダネスの奥地ではまもなく暗くなってくる。木々が鬱蒼と茂っているので、夜の訪れが早いのだ。オータムは寝袋のひとつで、両手を頬の下に敷いて眠りに落ちた。

イーサンはジョアンナの隣で、洞窟の壁に背をつけ、両脚を投げだして坐っていた。「なあ、ジョアンナ、ブレシッドとグレースがここタイタスビルでどうやってきみとオータムを見つけたか、考えてみたかい?」

彼女は首を振ってから、ため息をつき、洞窟の壁にもたれかかった。「ええ、もちろん考えてみたわよ。わからないわ、イーサン、でも、またわたしたちを見つけることはわかってる。あなたもでしょう？」

イーサンはうなずいた。「さっきオータムがサビッチと話してたとき、リビッチからおれに伝言があった。ミセス・バックマンをもう一度訪ねて、ヘビの首を切り落とすとね」

「老いた魔女にはぴったりの呼び名ね」

「サビッチは、首謀者はミセス・バックマンで、彼女が息子ふたりに指示を出してると考えてるんだろうか？　そんなことがありうるかな？」

「わたしも考えてみたけれど、理屈の通らない話になると、頭が痛くなっちゃう」

「いま連中についてわかっていることだけでも、常識を越えてるからね。正直に言って、なんで彼らが世界征服をもくろまないのか、わからないよ。ブレシッドひとりとっても、なんで、彼が大統領じゃないんだろう？　小国の独裁者とかさ」

「できることがかぎられてるんじゃないかしら。一度に阻害《スタイミー》できる相手はふたりとか、一日か二日で催眠が解けるとか。ひょっとすると、阻害《スタイミー》できない人もたくさんいるのかもしれない――ディロンとオータムはかからなかったわけだから」

イーサンが言った。「できることがかぎられてるっていうのは、妥当な線だな。ブレシッドのやることに妥当なことがあれば、だが」

「グレースも忘れないで。彼になにができるのか、まだわかってないのよ。バックマン家の人たちが、もっと広い舞台を求めてブリッカーズ・ボウルを出ないのはなぜかしら。亡きミスター・バックマンは外に出てはいたけれど、毎回、戻った。ブリッカーズ・ボウルを離れるのが怖いとか、離れられないとか、なんらかの形で縛りつけられてでもいたみたい」

イーサンはそれぞれのカップにコーヒーを半分ずつ注いだ。「これで最後だ。気に入った？」

「今日飲んだなかでは、いちばんおいしいコーヒーよ」

小さく笑ったイーサンは、カップを掲げて乾杯のしぐさをし、ふと黙ってから言った。

「この際だから言っておくけど、きみのそばかすが大好きだよ」

彼女が両手を頰にやった。「悩みの種のそばかすね。それをあなたは好きだというの？」

「ああ、そうさ」

「日にあたると増えるのよ」

ジョアンナの焦げ茶色の髪は後ろでまとめて、クリップで留めてあった。豊かな髪が顔を包みこんでいる。彼女の唇も好きだし、彼女が笑うと周囲の空気に喜びがあふれだす。だが、さすがにいまはそこまで言えず、いつか言えることをイーサンは祈った。これほど危機的な状況はかつてなかったし、失敗できないこともわかっている。それは選択肢に入っていない。

ジョアンナが髪留めを外して、もつれた髪に指を通し、ふたたびまとめて、髪留めをはめた。

イーサンは言った。「オータムはきみに生き写しだね」

「まさか、あの子はきれいだもの。わたしの母に似てるのよ」

「いや、きみと瓜ふたつだ。父親似の部分はないのかい？」

「ときどき小首をかしげて、相手の顔を見てることがあるの。相手の言うことがわかっていて、それが口にされるのを待ってるみたいに。あの子の父親もそうだった。それに腹を立てると、夕焼けよりもまっ赤になるところも」

「マーティン・バックマンについて話す気になったかい？」

彼女が唾を呑みこんで、首を横に振った。

イーサンは黙って待った。舌に毛が生えてきそうなほど濃くなったコーヒーをちびりちびり飲みながら。

「夫は酒乱だったの。わたしとデートしたときにそう打ち明けて、だから飲まないんだと言ってたわ。飲むとなにかのスイッチが入って、自分を失ってしまうから、もう七年飲んでないって。問題があるのを認めて、それに対処している彼を偉いと思った。

彼に出会ったのは、ボストンの友だちのところへ遊びにいったときよ。彼のことが好きになって、わたしがブリンマーを卒業するとすぐに結婚して、大都会のボストンに引っ越した。ペイトリオッツとレッドソックスのファンになった。ならずにいられなかったの。そしてオータムが生まれた」

「ご主人はなにをしてたんだい？」

「広告よ」

「テレビコマーシャル？」

「ええ、テレビ中心だった。人が出てきて、ユーモラスで、おかしな状況を扱ったものが多かった。とても優秀だったのよ、直感の鋭い人で。彼には視聴者になにが受けてなにが受けないかを察知する勘があって、だいたいはその勘があたった。結婚してまもなく、二十八歳にしてボストン支局のトップになったわ」

「特殊能力が関係してたんだろうか？　それがプラスに作用してた？」

「そうなんでしょうね。怖くなるくらい、どんぴしゃりのこともあったから。オータムが四歳のとき、会社からニューヨークへの転勤を指示されたわ。それはもう、想像もつかないくらいの大抜擢だったのよ」

「なにがあった？」

「ニューヨークの人たちとお祝いに出かけて、乾杯したとき、うっかり飲んでしまったの。たぶんそれが引き金になって飲みつづけたんでしょうね。喧嘩になって、椅子で相手を殴って殺してしまった。司法取引に応じて傷害致死罪になり、最短の九年の実刑を受けた」肩をすくめ、からっぽのカップをのぞきこんだ。「挙げ句、刑務所でシャワーを浴びていて受刑者に刺し殺されてしまった。あとでわかったことだけれど、犯人はマーティンが酒場で殺した相手の血縁者だった。

不思議だったのはね、イーサン、わたしが話すより先にオータムが父親の死を知っていたことよ。死んだことというより、もういないってことを。そして、二度と戻ってこないこともオータムにはわかっていた。オータムは毎日、父親と話していたと言ったわ。わたしには受け入れられなかったけれど、心の奥底では真実だとわかってた。マーティンがなぜそんな能力があることや家族のことをわたしに打ち明けてくれなかったか、そのことが引っかかっていた。家族のことは口にするのも拒否していたの。いまならその理由がわかるけれど。

わたしには知らないでいてほしかったのよ。その恐ろしげな特殊能力を含めて」

イーサンは握りしめた彼女の手を取り、指を開いた。「オータムと父親は違う。オータムはオータムだし、彼女の能力は奇跡だよ」

彼女が大笑いした。「ええ、本物の奇跡よ」

イーサンは彼女を胸に抱きしめた。「話してくれてありがとう。ご主人は、お気の毒なことをした。刑務所にはいつ入ったんだい?」

「三年近く前、オッシングよ。オータムにもわたしにも面会に来るなって。毎週手紙をくれたけれど、オータムと毎日話してたんだから、わたしたちにあったことはすべてわかってたんでしょうね。

亡くなったときには、もう彼の笑顔も思いだせなくて、罪悪感を覚えたわ。もう思いだしたくないのかもしれないと思って」ため息。「わたしの話、要領を得ないわよね」

イーサンは彼女の眉を撫でつけ、そばかすの列を指でなぞった。「ずっと言いたかったたんだ。きみにはどこかで出会った気がする」

彼女が目をつぶった。「じつは新製品のポテトチップスのコマーシャルに出たことがあるの。アルバイトのつもりで」

「小麦畑で、レース状の四角いポテトチップスをかじってたのは、きみだったのか？」

ジョアンナがにんまりした。「監督はそばかすが見えるように、明かりを調整させたのよ。親しみやすい雰囲気が出るからって。あのポテトチップスおいしいのよ、知ってた？」

「きみにつられてひと袋、買ったよ」

こんな話は場違いだし、これからすることに集中すべきだったけれど、まだ時間がある。イーサンはかがんで唇にキスした。オートとアプリコットでできたパワーバーの味がした。

「きみたち親子は、ほんとにたいへんな目に遭ってきた。絶対に切り抜けないとな。おれはこれから外に出て、ブレシッドを見張るのにいい場所を探す。いし、おれの目がきく程度には星明かりがある。きみはオータムを見ててくれ」もう一度キスして、立ちあがった。

ジョアンナはゆっくりと立ちあがって、イーサンと向きあった。そんな計画は聞けないと嚙みつかれるかと思っていたら、彼女は静かな声で淡々と述べた。「そうね、そろそろ時間ね。わたしもいっしょに行くわ。オータムを残していくのは気が進まないけれど、ここなら安全だもの。このまま眠っててくれたら、それがいちばんいい。この子は眠りが深いの」と、ジーンズの後ろから銃を取りだした。

「ママ、どうかしたの？　ブレシッドがいるの？」

48

ジョージア州ブリッカーズ・ボウル

車のライトを受けて、バックマン家の私道を縁取る木々が陰に沈む。そよ風が木の葉をそよがせていた。

重い空気に、誘うようなスタージャスミンの芳香が漂う。

ふたりの殺人者を乗せて炎上した車から離れて、わずか四十分だった。アトランタ支局の捜査官ふたりを従えたサビッチとシャーロックは、壮大な屋敷を前にしていた。下の階と表のポーチにぽつぽつ明かりが灯っている。サビッチがカムリを停めると、捜査官ふたりを乗せたトヨタ車が隣にならんだ。四人が足並みをそろえてバックマン家のポーチにのぼった。そこにいたのはコール保安官とミセス・バックマンだった。頭上から吊された五、六個の明かりに照らしだされた今夜のシェパードは、根性の悪そうな老婆に見えた。むくんだ顔に白髪をおろしているさまは、高齢の魔女のようだ。

コール保安官のほうは、まだ制服姿のままだった。決然とした様子で、銃に手をやっていた。連邦捜査官四人を前にしてこの態度か。サビッチは保安官の正気を疑った。シャーロックが身を寄せるのを感じ、捜査官ふたりの呼吸が速まるのがわかった。

コール保安官は銃に触れていた手をゆっくりと脇に下げ、あからさまな冷笑を浮かべた。

「なんとまあ、ミズ・バックマン、意外な展開じゃないかね？　よそ者は排除できたと思っておったんだが」

サビッチが言った。「いや、よそ者は戻ってきた。銃に手を近づけないほうが身のためだぞ、保安官」

「小うるさい連中だこと」シェパード・バックマンが言った。「追い払えなかったんだね」

シャーロックはふたりを交互に見ながら言った。「ミセス・バックマン、あなたのあやまちは、わたしたちを排除しようとしたことです。わたしたちを殺すためによこしたふたりは、もうこの世にいない。わたしたちは連邦捜査官の殺害を企てた疑いで、あなたを逮捕しにきました」

意外にも、コール保安官は驚きだけをあらわにし、まったく心当たりがなさそうだった。

シェパードが背後に飛びのいた。「こいつらを撃つんだよ、バリス！　殺して！」

「いや、それはできないよ、マダム。ここはひとつ落ち着いて、よく考えてみんこと——」

「撃つんだ！」

サビッチが見ていると、保安官がふり返った。悪意と怒りに充ち満ちた老婆の顔を見ている。ふたりはまっ向からお互いの顔を見ていた。

シャーロックが言った。「保安官じゃなくてわたしを見て、ミセス・バックマン。また命令するようなら、ふたりとも撃ち殺して、そのあとこの家を焼き払わせてもらうわ。わかったわね？」

トッド捜査官がシグを手にして、前に出た。

「こちらの勝ちだ」サビッチが顔だけ背後にやって、言った。「もはや勝負はついてる。さあ、ミセス・バックマン、こちらが連邦捜査官四人とは、気づいてなかったんだろう？アトランタまで来てもらうぞ。連邦捜査官の殺人未遂というだけで、当然ながら、連邦法に対する犯罪になる。ＦＢＩは捜査官が撃たれるのを好まない」

コール保安官はシェパードの前に出て、サビッチたちの視線をさえぎった。「おまえの好きにはさせんぞ、捜査官。ミズ・バックマンはブリッカーズ・ボウルの模範的な住民で、ここで生まれ育った。おまえに連れていかせるわけにはいかん。誰に撃たれたか知らんが、おまえたちにはなんの証拠もない」

シャーロックは保安官の正面に進みでると、彼の鼻にシグを突きつけて、押さえた声で言った。「いいこと、バリス、このクソ意地の悪い魔女と同房になりたくなかったら、いますぐ銃を捨てることね」

保安官はシャーロックをポーチから蹴り落としてやりたくなった。そして、このいまいましい女捜査官をベルトで打ちのめしてやりたい。しかし、真剣さは通じるもので、彼女が本気なのは確かだった。それでホルスターから銃を抜いて、下に落とした。ポーチの木の床に落下して一度だけはずみ、足から二十センチ先で動かなくなった。

「つぎは六歩後ろに下がって。わたしが数えるから。さあ、下がって！」

コール保安官はシャーロックから止まれと言われるまで後ろに下がった。玄関の扉の前まで来ていた。

トッド捜査官はポーチにのぼって、保安官の銃を拾った。こんな銃なら一丁欲しいと思うような、ダーティ・ハリー愛用のマグナムだった。眉を吊りあげてサビッチに問うと、サビッチが答えた。「保安官が行儀を改めるなら、見逃してやりたい。捕まえたいのはミセス・バックマンだけだ」彼女に尋ねた。「電話しますか、マダム？」

「ええ、弁護士に」

サビッチはいま一度、名前を出した。「カルディコット・ホイッスラーにか？」

ミセス・バックマンは憎々しげにサビッチを見て、サンダルをぱたぱたいわせて歩きだした。保安官が邪魔にならないよう脇に飛びのくと、彼女が力任せにドアを開けた。内側の壁にあたって、大きな音がした。これほどの力があるとは、サビッチにも意外だった。彼女は電話が置いてある寄せ木細工のテーブルに近づいた。ビクトリア朝時代の美しい品だ。受話器を取りあげて、ダイヤルしはじめた。

電話の内容は誰にも聞こえなかった。誰ひとり、家に入らなかったからだ。ミセス・バックマンが戻ってくると、シャーロックが言った。「弁護士に電話されたんですか?」

「いいえ。哀れっぽく訴えられてもねえ。それよりはるかに役に立つ人に電話しましたよ」

サビッチにとっては、彼女が実際に電話をかけたのか、テレパシーを使ったのかは、問題ではなかった。ブレシッドとグレースをタイタスビルのイーサンとジョアンナとオータムから引き離せれば、それでいい。

「やりますね」サビッチは言った。「電話の使い方がうまい」

ミセス・バックマンはサビッチのほうを向いた。顎を突きだして、嚙みつくような調子で言った。「おまえを釜茹でにしてやる、ウジ虫め」

シャーロックはつかつかと彼女に近づき、面と向かって言った。「マダム、あまりにお行儀の悪い発言だと思いますよ。さあ、手錠をはめましょう」ベルトから手錠を外し、ミセス・バックマンの両手を固定した。

シェパード・バックマンは天を仰いで、金切り声を放った。腹の底から絞りだされた狂気の咆哮《ほうこう》に、うなじの毛が逆立つ。アトランタ支局の捜査官ふたりはシグを構えたまま、老婆を見つめていた。どちらもその場に立ちつくし、言葉を失っていた。

49

タイタスヒッチ・ワイルダネス
バージニア州タイタスビル

オータムが起きあがった。「ママ、教えて。ブレシッドがここにいるの？」

ジョアンナは持っていた銃をイーサンの手に押しつけて、娘の傍らに膝をついた。髪に触れて話しかけた。「ブレシッドはいないわ。心配しなくてだいじょうぶ。悪いことは起きないから」

オータムは大人ふたりの顔を見くらべた。そのまなざしは大人びていて、必要以上に状況を踏まえていることを示していた。「イーサンといっしょにあいつらを捜すんでしょう、ママ？」

ジョアンナは娘の青くて美しい瞳をのぞきこんだ。母親譲りだよな、とイーサンは思った。そして髪のもつれの一部をほどいた。ブラシをかけてやらなければならない。「イーサンはひとりで行きたがってるんだけど、わかるでしょう、それはあまりに無謀よ。一度見られたら、それでおしまいだもの。彼を守るために、ついていきたいの」

「きみのママはここに残るからね、オータム」

オータムはイーサンを見あげた。悟ったようなまなざし。そしてゆっくりと言葉を紡いだ。

「ママの言うとおりだよ、イーサン。あたしはここにいれば平気。ママとふたりであいつらに忍び寄って。あたし、怖がらないよ、約束する」

「ひとりで置いていくのは危険だ。ジョアンナ、きみはここに残ってオータムを守れ」

オータムがイーサンを見た。その顔には、大人ってばかね、なに言ってるの、と書いてあった。

イーサンは言った。「おれは賛成できない」

「どうせ追っていくから、連れていったほうが身のためよ」ジョアンナは自分の勝ちを確信して、すらすらと述べた。死ぬかもしれないのに、どうしてこうも自信満々なんだ？　ジョアンナは娘を固く抱きしめ、頭に頬を寄せてささやきかけた。「あなたはここにいて、わたしたちの帰りを待っててね。かならず戻るから。約束する」

「気をつけてね」オータムは言い、銀色の寝袋の隣にならべてある自分のスニーカーを見た。

ふたりは洞窟を出ると、入口の茂みに出入りした跡が残らないようにした。イーサンは言った。「ブレシッドがたまたまこの近くまで追ってきたとしても、これだけ暗いと洞窟の入口が見えないから、正確な居場所はわからない」

ジョアンナはそうであることを祈った。彼が自分にも言い聞かせているのがわかったからだ。「あなたにしても、彼らを捜すには暗すぎるわ。どうやって見つけるつもりなの？」

「森での経験を教えてくれ、ジョアンナ。夜、森で過ごしたことはあるかい？」

「トイレに行くのにテントを離れたことくらいしかないわ。でも、優秀なのよ。植物や茂みにぶつかったり足を取られたりはしない。わたしは影、幽霊みたいなものだから」

イーサンがにやりとした。

「まじめな話、ついていけるから心配しないで、イーサン。どこへ向かうの？」

「ここはおれの庭みたいなものなんだ。連中が彼女を追っているのは間違いないとして、このあたりまではついてこれるとしても、今夜は無理だと思う。暗すぎるし、土地勘がないし、目につく明かりは使えないからね。その仮定がすべてあたっていて、比較的近くにいるとしたら、ふたりが今夜いそうな場所がある」そこまで言うと、イーサンは洞窟に入るときに回避した崖に向かって歩きだした。

「用心しろよ、ジョアンナ。まっ暗だし、のぼりより下りのほうがはるかにあぶない。この先は黙って歩こう」イーサンは干上がった支流をたどって、蛇行する山道を下った。岩がちな場所にさしかかると、その部分をつついてジョアンナに知らせた。ふたりともつまずかずにすんだ。イーサンは夜目がきくし、ジョアンナはその彼の足取りを忠実にたどった。

崖の底まで来ると、真夏のいまはほとんど水のないスイートオニオン川に流れこんでいる小さなせせらぎがあった。水が反射して見える開けた場所を避けて、そこで川を渡ることにした。

底に平らな石が敷いてあったので、簡単に渡ることができた。イーサンが生まれる前にワイルダネスをハイキングしていた誰かが置いてくれた石だ。川幅は一メートルもない。向こう岸に着くと、イーサンはふり返り、急な傾斜を引っぱりあげるため彼女に手を差し伸べた。ジョアンナが笑顔で首を振る。イーサンはささやいた。「足元がよくないから、気をつけろよ」

ジョアンナは結局足をすべらせた。待ちかまえていたように、イーサンが手首をつかみ、上に引っぱりあげた。

そのあとイーサンは低木の茂みに踏みこんだ。通り抜けられそうにないほど鬱蒼としていたが、イーサンはまったく音をたてることなく突き進んだ。立ち止まって、ジョアンナを引き寄せ、耳元にささやいた。「この先、平地になって、しばらく視界が開ける。木の多いところを選んで歩くから、枝に気をつけてくれ」

濃い闇のなかを進むイーサンは、木の一本一本にいたるまで、そのあたりをよく知っていた。木立がまばらになり、星がいくつか見えてくると、少しだけ明るくなった。ふたたびジョアンナに身を寄せて、ささやいた。「ここから五百メートル圏内には道がなくて、その先にワイルダネスを突っ切るアパラチアン・トレイルという十五キロほどの道がある。その道ならわかりやすいから、ブレシッドとグレースはその近くにいるはずだ。オータムを追ってくるとしたら、その道しかない。茂みのなかにも突っこんだかもしれないが、そう奥までは行けないだろうから、ふたりは視界の開けた場所にいる。この先にあるキャンプサイトのひとつかもしれない。なにかの動きなり、影なりに気づいたら、教えてくれ。たぶんそのうち、こちらから見えるぐらいでかい懐中電灯を使うはずだ」

イーサンはがらんとした空き地を、その周囲をめぐるようにしていくつか通りすぎた。行く手を阻むように岩が露出している箇所に来た。イーサンは黙って彼女の手を取ると、岩のあいだを導いた。まるで暗がりでも目が見えるようだった。ジョアンナは足並みまでそろえるようにして、ぴったりと彼の後ろについた。そのときふいにイーサンが立ち止まったので、背中にぶつかってしまった。彼はうなずいて、前方を指さした。

ジョアンナは彼の横から指さされた先を見た。目を凝らしていると、右手のほうに明かりがひとつ、小さいながらたしかにあった。十五、六メートル先か。と、明かりが消えた。

イーサンは内心、歓呼の声をあげながら、自分の唇に指を立てた。

ジョアンナを従えて、大きくまわりこむように距離を詰めた。二、三歩ごとに立ち止まって、耳を澄ませている。沈黙を守るジョアンナは、動悸がしてきて、息苦しくなるのを感じた。正直に言って、ブレシッドとグレースの相手をするぐらいなら、二匹のクロクマと戦ったほうがましだ。ふたりが近くにいる。それをひしひしと感じる。そして、彼らから一瞬目を向けられただけでどうなるかも、わかっていた。光が灯ったということは、起きているということだ。イーサンが迫っていることを察知したのか？　わたしの存在を感じ取って、待ち伏せしているの？　さっきの明かりが罠だったら、どうしよう？

イーサンがささやいた。「ここにいろ。動くんじゃないぞ。息も止めてろ」

ジョアンナは、彼がさついた二本の松のあいだにすべりこんで、闇に消えるのを見ていた。魔女の大釜の底よりも深い闇が広がっていた。

ぎりぎりまで待った。待ちくたびれて一歩前に出ると、誰かが背中に手をかけた。悲鳴をあげそうになった。こめかみに彼の声がした。「ふたりは寝てたよ、ジョアンナ。いまなら勝ち目がある」

「でも、さっきの明かりはなに？」

「たぶんどちらかが用を足しに起きたんだろう。念のために、あと十分か十五分待とう」

彼は地面に坐りこんでオークの木にもたれた。ジョアンナも隣に腰をおろして、待つことにした。一分ほどすると、夜の物音が戻ってきた。コオロギにフクロウの鳴き声。茂みに棲みついた小さな生き物たちが動く音。

ふたりは待った。寒さで体がこわばったけれど、ジョアンナは無言を通した。歯の根が合わなくなってくると、イーサンは立ちあがり、ジョアンナも立たせた。体が動くように、ふたりでストレッチした。

背中に手をついて、イーサンの後ろを歩いた。彼と同じように物音をたてずに動きたい。

石や朽ちた植物に足を取られないように気をつけながら、茂みを突っ切り、枝の下をすり抜けた。見えるのは彼の体の輪郭だけ。足元で音がしたので、急に立ち止まった。イーサンも足を止める。小さな動物――ポッサムかイタチか。イーサンが煙やにおいを嗅ぎつけた。燃えつきたキャンプファイアーのにおいが、うっすらと夜気に漂っている。

もうあと少し。近くまで来ている。せまい空き地の端まで来ると、ほんの二メートルほど先に消えかけた小さなたき火があった。これといって動きはなく、その両側にひとつずつ寝袋がある。ひっそりと静まりかえって、絵はがきに描かれる夜の光景のようだった。

またフクロウが鳴いた。すぐに応える鳴き声があり、さらにもうひとつ続いた。

顔にあたる空気はやわらかく、冷えびえとしている。ジョアンナはぶるっと身震いすると、イーサンの背中に張りついた。彼が小声で言った。「おそらく連中は、寝袋を盗んだんだろう。明かりをつけるしかない。いいか、たき火に近い方の寝袋にはおれが行くから、きみはもう一方を頼む。絶対にためらうなよ。生きるか死ぬかの瀬戸際があるとしたら、いまだ」イーサンは長いあいだ、ジョアンナを見おろした。彼女には見えなくとも、イーサンには見えている。怖がると同時に、決意に満ちた顔。イーサンはその頬に手を添えた。これならやれる。「さっさと片付けて、オータムのところへ戻ろう」

ジョアンナはうなずいた。突然、砂漠にいるかのように喉がかさかさになった。殺意というものが、はじめて理解できた。なにがなんでもブレシッドを殺して、あの異様な目から命が消えるのを見届けなければならない。そうしてはじめて、オータムの身の安全が確保できる。そして知りあってまだ一週間かそこらのイーサンの。信じられない成り行きだった。三メートルにも満たない場所にある、動かない寝袋を見つめた。頭の形が見えるような気がしたけれど、誰の頭かはわからない。そんなことは関係なかった。

ふたりは銃を掲げて、そっと近づいた。

イーサンは彼女を離れて、近いほうの寝袋に向かった。背後に動きを感じて、緊張が走った。見るまでもない。さっとレミントンを構えると、ぐるっと回れ右をし、目を伏せたまま引き金を引いた。

少女の悲鳴。急いで顔を上げると、二メートルと離れていない木立の端にオータムが立っていた。出血していた。小さな胸に穴があき、その小さな肉体からどくどくと血が流れだしている。

ジョアンナは大声で娘の名前を呼びながらも、銃をめぐらせて寝袋に発砲し、弾倉がからになるまで引き金を引きつづけた。音が消え、動きがやんだ。オータム——ああ、神さま。

「イーサン、ママ、どうしてあたしを撃ったの?」

オータムは死んだはずだった。胸に血だらけの大きな穴があいているのを見たのだから。ジョアンナがいま聞いているのは、死んだはずの娘の声だった。

50

「イーサン、ママ、違うよ。あたしはこっち」

　イーサンは自分が撃った幼い少女が仰向けにゆっくりと倒れるのを見た。少女の姿はわずか一瞬にして変化した。ベールが上がったように、グレースが本来の姿を現わしたのだ。イーサンはわが目を疑うように、首を振った。こんなことがあっていいのか——だが、たしかに現実だった。ブレシッドとグレースの登場によって、自分の手で人生を制御できなくなっている。グレースは地面に横たわり、両手でけんめいに腹を押さえていた。その指のあいだからは血と液体が流れだし、口からは悲鳴が漏れていた。

　イーサンはジョアンナに叫んだ。「ブレシッドは？」

「寝袋ごと撃ったわ」ジョアンナは本物のオータムに駆け寄った。「死んだのよ、やっと。ありったけの弾を撃ちこんでやった」

「いいや、ジョアンナ、死んではいないぞ」

　さっとふり向いたジョアンナの目の前には、ブレシッドの顔があった。

「だめ！」オータムが甲高い声とともに、ブレシッドに突進した。ブレシッドはふり返って細い腕をつかみ、レミントンを構えたイーサンを見た。「これでは撃てないだろう、保安官」

イーサンは硬直した。

「わたしのかわいい姪、オータムよ、もう心配はいらないよ――いや、そうじゃない、おまえには嘘をつけないな。彼はグレースを、おまえのおじさんを撃ったんだ、オータム。見てごらん、かわいそうに」

ブレシッドはオータムを引きずっていった。グレースは横向きになって丸まり、両手で腹を押さえているが、出血がひどくて痛みにうめいていた。保安官がグレースを銃で撃ったのだ。ブレシッドにも急いで病院に運ばないと命があぶないことはわかる。内臓がぐちゃぐちゃになって緑と黒に変色して、腐ってしまう。泣きわめきながら死んでいく。マーティンに続いて、グレースまで。ブレシッドはつねに弟ふたりを守ってきた。人と違うから、特別だからという理由で弟たちをいじめるやつらがいると、喜んでかたきを討ってやった。だが、弟たちがやられるのは一度きりだった。ブレシッドが死ぬような目に遭わせたからだ。そうやって守ってきたグレースがいま撃たれ、腹に致命傷を負っている。自分がついていながら、弟をこんな目に遭わせてしまった。ブレシッドはわめきたかった。吠えたかった。だが、けっして祈りたいとは思わなかった。自分が祈ると魔王が呼びだされて、悲惨な状況になると、母親から言い聞かされて育ったからだ。

立ちつくして弟を見おろしながら、頭のなかは大忙しだった。幼いオータムが怖がっていることはわかっている。それも当然のこととはいえ、グレースは冷たい大地に転がり、血を流しながら泣きじゃくっている。自分はどうしたらいいのだろう？

グレースの目がブレシッドに据えられた。涙が痩せた頬に汚れた筋を描いている。「ブレシッド」グレースは細い声で言った。「ねえ、ブレシッド。ぼくを殺して。それしかないよ。ねえ、お願いだ、もう耐えられない」

「なにを言ってる、だめだ、だめだ。そんなことをわたしに頼むな、グレース」

「殺して、ブレシッド。銃弾が深くめりこんでいくのを感じるんだ。もうどこへも行けないよ。あんなふうに保安官をだまそうとするんじゃなかった。兄さんかもしれないと思って、ぼくを見る前に撃ってきたんだ。ぼくのミスだよ。

いままでありがとう、ブレシッド。上から見てるからって、ママに伝えて。ママがいつ来てもいいように、とびっきりの場所を取っておくからって。ぼくはもう死ぬんだよ、ブレシッド。だからいますぐ殺して、お願い」グレースは膝を引き寄せて、自分を抱えこみながら、顔をそむけた。静かな夜の森にすすり泣きだけが聞こえていた。

ブレシッドはイーサンに命じた。「一発で殺してやってくれ」

イーサンはグレースのほうを向くと、レミントンを持ちあげて発砲した。弾はグレースの眉間に命中した。体が一瞬持ちあがり、ふたたび地面に落ちた。目を開いたまま事切れ、顔は痛みにゆがみ、手は腹を押さえていた。

「下がれ、保安官」

イーサンは一歩下がった。ブレシッドはオータムを引っぱっていって、死んだ弟の傍らに膝をついた。グレースの顔に手を伸ばし、みはっていた目を閉じてやった。「すまなかったな、グレース。ママがどれほど悲しむことか。おまえが望んだことだと言っても、ママはわたしを責める。わたしが病院に連れていってやれないことが、おまえにはわかっていた」かがみこむと、涙に濡れた頰に口づけした。ブレシッドは体を起こし、手の甲で口をぬぐって、イーサンを見た。「おまえがわたしの弟を殺したんだ」

オータムがわめきながら、ブレシッドを殴りはじめた。「イーサンやママを傷つけないで！　あんたなんか、怪物よ！」

ブレシッドは激しい怒りを押さえつけた。おののきながら、血を分けた幼い少女を見おろした。「わたしは怪物じゃないぞ。おじさんにそんなことを言うもんじゃない」

「あんたなんか、大嫌い。おじさんじゃなきゃよかったのに。そうよ、地獄にいればよかったのよ。ぴったりの場所なんだから」

「わたしはおまえのおじで、おまえのことが大好きなんだよ」オータムはさめざめと泣きながら、しゃくりあげている。ブレシッドは少し考えて、ゆっくりと話しかけた。「おとなしくおじさんについてくると約束してくれたら、弟を殺した保安官だけれど、ふたりとも殺さないでおこう。おじさんと、おじさんのママからギフトの使い方を教わると約束してもらうよ。約束できるかい？」

オータムはグレースを見た。もう死んでる、この人は死んでる、もう死んでる。でも、ブレシッドは死んでない。ブレシッドはあたしとは違う。嘘をついてる。怪物だし、怪物はこっそり夢にまぎれこんだり、ぱっと目の前に現われたりするときは、自分のなりたいものに見せかけることができる。死がおしまいを意味することは、オータムも知っていた。だから父さんは永遠にいなくなったし、グレースもここからいなくなった。ということは、ときには死はいいものだってことだ。でもブレシッドのことは――どうしたらいいの？

オータムはイーサンを見て、母親を見た。どちらも心がそこにないように、からっぽの表情をしていた。

かすれた老人の声がまた聞こえた。「ふたりを殺さないと約束しよう、オータム。おまえが言うことを聞いてくれるのならば」

その言葉がまとわりついてきた。オータムは母親に駆け寄りたくなった。揺さぶっていつものママを呼び戻したくて、逃れようと腕を引っぱったけれど、かえってぎゅっとつかまれてしまった。ママと話したい。ママが笑ってくれたら。笑って、抱きしめ、なにも心配しないでだいじょうぶと言ってくれたら。オータムはブレシッドを見あげて、うなずいた。彼は険しいと同時にやわらかな目をしている。

「ちゃんと言いなさい。『約束します、ブレシッドおじさん』と」なかなか言えなかったけれど、ようやく、「約束します」と言えた。名前のほうは、どうしても出てこなかった。その名前が大嫌いで、震えあがってしまうからだ。オータムは下を向いて、泣きだした。しゃくりあげながら、つぶやいた。「ママを戻して」

「そのうち戻してあげるよ。でも、いまはまだだめだ」ブレシッドは言った。「保安官、わたしの弟のために、墓を掘るがいい」

イーサンが言った。「シャベルがない」

オータムははっとして、顔を上げた。それはまぎれもなくイーサンの声だったけれど、ある部分、違うとも言えた。生気も思いやりもなくて、ママの誕生日に焼いてあげようとしたストロベリーパンケーキみたいにぺたんとした声だった。

ブレシッドが言った。「だったら、棒と手を使え。そこの女、おまえも彼を手伝うように。ふたりで掘るんだ」

ブレシッドはオータムの腕を握る手の力を抜いた。オータムは一目散に母親のもとへ走ったが、ジョアンナは知らんぷりでイーサンの隣に膝をついて、地面を掘りはじめた。土と草を手に取って、なるべく遠くへ放り投げる。

「ママ」オータムは母親の袖を引っぱったが、ジョアンナはいっさい取りあわない。それでこんどはイーサンのジャケットをつかんだが、母親同様、心そこにあらずといった様子だった。「戻ってきて、戻ってきてよ」ささやきつづけるうちに、涙で喉が詰まって、声が出なくなった。そこで、げんこで思いきりイーサンを殴ったけれど、彼はまったくひるまず、ただ黙々と地面を掘りつづけ、大きな手に土をすくっては、背後に捨てた。身も凍るような光景ながら、オータムにはどうすることもできない。地面に土塊《つちくれ》が落ちる音をただ聞いていた。グレースのことは見なかった。見られなかった。膝をついて、自分も地面を掘りだした。

「やめなさい！　こちらへおいで、オータム」ブレシッドはオータムをそこから引き離した。

「あたしも手伝う。手伝わせて。地面を掘るの」

「だめだ」

ブレシッドはオータムを自分の隣に坐らせ、しっかりと抱き寄せた。怪物に抱きかかえられて、母親とイーサンがグレースの墓を掘るのを何時間も見ているような気がした。そしてついに、くたくたになった脳が音をあげて、オータムは眠りに落ちた。

穴が充分な深さになると、ブレシッドはグレースを寝袋に包み、それを深さ一・五メートルの穴の底に横たえるよう、保安官に指示した。

「出てこい」

イーサンが穴から出てきて、グレースの墓穴の脇に黙って立った。

オータムは重ねた手を枕にして眠っている。ブレシッドはジャケットを脱いで、それを姪にかけてやった。

「さあ、おまえたち、墓を埋めろ」

グレースの死体に土をかけるには、穴を掘るほどの時間はかからない。ブレシッドから見て納得のいく状態になると、墓の両側に恭《うやうや》しく立てとふたりに命じた。「保安官、おまえと――」オータムに視線を投げて、熟睡しているのを確認した。「おまえとその売女とで、わたしの弟のために祈れ」

「主はわが導き手《シェパード》なれば、望むべから……」イーサンが語りだし、それを追いかけるようにして、ジョアンナが唱和した。

ブレシッドは母のことを思い浮かべた。母が味わうであろう、魂がまっぷたつになるほどの悲嘆を思うと、息苦しくなった。母が理解してくれることを祈るしかない。ほかに道はなかった。すらすらと述べられる祈りの言葉に耳を傾けた。いくぶんかの抑揚はあるものの、かなり単調で、なんの感情もこもっていない。それでも、保安官がすべてをそらんじていてくれたのは、せめてもの慰めだった。

ブレシッドは自分の腕を叩いた。ジャケットがないので、寒くなってきた。自分はだいじようぶだが、オータムにはぬくもりがいる。まだ小さくて華奢だし、自分にとっては大切な姪なのだ。オータムがわかってくれることを願うしかない。しかし、まだ昨日の今日だし、年端もいかない。母親に頼りきりで、あの売女の影響下にある。それでもいずれは理解して、おじの正しさをわかってくれるだろう。ブレシッドはオータムが寒くないように、ジャケットをたくしこんだ。この子に風邪をひかせたくない。まだ眠っている——ありがたいこと《ブレッシング》だ、とブレシッドは思い、言葉の偶然にほほ笑んだ。ブレッシングとは、自分のこと、そう両親から聞かされてきた。ブレシッドの顔から笑みが消えた。悲惨な結末を迎えた話をママにどう伝えるべきか？　また別の息子が死んだ、保安官に殺されたと。

　グレースは自分が悪かったと言っていた。そんなことはない、グレースの落ち度などという話は、受け入れられない。グレースにはギフトがあって善良だったから、魂はマーティンとともに天国にある。いや、マーティンは天国にいるのか？　それを願うけれど、家族から離れて久しく、人生のほぼ半分になろうとしていた。それでママもついに業を煮やして、行かせてやろう、好きにさせてやろう、いつか自分から戻ってくる、と言いだした。でも、マーティンは堕落していた。それもこれも、みんなあの女のせい。挙げ句、あの売女は、マーティンの骨壺を運んできた。

　そしていまグレースまで死んで、重くて黒い土の下に置かれた寝袋のなかで腐ろうとしている。すべきことをした、その結果として。それがうまくいかなかった。間違いが起こって、グレースは死んでしまった。ここに永眠する。

　こんなことは間違っている。

　怒りがふくれあがって、体の芯から身震いした。その思いは強く、このふたりを殺して、この世に存在しなかったかのように消し去ってしまわなければ、おさまりそうになかった。

ただ、約束を破れば、オータムとの関係がこじれる。オータムがどうなるかわからないし、ママからは彼女を連れて帰れと指示されている。マーティンの娘を手元に置きたいのだ。ブレシッドは保安官と売女を見た。グレースの墓を掘ったせいで、どちらも泥まみれになっている。ふたりをこの恰好のまま、ワイルダネスに残していくことはできない。

「ここからいちばん近い小川まで案内しろ、保安官」

ブレシッドはオータムを抱きあげて、イーサンとジョアンナの後ろを歩いた。ありがたいことに、オータムはまだ眠っていた。かわいそうに、このふたりがワイルダネスのなかを引きずりまわしたせいで、へとへとに疲れている。自分とグレースから遠ざけようと、大急ぎで逃げだしたため、食べるものも飲むものも不足していたはずだ。暗い夜にもかかわらず、保安官は行き先がわかっているようだ。これにはブレシッドも感心した。

51

ジョージア州アトランタ
木曜早朝

朝まだきの空にオレンジ色の光が差した。早朝にもかかわらず、行き交う車の数は多く、その大半がトラックとバンだった。疲労困憊していたふたりは、小さなヒルトンにチェックインしたものの、いつまでたっても睡魔が訪れないので、ついにシャーロックは起きあがった。室内には淡い朝の光が満ちている。見ると、夫も目を開けたまま、天井をにらんでいた。

「シェパードを輪から外すことができたわ」シャーロックは満足感とともに言った。「いまは柵の向こうでまじないを唱えて、同房者を怖がらせてる」

サビッチがこちらを向き、笑顔になった。「彼女からどなられた看守は、気絶しそうになってたな」

「でしょう？　うまくやったわよね。あなたがイーサンに言ったとおり、ふたりでヘビの首を切り落としたのよ」彼の耳にキスし、明るさを増していく朝の空を窓から見た。「寝そびれたみたいね」シャーロックがオックスの携帯に電話をかけた。ありがたいことに、彼が電話に出てくれた。スピーカーモードに切り替えると、明るくなったのでワイルダネスに入る準備をしている最中だと言うオックスの声が流れてきた。ひどく心配そうだった。

「彼らが見つかったらすぐにでも電話します。詳しいことがわかったときも」

シャーロックはシェパードがアトランタで拘束されたことを伝えて、「だからね、オックス、ブレシッドとグレースはこちら、ブリッカーズ・ボウルに向かっているはずよ。今後も連絡を絶やさないで」

彼女が携帯を切ると、サビッチが言った。「オータムに呼びかけてるんだが、返事がないんだ」ため息をついた。三人のことを考えると、怖くてしかたがない。オックスほか保安官助手たちが連絡を受けていないとしたら、いい結果が待ち受けているとは思えない。だが、ワイルダネスの電波事情が悪いのも、また事実だった。

シャーロックの言うとおりだった。一点においては計画どおりに運んだ。手錠をはめられた小柄な老婆が引き立てられていくさまをまのあたりにしたとき、人びとが受けたであろうショックを思った。まじないやら叫び声やらがそのショックを吹き飛ばした。

シェパードは閉じこめられて出てこられない。残るはグレースとブレシッド。じりじりとした焦燥感が押し寄せ、その感覚を頭から叩きだしてやりたくなる。いいか、こちらが思ったとおりになったんだぞ。ジムのメンバーズカードを賭けてもいい、シェパードはブレシッドとグレースに連絡を取っているはずだ。

ふたりが戻ってきたときに備えて、四人の捜査官をブリッカーズ・ボウルの屋敷の外に待機させた。だが、もし戻ってこなかったら？　ジョアンナとイーサンは死んでいるかもしれない。いや、だめだ、そんなことは受け入れられない。考えるのをやめなければ、頭がおかしくなってしまう。

「オータムが応答してくれたらいいんだが」サビッチはそう言ってシャーロックを抱き寄せた。疲れていたふたりは、そのまま眠りに落ちた。

八時近くになって、サビッチの携帯がリアーナの『アンブレラ』を奏でだした。

オリー・ヘイミッシュからだった。さっきのシャーロックにならって、サビッチは電話をスピーカーに切り替えた。

「サビッチ、まず最初に全員が無事であることをお伝えしておきます。リッシー・スマイリーとビクター・ネッサーがあなたの自宅を突き止めました。知ってのとおり、自宅には見張りを立てていました。今朝、夜明け直後に、勝手口にまわろうとしていたふたりをデーン・カーバーとジャック・クラウンが発見したんです。実際は、向こうもふたりを発見したわけで、デーンとジャックが取り押さえる前に、ふたりは車まで引き返して、とっとと走り去りました。リッシーはあろうことか助手席の窓から身を乗りだして、ふたりに向かって撃ちまくったそうです。ビクターは途中、郵便箱をいくつか引き倒し、子ども用の自転車を踏みつぶした。ですが、ありがたいことに、起きて動きまわっているご近所さんはまだいませんでした。

ジャックによると、所轄署のパトカー数台を巻きこむ、派手な追跡劇になったそうです。ふたりの通りすぎたあとには、負傷した通行人がひとりに、ポトマック付近で横倒しになった小型のフォルクスワーゲンが一台残されてました。そして、こちらが追いつくより先に橋を渡って、アーリントン国立墓地のゲートに突っこんでいったんです」

サビッチは携帯電話を握りしめた。黙って話の続きを待つのがつらかった。オリーを揺さぶって、言葉を吐きださせたかった。ついに耐えられなくなって、にべもない口調で言った。

「結局、捕まえられなくて、リッシーとビクターを取り逃したんだな」

「いまのところはですね」オリーは応じた。「茂みやら草地やらを走ったせいで後部タイヤのひとつがパンクしましてね、墓標をいくつか倒したあと、横すべりして木にぶつかったんです。デーンによると、車は全損状態だそうです。銃でやりあったせいで、ガラスは前後とも割れていました。そんな状態にもかかわらず、リッシーとビクターは車から逃げだして、どこかへ消えました」

サビッチは言った。「つまり、また車を手に入れなきゃならないってことだ。必要とあらば、目撃者がどれだけいようと、あのふたりは車を強奪する」

「ええ。それを見越して、所轄署の警官がアーリントン国立墓地の周辺一・五キロ圏内をパトロールしてますし、重要警戒区域を設定して、区域内の全家屋を調べてます。それにですね、サビッチ、リッシーはまだ本調子じゃないんで、動きがにぶいはずです。捕まえるのは時間の問題ですよ」

サビッチはそこまで楽観的になれなかった。警官よりも殺人者のほうがずっと有利だからだ。警官は規則に縛られている。リッシーとビクターのほうは五分もあれば車を盗んでふたたび道路を走りだせ、お望みとあらば、騒動を引き起こすことができる。ふたりがその気でいるのは、間違いなかった。ふたりにしてみたら、あとになにが残ろうと、知ったことではない。死体が発見されるまでに数分稼げるとなれば、リッシーは車に乗っている人たちを皆殺しにすることもいとわないだろう。

デーンとジャックとオリーにも、それはわかっている。

「おれがばかだった。ショーンとガブリエラを別の場所に移すべきだったのに、まさかリッシーとビクターがこれほど早く戻ってくるとは思っていなかった。シャーロックとおれはタイタスヒッチか、ブリッカーズ・ボウルの、どちらかに行くつもりでいたが、ワシントンがその状態だと、そうも言ってられない。足が確保できしだい、そちらに帰るよ、オリー」

それがいいとオリーは思った。自分がサビッチなら、やはり急いで家に戻り、子どもの無事を確認する。「そうしてください。ジョージタウンのご自宅については、引きつづき監視します。まずは空港へ走ってください。最初のワシントン便に二席予約できたら、すぐにまた電話します。なにはともあれ、ショーンは無事ですからね」

携帯を切ったサビッチは、うなじにシャーロックの温かな吐息を感じた。「あぶなかったのね、ディロン。あのふたりはあきらめない。手錠をかけるか、殺すかするまで、リッシーは攻撃の手をゆるめないわ」

「そのとおりだ。復讐心が彼女の原動力だ。怒りと復讐心だけに突き動かされている。おれが思っているとおり先導者がもしリッシーなら、この先も計画性のない異常な行動に走る。今朝のふたりの行動――ジョージタウンのおれたちの自宅に忍びこもうという行動からもわかるとおり、常軌を逸している。それがおれには死ぬほど怖い」

「また攻撃をしかけられる前に、ふたりを見つけないと。現実問題として、いまこの瞬間、わたしたちにはイーサンとジョアンナとオータムの居場所がわからない。でも、ビクターとリッシーなら見つけられるかもしれない」

「たしかに」サビッチはゆっくりと言った。「怯えきったビクターは、石を見つけて、その下に潜りこみたがるだろう。だが、リッシーのほうは断じて違う。ただし、彼女のほうがボス犬であることを認めたうえで、おれはふたりがウィネットに舞い戻るほうに賭ける」サビッチはやれやれと首を振って、肩をすくめた。「なぜだかわからないが」

「勘ね？」

シャーロックはうなずいた夫にキスをして、ズボンを投げた。「身支度をして、空港に行きましょう。家に帰ったら、詳しいことがわかるわ」

サビッチはオータムを思った。飛行機に乗る前にもう一度、呼びかけてみたが、やはり返答はなかった。

52

ワシントンDCジョージタウン
木曜日

サビッチはショーンを抱き寄せ、息子の左眉を指先で撫でた。無事でいてくれて、心底ほっとした。シャーロックに腋の下をくすぐられ、ショーンは笑いながら大声でアストロに助けを求めている。彼に飛びついたアストロは、甲高い声で吠えながら、目にも止まらぬ速さで尻尾を振った。

サビッチが笑顔でふり返ると、そばで見守っていた彼の母親も、チョコチップクッキーの皿を手にほほ笑んでいた。彼女の後ろには、ミズーリ州選出の下院議員フェリクス・モンローがいた。十年来の男やもめである彼もまた、にこやかに見守っていた。サビッチはまだ彼のことをよく知らない。議員がサビッチの母親とつきあいはじめたのは、つい最近のことだ。悪いと思いつつも、なんだか妙な気分になる。母親のほうを見ると、ショーンには悟られないようにしながらも、不安げな目をしていた。

ディロン？　聞こえる？　どこにいるの、ディロン？

「シャーロック、このモンキーを頼む。口にクッキーを詰めこんでやってくれ。呼び出しがかかった」

「オータム？」

サビッチはうなずいた。

「よかった。早く行って、ディロン。さあ、いい子ちゃん、おばあちゃんのクッキーをたらふく食べるわよ。フェリクスも食べたくてよだれをたらしているわ」

「アストロもクッキーが大好きなんだよ」ショーンがフェリクスに言った。iPhoneのアプリを見せてもらってから、ショーンはフェリクスをかっこいいと思っている。

「ママの言うとおりだよ」とフェリクス。「きみのおばあちゃんがつくるクッキーは、わたしがいままで食べたなかで最高だ」

「ショーン、病気になっちゃうからアストロにチョコをあげちゃだめよ」

当然ながら、ショーンの口からまっ先に発せられたのは、「どうして？」という問いだった。

サビッチは急いでリビングを出ると、廊下を通って台所へ向かい、母家の一階にあるトイレに入った。ドアを閉めて、目を閉じた。気が散る要素をいっぺんに遮断できるからだ。オータム？　**無事か？　きみのママは？　イーサンは？**

壁に背中をぴったり押しつけて両膝を抱えているオータムの姿がありありと見えた。ポニーテールの髪はもつれ、頬には乾いた涙の跡がある。ケガをしている様子はないが、疲れきっているようだ。

なにがあったのか話してくれ。

ブレシッドがね、あたしがイーサンの家であなたを呼んだんじゃないかって疑ってるの。またあなたを呼んだら、ママもイーサンも殺すって。だからいままで連絡できなかったの。いまはどこかのモーテルにいて、ここはバスルーム。これからみんなであたしが前にいた場所に戻るんだって、あいつがイーサンとママにそう言ってた。あのいやな場所じゃないよね、ディロン？　あたし、おばあちゃんといっしょにいたくない。

ああ、もちろんそうじゃない。おれがそんなことはさせないよ、オータム。イーサンも、きみのママもだ。いまはどうやっておれに連絡できてるの？

ブレシッドは眠くなって、ママとイーサンを椅子に縛りつけたの。そのまま眠っちゃったら、ふたりをコントロールできなくなると思ったんじゃないかな。あたしはバスルームに閉じこめられてる。あなたを呼べばすぐにわかるって言われたけど、そんなの信じない。あいつにはわからないよね、そうだよね、ディロン？

ああ、わからないさ。だいじょうぶだ。ありがたい、イーサンとジョアンナは無事か。そうか、ブレシッドは眠ってるのか。グレースもそこにいるのかい？

ううん、いない。グレースは死んじゃった。イーサンがライフルで撃ったの。

ひとり片付いた。モーテルの場所はわかるかな？　モーテルの名前を見たかい？

オータムには必死に考えていた。目に涙が滲んできた。

オータムはむずかしすぎる、それにペースが速すぎだ。彼女はまだほんの子どもなのだ。ショーンとふたつか三つしか違わない子ども相手に、サビッチは大人に対するのと同じように質問を浴びせていた。ところが、オータムはまた神経を集中させ、じっと考えていた。サビッチの胸に、愛しさと賞賛の念が込みあげてきた。なんて賢く、しっかりした子だろう。まだこんなに幼いのに、けっしてすくみあがらない。

車には長い時間乗っていたかい、オータム？

わかんない。とっても疲れて眠っちゃったから。ずっとブレシッドが運転してたと思う。なんでイーサンかママに運転させなかったのかな。催眠にかかってると運転できないのかも。かもしれないね。きみたちが通ったハイウェイのことを話してくれ。広い道だった？　両方向のレーンがたくさんあった？

うん、すごく広くて、車がいっぱい走ってた。ハイウェイを下りたところで、ブレシッドが〈ウェンディーズ〉のハンバーガーを買ってきて、それから道の反対側にあるモーテルを見たけど、首を振って古い道に入ったの。そしてこのモーテルのところまで来たのよ。

町の名前は見なかった？

見なかったと思う。

モーテルの名前は?

オータムは顔をしかめ、指がもぞもぞと動きだした。はっきりは覚えてないけど、古い看板みたいなのがあって――オレンジ色で、字がいくつか消えてた。

思いだせるように、手を貸してやれたらいいんだが。オータム、目をつぶって、おれの声に耳をじっと傾けてごらん、いいかい? イーサンとママのことも、ほかのこともなにも心配しないで、リラックスしておれの声を聞くんだ。やってみてくれるかい?

オータムはうなずき、片方に首をかしげ、言われたとおりに目を閉じた。

いい子だ。さあ楽にして。そう、壁にもたれて両手を床に置いて、プールに浮かんでいるつもりになってごらん。

感心なことに、彼女は言われたとおりにした。手のひらを上に向けた小さな手を、ひびの入ったリノリウムの床に置くのが見えた。オータムの指が、ゆっくりと開いていく。

オータム?

聞こえるよ、ディロン。

そう、その調子だ。いいかい、きみはいまハンバーガーを食べてる。そこは車のなかかな?

そう。ブレシッドは店に入って、食べ物が入った袋を持って出てきたの。あたしは前の席でブレシッドの隣にいて、ママとイーサンは後ろの席にいた。ふたりともじっと坐って、死んでるみたいに見えるけど、ほんとうは死んでなくて――。だいじょうぶだよ、いい子だ、だいじょうぶ。

　オータムの呼吸が荒くなり、身がこわばった。だいじょうぶだよ、いい子だ、だいじょうぶ。ママもイーサンも、ちゃんと元に戻る。だから、いまはなにも心配しないでおれの声を聞くんだ。そう、それでいい。きみは食べてる、いいね？　ハンバーガーにマスタードはついてたかい？

　ううん、ディロン、あたしはケチャップが好きなの。ケチャップがたっぷりついてるのが好き。だから、小さなケチャップの袋をぎゅっと絞って全部出したの。いつもママがかけていいって言うよりたくさんかけたの。いけないってわかってるけど、でも――。

　少しくらいケチャップを多めにかけたからって、ママは気にしないよ。ハンバーガーはおいしかった？

　すごくおいしかった。ブレシッドもハンバーガーを食べてた、それとフライドポテトも。でもケチャップはかけなかった。ママとイーサンは、じっとまっすぐ前を見て食べてた。イーサンとママに話しかけようと思ってふり向いたけど、ふたりともこっちを見てもくれなかった。

　わかるよ。いいかい、オータム、ブレシッドはまた車を発進させたんだね？　そしてハイウェイを下りた。

　オータムは身動きもせず、うなずいた。そう。せまい道に入って、少しだけ走ったの。それからブレシッドはにやっと笑って、でこぼこの駐車場に入って、オフィスの横に車を止めたの。笑った顔がすごく怖かったんだよ、ディロン。

そうだね、おれもその顔を見たことがあるよ。きみが乗ってるのはどんな車かな、オータム？　彼は固唾を呑んだ。だしぬけに訊いてしまったものの、交信中のオータムにわかるとは思えなかった。

白いバン。タイタスヒッチを出て少し行ったところで、ブレシッドがイーサンにどこかの私道から盗ませたの。

そうか、きみは前の席にいて、目の前にモーテルがある。看板が見えるかい？

うん。

どんな看板かな？

なんだか古くて、すごくやな感じのオレンジ色で、ちょっと曲がってる。

つぎは名前だ、名前を見てごらん。読めるかい？

単語がふたつあるけど、見たことのない言葉で、あたしには読めない。

じゃあ頭に思い描いて、おれに見せてくれ。

その方法はどこから浮かんできたのだろう？　彼の目にオレンジ色の看板が見えた。信じられないが、それがあったのだ。はっきり、くっきりと、彼の目の前に。オータムの言うとおり、いくつか文字が欠けていた。

〈LIZ　RD'S HIDEA　AY〉

来るよ、ディロン、あいつが来る！　気づかれたらママが殺されちゃう。

だいじょうぶ、気づかれないよ。さあ顔を上げて。それでいい。なにも問題ない。洗面台で手を洗うんだ。ブレシッドがきみを見に入ってくるまで、ずっと洗いつづけるんだよ。トイレに行ったことにするんだ、いいね？　だいじょうぶ、いい子だ。さあ。

53

十五分後、シャーロックといっしょにポルシェに向かって歩いていたサビッチは、ショーンが声を張りあげて祖母と調子っぱずれのデュエットをする声を聞いた。聞き覚えのある歌――ボビー・ダーリンの「ビヨンド・ザ・シー」、ショーンのお気に入りの映画『ファインディング・ニモ』のエンディングテーマだ。いまにも駆けだしそうなほど気負った状態にもかかわらず、サビッチはふり向いてほほ笑んだ。そのときフェリクスのバリトンが加わった。ポルシェが唸りをあげてよみがえる。バックで道に出ようとしたとき、セリーヌが『ネイチャー・ボーイ』を歌いだした。

彼は携帯に向かって言った。「サビッチ」

「オリーです。〈LIZARD'S HIDEAWAY《リザーズ・ハイダウェイ》〉の所在地はテネシー州。チャタヌーガから五十キロほどの、ハイウェイ75号のすぐ外れです。どうしましょうか?」

いい質問だ。「地元の警官がモーテルに大挙して押しかけたら危険すぎる。連中同士で撃ちあいになるか、オータムが撃たれるのがオチだ。ブレシッドはブリッカーズ・ボウルの自宅に向かっているはずだ」ブレシッドを倒すには自分がもっとも適任だ。「オリー、きみのほうでチャタヌーガの現地オフィスの捜査官を何人か動員して、ブレシッドを追尾させてくれないか。絶対に気づかれないように、それと自分たちで捕まえようとしないよう念を押してくれ、いいな？」

「わかりました。ところで、彼らが乗ってる車は——」

「白いバンだ。ナンバーまではわからない」

オリーはしばらく黙っていた。「了解、ハイウェイ・パトロールを動員しましょう。バンを見つけたら、捜査官たちに追尾させます」

「それがいい。見つけたらすぐに知らせてくれ。彼らの居場所をつねに把握しておきたい」

「お安いご用です」オリーが深く息を吸いこむ音が聞こえた。リッシーとビクターの話だ、とサビッチは察した。きっと悪い話を聞かされる。

「ビクターとリッシーに関する新情報が入りました。デーンから電話があったんです。アーリントン国立墓地付近の住人から、近所に住む小さい男の子が、両親が台所に倒れていて床が血だらけになっていると叫びながら半狂乱になって駆けこんできたと、九一一に通報があったそうです。

父親は助かりそうですが、母親のほうは診療所に運ばれはしたものの、どうでしょう。もちろん車はなくなっています。二〇〇七年型の、赤のシェビー・コバルト。男の子が言うには、すごくかっこいいぴかぴかの車で、母親は〝ハニーポット〟と呼んでたそうです」オリーの声が途切れる。「なんでこんなことが起きなくちゃならないんでしょうね。絶対にあいつらを捕まえてやりますよ、サビッチ」

「よろしく頼む、オリー。少なくとも車の特徴とナンバーはわかったわけだ。また連絡してくれ」サビッチは電話を切り、なにが起きたかをシャーロックに伝えた。

「ハニーポット」シャーロックはそう言うと、かぶりを振った。「その男の子が孤児にならずにすみそうでよかった。リッシーがその子まで殺そうとしなかったのが、せめてもの救いね。でも母親のことは、ディロン、忍びないわ」

子どもは二階にいたため、リッシーがその存在に気づかなかったというほうがまだ納得がいく。あの娘に多少にしろ良心があるとは思えない。サビッチはいつしか男の子の母親が生き延びるようにと祈っていた。

「リッシーとビクターはとことんやるつもりだ、シャーロック」サビッチはハンドルに拳を打ちつけた。「おれのせいだ、あの一家があんな目に遭ったのは、ほかの誰でもない、おれのせいだ」そのとき彼は、自分がきわめてむずかしい決断を迫られているのに気づいた。だがいますぐではない。いまは待つよりほかないのだ。

四時間後、セリーヌがふたたび『ネイチャー・ボーイ』を歌った。

サビッチとシャーロックはフーバー・ビル五階のＣＡＵにいた。電話を切ると、サビッチはシャーロックに言った。「カリー・グウィン捜査官からだ。ノースカロライナ州ウィネット北部の〈ケーマート〉で、リッシーが見つかった。彼はバーニー・ベントン捜査官といっしょに、ウィネットにあるビクターのアパートを張ってる。どうするか訊いてきたんだ」

「どうしたいかわかってるわよね」シャーロックが言った。

サビッチは腹を決めた。

54

目覚めたとき、イーサンは一瞬、自分が誰だかわからない恐怖を味わった。わかるのは、それまでいたはずの場所ではなく、どこか別の、見知らぬ場所にいることだけだった。

記憶がいっきによみがえってきた。自分はイーサン・メリウェザーで――あっちにいたのだ。ほとばしるような恐怖感を覚え、無理やり頭を働かせて、思いだそうとした。頭がガンガンして、あまりの激痛になかなか集中できないが、どうにか記憶をたぐりよせる。タイタスピッチ・ワイルダネスのキャンプ場にいる自分の姿が見えた。くるりとふり返り、ブレシッドを撃とうとすばやくレミントンを上に向けたが、間に合わなかったのだ。そしてブレシッドに捕まってしまった。あれからどれくらいたったのだろう？　ブレシッドになにをさせられたのか？　正直なところ、知りたくなかった。

カーテンのまわりから陽光が差しこんでいる。ということは、昼間だ。何時だろう。眠りから覚めて本来の自分に戻ったのはわかる。どういうことだろう？　催眠状態が長くは続かなかったのか？　眠ったから、それともべつに原因があるのか？

ジョアンナとオータム。自分が無事だということは、ふたりもそうなのだろう。自分がジョアンナになにかしたとは思えないが、可能性がゼロではない。ブレシッドに命じられ、即座に全力で成し遂げたかもしれないのだ。それがたとえ殺人であろうと。そのとき、イーサンは自分が椅子に縛りつけられているのに気づいた。後ろ手に縛られた手は、ほとんど感覚を失っていた。結び目を調べると、固かった。割れるような頭の痛みに歯を食いしばりながら、室内を見まわした。

安物の化粧だんすが置かれ、擦り切れて薄汚れた地味な茶色のカーテンが、細長い窓をおおっている。茶色のペンキを塗ったドアは、強く押せば子どもでも開けられそうだ。空気清浄スプレーのようなにおいがする。モーテルだ。安モーテルにいるのだ。どこの？

背後から、ゆっくりと規則正しい呼吸音が聞こえ、やがてジョアンナのものとわかった。彼女も背中合わせに椅子に縛りつけられ、まだ眠っているか意識を失っているのだろう。

「ジョアンナ？」

返事がない。もっと手を動かそうとするが、結び目はびくともしない。

左のほうでなにかが動いたような音がして、とっさにそちらに顔を向け、頭を切り裂かれるような激痛にうめき声をあげそうになった。二メートルも離れていないところに、ブレシッドが立っていた。イーサンの記憶のなかの、肩に銃弾を受けて自宅の客用寝室の壁にもたれていた男よりも背が高く見えた。あのときブレシッドは、彼を見る者たちを守るために狂気じみた目を隠されていた。イーサンはひやりとして、目を伏せた。だがわかっているな、わたしがその気になれば一発でかけられる」

「目が覚めたか？　だいじょうぶだ、催眠術はかけない。だがわかっているな、わたしがその気になれば一発でかけられる」

「イーサン！」オータムが走って、胸に飛びこんできた。「起きてたんだね。元に戻ったの、イーサン？」

「ああ、そうだよ、元どおりになった」

「それも長くは続かないかもしれないぞ、保安官」ブレシッドが言った。

イーサンはすかさず訊いた。「ここはどこだ？」

「おまえはすてきなモーテルで椅子に縛りつけられている。あの女も背中合わせに縛られている。まだ眠っているがな。いずれ目覚めるから、心配はいらない。おまえのほうが先に目覚めたとは、おもしろい。たいていは女のほうが早いのだが。グレースがいつも言っている――」ブレシッドは言いかけてやめ、感情をぐっと呑みこみ、さらにもう一度呑みこんだ。

彼はサビッチに撃たれた肩をさすった。

イーサンが言った。「包帯を交換したほうがいいぞ、ブレシッド。そのままだと壊疽《えそ》で死ぬかもしれない。まだかなり痛むんだろう？　ジョアンナに撃たれた腕はどうなった？」

「こいつがすべて片付けば、わたしはおまえ以上に元気になる」

「アスピリンをたくさん飲んでたよ」オータムが言った。

ブレシッドはジョアンナのほうへ歩いていき、彼女の頬を軽く叩いた。「起きろ、くそ女、こっちを見ろ」

オータムはイーサンからぱっと離れ、ブレシッドに飛びかかった。「あたしのママをくそ女なんて呼ぶな！　ママはくそ女なんかじゃないよ。それから、ママをまた叩いたら許さないから、わかった？　あんたなんて怪物だ、あんたは狂ってる。イーサンにかまうな。ママにかまうな！」

「ほら、ほら、オータム、いい子だから落ち着きなさい」ブレシッドの声が急に低くなだめるような調子に変わったが、イーサンの耳には奇怪に聞こえ、どうやらオータムにもそう聞こえたらしい。少女が鼻息荒く、ブレシッドを叩く音が聞こえてきた。そのあとブレシッドにむんずとつかまえられたらしい。「落ち着きなさい、オータム。静かにしないと、保安官をいますぐ阻害《スタイミー》するぞ」

沈黙。

彼女が小さな声で痛烈な言葉を吐くのが聞こえた。「二度と彼を阻害《スタイミー》しないで！　もしやったら、逃げだして隠れるから。そうしたら、もう二度とあたしを見つけられないから」

「いつだって見つけだせるさ」

「見つかっても、また別の場所に隠れてやる。何度でも、何度でも、あんたが死ぬまで隠れてやる。あんたなんて年寄りだから、もうじき死ぬわ。イーサンを二度と阻害《スタイミー》しないで！」

　さらなる沈黙のあと、ブレシッドが言った。「おまえのようなガキは縛ってしまえば、それでおしまいなのだぞ。わたしを脅すんじゃない」

　ふたりの様子が見えるように、イーサンは椅子の上で身をよじった。オータムの声には恐怖が混じり、怒りとヒステリックな興奮が高まってきた。過呼吸を起こしかけて、泣きだした。おそろしく激しい嗚咽だった。

　ブレシッドにもそれは聞こえている。イーサンは、ブレシッドの声にいらだちを感じ取った。「そんなに息を荒らげるな、やめろ。泣くんじゃない」

　オータムはますます激しく泣いた。

「ああ、わかった、わかった。保安官がばかなまねをしなければ、そのままにしておいてやろう。ただし、おまえがおれの言うことを聞いているあいだだけだ」

　オータムは泣きやみ、しゃくりあげはじめた。

「約束するか？」

「うん、約束する。だけど、あんたが約束を守らなかったら、あたしは逃げて隠れるから」

　さすがのブレシッドもヒステリックな子どもは苦手らしい。オータムはまたしゃくりあげたが、こんどはどことなく――偽のしゃくり声のように聞こえる。頭が割れるほど痛いにもかかわらず、イーサンはほほ笑んだ。なんともすごい子だ。

「保安官？」

ブレシッドの声だ。彼はイーサンのすぐ右側に立っていた。「頭が痛いのか?」

「ああ」

「アスピリンを持ってきてあげて、ブレシッド」

「苦しませておけ、薬など——」

オータムがまたやった。速すぎる呼吸に、哀れを誘うしゃくり声をひとつあげると、ブレシッドはため息をついた。「わかった、オータム。おまえはここにいろ、いいな?」

「じっとしてる」彼女はブレシッドに言い、イーサンの手を撫でた。

この子はブレシッドをもてあそんでいる。たいしたもんだ。オータムが痩せた腕を首にからめてくると、イーサンは彼女の頬に向かってささやいた。「うまくいったな、だけど気をつけるんだよ、いいね? ブレシッドはばかじゃない」

彼はオータムがうなずくのを感じた。ブレシッドが戻ってくると、彼女は姿勢を正して言った。「ほどいてあげないと、アスピリンが飲めないわ」

イーサンはうめいた。オータムとは違い、本物だった。

手首の結び目をほどこうと、ブレシッドの指がかかるのを感じた。すぐにロープはほどけたが、手の感覚がなくなっているため、さほど違いが感じられない。イーリンは腕をゆっくりと体の前に持ってきて、両手をこすりあわせたり、握りしめたりした。少しずつ感覚が戻り、むずむずしてくる。指がずきずきするけれど、頭が破裂しそうなほど痛いせいで、それがあまり気にならなかった。

「わたしを追跡しようなどという気を起こすなよ、保安官。つぎは生かしてはおかない。ほら、アスピリンだ」

彼を追跡する？　できるわけがない、脚が縛られているのに。イーサンはアスピリンを手に取り、水なしで飲んだ。腕時計を見ると、午前十一時ちょうどだった。だが、いつの午前だろう？

「何曜日だ？」

「木曜」

そうか、よかった。眠っていたのはせいぜい二、三時間か。イーサンは目をつぶって坐ったまま、アスピリンがきいてくれるのを待った。

「ママもほどいてあげて」オータムが言った。

一拍の沈黙のあと、ブレシッドがいらだった声で言った。「だめだ、くそ女はあの――」オータムが食ってかかる。「ママはくそ女じゃない！　二度とそんなふうに呼ぶな！」抑えのきかない荒々しい口調だった。オータムはブレシッドに飛びかかり、何度も何度も叩いた。イーサンの耳に、ブレシッドが小声で悪態をつき、こう言うのが聞こえた。「わかった、わかった、解いてやる。落ち着け、おかしなまねはやめろ、わかったか？」

「おかしなまねね？」オータムはまたべそをかきはじめ、涙ながらにささやいた。「ママをほどいて」

この子は女優になるべきだ、とイーサンは思った。

ブレシッドは凄味をきかせているつもりらしいが、イーサンには中途半端に思えた。「ほどいてやってもいいが、あの女がおかしなまねをしようとしたら、またあっちへやるぞ」

「さっさとほどいて」

ジョアンナのうめき声が聞こえた。

「ママを阻害《スタイミー》しないで、ブレシッド！」

まだ目を閉じたまま、イーサンが言った。「彼女にアスピリンを持ってきてやれ、ブレシッド。ひどい頭痛が襲ってくる」

一分後、オータムが言った。「ほら、ママ、アスピリンよ。かわいそうなイーサンみたいにそのまま飲まなくていいように、水も持ってきたわ」

オータムがジョアンナの口にアスピリンを入れ、唇にグラスをあてがった。

「ほどいてあげて、ブレシッド」

ブレシッドは迷惑そうな顔をして、ジョアンナの両手をほどいた。

「ママ、手をこすってあげる。こうするとだいぶいいでしょう？　イーサン、もう楽になった？」

「ああ」彼は答えた。驚いたことに、ほんとうに楽になっていた。「ジョアンナ？」

「ここよ、イーサン」椅子が動き、ジョアンナがオータムを抱きあげて揺らしているのだとわかった。

ブレシッドが近づいてくる足音がした。イーサンは顔を上げなかった。上げるばかがどこにいる? ブレシッドの靴に視線を落としていた。男にしては小さい足だ。「靴が汚れてるぞ、ブレシッド」

「そうか? 人のふりよりわがふりではないか、保安官、そっちのくそ——そっちの女も」

イーサンには、オータムが非難の言葉を浴びせようと口を開きかけたのがわかった。ブレシッドはすんでのところで食い止めた。

イーサンは言った。「これからどうするんだ、ブレシッド?」

55

「おまえとその女が歩けるようになったら出発する」

「どこへ行くんだ？」

一瞬の間があった。「ここではない別の特別な場所へ。そこならオータムも安全だ。そこで母を待つ」

ブレシッドの母親を待つ？　はたして来るのだろうか――サビッチは、シェパード・バックマンと取引きしていると言っていた。いまこの瞬間に、サビッチがあの老女をどうしたかがわかればいいのだが。ジョアンナが訊いた。「それはどこなの？」

「黙っていろ、おまえには関係のないことだ。オータム、その女の膝から下りなさい。出発の時間だ」

「トイレに行かせて」ジョアンナが言った。

「おれもだ」とイーサン。

「わかった、だがさっさとすませるように。おかしなまねをすれば、ふたりともまたあちらへ送る」

十分後、イーサンの運転で一行はふたたび路上にいた。「いまハイウェイ75号にいる」イーサンは言った。「たしか、チャタヌーガの先でハイウェイ81号に入る。これからどこへ――?」

「無駄口を叩かずに黙って運転するように。どこへ行くかはわたしが指示する」

イーサンは無用な差し出口は控えようと決めた。頭の痛みは、ただの鈍痛に変わっている。助手席にいるジョアンナに目をやった。押し黙って前方を凝視し、両手をぎゅっと握りしめているところをみると、まだ痛みはおさまっていないのだろう。彼は手を伸ばし、ジョアンナの手を引き寄せて強く握った。やがて彼女も握り返してきた。ジョージア州に入ったときも、彼はまだその手を握っていた。

イーサンは、覚悟を決めてバックミラーをのぞきこんだ。ブレシッドと目が合うかとびくびくしたが、あえてミラーを見た。そこには、いまいましい不気味な目があった。視線が合い、ブレシッドがほほ笑んだ。なにも起こらない。ブレシッドもさすがにいまは術をかけない。かければ、バンが大破しかねないからだ。なにか考えなければ。イーサンは言った。

「オータム、だいじょうぶか?」

「もちろんだいじょうぶだとも。彼女は眠っている」ブレシッドが言った。「黙って運転しないなら、おまえもくそ女も、わたしにはなんの用もなさい」

イーサンは穏やかな口調で応じた。「ジョアンナの呼び方に気をつけたほうがいいぞ、ブレシッド。オータムがいつ目を覚まして、なにをするかわからない」

「わたしの言うとおりにするだけだ。やがては自分の一族を愛して敬うようになり、わたしたちも彼女を愛するようになる。彼女にはいろんなことが待っている、すてきなサプライズもある。これでおしゃべりは終わりにするぞ、保安官」

「おれはただ、チャタヌーガでエッグマフィンとコーヒーを買ってもらった礼を言いたかっただけだ」

ブレシッドは不満そうに言った。「姪を飢えさせたくなかった。食べおわるのにずいぶん時間がかかったようだな。もう話しかけるな」

イーサンには、自分とジョアンナがまだ生きているのは、ひとえにオータムがブレシッドの言いなりにならないからだとわかっていた。彼はなんの話をしていた——オータムにすてきなサプライズが待っている？　その件については尋ねないほうがよさそうだ、とイーサンは思った。

ブレシッドがつぎに口をきいたのは二時間後だった。「そこを曲がれ、保安官」

イーサンはハイウェイを下り、なにもない辺鄙《へんぴ》な場所を走りだした。古い二車線の田舎道をさらに三十キロほど行く。交通量は少なく、通ったのはピックアップトラックが二台とフォルクスワーゲンが一台のみ。一キロあたり二、三軒しかない家屋は、ほとんどがむかし風のスキップフロア式の建物で、鬱蒼とした茂みに隔てられて道から少し奥まったところに立っていた。

ブレシッドがようやく、もう一度曲がってせまい一車線道路に入るよう指示を出した。舗装されていないその道は、道路というよりもわだちの残る小道といった風情だった。ブレシッドはさらに、マツとカエデとオークが茂る木立のほうへ向かうよう命じた。

イーサンはどこに向かっているかわかっているつもりでいたが、どうやら間違いだったらしい。「煙草農場に行くんじゃなかったのか？」

ブレシッドは一瞬驚きの表情を浮かべ、すぐに消した。「あそこのことをなにか知っているのか？」

「〈チルドレン・オブ・トワイライト〉のことなら、そこそこ知ってるぞ。ＦＢＩもだ」じつはそれほど知っているわけではなかった。サビッチから詳しく聞くチャンスがなかったのだが、ブレシッドはそれを知らない。「古い煙草の火力乾燥場があのカルト教団の巣窟《そうくつ》になってるのは知ってる」わずかな手の内をすべて見せてしまわないように、イーサンはそこで切りあげた。「なあ、ブレシッド、おれたちはそこに向かってるんじゃないのか？」

「違う、あそこじゃない、わたしたちが……黙れ保安官、おとなしく運転してろ」

「教えてくれてもいいだろう？　インターネットを通じて接触してくる人間は多いのか？　そうやってメンバーを集めるのか？　〈チルドレン・オブ・トワイライト〉はヨーロッパに

も支部があるのか？　トランシルバニアはどうだ？」

ブレシッドが小声で悪態をついてサビッチの名前を口にするのを聞き、イーサンはにやりとした。

「いますぐ黙らないと阻害《スタイミー》するぞ。オータムは眠っているから気づかない」

「運転中にそんなことをされたら、いきなり道を外れてしまうんじゃないか？　オータムもケガをするかもしれないぞ。あぶないことはやめておいたほうがいい、ブレシッド」

「おしゃべりはやめろ、保安官。スピードを落とせ、道がでこぼこだ」

道はまもなく石ころと穴ぼこだらけになり、泥の水たまりをタイヤの跡がジグザグに走っていた。カエデ、マツ、オークが道の両側から迫り、目にも鮮やかな緑の天蓋が近すぎて、枝が車をこすった。くねくねとした坂道が、左から右へ、そしてまた右へ蛇行しながら、たえずのぼっていく。

道をさえぎる年季の入った鉄製の黒い門のところまでくると、イーサンはブレーキをかけた。二本の太い木の柱が門を支えていた。両側に鬱蒼と木が茂っているため、門の脇からまわりこむことはできない。ここはどこだ？

「降りろ、女、門を開けてこい」

ジョアンナはイーサンの手から自分の手を引き、バンを降りた。歩いていって門を開ける。

開いた窓からブレシッドが大声で叫んだ。「車が通るまでそこにいて、門を閉めろ」

イーサンは車で門をくぐり、ジョアンナが門を閉めるのをバックミラーで見た。錠もかけないのなら、なんのために門があるのか？　誰も入ってこないようにするためでないなら、なぜ——木のなかにカメラがしかけてあるか、アラームがあるのだろう。門が開くたびに、この道の先にいる誰かに、人の来訪が知らされるのだ。

のぼり坂はさらにくねくねと続き、生い茂るマツの木立の前でぷつりと途絶えた。そこは木におおわれた低い丘陵地帯だった。

「降りるがいい、保安官」

イーサンは風のない静かな空気のなかに降り立った。明るい昼の光がかげりはじめている。まだ暑いが、六時近いはずだ。

ジョアンナがふり向くと、ブレシッドがオータムを起こしていた。

幼い少女は朦朧としていた。ジョアンナは、ブレシッドに向きなおった。「この子に薬を飲ませたのね、卑怯者」

「おまえがガソリンを給油しているあいだに〈クイックマート〉で買った睡眠薬だ。この子の心配はいらないから、がたがた言うな。おまえたちのどちらかが、ここまでどうやって来たかをこの子に教えようとしたら、その場で術にかける。さあ、黙ってふたりとも前に進め。オータムはわたしのそばに置く」

「やだ、あたしはママと行く」オータムが言った。

「いいや、おまえはわたしといるんだよ。わかったね？」

オータムは考え、やがてゆっくりとうなずいた。

「保安官、まっすぐ前に進め、おかしなまねをするんじゃないぞ」

ブレシッドはオータムの手を取った。

木々のあいだの曲がりくねった細道を通っていくと、急に広い平地に出た。自然にできた平地ではなく、整地された土地だ。

「ここだ」ブレシッドが満足げに言った。「やっと着いたよ、オータム。ここは、おまえには想像もつかないくらいすばらしい場所、おまえが本来いるべき場所なんだよ」

イーサンとジョアンナは、古い三階建ての小屋を見つめた。灰色のペンキは剝げかけ、腐った板が釘でぶら下がっている。少なくとも半世紀は見捨てられていたかのようなありさまだ。

イーサンが言った。「煙草農場は隠れみのか、ブレシッド？おまえたちのカルトは、以前はあそこにあったのかもしれないが、いまは違う。このすばらしく古い小屋が、カルトの拠点なんだな？」

56

「そうとも、ここが〈トワイライト〉だ」ブレシッドが答えた。その声には、独占欲の強い尊師のような響きがあった。「好きなだけ冒瀆するがいい、保安官。おい、なにをしてる？なぜ森のほうをふり返る？　誰かがあとをつけてくるとでも？」

「物音がしたような気がしただけだ。たぶん動物だろう。誰かがこんな場所を知ってるとは思えない」

ブレシッドは一瞬耳をそばだててから、首を振った。「ああ、誰も知らない。ここから逃げるつもりだろうが、それは無理というもの。まあ、いずれどちらかがどこかへ行くことになるかもしれないが、おまえたちには知らされることもない」

彼はみずからの言葉に満足したかのように笑った。「ガソリンを給油しに止まったときのことを覚えているか、保安官？　おまえにガソリンを給油させただろう？　マクドナルドを出てすぐ、長いことわたしたちのそばを離れない車があった。いいことを教えてやろう、保安官。わたしは目を疑ったよ、それと同じ車が、ガソリンスタンドの隅っこの、タイヤゲージとウォーターホースの横に停まっていたのだ。スーツ姿の間抜け面が三人、なに食わぬ顔で乗っていたから、わたしはその車に近づいて窓を開けさせ、ひとりに術をかけてやった。残りのやつらが銃を構えようとしたが、どうということはない。そいつらにも術をかけるまでだ。まっ黒なサングラスをしていたが、なんの役に立とうか」彼は笑った。「あの連中は、わたしたちを追跡しろと言われていたのだろう。まあ、ついてはこられなかったが。あの三ばか大将はどうなったろうな？ さっぱり動かないもんだから、スタンドの店員があやしんで警察を呼んだんじゃないか？ 連中がどうやってわたしたちを見つけたか、おまえなら知っているんじゃないか？」

「まるで見当がつかないな」

ブレシッドはジョアンナのほうを向いた。「だったら、おまえが知っているのかな？」

ジョアンナは毅然とした声で答えた。「いいえ、けれどFBIは間違いなくこのカルトのことを知ってるわ、ブレシッド、どこにあるかもよ。わたしがあなたなら、心配でたまらないでしょうね。彼らはここにやってくるわよ、ブレシッド」

ジョアンナは自分を取り戻しつつある、とイーサンは思った。顔のまわりにはほつれ毛がまとわりつき、鼻を横切るようにそばかすが散って、ジーンズは汚れ、シャツは破れて皺だらけになっているが、彼女はあきらめていない。自分も同じくらい悲惨な姿なのだろうとイーサンは思った。そんな姿にもかかわらず、彼女はものすごく美しかった。

ブレシッドはオータムを見おろしてにっこりと笑い、やさしく、崇《あが》めるような調子で言った。「おまえがやったんだね、オータム、モーテルでバスルームにいたときに、どうにかしてあの捜査官を呼びだしたのだろう？　だがあの男は来ないぞ。わたしたちの居場所の見当がつかないからだ。おまえをしっかりと眠らせておいたのは、そのためだ。いまここであの男を呼んでも、どうにもならない。おまえにはここがどこかわからないからだ」

オータムは彼を見あげた。「ヒゲを剃ったほうがいいよ。頬のヒゲがまっ白。おじいちゃんだから」

その瞬間、この幼子を自分の人生に留めておくためならなんでもしよう、とイーサンは決意した。この子の成長を見守りたい、ジョアンナとともに——。

ブレシッドはしばらくオータムを見つめたのち、頭をのけぞらせて笑いだした。「おまえはまだ年寄りを見たことがないんだよ、オータム。ちょっと待っていなさい。さあ、意識を失いたくないなら、おまえたちふたりはあそこの小屋まで歩くがいい」

ジョアンナは動かなかった。「オータムを置いてはいけないわ」

「ママといっしょにいたい」オータムも言った。

ブレシッドは彼女を見つめ、手を放した。ジョアンナは走ってきた娘をしっかりと抱きしめ、髪と額にひとつずつキスをした。

小屋に到着すると、ブレシッドは先頭に立って大きな両開きの扉へ向かった。扉はすっかり朽ち、立っているのが不思議なようだった。ブレシッドは少しだけ扉を引いてするりとなかへ入り、顔を突きだした。「こちらへ」

薄暗い室内に目が慣れてくると、無造作に積みあげられた腐った干し草の束や、朽ちた木の床板に散らばる錆びたトラクターの部品が見えた。少し離れた片隅にはその部品の母体である、タイヤがふたつ欠けた年代物のジョンディア・トラクターが置かれていた。カビ臭くていやなにおいがする。せめてもの救いは、外ほど暑くないことだった。イーサンの足が動物の死骸を踏んだ。

そのとき彼は気づいた――そこにある朽ちたものや錆びた機械部品がすべて演出であることに。誰かが、見捨てられた小屋はこんなふうであるはずだと考え、わざわざジョンディア・トラクターまで置いたのだ。

ブレシッドは三人が見ている前で干し草の束二個と、カバーがぼろぼろになった古い車のシートをふたつを押しやり、床に散らばる藁を足で払った。これで一・五メートル四方ほどの空間ができた。身をかがめ、床板にほぼ平らについている錆びた古いハンドルを引くと、床に穴が現われた。ブレシッドは一歩下がってにやりと笑い、手でさっと穴を示した。ジョアンナとイーサンは、まっ黒な闇をのぞきこんだ。

ブレシッドが闇に手を伸ばしてなにかのボタンを押す。短いブザー音が鳴り、暗い穴が急に明るくなったものの、下へ続く木の階段のほかはなにも見えなかった。ブレシッドがうなずいた。「ふたりとも気をつけており、下に着いたらオータムとわたしを待つように。いいか、こちらにはオータムがいる。妙なまねは許さない」

ジョアンナとイーサンは木の階段を下った。イーサンが数えると、硬いマツ材の段が三十段あった。

階段を下った先は、白塗りの壁に清潔な木の床の四角い小部屋だった。ひとつきりのテーブルに電話が載っているだけで、ほかにはなにもなかった。

頭上でトラップドアが閉まる音がして、低くエアコンの音が聞こえてきた。空気はひんやりしていた。この場所を維持するにはかなり大型の発電機がいる。

ブレシッドは彼らの横を通って電話まで行くと、受話器を取って、言った。「キーパーだ」

ジョアンナは、イーサンに向かって片方の眉を上げた。

小部屋の突きあたりの壁板が一枚、音もなく開いた。ブレシッドがなかへ入れとふたりにうなずく。

ジョアンナが先に入り、イーサンがあとに続いた。〈チルドレン・オブ・トワイライト〉の拠点は、ただのぼろ小屋ではなさそうだ。立ち止まって、なにもない広々としたまっ白な空間を見つめていると、ほかの色にいっさい分断されない一面の白さに、めまいがしそうになった。十二メートル四方ほどあるだろうか、壁や天井と同様、木の床まで白いペンキで塗られている。これも演出だ、とイーサンは思った。純潔と潔白の象徴として、天国に似せたつもりか？　あるいはカルトのメンバーにここが神聖な場所だと示すためか。

壁にはめこまれたドアから、若い黒人男性が入ってきた。白いリネンのシャツにゆったりした白いズボン、腰には細いロープを巻きつけている。足は裸足だった。

「やあ、チェル」ブレシッドが言った。「彼女を連れてきたよ」

57

ノースカロライナ州ウィネット

FBIの黒いベル・ヘリコプターが、ウィネットから三キロ西に位置する小型飛行場に着陸したのは、夕方近くだった。山間部にもかかわらず、ヘリコプターから降りたサビッチは、あまりの蒸し暑さに服を脱いで水を浴びたくなった。ヘリコプターを降りるシャーロックに手を貸してから、しばしふたりでその場に立ちつくした。よどんだ空気よりは、ヘリのプロペラが巻き起こす激しい熱風のほうがまだましだ。

ふたりは腰をかがめ、手に手を取って、十メートル先の小さなトタンの建物に走った。ふり返ると離陸しつつあるヘリから操縦士のカーリー・ヘイムズが手を振ってきた。建物の陰にまわりこむ。傷だらけのトラックとおんぼろのSUVとならんで、深緑色のスバルがあった。

キーは差したままだ。サビッチは車内をざっと眺め、エンジンをかけた。

シャーロックが鼻をひくつかせた。「新車のにおい。現地事務所は気前がいいわね。カリーとの待ちあわせはマーケット・ストリートにある〈シェブロン〉のガソリンスタンドで、そこからピュリッツァー・プライズ・ロードのビクター・ネッサーのアパートまでは、わずか一キロ弱。ビクターのアパートでバーニー・ベントンと合流して、リッシーとビクターが現われるのを待つわけね」シャーロックは、にやりと笑った。「〈ピュリッツァー・プライズ・ロード〉なんて、変な名前。四十年ほど前に、ウィネット出身のマービン・ヘムリックがＫＫＫ《クー・クラックス・クラン》について書いてピュリッツァー賞をとったのが由来ですって。それはそうと、最後にカリーと話したとき、彼とバーニーとでビクターのアパートを見張ってるけどなにも起こりそうもないと言ってたわ。暑さで時の流れまで糖蜜みたいにまったりしちゃって、退屈でじっとしていられないって」

シャーロックは携帯電話を取りだし、カリーの番号をダイヤルした。彼は電話に出ず、音声メッセージが流れた。シャーロックはいぶかしげな顔でもう一度かけたが、こんどもやはりメッセージだった。「どうして出ないのかしら？　着いたらすぐに電話すると言っておいたのに。カリーはせっかちなA型人間の典型で、靴まで勝手に歩きだすんじゃないかと言われてるのよ。それなのにいったいなにしてるの？」

「バーニーの携帯の番号はわかるか？」マーケット・ストリートへ左折しながらサビッチが訊いた。

シャーロックは首を振った。「カリーを探しにガソリンスタンドへ行ってみましょう。バッテリー切れなのかもしれない」どちらもそうでないことを知りつつ、シャーロックはシートベルトをきつく締めなおした。ベルトも新品のにおいがする。

「一分もすれば到着するから、しっかりつかまってろよ」

走りゆく車の窓の外には、みごとな田園風景が広がっていた。木々におおわれた丘がしだいに高くなって丘陵地帯となり、やがてはその奥に山並みが見えてきた。坂道の両脇にはびっしりとマツやオークの木が生え、家を千軒建てたくらいでは、減りそうになかった。

サビッチはスピードを落とし、ウィネットの小さな市街地を通過した。平地に整然と三ブロック分の中心街ができている。ということは、かなりむかしの住人たちがブルドーザーで整地したに違いない。マーケット・ストリート沿いには赤レンガと木材でできた建物が寄り集まるように建ち、建物がない場所には木が密集していた。じつにきれいな場所だが、夕方近い時刻なのにまだかなり暑く、歩道に唾を吐いたら、音をたてて蒸発しそうだった。

ダウンタウンは死んだように静まりかえり、ティーンエイジャーが二、三人、うろついているだけだった。夕食の時間だからだ、とサビッチは思った。過酷な暑さから逃れて、裏庭で水浴びをしている人もいるのだろう。

前方右手の角に〈シェブロン〉の看板が見えてきた。老人がひとり、〈クイックマート〉の入口に仁王立ちをして、若い男が白いムスタングコンバーチブルにガソリンを給油するのを見ていた。サービスを待っている車も二台ばかりあるが、カリー・グウィン捜査官がいる気配はなかった。

サビッチはすかさず言った。「ピュリッツァー・プライズ・ロードへ行って、ビクターのアパートを見てみよう。あちらで見張っているうちに約束の時間を忘れたのかもしれない」

シャーロックはいやな予感に襲われつつ、無言を通した。気持ちが張りつめ、ピリピリしている。携帯のGPSをオンにすると、耳に快い女性の声が「八百メートル先を右折です」と告げた。一分後、ふたりはビクターのアパートがある通りに車を止めた。道から奥まった広い敷地に、マツやオークの木に囲まれた小さな農場スタイルの家々が建っている界隈だった。さいわいこのあたりは雨が多いらしく、さもなければ、こうも長いあいだ山火事をまぬがれられなかっただろう。

ピュリッツァー・プライズ・ロードは意外に長かった。ようやく家がまばらになり、ウィネットのもっとも外れまで来て、道が終わる手前にビクターのアパートがあった。さほど大きくはないレンガ造りの二階建てで、部屋数はおそらく六つ。それでもほかの家々と同じくらい広くて緑豊かな庭があり、ドアまでの小道は赤レンガ敷きだった。アパートの先に一軒だけある家は雑草におおわれ、見るからに空き家らしく、窓には板が打ちつけられていた。老朽化したその家の先にはせまい二車線の道が続き、鬱蒼としたオークとマツの林のなかに消えている。活気というものがどこにも感じられなかった。

「地元の人たちが手入れをしなかったら」周囲を見まわしながらシャーロックが言った。

「森林に町が埋めつくされてしまうわね。どこもかしこもオークとマツだらけ。道がすっぽり呑みこまれそうだわ」

「いまはしばらくオークの木の下に坐っていたい気分だよ」サビッチは、雲ひとつない空に燦々《さんさん》と輝く午後の太陽を見あげた。「気温は三十八度前後、湿度は二千パーセントだ。なにが問題かわかるかい——ここの太陽はデカすぎるんだ」

「あそこにいるゴールデンレトリーバーといっしょに、マツの木の下でうたた寝するのもいいわね。町の人たちはみんな、きっとエアコンのまわりに集まってるのよ」

「カリーとバーニーがあのアパートのそばで張ってるとしたら、あの空き家にいるはずだ。人が見えるか？　車は？　なにか見えないか？」

ふたりは念入りに周囲を見まわしたが、照りつける太陽のほかはなにも見えなかった。

木々は微動だにせず、風はそよとも吹かない。

サビッチは車をUターンさせて町の方向へ戻り、アパートから数ブロック離れた場所にトヨタのSUVとF・150トラックのあいだに駐車した。そうしてふたたびアパートのほうへ歩いていった。通行人を動揺させないようにシグは体に沿わせていたが、心配は無用だった。通行人はおろか、カリーもバーニーも現われなかった。うまく身を隠しているにしろ、こちらの姿には——いくらなんでもシャーロックの赤い髪には——気づくはずだ。まずいことになっている、とサビッチは悟った。

空気が熱で脈打ち、湿気でシャーロックの髪のカールがきつくなっていた。彼女が顔を向けて言った。「なぜカリーとバーニーは居場所を伝えてこないの?」

サビッチは無言だった。なにが言えただろう? 彼はアパートの正面玄関のドアを開け、ヤシの木が一本と、白いペンキを塗った郵便受けが六つある、かなりせまいロビーへ入った。気温が少なくとも十五度は低くなった。

「死んで冷凍庫に入れられた鶏みたい」シャーロックはふざけて、羽ばたくしぐさをした。

いちおう郵便受けを見たけれど、ビクターの部屋が四〇三号室なのはわかっていた。

「上へ行ってみよう」サビッチが言った。「油断するなよ」

誰とも階段ですれ違わなかった。きっと部屋のなかにはたくさんの人がいて、夕食の最中なのだろう、とサビッチは思った。テレビで『スタートレック』と『バットマン』のどちらを見るかで言い争う子どもたちの声は聞こえるが、大人の声はしなかった。

通路は広く暗く、各部屋のドアは異なる色のペンキで塗り分けられていた。ビクター・ネッサーの部屋は二階の通路のどん詰まりだった。明るいグリーンの扉に、大きな真鍮の数字がついている。四〇三。

シャーロックは前に出てドアをノックし、シグを構えて少し待った。「ネッサーさん?〈ウィネット・ヘラルド・ウィークリー〉のクロリー・スミスです。一カ月間無料購読のご案内です」

返事がない。

もう一度ノックした。「ネッサーさん？」

物音なし。室内からはなにも聞こえてこなかった。

サビッチはドアに耳を押しあてた。

なんの音もしないので、さらに強く耳を押しつけた。かすかに、くぐもったような音がする。人の声か？　シャーロックに下がれと合図して、迷わずドアを蹴った。簡単に開いたドアが、壁に激しくぶちあたる。シグを左右に振り向けながらふたりで踏みこむと、そこはせまい玄関で、右手にリビング、その奥に小さなダイニングエリアと台所があった。

誰もいない。

くぐもった声が「ここだ！」と叫んだ。

声は寝室から聞こえてきた。サビッチがそちらへ踏みだしたとき、その声がふたたび叫んだ。「だめだ！　入るな！　爆弾とワイヤがしかけてある！」

58

凍りついたサビッチの背後には、シャーロックが控えていた。サビッチは大声で尋ねた。

「わかった、動かずにいる。カリー、きみか？　どんな爆弾だ？」

「ちょっと待って、ダクトテープの残りを口から剝がしますから。まったく、唇が動かせないと、ろくに話せやしない。よし、これでいい。例の若造、そうビクター・ネッサーが、寝室の入口に床すれすれの高さでワイヤを渡してたんです。ぼくに見られても平気だと思ったんでしょうね、あなた方が来るのが見えても、ぼくにはどうせなにもできやしないとたかをくくって。どうにか少しテープが剝がせたからよかったものの、あやうく全滅するところでしたよ」

サビッチが膝をついて見ると、床から一センチほどの高さにワイヤがぴんと張られていた。彼はカリーに声をかけた。「ワイヤをまたいでいく。だいじょうぶか？」

「はい、だいじょうぶです、ぶざまではありますけど。こっちです、ベッドの反対側。さっきも言ったように、テープはどうにか剝がせましたが、まだ縛られたまんまなんです。ビクターのやつ、ぼくにまでワイヤをつなげやがって」

「よし、わかった。動くなよ」サビッチはゆっくりとベッドに近づいた。

カリーが言った。「ここから爆弾が見えます。化粧だんすの横んところに」

「了解」シャーロックが言った。「あなたはじっとしてて、カリー。ディロンとわたしで調べてみるから」

カリーは言った。「あの娘――リッシー・スマイリー、彼女がさもおかしそうに笑いながら得意げに話してました、どっかの間抜けがワイヤに引っかかった瞬間に、アパート全体がドカンといって、百メートルぶっ飛ぶ、空を焦がして天まで届くと。それから奇声をあげながらマドンナみたいに腰を突きだしてにやりと笑い、サビッチ、あなたをあの世送りにしてやると言ってましたよ」カリーは息を吸いこんだ。「ぼくはふだん人の言葉なんかいちいち覚えちゃいないんですが、あの娘はひどすぎる」

シャーロックが言った。「ほんと、あなたがダクトテープを口から剝がしてくれて助かったわ。いくらなんでもあの世に行くのは早すぎるもの」

驚いたことに、カリー・グウィンが笑った。「〈シェブロン〉のスタンドにぼくがいなくて、携帯にも出ないとなれば、ここへ来てくれると思ってました。バーニーとは話せましたか？」

「いや、まだだ」サビッチが言った。「彼の携帯の番号を知らなくてね。さて、カリー、とりあえずきみをこのままにしておいて、まず爆弾がどうなってるか調べよう」

シャーロックは、古いマツ材の化粧だんすのそばに膝をついた。グッドウィルの中古品だ。

「まずは目視よ。小型スーツケースくらいの黒い金属の箱がひとつ。なかからワイヤが出ていて、一本は床を突っ切って寝室のドアの向こうへ、もう一本はあなたのほうに伸びてるわ、カリー。だからぴくりとも動かないで」

カリーは言った。「ウィネットでは無理もないけど、爆弾処理班がないんです。参考までにうかがいますけど、爆弾の知識はあるんでしょうね？」

サビッチが言った。「そうかりかりするな、カリー、だいじょうぶだ。シャーロックはクワンティコで講習を受けて、爆弾に点火するくらいの知識はある。それより、なんでビクターとリッシーに捕まったんだ？」

「バーニーとふたりで通りを下った先にある、あの空き家のそばにいたんです。住み手がいなくなって二、三カ月らしいんですが、いまに雑草に埋めつくされちまいますよ。このあたりじゃ、伸びるのが速いです。ぼくたちは少し先にある木立のあいだにしゃがんで、見張ってました。ビクターのアパートが見えて、しかも彼らが現われてもびっくりされない程度に離れて」カリーはため息をついた。「バーニーがもよおしたんで、裏口から空き家に入ったんです。ぼくはアパートからいっときも目を離しませんでした。ほんと、いっさい物音がしなかったし、なにかが動いた気配もなかった。バーニーのやつ、やけに遅いなと思っていると、耳に銃を突きつけられてたんです。若い娘にくすくす笑いながら、あんたみたいにあっさりつかまるサツははじめてだって、言われました。信じられませんよ、サビッチ。どうやって忍び寄ったのか、さっぱりわからない。なんの物音もしなかったんですからね」

サビッチが言った。「彼女とビクターは、しばらく前からきみたちの背後にいて、じっとチャンスをうかがってたんだろう。バーニーが家に入ると、きみの背後は無防備になった」

簡単だ、とサビッチは思った。あまりにたやすい。

カリーはふたたびため息をついた。「ぼくは彼女をつかまえようと身をひねりました。顔に肘鉄を食らわそうとしたんですが、彼女は飛びのいて銃を振って見せ、またなにかしようとしたら撃つぞと言いました。そのあとビクターが現われて、これから彼のアパートへ行くと言ったんです。腹が減ったから、冷蔵庫のボローニャソーセージがまだ食えるかどうか確かめたいって。

ところが、リッシーはまずバーニーがいる家に入っていきました。ぼくにはなにも聞こえなかった、バーニーの悲鳴もなにも。彼女は風船ガムをパチンと割りながら出てきました。バーニーになにをしたと訊くと、鼻で笑って、銃把であばらをがつんと殴りつけてきました。いまのは、あたしの顔を殴ろうとした罰だからね、と言って。

ええ、まわりには誰もいませんでした。念入りに見ましたが。彼らはぼくをこのアパートまで引っぱってきて、ビクターが寝室でぼくを縛りつけるあいだ、リッシーが銃を向けてました。そのあとビクターが爆弾を据えつけました。バーニーはどこだと尋ねると、リッシーはまた笑って、うるさい黙ってろ、と言いました」

「彼女を取り押さえようとして撃たれなかっただけでも、あなたはすごく運がいいわ」と、シャーロック。「彼女はそういうことをする人間なのよ、カリー」

「ええ、わかります。彼女は見せびらかしたかったんでしょうね。あなたたちが来るのを期待してたんです。彼女はげらげら笑って、体が飛び散ってなにがどの捜査官のどこのものかわからなくなるだろうね、と言ってました」

「そのことはもう忘れろ、カリー」サビッチが言った。「さてと、シャーロックが爆弾を解除するまでは、自由にしてやれないぞ。動くなよ」

サビッチはシャーロックの隣に膝をついた。シャーロックが黒い箱の蓋を外した。「見るからにお手製ね。よかった、それほど手の込んでいない単純な爆弾だわ。ビクターがインターネットか、本で見たんでしょう。こちらにとっては好都合。ディロン、スイス・アーミーナイフを貸して」

サビッチは黙ってナイフを手渡した。

シャーロックは二本のワイヤを見おろした。からまりあう赤とグリーンのワイヤの先にあるのはタイマー。爆弾は寝室の入口に渡したワイヤに誰かが足をひっかけるか、カリーが自分とつながるワイヤを引っぱったら起爆するはずなのに、なぜタイマーがあるの？　玄関にもしかけをするつもりだったのだろうか？

シャーロックが片手で箱をおおって小さなスクリーンを見ると、〝００：３４〟と表示されていた。息を呑みつつ、落ち着けと自分に言い聞かせた。

「ここにタイマーがついてる。爆発まであまり時間がないわ」

サビッチが彼女の肩越しにタイマーをのぞきこんだ。

三十秒、二十九秒。サビッチの脳裏にバスケットボールをバウンドさせている息子の顔がありありと浮かんだ。そして、息子におおいかぶさるようにしてシーツをかけてやるシャーロックの姿が。

十八秒、十七秒。

シャーロックがワイヤのもつれをほどき、それぞれがつながる先をたどっていく。

十三秒、十二秒。

圧縮された時間のなかで、サビッチにはカチカチと刻まれていく一秒ごとが、独立したユニットのように感じられた。それぞれがひとつの領域を持っているのに、いつしかつぎの領域へと移り変わってゆく。いまこの瞬間、この建物にはどれだけの人がいて、何人がビクターとリッシーに命を奪われようとしているのか、想像もつかなかった。さっき言い争っていた子どもたちのことが脳裏をよぎる。カリーの小声が聞こえた――おそらく祈っているのだろうが、動いてはいない。足首に巻かれたダクトテープにワイヤが接続されているからだ。

七秒、六秒。

時間がない。

シャーロックに愛していると言いたくて、口を開いた。

「これだわ」シャーロックが黄色いワイヤをパチンと断ち切った。

サビッチの心臓は激しく鼓動し、口からふうっと息が漏れた。手を伸ばして、シャーロックの頬を伝う汗をぬぐった。「よし、よくやった」

カリーが叫んだ。「助かったよ、シャーロック。ああ、やっとこのダクトテープが剝がせる――」

そのとき、ポンと大きな音がした。

シャーロックが言った。「それはちょっと保留にしておいて、カリー。こんどはなにが起きたのかしら？」

59

ジョージア州ピーズリッジ

チェルはゆうに百八十センチはある長身で、骨ばった体つきに整った顔立ちをして、メガネをかけていた。剃りあげた頭がむきだしの白色灯の光を反射している。

ブレシッドに向かって深々と腰を折っておじぎをしてから、話しだした。歯切れのいいイギリス風の発音だった。「キーパー、おいでになるとは知りませんでした。例の子どもを連れていらしたのですね。それはよかった。ところで、あの男と女は？」

「保安官と、子どもの母親だ」

「キーパー、われわれは外部の人間をここへ連れてきたことは一度もありません。危険ですから。つけられていないのは確かですか？」

「間違いない」

「ですが、なぜ彼らを連れてきたのです？　われわれから遠ざけておかなければ」

ブレシッドが言った。「あの子どものせいで術をかけられなかった。子どもを連れてくるためには、あのふたりを連れてくるしかなかったのだ。

保安官から目を離すなよ、チェル。危険な男だ。言ったとおり、間違いなく、誰にもつけられてはいない。〈トワイライト〉の秘密は保たれる。チェル、わたしはすぐにファーザーに会わなくてはならない。伝えなければならないことがあるのだ」

「グレースはどちらに？」

「ファーザーに会わなければ」ブレシッドがくり返した。「あのふたりをマスターのところへ連れていけ。保安官には気をつけるように」

チェルは小さくおじぎをすると、ゆったりしたズボンから回転式拳銃を取りだした。

「あの子は、キーパー、あの子は、きっとわれわれを受け入れてくれますね」

ブレシッドはもう一度イーサンとジョアンナを見た。そのあとオータムを見おろして、笑顔になった。「なにも心配はいらない」オータムに話しかけてから、さっきチェルが入ってきたドアをくぐりぬけた。ドアは彼の背後で音もなく閉まった。

オータムは身動きひとつせず、立ったままチェルを見あげた。

チェルが言った。「保安官、その女とともに壁まで下がるように」そしてオータムの前にひざまずくと、片手で頬に触れた。オータムは身動きせず、ただじっと彼の目を見つめた。

「あなたはなにができるの？」オータムは訊いた。

チェルはほほ笑んだ。「わたしは見習いです」

「なんの？」

「ここにいる者はみな見習いです。ここでファーザーやマスターとともに学んでいるのです。われわれは遠い過去にさかのぼって、精神の奇跡を学んでいるのです。われわれは見て、学びます。ここはすばらしい場所ですよ、オータム。われわれに危害を及ぼそうとする者たちから〈トワイライト〉を守るのも、わたしの役目です」

立ちあがって、イーサンとジョアンナのほうを向いた。

イーサンが尋ねた。「ブレシッドがキーパーなら、あんたの肩書きはなんだ、チェル？」

「わたしか？　わたしはマスターの右腕だ」

「この白一色、好きになれないな」

チェルが言った。「白は光の本質、平和と静寂、敬虔《けいけん》な信者にとっての命。もういいだろう、保安官。おまえたちのように狭量な人間には、崇高なものが理解できないのだ」

イーサンが言った。「おれたち心のせまい人間が、あんたらを破滅させてやるぞ、チェル」

チェルは笑った。「つまらない夢を見るがいい、保安官。さあ、こちらへ。マスターがおまえたちをどうするおつもりか、じきにわかるだろう」

ジョアンナが訊いた。「カルトのメンバーはどこにいるの？　彼らを信者と呼んでるの？」

「信者はここにいるが、おまえたちには会わせない。外の世界の堕落ぶりに混乱するだけだ。おまえたちは、もはやなにも知る必要がない。さあ行くぞ。マスターがお待ちだ」

60

一同は広い廊下に出た。壁は白く、天井は広いほうの部屋よりも低く、足音以外にはエアコンのうなりしか聞こえない。数十センチおきにある額入りの写真は、いずれも空を写したもので、心揺さぶる一瞬がとらえられていた。かなりの腕前だ、とイーサンは思った。壮麗な夕焼け、沈みかけた太陽をバックに走る稲妻。イーサン自身、そうした一瞬をとらえようと試みたことがあった。

チェルは、彼らの後ろを音もなくついてきた。ジョアンナが先頭を歩き、その横に母親にしっかりと手を握られたオータムが寄り添っている。イーサンの後頭部にはチェルの銃口が向けられていた。

ガラス窓と真鍮の取っ手がついたドアの前をいくつか通り抜けた。ほとんどの窓にはしっかりブラインドが下りている。途中、ブラインドが引きおろされる瞬間、窓越しに若く美しい女の顔がちらりと見えたが、すぐに見えなくなった。信者のひとりか、別の誰かか？　外部の人間に毒されるといけないので、部屋から出ないよう指示されているのか？　それとも、指導者たちはなにが起きているかを彼らに知られたくないのだろうか？

廊下は左右に折れながら続いた。かなり広大な場所らしい。さらに五、六メートル歩くと、チェルが言った。「このドアをノックしなさい、保安官」

イーサンはノックした。

「入りなさい」

「ドアを開けて、保安官」

堂々としたその扉には窓がなかった。イーサンは扉を開け、四方の壁に床から天井までぎっしりと本が詰まった図書室に足を踏み入れた。部屋の奥行きは六メートル。奥の壁を背にして大きなマホガニーの机が置かれ、その後ろに、白いローブをまとって腰に金鎖を巻いた男が立っていた。五十代くらいの端正な顔立ちの男だ。長身瘦軀《そうく》で、深いショッキングブルーの目で射貫《いぬ》くようにこちらを見ている。その手には拳銃があった。

滑稽な恰好だとジョアンナは言ってやりたかったけれど、実際、そうでもなかった。まるで聖書に出てくる預言者のようだ。ベルトから奇妙なペンダントのようなものがぶら下がっているが、遠すぎてジョアンナにはそれがなんなのかわからなかった。

イーサンが言った。「カルディコット・ホイッスラーか？」

「そうだ」拳銃を持つ手はほっそりとしていた。指が長くて、優美な、アーティストの手。イーサンの見立てが正しければ、銃は四五口径の半自動式拳銃コルト１９１１で、ジョアンナでもオータムでもなく、ありがたいことに、イーサンに向けられていた。

「きみが彼らを連れてくるとブレシッドから聞いたよ、チェル。近くにいてくれ、またきみに助けてもらわなければならなくなるだろうから」

チェルはホイッスラーに軽く会釈して部屋を出ると、背後でドアを閉めた。

ホイッスラーは机の後ろから出てきたが、イーサンが手出しできるほどには近寄らなかった。賢い男だ。じっとオータムを見おろしながら言った。「そうか、これが例の子か」

オータムは、ジョアンナの脇にさらに身をすり寄せた。

「オータム・バックマンという名前があるわ」ジョアンナが言った。

ホイッスラーは聞き流した。「ブレシッドがうまくやれるかどうかわからなかった。力のある彼にしても、今回はずいぶん手こずったようだ。だからこのふたりもいっしょについてきたわけだ」

イーサンが言った。「ブレシッドから、グレースが死んだ話は聞いたか?」

ホイッスラーは青ざめた。「ああ、その悲報なら聞いた。なぜおまえがその話を持ちだす、保安官? おまえは偉大なる男を殺し、そのことでわたしをいたぶるつもりか?」

「おれが殺したんだとしても、あまり記憶がない。グレースが倒れたあとブレシッドはおれとジョアンナに術をかけたんだ」

ホイッスラーは一瞬目をつぶったのち、ふたたびイーサンを見た。「ブレシッドはひどく動揺して、悲報を伝えるため、ファーザーのもとへ急いだ。ブレシッドがあのFBI捜査官に肩を撃たれたのは知っていたが、グレースまで――ひどすぎる」

ジョアンナが言った。「罪のない男を殺したり子どもをさらうほうが、よほどひどいわ」

「黙れ、女、おまえは身の程を知らないようだ。ああ、じつに耐えがたい。グレースは絶大なパワーを持っていた。比類なき逸材、前代未聞の能力の持ち主だった」ホイッスラーは優雅な白い手を振り、棚にずらりとならんだ本を示した。

「なぜグレースを撃てるほど、近くに寄れたのだ？」

「さっきも言ったが、よく覚えていないんだ」

ホイッスラーの顔がこわばった。「もはやこれまで」彼は銃を持った手を上げた。

ジョアンナが言った。「この子が見てるのよ、カルディコット。イーサンを撃ったりしたら、どうなるかしら？　そのファーザーとやらは、あなたのことをどう思うかしら？」

ホイッスラーは、ゆっくりと銃をおろした。「おまえは生きている、保安官、だがそれも、ファーザーにとって都合がよいあいだだけだ。そのことを忘れぬように」彼は黙りこみ、頭を前後に振った。「グレースが亡くなったとは信じられない。われわれにとって、大いなる損失だ。信者たちは寂しがるだろう。そしてファーザーは塞ぎこんでしまわれるだろう」

イーサンが言った。「いくら強力なパワーの持ち主でも死ぬときは死ぬさ」

ホイッスラーは順繰りに顔を見たのち、オータムに目を留めた。「ブレシッドは、わたしがきみと話をしたがるのをわかっていた。きみはグレースおじさんの後継者にはなれないだろう、誰もなれない。残念ながらきみには、彼の信心深さや、一族への忠誠心、人びとへの寛大さを、じかに見ることができない。きみにあれだけ期待をかけていたのに、彼はきみの行く末を見届けることができなかった。いずれ機が熟したら、きみは誰もが驚くようなパワーを身につけるものと期待していた、ちょうど彼がそうだったように。彼はきみのために死んだのだ」

イーサンが言った。「違う、彼はオータムを誘拐しておれたちを殺そうとして死んだんだ。どんな人間だったか知らないが、その意味では犯罪者だった」

「おまえを撃てば、無上の喜びが得られるだろうな、保安官」

本音だとイーサンは思った。オータムがそばにいるのに、殺したがっている。イーサンはホイッスラーに笑いかけた。「大学教授の部屋みたいだな。それがここでのあんたの役目なのか？　ここに入信してくる人たちを教育することが？」

「すべての信者と同様、わたしも見習いにすぎない。パワーをわがものとするため、彼らと同じように学び、同じように祈る。そのうえで、わたしは〈トワイライト〉の財務役をつとめている」

「これだけの地下壕をつくるには、そうとう金がかかっただろう？」

「たしかに。だが、われわれはいともたやすく金を入手できるのだ、保安官。グレースが亡くなっても、その点は問題がない。ブレシッドはただ銀行へ出向くだけで、ありったけの金を持って出てこられる。われわれに迎え入れられたものは、貧乏人であろうと金持ちであろうと、金の心配から解き放たれる」

ジョアンナが慎重に尋ねた。「つまり、人びとはあなたのブログを見てコンタクトしてきて、あなたが面接するの？　この白い墓場に埋められる価値があるかどうかを、あなたが判断するわけ？　そんな人たちが実際にいるの？」

イーサンには、ホイッスラーがジョアンナの言葉に激怒しながらけんめいに怒りを抑えているように思えた。ホイッスラーがオータムを見おろし、彼女もホイッスラーを見あげた。

「当然ながら彼らは選別される。ここでは秘密保持に真剣に取り組んでいる。ブレシッドとグレースの才能をまのあたりにした者は心を奪われ、ここのルールを進んで受け入れる。神に与えられた能力を理解できることを期待し、自分たちよりも先にここへやってきたすべての人びとについて学びにくる。無限の富と約束された霊能力を目にしたとき、問題はいかに彼らを選別し、価値のない者をはじくかになる」

イーサンが言った。「あんたも彼らをとりこにするのか、カルディコット？　あんたにも天賦の能力があると？」

「いずれわたしにも、しかるべき能力が与えられるだろう――」

「――機が熟したら？」とジョアンナがしめくくった。

ホイッスラーは彼女に銃口を向けたが、イーサンが飛びかかろうとするや、背後に飛びのいた。「やめろ、保安官。殺すぞ。わたしは本気だ」

「たしかに本気らしいな、カルディコット。あんたはイエスのモデルにでもなれそうだが、手のなかの銃と、ブルーの瞳はいただけない」

「おお、イエスか。善人ではあったのだろうが、わたしは預言者コリントを好む。コリントは最初《アルファ》にして最後《オメガ》。ここでは彼を崇拝している」

イーサンの眉が吊りあがった。「コリント?」

「彼のパワーは絶大だった。グレースとはまた別だが、驚くべきパワーに違いはない。コリントにはイエスやグレースのような善良さはなかったかもしれないが、無限の知恵を持って純潔を通した男であり、指を鳴らすだけでまわりの者たちを操ることができた」ホイッスラーは、みんなの目の前で指をぱちんと鳴らした。

「コリントなんていう預言者は聞いたことがないわ」とジョアンナ。

ホイッスラーは一貫して彼女を見ようとしていなかった。「おまえは女だ。重要なことがおまえの耳に入るはずがない」

「おれも聞いたことがないぞ」とイーサン。「つまり、そのコリントってやつは誰もが驚くほどの霊能力を持っていたのか?」

「コリントは人の心のなかの秘密を読み取って相手の真の望みを知り、その相手を操って自分が欲しいものを手に入れるすべを知っていた。人から恐れられる力のある男で、誰も彼に近寄ろうとしなかった。われわれはここで、彼のパワーの源、そしてわれわれのなかにいる能力を与えられた者たちのパワーの源を理解しようとしている。残念ながら、コリントはここにはいない。哀れなグレースと同様、コリントもまた、すでにこの世を去った」

「彼はどこで人びとを操っていたの？」ジョアンナが訊いた。

「コリントはメディチ家と親交が深かった——最初はコジモ、つぎにピエロ、そして最後にロレンツォと交わった。メディチ家の信頼できる友人にして、助言者だった。記録によれば、一四九二年にロレンツォが亡くなったあとイタリアを離れている。ロレンツォの死はフィレンツェの黄金時代終焉《しゅうえん》の兆しとなり、その後は衝突と戦争の時代がやってきた」

イーサンが言った。「すべてが崩壊したのは、王座を陰で支える権力者だったコリントがいなくなったせいだと、あんたは信じてるのか？」

「当然だろう。彼は死に、彼の時代は終わったと言われている」

「それはどこに書かれているの？」とジョアンナ。

「くだらない質問はそこまでにしておけ、女」

ジョアンナは無表情な顔で言った。「わかったわ。つまりあなたは、そのコリントとやらになるつもりなのね、フィレンツェじゃなく、ジョージア州ピーズリッジで。あなたのロレンツォはどこにいるの？」

ホイッスラーはいまにも爆発しそうだった。

「あたしも、そんな人、聞いたことない」オータムが言った。

その声に冷静さを取り戻したホイッスラーは、オータムを見おろしてほほ笑んだ。「これからだ、これから聞くことになる。多くの人びとがコリントは死ななかったと信じている。ファーザーもそのひとりで、コリントはフィレンツェを離れたあとスペインへ行き、霊能力者たちのカルトに入ったと信じておられる。やがてトルケマーダと対立することになるカルトだ。彼らは〈ロス・ニーニョス・アタルデセール〉、すなわち〈夜明けの子どもたち《チルドレン・オブ・トワイライト》〉と呼ばれていた。トルケマーダは彼らを殺した。それを詳細な記録に残し、彼らを〈アドラドーレス・デル・ディアブロ〉、つまり〈悪魔の崇拝者たち〉と呼んだ。

ここで問題となるのは、コリントがカルトのメンバーたちとともにスペインで捕らえられたとはトルケマーダも記していないことだ。なにもかもを書き記した、あの変人がだ。ファーザーはご自分のすばらしい一族をコリントの末裔《まつえい》だと信じておられる」ホイッスラーは肩をすくめた。「そうでないとは言い切れまい？　魅力的な説だ」

イーサンが言った。「たしかさっき、コリントは純潔だったと言ったよな」

「そうだ。彼には家族がいなかったと記されている。だが実際のところはわからない」

「じゃあ、あんたたちは十五世紀にスペインにあったその一団を再生するつもりなのか？　さっきから言ってるファーザーってのは誰なんだ？」

ホイッスラーはうなずいた。「いずれわかる、彼がそれを望まれるのであればだが、保安官」ふたたびオータムを見おろし、声をやわらげた。「われわれは、ここ〈トワイライト〉で大きな進歩を遂げた。ここは平和と探求の場だ。ここにいれば、きっと幸せになる」

オータムは答えなかった。いまのところは幸せそうには見えない。

「ここにはいま何人いるんだ、カルディコット？」イーサンが訊いた。

「いま現在は十二人しかいない。うちひとりはスペイン人だ。もちろん、入信を許された者はみな秘匿の誓いを立てる。〈チルドレン・オブ・トワイライト〉では、はるかむかしからそうしてきたのだ。だが、秘密は彼らを守ってはくれなかった。トルケマーダは彼らの噂を聞き、追いつめ、滅ぼした。われわれはそんな目には遭わないだろう。つねに警戒を怠らず、機密保持の大切さを認識しているからだ。この場所を知る者はごく少数にかぎられ、それはこれからも変わらない」

「ここを出た信者たちが誰かにこの場所のことを話さないとも、かぎらないだろう？」

ホイッスラーは肩をすくめた。「何人かは間違いなく話すだろう。だが、話して得をすることなどなにもない。ここへ来るものは全員、行き帰りとも目隠しされることを受け入れている。しかも、移動は夜にかぎる。つまりここがどこなのか知らないのだ。かりに知っていて、愚かにも誰かをここへ案内しようとしても、われわれの反応が――極端なものになることを彼らは知っている」

ジョアンナが訊いた。「みんなはここでなにをしているの？」

「ここへ来た者はみな、桁外れのパワーをまのあたりにする。そうしたパワーを理解しようとし、自分たちも獲得できるかどうかを学ぶのだ」

「ブレシッドの後継者は見つかったのか？」イーサンが訊いた。

「いや、だがまだ時間はある。今日、オータムが集団に加わって、われわれの仲間になる。能力を与えられた者たちを、ブレシッドやファーザーと肩をならべる者たちをほかにも見つけるには時間がかかるだろう。われわれはいずれ、おまえたち凡人には想像できないほどの力を獲得する。スペインから来た少年の言うとおり、コリントはかならず再来する」

呼び出し音が鳴るまで、イーサンはホイッスラーの机にある電話の存在に気づかなかった。ホイッスラーは受話器を取って耳にあてた。受話器を置くと、言った。「おまえたちはチェルと集会場へ戻りなさい。オータム、きみはわたしとここに残るように」

オータムはどなり散らした。「やだ、ママとイーサンから離れない！　絶対にいや！」

ホイッスラーが拳をふるいそうな顔になった。彼は机の脇にあるボタンを押した。

決断が下ったのだ、とイーサンは思った。それがなにかもわかっていた。覚悟しなければならない。

まもなくチェルが現われ、廊下へ出るように合図をした。「またあとで会おう」カルディコットは、オータムに声をかけた。

オータムはふり向いて、言った。「あんたなんて、イエスさまと全然似てない。イエスさまは、おかしくないもん」

61

ノースカロライナ州ウィネット

黒い金属の箱から、またポンという音がした。小部屋で銃声がしたような音。全員が息を詰めた。

シャーロックはかがんで解除した爆弾と容器を調べ、それから顔を上げた。「導線の一本がスパークしたの。ダイナマイトの束から完全に外してしまうわ」ワイヤを持ちあげて先端の温度を確かめると、そのまま持ちあげて冷ましてから、床に置いた。「たぶんさっきのはその音よ。わたしたちをあの世送りにするようなものは、もうなにも残っていないはずよ」と、シャーロックは外した二本のワイヤをかざした。

サビッチにダクトテープを剝がしてもらったカリーは、さっと立ちあがって、感覚を戻そうと足踏みをし、自分の体重を支えられるようになると、もはや爆発する心配のなくなった爆弾の容器を見にいった。「ありがとう、シャーロック。クワンティコでこんどいつ爆弾の講習があるか知らないかな？」

シャーロックは笑顔で足元に散らばる爆弾の残骸に視線を落とした。「お手製だけど、玄人はだしよ。みんな怖いことをするわね。まだ心臓がドキドキしてるわ」

カリーが言った。「もし口からダクトテープを剝がせなかったら、一巻の終わりでしたよ。あなた方がドアを蹴り開けるのが聞こえたんで、いやまったく、あれほど嚙んだり顎を動かしたのは生まれてはじめてだ。ダクトテープがチキンとは似ても似つかない味だってことがわかりました。そうだ、バーニーを捜さなくちゃ」

サビッチはバーニーの死を覚悟した。人知れずリッシーに殺され、クロゼットに押しこまれているだろう。彼らは一分もしないうちにビクター・ネッサーのアパートを飛びだして、空き家に向かって走りだした。

生きているにしろ、死んでいるにしろ、その家のどこにもバーニーの姿はなく、血痕も見あたらなかった。いい知らせでもあり、悪い知らせでもある。バーニーが死んでいないとしたら、人質にとられているということだ。それはサビッチをはじめとする全員が、わかっていた。

「ここは前向きに考えないと」カリーは言った。「人質でいるかぎり、彼にはチャンスがある。ああ、苦しまぎれに聞こえるな。なんですぐ後ろにあるオークの木で立ちションしなかったんだか。行儀よく家んなかのトイレを使った挙げ句が、これですよ」カリーが廊下の壁に拳を打ちつけると、薄い壁紙がしわくちゃになった。「そうか、あいつらはバーニーを殴り倒して縛りあげ、クロゼットに押しこんだんだ。ぼくに爆弾をしかけたあと、ここに戻ってきてバーニーをどこかに連れてったんだ。いったいどこに？」

サビッチは当然といった口調で答えた。「爆発が見える場所に運んだのさ。おれたち三人が歴史上の人物になるのを、あのふたりが見逃すと思うか？　アパートのほかの住人たちのことは、どうでもよかった。よし、カリー、きみは思いだすほうに専念してくれ。リッシーとビクターがきみを置き去りにしたあとどうするつもりか、なにか言ってなかったか？　どこへ向かうとか、きみの背後に現われるまでどこに隠れていたとか？」

せまいリビングルームで剝がれかけた壁紙にもたれ、カリーは目を閉じた。沈黙の末に口を開いた。「ビクターはぼくにダクトテープを貼りながらも、ぼくなんかいないみたいに彼女としゃべってました。ぼくが爆弾で吹っ飛ぶのは間違いないし、もし運がよければ、あなた方もいっしょに吹っ飛ぶって。リッシーは、あたしはついてる、って、ビクターにうるさいと言われるまでくり返してた」

シャーロックが言った。「少しだけ口をはさませて、カリー。ディロンとわたしがウィネットに来るのを、彼らはどうやって知ったのかしら？」

カリーは狐につままれたような顔になった。首を振り、ため息をついた。「ぼくとバーニーを見張ってたとすれば——実際そうだったわけだけど——ぼくがあなた方と携帯で話すのが聞こえたはずだから、それでここへ来るのがわかったんでしょう」

シャーロックはうなずいた。「そういうことね。続けて。ほかになにか思いだせる？」

「ぼくを置き去りにする前、彼女はかがみこんでぼくにキスしたんです。ただの軽いやつじゃなく、ディープキスを。ぼくが卒倒しそうになると、彼女は笑って、それからふたりで踊るように出ていきました。ぼくの知るかぎり、ビクターはアパートに荷物を全部置いて手ぶらでしたよ。いるものは、もう持ちだしたんでしょう。

出ていくとき、ビクターの声が聞こえたけど、なんて言ってるかわからなかった。だけど、そのあとリッシーが口論でもしてるみたいにばかでかい声で、ママを殺したあの野郎を殺してやる、じゃないとママはあたしを絶対に許してくれない、って言ってました。それからどうなったと思います？　いきなり泣きだして、胸も張り裂けんばかりに泣きじゃくったんです。不気味でしたよ。ビクターがなだめる声が聞こえました。それからふたりは出ていって、部屋のドアを閉める直前、リッシーが、ああら、不思議！　って叫んだんです。さっきまで大泣きしてたくせに、こんどは大笑いです。完全にいかれてますね。で、ぼくが思うに、ビクターにはそれがわかってる」

カリーは、話の筋道を立てようとするかのように、そこで言葉を区切った。

「じつは、そう断言できるわけじゃないけど、ビクターはリッシーに偉そうに命令してたかと思うと、つぎの瞬間には楯突かれるのを怖がってるみたいでした。だけど彼女がぼくにディープキスをしたときは、たしかに怒ってた、そうとうかっかしてました」

サビッチが言った。「だが彼はなにもしなかった。なにか言ったのか?」

「いえ、興味がないみたいに、くるりと背を向けました。するとリッシーは笑いながら彼のあとを走って追いかけてったんです。彼女が殺すって言ってたのは、誰のことなんでしょうね? まさかあなたじゃないですよね。だって、彼女はビクターのアパートであなたを吹き飛ばしたかったわけだから」

サビッチが言った。「バズ・ライリーのことだな。彼らが強盗に入ったジョージタウンの銀行の警備員で、リッシーの母親ジェニファー・スマイリーを殺しておれの命を救ってくれた男なんだ。バズなら心配いらない。長いあいだ延びのびになってた休暇でカリブ海にいるよ。リッシーはおそらく、そこまで行ってみようとビクターにしつこくせがんだんだろう」

シャーロックがうなずいた。「でも、そう簡単には行けないわ。ビクターにはそれがわかってる。彼らは計画を立てながら、バズが戻ってくるのを待つしかない」

「バズの殺害がリッシーの〝やることリスト〟に入ってるのは間違いない。シャーロックの言うとおり、彼らはバズが帰ってくるまでひたすら待つ」サビッチは黙りこんだ。自分の手を見ながら、じっとなにかを考えていた。

夫を自分のことのように理解しているシャーロックは黙って待ち、なにか言いかけたカリーの腕に、そっと手を置いた。

サビッチが顔を上げた。「ビクターとリッシーは、アパートが爆発するのが見える位置に留まっていたはずだ。たぶんシャーロックとおれがアパートに入るのも、そのあとバーニーを捜してここまで走ってきたのも見ている」

シャーロックがゆっくりと言葉を継いだ。「でも、わたしたちがアパートから駆けだしたとき、彼らは撃とうとしなかった。わたしたちは外にいたのよ、たしかに走ってはいたけど、いつでも撃てたわ」

サビッチが言った。「おれたちが思ったより早く出てきたからだろう。いいか、おれたちは全速力で走ってた。たぶん彼らはまだバーニーにかかりきりだったんだろう。

要するに、ビクターとリッシーはいまもそのへんにいて、おれたちがここの玄関から軽快に現われるのを待ちかまえていると思ったほうがいい。そこを狙って、おれたちを皆殺しにするつもりだ」

「名案ね」シャーロックが言った。彼女は表に面したリビングの窓に歩み寄り、まわりの木々をくまなく見渡した。「ここは町の端っこで、外は森と丘だらけよ。彼らがどこにいてもおかしくないわ。ほんとうにわたしたちを見張ってると思う、ディロン？」

「ああ、思うね。こっちの動きをつぶさに観察してるはずだ」

カリーが言った。「たったふたりですよ。二手に分かれて、ひとりは裏口を、もうひとりは表のほうを見張ってるんでしょうかね？」

「ありうるな」とサビッチ。

「わたしもそう思う。で、これからどうする？」シャーロックが言った。
サビッチは携帯を取りだした。「騎兵隊を呼ぼう」

62

ジョージア州ピーズリッジ

一同は集会場へ向かっていた。チェルの銃がイーサンの背中に強く押しつけられている。

スライドドアが静かに開いた。

「なかへ入れ、保安官、ミセス・バックマン」

その瞬間、チェルはオータムをつかまえようとしたが、彼女は飛びのいてイーサンの背後に駆けこんでしまった。

チェルは途方に暮れたようにその場に立ちつくした。やがて肩越しに「キーパー、手を貸してください」と声をかけた。

ブレシッドが彼のあとから部屋に入ってきた。憔悴《しょうすい》して、目を赤く泣き腫らしている。

「彼らを阻害《スタイミー》してください、キーパー」

「だめ！」オータムはブレシッドの前に走りでると、両手を突きだして母親とイーサンをかばった。「だめ、やめて、ブレシッド、そんなのだめ！」

ブレシッドはオータムを両腕で抱えあげた。「静かにしなさい、オータム。静かに」

オータムがブレシッドの腕に嚙みついた。

ブレシッドがうめき声をあげると、チェルが言った。「腕を食いちぎられないうちに、その子を母親に渡してください」

ブレシッドが暴れるオータムを床におろすと、彼女はジョアンナに駆け寄った。母親の腰を抱えて腹に顔をうずめ、大声で激しく泣きじゃくった。その声——嘘泣きのようだ。

チェルは腕組みをして、ひとりひとりを順に見ていたが、その実、関心を向けているのはオータムだった。ブレシッドはオータムに嚙まれた腕を手で押さえている。血のついた指を怒りに燃える目で見つめ、息を荒らげていた。「もう待てない、時間切れだ」

「だめ！」オータムはブレシッドに飛びかかり、両手の拳で彼の腹を叩いた。ブレシッドが彼女の両手首をつかんで上からにらみつける。そのとき、ひどく奇妙なことが起こった。

ブレシッドが黙りこみ、動かなくなったのだ。

と、ふいに白目を剝いて、床に倒れた。

すぐさまチェルが駆け寄り、ひざまずいてブレシッドを揺さぶった。「キーパー！　目を覚ましてください！」彼はオータムをつかまえようと手を伸ばした。「彼になにをした？なにをしたんだ？」

チェルが危険を察知したときには、すでに遅かった。さっと立ちあがって拳銃を取りだしたが、襲いかかってきたイーサンに拳銃を蹴り落とされた。

イーサンがにらんだとおり、チェルには武術の心得があった。だが、イーサンも空手が得意であり、この世でもっともダーティな喧嘩《ストリート・ファイティング》の手ほどきも、フィリピンで受けていた。徹底的に打ち負かされるという体験を通じて、残忍になることも生きていくためのひとつの手段だと悟ったのだ。だから持てるかぎりの知識と感じるかぎりの怒りを総動員して、チェルを攻めた。ジョアンナは娘を引き寄せ、その目をおおって暴力を見せまいとしたが、拳が肉を強打する音や、うなり声や、わずかな沈黙が娘の耳に届いていることはわかっていた。そちらのほうがむしろ残酷だし、イーサンがチェルの鼻とメガネを破壊したのもすぐにわかった。飛び散った血が、チェルの背後の白壁に赤い筋を描いた。

チェルが顔から血を噴きださせながら、イーサンの腎臓に蹴りを入れる。イーサンは後ろへよろけて倒れたものの、転がってふたたび立ちあがると、猛然とチェルに襲いかかった。顎に拳を、腹に蹴りを、折れた鼻にもう一方の拳をめりこませる。この時点で声を失っていたチェルは、後ずさりしてうめいた。

チェルがイーサンに飛びかかり、白い床にひきずりおろしたとき、ジョアンナは心臓が止まりそうになった。ふたりは組んずほぐれつ、頭を殴りあいながら、互いに相手を梃子《てこ》にして立ちあがろうとあがいていた。

それにもやがて決着がついた。上になったイーサンが上体を起こし、手首の付け根でチェルの折れた鼻をガツンとやると、血のしずくが飛び散った。チェルは声ひとつあげなかった。白目を剝き、全身から力が抜けた。イーサンは手を振り、血にまみれた手首をさすった。

話すこともできないほど、ジョアンナの口はからからに渇いていた。やっとのことで、ささやいた。「死んだの？」

「ああ」イーサンはゆっくり立ちあがり、若い男を見おろした。カルディコット・ホイッスラーは、いったいなにを餌にしてチェルを服従させていたのだろう？　莫大な富か、権力か？　オータムが目撃した墓地の死体は、チェルが殺したのだろうか？　いまのチェルにはもはや関係がない。死んだのだから。イーサンはチェルの銃を拾って、ベルトに挿した。

ブレシッドがうめいて、起きあがった。頭を抱えて、前後に揺らしはじめた。彼はイーサンを見て、ジョアンナを見たが、オータムを見ようとはしなかった。両手で額をわしづかみにすると、ささやき声で言った。「まさか、まさかこんなことが」ふたたび横倒しになって、泣きだした。

「オータム、ブレシッドになにをしたんだい？」イーサンが言った。

オータムは死人のように青ざめていた。イーサンは床に膝をつき、彼女を引き寄せた。

「ごめんよ、オータム。つらいのはわかるが、どうしてもおれの話を聞いてもらわなくちゃならない。ものすごく大事なことなんだ。ブレシッドになにをしたか教えてくれ」

「なにもしてないわ、イーサン、ただ——」

壁のドアが、またもや急に閉じた。

あまり時間がない。イーサンは言った。「ここを出るぞ。来た道を戻るんだ」

「イーサン」

ふり向くと、ジョアンナが壁の下のほうをじっと見ていた。床から二十センチ足らずのところにある白い通気口から、ガスが出る静かな音がしている。彼は小声で悪態をついた。

「いますぐ脱出しよう」

彼はオータムを両腕で抱えあげて、この白い部屋に最初に入ってきた場所へ突進し、すぐあとにジョアンナも続いた。ところが引き戸の輪郭はわかるものの、どうすれば開くのかがわからない。

「なにかしかけがあるはずよ」ジョアンナは言った。

イーサンはオータムの前に膝立ちになった。「この壁を手で探ってボタンのようなものを探そう。呼吸をごく浅くして、ガスを吸いこまないようにするんだ」

脱出方法は見つからなかった。イーサンが肩で体当たりしても、ドアはびくともしない。ガスのにおいがして、肌になにかが触れる感じがした。彼はシャツを剝ぎ取ると、壁の低い位置にある通気口のところへ戻って膝をついた。細長い薄板のあいだに、可能なかぎりシャツを詰めこむ。だが、いくらかでも効果をもたせるには、シャツを押さえていなければならなかった。

ジョアンナも横に膝をつき、シャツをまくりあげてブラジャーのホックを外した。「シャツを少しずらして」彼女が薄板のすきまにブラジャーを詰めこむと、イーサンは叫んだ。「オータム、反対側の壁のところへ行って、Tシャツの裾で鼻と口をおおってろ！」

ジョアンナはむしり取るようにスニーカーを脱ぐと、ソックスを剥ぎ取った。イーサンも同じようにした。ふたりは息を止めながらソックスを押しこんだ。

ガスを防げないであろうことは、イーサンにもわかっていた。実際、そうだった。「すまない、ジョアンナ、これじゃ食い止められない。脱出方法を見つけないと。なんらかのからくりがあるはずなんだが」

「ええ、あるはずよ、きっと」

だが、それはなかった。世界がまわり、体が床から浮きあがっていくような気がした。イーサンは意識を失った。

63

ノースカロライナ州ウィネット

サビッチが携帯を切ってから八分後、その携帯が鳴った。

「はい、サビッチ」しばらくして、うなずいた。「わかった」

電話を切り、カリーとシャーロックに告げた。「騎兵隊の登場だ。警察本部長と、ウィネットから給料をもらってる警官がひとり残らず配置された。森はカバーできないが、ピュリッツァー・プライズ・ロードの両側が封鎖された。広範囲に規制線を張り、森の抜け道がある場所には、人目につかないようにしながら警官が潜伏している。

本部長が言うには、ビクターのアパートに配置した狙撃手ふたりは、建物の裏手から階段で屋根にのぼり、ビクターとリッシーに悟られないように、一同、細心の注意を払っているとのことだ。ここにいるおれたちに車の音は聞こえなかったから、たぶんふたりも聞いてないだろう。またビクターとリッシーの車については、ふたりがいまどんな車に乗ってるかわからないから、どこかに隠されている車を捜索中だ」

カリーが言った。「道から外れた森のなかに隠してるんじゃないですかね」

「そう遠くには置いてないだろう。本部長が見つけてくれたら、捕まえたも同然なんだが」

「つまり、最善の場合、リッシーとビクターは自分たちが包囲されているとは夢にも思わないわけね」シャーロックが言った。

カリーは壁に拳を打ちつけた。「ああ、気分が悪い。もしバーニーが死んでたらどうなるんです？」サビッチの目をのぞきこんだ。「じつはバーニーのかみさんのジェシーは、ぼくの妹なんです。子どももふたりいるんですよ、ぼくの甥っ子が」

シャーロックは彼の腕にそっと触れた。「彼らがわたしたちをしとめてウィネットから出ていくまで、バーニーは人質よ、カリー。彼は生きてる、少なくともいまは」

カリーはうなずいたが、あまり希望を抱いていないのがシャーロックにはわかった。

彼女はもう一度言った。「ディロン、あのふたりが二手に分かれているかどうか、そろそろ確かめておいたほうがいいわ。わたしたちがキッチンのドアから出てくるのを、ひとりが裏手で待ちかまえているかもしれない。裏口から森までは十メートルくらい、隣の家とはゆうに十五メートルはあるわ。反対側は全部森よ。裏口から出ていくのは賢明じゃないから、寝室の窓から出るつもり。あそこなら外のオークの茂みが絶好の目隠しになってくれるもの」シャーロックは夫の顔を見て、大急ぎでつけ加えた。「わたしはいちばん小柄だから、窓からするりと抜けだせるし、彼らにも見えないはずよ。すばやく身をかわして逃げることにかけては、誰にも負けない自信がある。さっと木のあいだに潜りこんで、どうにかここまで戻って――」

「だめだ。きみは脾臓を摘出したばかりなんだぞ、シャーロック」

「よしてよ、ディロン、手術してから何カ月もたってるのよ。わたしは元気。あなただって知ってるでしょ？　保護者ぶるのはやめて」

「あきらめろ、きみにはまだ森を駆けまわるのは無理だ。きみとカリーはここにいて、しっかり見張っててくれ。いいか、おれたちにはバックアップが配備されてると考えたらいい。おれは余分かもしれない。心配するな、すぐに戻る。それはともかく、きみの方針は正しいよ」シャーロックに食ってかかる間もどなりつける間も与えず、サビッチは表に面した窓から引っこみ、寝室へと続く廊下へ向かった。

背後でシャーロックの声が聞こえた。「だいたい脾臓なんて、必要な人がいるの？」

64

ビクター・ネッサーは双眼鏡を地面に放り投げた。「あいつら、いったいどこにいるんだ?」

リッシーは小さく跳ねて双眼鏡を拾うと、それをのぞきこんだ。「家んなかは、まだ全然、動きがないよ。表の窓から顔も出しゃしない。ここにいる連邦のおまわりもまだ見つけてないのに——きっと鑑識班でも呼んだんだよ、ビクター、だからいつまでも家から出てこないんだ」

「だけど、その鑑識班はなんで来ないんだ? あいつら、なんでなにもしてないんだ?」

「そうだ、科学捜査班っていうんだった、テレビでそう呼んでた」リッシーが言った。「そういえばそうだね、時間かかりすぎ」彼女はビクターに双眼鏡を返した。

「ああ、だけどほら、ここは田舎町だぜ。科学捜査班なんてどこで集めてくんだ? 〈バドのボーリング・ボナンザ〉か、〈オマリーのデイリークイーン〉あたりか? メンバー集めるのにどれだけ手間取ってんだ? あいつら、なんで家から出てこないんだろうな?」

リッシーがビクターの頰を軽く叩いた。「そのうち出てくるって、ベイビー。あいつら頭悪いんだよ。なんにも知らないんだから。もうすぐ玄関からトコトコ出てくるから、粉々に吹き飛ばしてやろうよ」彼女は急に怖い顔になって、ビクターの腕にパンチを食らわした。「それより、あんたの爆弾、ひどすぎ。最初はワシントンであの警備員の車をエンストさせられなかったし、こんどは爆発させられなかったし。コンピュータのエキスパートだなんて、よく言うね」

「爆発するはずだったんだ」ビクターは腕をさすりながら言った。「説明どおりにやったんだぞ。おまえも見てただろ。もう叩くなって、リッシー、そういうのは好きじゃないんだ」

「だけど」彼女は言い、バーニーのほうを見た。「ここにミスター連邦《フェド》がいるんだよ、それってすごくない？」

ビクターは身を乗りだし、バーニーの腕を拳で殴った。「おい、起きろ、ブタ面《づら》。あんたの仲間は、なんで捜しにこないんだ？」

バーニーはしばらく前から目を覚ましていた。後頭部を強打されたことによるひどい頭痛をなんとか抑えたくて、小声でハレルヤを唱えていた。ありがたいことに、ビクターの爆弾は炸裂していない。つまり、サビッチとシャーロックが解除して、カリーがまだ生きているということだ。バーニーはそれだけを考えていたかった。このまま眠ったふりをしていれば、敵がなにか役に立つことをぽろりと漏らすかもしれないと期待していたら、そこをビクターに殴られた。

「ほら、ブタ面、べビーブルーのおめめを開けてみな！」

「そいつの目はブルーなんかじゃないよ、ビクター、茶色だよ」

「そうか？　なんでわかるんだ、リッシー？」

「そんなにデカくて色黒なのに、目がブルーなわけないじゃん」

バーニーは茶色の目を開き、ビクターを見あげた。朦朧としたふりをする必要はなかった。

「なんだ？」

「ちょっと、あんた眠ったふりしてたの？　それとも頭殴られてイカレちゃった？」腹にリッシーの拳を食らい、バーニーは反応するのがやっとだった。「ほらね？　こいつまだイカレてる。あたしがあんまり強く殴ったもんだから、脳みそがまだ混乱してるんだよ」彼女は身をかがめ、手のひらを彼の腹にあてながら耳元でささやいた。「ねえ、捜査官さん、あんたの腹の感触、好きだな。脂肪ゼロで、筋肉がいい感じ。ちょっと見せて」リッシーは彼のシャツをズボンから乱暴に引っぱりだし、ボタンを外して前をはだけた。「わぁ、ビクター、見て、おまわりの裸だよ」彼女は手で腹を撫でていたが、下着に指がすべりこんでくるのを感じて、バーニーはぎょっとした。

急いで身を引こうとしたが、咳きこんで、息が上がった。

彼女の手を見て、ビクターが気色《けしき》ばんだ。「なにしてんだよ、リッシー？　やめろ、聞いてるか？　そいつは赤の他人なんだぞ、やめろって！」

リッシーはげらげら笑いながら、パンツから手を引っこめた。「おまわりはこうやって目覚めさせるんだよ、ビクター。ちょっと触ってやればいいんだ」そしてまた笑った。「ねえ、男ってみんなそうなんだよね？ あたしが知るかぎり、このおまわりはすごくいいものを持ってるよ」

ビクターは憎々しげに彼女を見て、脇に転がっている石を蹴った。「あいつら、なんでいつまでも家から出てこないんだよ？ 鑑識なんか関係ない。おれたちが逃げずにここにいるとは思わないはずなのに、なんであそこから出てこないんだ？」だが、ビクターがそのときほんとうに気にしていたのは、連邦捜査官たちの動向ではなかった。さっきリッシーがしたことで、まだ心臓がドキドキしている。リッシーがほかの男に触れた、あのいまいましいサツに触れた、しかもおれの目の前で。両手がわなわなと震えた。リッシーを痛めつけてやりたかった。触られた捜査官を殺したかった。ビクターはもう一度言った。「あいつら、とっくに出てきていいころなのに、なんで出てこないんだ？」

ビクター・ネッサーの声に刺々しさを感じたバーニーは、リッシーがしたことでビクターが猛烈に腹を立てて、暴力をふるいかねない状態に陥っていることに気づいた。ここは事態を鎮めなければならない。彼は言った。「おれが家のなかにいないんで、あちこち手がかりを調べてるのさ。彼らは徹底的にやるから、時間がかかる」それに、彼らはおまえたちが遠くへ行ってないのを知ってるぞ。それを見抜いて、地元の警官たちが来るのをひたすら待ってるのさ。しかし、バーニーはサイレンの音も、ありがたい音もなにも聞いていない。味方は音もなく現われるのだろうか？

「かわいい坊やの言うとおりだよ」リッシーが言った。「とっくにここに押し寄せてきてもおかしくないおまわりが、誰も来ないいってことは、まだあちこち手がかりを探してるってことだよ。心配しなくていいって、ビクター、あいつらアホだから、あたしたちがここにいるって知らないんだよ。あったま、悪すぎ」リッシーはたえまなく続く腹の痛みのことを考え、まだ肉に食いこんでいる醜い金属のホチキス針の列を指でなぞった。銀行の大理石の床に仰向けになったサビッチの姿が、はっきりと脳裏に浮かんだ。彼は脚の動きが見えないくらいすばやく、強く蹴りあげてきた。それでリッシーは後ろに倒れ、息が止まるほどの痛みだけを感じた。その場に倒れ、腹に炎を抱え、息もできなかった。

「あいつらをしとめてやる」彼女が苦しんでいるのを見て、ビクターは自分の脚に一発、二発と拳を打ちつけた。「さっきは時間がなかっただけだ」

「あたしなら、三人が走って出てきたとき、頭を吹き飛ばして殺せたのにさ。あんたが待てって言うから」リッシーは顔をしかめた。「気の毒だけど、あの赤毛の女もあたしの弾丸を食らうことになるよ。彼女の髪、かっこいいよね。どうやってああいうふうにするのか知りたいな。あの女、きっとサビッチのパートナーだよ。あのふたり、できてるのかな？ねえ、かわいい坊や？　サビッチとあの赤毛の女、あのふたりってエッチしてるの？」

「さあ、知らないね」バーニーは答え、嘘っぽく聞こえていないことを祈った。

ビクターが言った。「おい、リッシー、しっかり見てろって。いいか、おれが撃つなと止めたのは、リスクが大きすぎたからだ。なんでわざわざ危険を冒す？　三人のうちひとりでも撃ちそこねたら、いまごろとんでもないことになってたんだぞ。だから、こっちのほうがいいんだ。待って、あいつらがなにも知らずに玄関から出てきたところを、全員まとめて片付ける。それはこっちの準備ができてるからだぞ。わかるだろ、裏庭の切り株に載ったコーラの缶を撃ち落とすのと同じだ。忘れるな、こっちにはあいつらの仲間がいるんだ、向こうもいずれ気づく。彼はビッグで重要なＦＢＩ捜査官だ。必要なら、おれたちに有利に働いてくれるって」

リッシーが突然言いだした。「待って、もしあいつらが、あたしたちがここで待ち伏せしてるかもしれないって気づいたら？　もし裏口から出てきたらどうすんの？」

ビクターは辛抱強く諭した。「裏口から出る理由がないだろ。裏には何キロも続く森しかないのに、なんで裏から出るんだよ？　あいつら、なんにも気づいちゃいないって。よけいな心配しないで、玄関をしっかり見張ってろ」

バーニーは、リッシーがビクターの指示に従ってくれることを祈った。

リッシーは立ちあがった。「もう一分だって、こんなとこでじっとしてらんない。あたし、ちょっと見てくる。森を通って、裏口のほうへまわってみる」彼女はバーニーをつま先で蹴飛ばした。「あいつら、まだ手がかりを探してるかな？　台所の床の指紋採ったり、血が青く光って見える、あのすごい機械とか使ってんのかな？　そういうのって、そんなに時間がかかるもんなの？　あいつらなにかやってるんだよ、ビクター。ねえ、裏口から入っていけば不意打ちして、あたしがいるって気づきもしないうちに撃てるかも。あの赤毛に、髪のこと聞いてみよっか？　あれはきっと、特別なヘアケア製品を使ってるんだよ」

不思議の国に迷いこんでしまった。バーニーはそう思いながら、じっと目を閉じていた。

「目を開けて、かわいい坊や、バイバイって言って」

バーニーは目を開けた。美しくて初々《ういうい》しい顔をしているが、実体はそれとはほど遠い少女に、「バイバイ」と言った。

彼女は笑ってビクターに投げキスをすると、バーニーの腹を見て、言った。「そいつから離れないでね、ビクター、いつなんどき盾が必要になるかわかんないから」そう言うと、チュッと唇を鳴らして、笑い声をあげた。「今夜まだそいつが生きてたら、いっしょに楽しんじゃおうかな。使い勝手をテストをしてやんなきゃ」

ビクターは無言を通したが、リッシーが森のなかへ消えると、足を縛られて横たわるバーニーの上にかがみこみ、口に銃身を押しつけて唇をこじ開けた。「リッシーに指一本触れるなよ」銃口が喉の奥まで迫り、バーニーは吐きそうになった。なすすべもなく、妻のジェシーと息子たちのことを思った。

平静を取り戻したビクターは、ゆっくりとバーニーの口から銃身を抜き取った。肩をすくめ、腰をおろして、オークの木に寄りかかる。

怒りに駆られたのがリッシーのほうでなかったことを、バーニーは神に感謝した。彼女ならばためらいなく撃っていただろう。もう一度、手首を確かめる。手も足もきつく縛られていて、およそほどけそうになかった。

ビクターは銃を膝に置いている。つまり、バーニーは死とわずか半秒の距離にいるということだ。できることはなにもなかった。祈るしかないので、彼は祈った。

サビッチとシャーロックとカリーが、状況を把握していますように。あの正気じゃないロリータが裏口から入って、ばか笑いをしながら、弾倉がからになるまで彼らを撃ちまくったりしませんように。

ビクターは玄関から一度も目を離さず、考えこむような声で言った。「知ってるか？　おれ、まだ誰も殺したことがないんだ。だからおれは、そんなのやりたくないって言って、おばさんのためにバンを運転してた。二日前、おれはハイウェイ・パトロールの女性警官の胸を撃った。リッシーは、通報されないように眉間を撃てって叫んだけど、女性警官がおれをじっと見あげてたんで、頭の横の地面を撃ったんだ。生き延びると本気で思ってたわけじゃない。胸んところが血だらけだったからさ」ビクターは天を仰ぎ、目を閉じた。「リッシーの言うとおりだったのかもな。あの警官は生き延びて通報し、おれたちの正体をしっかり伝えた。それはカーラジオから流れるニュースでたちまち広まって、臨時放送でおれたちのことがビッグニュースになった」

ビクターはバーニーを見た。「だけどあんたはリッシーの気を惹こうとしてる。それがおれにはむかついてしょうがない。あんたのことなら、なんとも思わずに殺せるかもしれない」

65

ジョージア州ピーズリッジ

どうにか目を開けたとき、イーサンはやわらかい空色の敷物の上に仰向けになり、白い天井を見あげていた。苦労して起きあがった。部屋はほどよい広さで、空色の上掛けがかかった大きなベッドと、アンティークらしい机があり、その後ろにある造りつけの棚には、本と雑誌のようなものがぎっしり詰まっていた。卓上にはパソコンがあり、その横に柄が自在に曲がる電気スタンドが置かれていた。彼はバスルームに通じているとおぼしきドアを見た。まるで高級ホテルの一室のようだ。ドアのガラス窓にはブラインドがかかり、引きあげられた状態になっていた。

ドアまで行ってみると、錠はかかっているが窓から外が見えた。廊下のずっと先に、ひとつだけ窓がぽつんと見えた。

イーサンがいるのは信者用の部屋のひとつだった。苦行はしないらしい。そう思いながら、壁にかかった写真のフレームに触れた。満点の星空の写真だ。

ガスにやられたせいで目がくらみ、少し吐き気がした。ジョアンナとオータムはどこだ？ たぶん専用の部屋を与えられているのだろう。イーサンは心地いいベッドで手足を伸ばし、白い天井を見あげた。

誰に連れてこられたのだろう？ ホイッスラーか？ 彼に仕えている者たちもいるはずだ。そいつらがやってきたときに備えて、準備を整えておかなければならない。

二、三分ほど横になっていると、朦朧とした感覚も吐き気もしだいに薄れてきた。そういえば、腹が減っている。イーサンはズボンのポケットから、むかしながらの薄荷《はっか》キャンディを取りだし、包み紙をむいてしゃぶった。目を閉じる。

待つ以外にすることがなかった。

錠がまわされる音がして、ドアが開いた。ホイッスラーがそこに立ち、拳銃を握った手を突きだしている。「もう目覚めていたようだな、保安官。これまでは、あのガスを使う必要など一度もなかった。だが、やはり賢明な処置だった。おまえたちを玄関から外へ出すわけにはいかない」

「ずっと見張ってたのか？」

「それも予防策だ。おまえが哀れなチェルを打ち負かすところも見物させてもらった。わたしは彼を気に入っていた」ホイッスラーは瞑想に耽っているような声で語りつづけた。「正直に言うと、チェルは無敵だと思っていた。ソウルの道場で彼の戦いぶりを見たが、一度も負けなかった。だがおまえに殺されたところをみると、彼の能力を買いかぶっていたようだ。おまえはずいぶんと金を食う男だな、保安官、われわれの損失を償ってもらいたいものだ」

「ジョアンナとオータムはどこだ?」

「ふたりとも快適な部屋にいる。さあ、時間だ。おまえの希望どおり、ファーザーに会わせてやろう」

66

ノースカロライナ州ウィネット

サビッチは寝室の窓を開けて、外に出た。身を低くして生い茂ったオークとマツの木立に駆けこみ、家の裏手にまわりこんだ。所定の位置につくと、膝立ちになり、雑草におおわれた広い裏庭を見渡した。これといって見るものはなく、窓の向こう側にも誰もいなかった。よし、シャーロックとカリーはまだ表側の荒れたリビングにいる。サビッチはさらに木立の奥へと分け入り、一歩ごとに耳を澄ませた。地面が下り勾配になったときには驚いた。ビクターとリッシーがここにいないわけだ。この位置からだと、ほとんどなにも見えない。木にのぼればビクターのアパートの表側が見えるかもしれないが、こちらの姿もさらすことになる。いや、あのふたりは地面が高くなっていて、家の前面がすべて視界に入るところにいるはずだ。それでもやはり、リッシー・スマイリーがどう出るか、予測がつかなかった。サビッチたちを驚かせるには最高の方法だと、ふたりのうちどちらかがこちら側の森にひそんでいる可能性もある。

サビッチは木の配置、光と影の動き、枝の形に目を配りながら、なんらかの動きや手がかりがないかどうかを探った。

なにかがポンとはじけるような小さな音がして、ぴたりと足を止めた。動物の物音だろうか？　と、男のうめき声がした。まぎれもなく苦痛のうめきだった。また聞こえる。こんどはさっきよりも太い。それが誰であれ、男は窮地に置かれている。もしもバーニーなら、リッシーとビクターも近くにいる。

サビッチはしばらく耳を澄ませた。身をかがめながら、できるだけすばやく静かに木々のあいだを通り抜け、うめき声のする方向へ移動した。

異常なほど静かで、鳥や動物の鳴き声すら聞こえない。

あらゆる生き物たちが、サビッチと同じように息を詰めていた。

日が傾くにつれて、湿気を帯びた猛烈な暑さはいくぶんおさまったものの、それでも汗が噴きだした。もう一度立ち止まって耳を澄ませるが、なにも聞こえない。うめきが聞こえてくる方向を聞き間違えたのだろうか？

目の前の木々のあいだから小さな空き地が見え、その中央に警官の制服を着た男がひとり、サビッチに背を向ける形で横倒しになっていた。生きているのかどうか、わからない。リッシーかビクターのしわざだ。ということは、彼らはこの近くにいて、サビッチが、あるいはほかの誰かが、木々のあいだから出てくるのを待ち受けているのかもしれない。出ていけば、完全にさらし者になる。だから空き地へは足を踏み入れたくないが、そうするしかないのもわかっていた。あの警官が生きているなら、倒れたまま放置しておくわけにはいかない。サビッチは身をかがめて走り、警官の横に膝をついた。意識がなかった。せいぜいいって二十二歳、警察学校を出たての若い警官だ。肩に銃創がある。銃声はなく、ポンというかすかな音が聞こえただけだった。サビッチが聞いたのはサイレンサーをつけた銃声で、撃った人間は近くにいるはずだった。

もしリッシーならば、眉間を撃たなかったのが不思議だ。警官の喉に指を押しあてると、脈は比較的安定していた。出血を抑えようと、傷口を手のひらで強く圧迫した。包帯代わりに使えるものはないだろうか？　サビッチは自分のシャツの片袖を引き剝がし、警官の肩にきつく巻いた。

それからまた、手のひらで傷口を強く圧迫した。

そのとき、間近に人の気配を感じたが、両手が若者の血にまみれた状態ではどうすることもできない。またポンと音がして、同時に、脚にひやりと冷たい衝撃を感じた。と、リッシーの興奮した甲高い声が聞こえてきた。「やった、サビッチ捜査官。こっちだよ、こっち見てよ！」

サビッチは倒れそうになりながら、重心をもう一方の脚に移し、警官の肩を圧迫しつづけた。彼女を見ようともせずに、声を張りあげた。「おい、リッシー、なんでそんなに時間がかかったんだ？　どこでサイレンサーを手に入れた？」

「べつに、あたしは遠くにいたわけじゃないよ。あんたがその若いやつの世話をするのを、ここで見てたんだ。あたしのサイレンサー——これ、最高。昨日トゥーミス・スプリングズで、すごくキュートな銃ディーラーから買ったんだよ。二百も払ったんだから。三百ドルの値札がついてたけど、二百にまけてくれちゃった」

「ＩＤの提示は求められなかったようだな」

「もちろん。お利口なおじさんだったもん」

その銃ディーラーは、リッシーの異常さを察知して、死にたくないと思ったのだろう。サビッチは圧迫がゆるまないようにしながら、二メートルと離れていない細いマツの木の陰に立っているリッシー・スマイリーのほうを向いた。彼女はにっこりと笑っていた。「さっきはたしかに驚いたよ、リッシー。なぜこの警官をひと思いに殺さなかったんだ？」サビッチは尋ねた。

「頭を撃たなかったのは、そいつの仲間の誰かがうめき声を聞きつけて、慌てふためいて助けにくるんじゃないかと思ったからだけど、そいつ、へなへなと倒れちゃって、たった二回、弱々しいうめき声をあげるのがやっとでさ、誰も来やしなかったよ。なんだかなって感じでしょ？　それで額に軽く一発撃ってからビクターんとこに戻ろうと思ってたら、あんたが、サビッチ捜査官、ビッグヒーローが、このつまんない若造の命を救いにやってきたってわけ。

こんなやつ、生きてようが死んでようが、べつにどうだってよくない？」

「きみが死んでも誰も気にしないのか？」

リッシーのかわいらしい目に、一瞬、動揺が走った。この警官の代わりに地面に倒れ、血を流して死にかけている自分の姿でも想像したのだろうか？

「ママなら、あたしが死ねば気にしただろうけど、もう死んじゃったから関係ないし」

「この男にも母親はいるぞ」

リッシーは震えながら銃を振り、その声はヒステリックな熱を帯びていた。

「うっさいなあ！　わかってんの？　ママが死んだのはあんたのせいじゃん。人でなし、あんたに言われたくないよ」

殺されるかもしれないと思った。だが、リッシーは軽く緊張を解いて、冷笑した。サビッチの頬を撫でてよこしまな満足感を勝利を味わいたいのだ、とわかった。それがサビッチには貴重な時間となった。

リッシーが言った。「ちょっと、あんたのその脚、痛いんだよね、こっちから見ると血が出てるけど。あんたを殺さなかったのは、その前に言っときたいことがあったから。なんで脚を撃ったか知りたい？　その脚であんたに蹴られたからだよ。また蹴ろうなんて思っても無駄だから。

だめ、動かないで、ぴくりとも動くな。銃を出そうとしたら殺すよ。そこでじっとしてな。

警官の脇に、あんたの銃がある。そいつをこっちに投げてよこさないと、頭をぶち抜くよ。早く！」

サビッチは警官の傷口の圧迫をゆるめたくなかった。自分の脚の外側の傷からも血が滲みでているが、それほどひどい傷ではない。「リッシー、おれはこの男を死なせたくないんだ。圧迫をゆるめるわけにはいかない」

リッシーは高笑いした。そして叫んだ。「銃をこっちに投げてよこさないと、あんたの顔にぶっ放すよ。そっちの間抜けな警官にもう一発ぶちこんで、惨めな状態から脱けださせてやる」

サビッチはシグを拾って、彼女のほうに投げた。それは警官の左の靴底からわずか一メートルほどの地点に落下した。リッシーの手の届く位置ではないが、彼女はそのことに気づいていない。両手で警官の肩を圧迫しつづけながら、サビッチはほどなく自分の脚のほうにも圧迫が必要になるのを感じた。

リッシーが素っ頓狂な声で、歌うように言った。「捕まえた、あんたを捕まえた。これであんたとふたりっきりになれた。死について語りたいんじゃない、サビッチ捜査官？　だよね？　早く見たいな、あんたがゆっくり死んでくとこ」

「ああ、きみはたしかにおれを捕まえた」冷静な小声でサビッチは応じた。身じろぎもしなかった。「いいかい、リッシー、この警官は、ただ迷いこんできたわけじゃない。周辺にはほかにも警官が大勢いる。いますぐ誰かが現われてもおかしくないんだ。きみとビクターのお遊びは今夜この場所で終わる。もしかすると、きみたちが脱出できる方法があるかもしれないぞ。いや、やっぱり無理かな」

「どういう方法？　いいから、さっさと言いなよ、ばか」リッシーは首をひねり、それからまた彼のほうを向いた。

「きみたちはバーニー・ベントンを人質にとってるんだろ？」

「そう、彼を捕まえたの」

「じつは彼は雑魚《ざこ》、ＦＢＩではほんの下っ端なんだ。彼じゃ力不足だ。おれなら顔がきくし、みんなに知られてるぞ、リッシー。おれに言わせれば、きみたちにとってももっとも賢いやり方は、おれを人質にとることだ。きみたちにはおれが必要だ、リッシー、じゃないと、きみもビクターも窮地に追いやられるぞ」

リッシーはけたけたと笑って、両手で握りしめた銃をサビッチの胸に向けた。だが、その目は焦点が定まり、さっきよりもまともなのがわかった。「ふうん、あんたの言うとおりかもしれないし、そうじゃないかもしれない。じゃあ、いっしょに仲良くビクターんとこに行って、彼の意見を聞いてみようよ」リッシーは、意識のない警官を見た。「こんなやつのために、自分のシャツの袖まで引き裂いたんだ。こいつが冷静なふりをしながら、あちこち嗅ぎまわって、草むらという草むらに銃を突っこんで、木を一本一本確かめてまわるのを見たときは、信じられなかった。あたしはすかさず撃ったから、こいつにはたわごとを言う暇もなかった。ところがほら、あたしが最後に手に入れたのは、大物のボスだった」彼女は一瞬、若い男の肩を圧迫しつづけるサビッチをまじまじと見た。若い娘の声に当惑が混じるのがわかった。彼女はゆっくりと言った。「あたしが撃ったのが動物だったとしても、あんたはすっ飛んできたんじゃない？ わけわかんない。動物なんて、しょっちゅう殺しあってんだよ」

「いいか、リッシー、動物は食うために殺すんだ、殺すのを楽しむためじゃない。それと、血を流して地面に倒れている人をそのまま放っておく人はいない。ジェフは別かもな――そういう名前だったと思うが。きみのお母さんは、彼にきみを助けてもらいたがったのに、彼は逃げた。そうだったろ？」

リッシーは叫んだ。「あの下劣なくそ野郎！ 結局、逃げ遅れてやんの。あんなやつ死んでよかった、ああ、嬉しい！」そのとき、目からふいに狂気の光が消え、彼女は肩をすくめた。さっと顔を上げた。「ほらね、ジェフが死んでも、誰も気にしちゃいない」いつでも頭に弾丸をぶちこんでやるとばかりに、リッシーはサビッチを見た。

サビッチは言った。「ひとつ訊いてもいいか、リッシー、ビクターが誰かに撃たれたら、きみはすっ飛んでくるか？ それとも、ジェフがきみにしたように、自分の身を守るために逃げるか？」

「もちろん、ビクターのためならすっ飛んでくるけど、それは別。彼は他人じゃないし、あたしを破滅させたがってるあんたら間抜け警官とは違うもん。ビクターはあたしを愛してる。あたしのためならなんでもしてくれる。あたしはビクターを理解してる。片割れみたいなもんだから。彼はなんでもとことん考えて、すごく慎重なの」彼女はしばしためらい、その瞬間、なんだか妙に繊細そうに見えた。「ママが、ナンバーワンをまず大事にしろって言ってた。そうしないと、ナンバースリーとか、ナンバーワンは死んじゃうかもしれないし、そうなったらナンバーツーとかナンバースリーとか、ほかの人なんてどうでもよくなるって。ママはいつも、ビクターはやさしすぎるって言ってた。そりゃ、やさしいときもあるけど、いつもってわけじゃないよ」彼女はまた焦点を合わせようとするかのように首を振り、足元に散らばる葉っぱにスニーカーのつま先をこすりつけると、警官に視線を投げた。「不思議だよね、この間抜けな警官、こんな森んなかでなにやってたんだろ。あたしたちがこのあたりにいるって知ってて、あんたが呼んだんじゃないの？」

脚に鋭い痛みが走り、サビッチはもう少しでうめきそうになった。脚を撃たれたのははじめてだが、まるで焼けたナイフを深く突き立てられているようだ。肉に深く食いこんだそのナイフがねじれて、感覚を麻痺させてくれる冷たさが消えたようになっている。

「わかったよ、リッシー。ビクターが人質としておれをどう思うか、確かめにいくか？　いいか、もうひとりのあの捜査官はほとんど価値がないからな、解放してやってもいいくらいだ。彼はビクターといっしょにいるんだな？」

「もちろん、ビクターといっしょだよ。あたしは偵察隊なの。あんたたちの誰かがふらふら出てきますようにって、あの薄汚い家の裏口をしっかり見張ってたけど、誰も出てこなかったから」

リッシーはまた不機嫌になり、サビッチの胸に銃を向けたまま彼を睨みつけた。「ちょっとお兄さん、あんた、逃げだせると思ってるわけ？　ママを撃ち殺したのはあんたじゃないかもしれないけど、あんたがあの警備員に銃を投げてやったから、あいつはママの首を撃ったんだ。首を撃ったんだよ！　あたしは見てた、ありったけの血が噴きだすのを見てた。ママが死ぬのを見てたんだ！」手がふたたび震えだし、サビッチは身構えた。「あの男も殺してやる。あたしのかわいいバーニー坊やが死んだら、悲しむ人はいるのかな？」

「ああ、いるよ。奥さんと幼いふたりの子どもだ」

「あーあ、かわいそうに、その子たち、今夜は寝る前にパパからお話を聞かせてもらえないね。彼もあんたの仲間で、あたしを倒しにきたんだよね。だからあたしの敵。奥さんも長くは悲しまないよ。ママが言ってた。パパと関係なくなってから、めいっぱい楽しんだって」

リッシーは手のひらで胸をさすった。「ねえ、あんたのせいで、いまはダンスができないんだけど。糸で縫ったんじゃなく、ホチキスで留められたんだよ。どうやって外すのかな？　ビクターは傷を見たがらないの」彼女はサビッチをじっと見つめ、肩をすくめた。「わかったよ、ミスター・ビッグショット、あんた十分も時間を稼いだね。あんたを人質にするかどうか、ビクターに相談にいこう。その警官の肩から手を離して立ちあがりな」

サビッチは、警官の胸からゆっくり手を持ちあげた。たっぷり時間をかけたので、血が止まっていた。

チャンスだった。

67

サビッチは視界の端にシグをとらえた。リッシーをしかと見据え、銃に飛びついて拾いあげた場合の可能性を推し量った。彼女を撃てるだろうか？　成功する見込みを計算して、実行しないほうがいいと判断した。脚が思うように動かない。

「おれの脚も圧迫させてくれ。失血死させたら、きみとビクターを安全な場所へ案内できなくなる」

リッシーは下唇を噛んだ。「わかったよ、ベルトを使って。それでいい？」

サビッチはベルトを引き抜き、脚をきつく絞めた。さいわい弾は貫通し、筋肉を引き裂いてはいるが、傷はさほど深くなかった。弾がなかに留まっていたら、もっとひどいことになっていただろう。脚に体重をかけてみると、どうにか持ちこたえられた。ずきずきとした痛みがあるが、かまってはいられない。脚を動かして、やらなければならないことがある。

「さあ、ビクターのところへ戻るよ。あんたのことを話しあわなくちゃ。そのあと、幼いふたりの子持ちのバーニーにさよならして、あとは、あたしたちの金を手に入れるんだ。あたしは、ビクターといっしょに西へ向かうつもり。モンタナとか。どう思う?」

「きみとビクターは、あの金を持ってないのか?」

「ママがフォート・ペッセルの家にほとんど隠したの。ビクターとあたしがそこへ行ったときは、家じゅうに警官がいて持ちだせなかった」サビッチには、そのときのことを思いだして彼女の手が震えるのを見た。「べつに平気。あんたを片付けてから、また取りにいってくるから。どうってことないよ。アホどもがここに群がってるあいだに、あたしたちはあっちへ向かえばいいだけ。モンタナまで車でどれくらいかかるか知ってる?」

「三、四日かな」

リッシーはうなずいた。「だよね。べつに急いでないし。観光地を全部見ながら行くつもり。ほら、下がって」

サビッチは下がり、脚はどうにか持ちこたえた。その脚に体重をかけ、動かし、筋肉を緊張させる。

「二メートル下がって」

言われたとおりにした。動きは良好。

リッシーは彼のシグを拾い、ターコイズの大きなバックルがついた幅広のベルトに差しこむと、彼に向けた自分の銃を振った。サビッチはゆっくりと慎重に歩き、二メートルほど後ろをついてくるリッシーに手を伸ばすのはやめておいた。

そして誰とも出くわさないように祈った。人が死ぬのを見たくない。

シャーロックがなにか策を練っているはずだ。出ていったきり、ずっと戻ってこない。

「歩くのが遅すぎ。さっさと行って！」サビッチは脚をひきずりながら、鬱蒼と茂る木々のあいだを速度をはやめて歩いた。

「知ってる？　バーニーってすごくいい体してんの。若くないのに。三十はいってるよね。でも、あんたのほうがもっとよさそう。警官の肩を上から押してるとこ見てたけど、筋肉の感じがすごい好き。バーニーもそうだけど、あんたのほうがもっと荒っぽく見える。何人かの頭をガンガンぶん殴りそうな感じ。あたしは荒っぽくて激しいのが好きでさ。十三歳のとき、バイク乗りまわしてる二十歳のやつがいて、アリゲーターよりも荒っぽくて、マジにワルで、すごいホットだから、女の子はみんなそいつを狙ってた」リッシーはそこで口ごもり、なにかを思いだして顔をしかめ、首を振った。「あたしもそいつと一度だけセックスしたけど、そのあと捨てられちゃった。だから代わりにビクターをつかまえたの。彼は十八歳で、あたしはバイカーのこと考えながら彼の童貞を奪ったんだよね。

あんたを完全におとなしくさせて縛りつけたら、どうしよっかな。ねえ、あんた結婚してんの？　寂しくて五分も離れていられないような奥さんでもいるの？　ちっちゃい子どもとかいるわけ？」

「いや、おれは結婚してない」

「あの赤毛の女、あんたのパートナー？　彼女とやってんの？」

「なぜそんなことを訊く？」

「あの女の頭をぶっ放す前に、彼女と話したくて。あの女の髪、すごい気に入っちゃった。あたしもあんなふうに赤くして、ああいうふうにカールさせたいんだよね」リッシーは髪をふわりと浮かせた。「どうやればああなるのか教えてくれるかな？」

「きみが自分を殺そうとしていると知ったら、教えてくれないだろうな。つまり、教える筋合いがないだろう？」リッシー・スマイリーはぶっ壊れていて、まだ十六歳なのだ。サビッチは派手に脚をひきずり、苦痛に顔をゆがめたものの、それほど大げさに演技しているわけでもなかった。

「あんた、絶対あたしに嘘ついてる。あの女とエッチしてんでしょ？」

「いや、あんまり好きじゃないからね」

「ふうん」リッシーはそう言って笑った。「彼女レズビアン？」

サビッチはなにも言わず、じっと耳を澄ませていた。なにかが聞こえた。足音だ。シャーロックか、別の警官か？　リッシーの気をそらすために、とっさに言った。「彼女の髪だけど、たぶん染めてるんじゃないかな。だけど眉毛も黒っぽい赤茶色みたいな色だから、違うかもしれない」

リッシーはまた、甲高い笑い声をあげた。「絶対あの女に訊いてみなきゃ。さあ、色男、行くよ。ビクターんとこに戻んなくちゃ。ねえ、あの女も銃の腕がいいの?」

「まああだ」脚がひどく痛んだが、どうにか我慢できていた。左脚に重心をかけて右脚でキックできるだろうか? どうだろう。試して失敗すれば、確実に死ぬ。

サビッチはわざと大げさに足をひきずった。

「待って、色男。ちょっと止まって。なにか聞こえた気がする。たぶん、あんたの赤毛のパートナーだよ。だったらちょうどいいや」

68

ジョージア州ピーズリッジ

背後でドアが閉まり、イーサンはとっさにふり向くが、入ってきたのはカルディコットではなかった。

イーサンが見たのは、ひとりの年老いた男だった。少なくとも八十は超えているだろう。華奢でか細く、頭にはまばらな草むらのように白髪が生え、顔には皺が刻まれている。片意地の悪そうな小さくとんがった口がなければ、全体的に気のいい老人に見えたかもしれない。穏やかな声に似合わず、イーサンの目に映ったものは、何十年にもわたって積み重ねられてきた狭量さと、他者への敵意だった。老人の黒っぽい目は知的で、イーサンを見るまなざしには力があった。体こそ老いているが、頭は健在らしい。長く白いローブを痩せ細った腰のところで打ちあわせ、ホイッスラーと同じように金のベルトで留めていた。

「よくきた、メリウェザー保安官。きみもじきに気分がよくなるだろうて。あのガスは特別な配合で、効き目もすばやいが分解も速い。カルディコットによると、きみとジョアンナは服を使ってガスを閉めだそうとしたそうだな。じつに斬新な発想だ。カルディコットはおもしろがっていたぞ、きみがチェルを殺したことを除けばだが。それともちろん、ブレシッドがおかしくなったこともだ。彼はわたしの書斎の床で泣いているよ。どうしようもなく落胆している。オータムは彼になにをしたんだね、保安官？」

「さあ」

「きみにならわかるはずだぞ。あの子とその母親と一週間近くもいっしょにいたのだから。教えてくれんか、保安官」

「ジョアンナとオータムはどこにいる？」

「ふたりとも元気だ、いまのところは。あの子は、ブレシッドになにをした？」

「あんたは誰なんだ、ホイッスラーの父親《ファーザー》か？」イーサンは猛烈に笑いだしたい衝動に駆られた。

老人は無言のまま、なにかを解き明かそうとするようにイーサンをまじまじと見つめた。

「あんたは誰なんだ？」

「わたしか、メリウェザー保安官？　〝ファーザー〟には違いないが、ホイッスラーと血縁関係はないぞ。ここはわたしの家で、ここにいる者はみな、住んでいる期間にかかわらず、わたしの子どもだ。彼らはわたしの指示に従い、その代わり自身を超越したパワーについて教えを受ける」

「じゃあ、ここはカルディコットが仕切っているんじゃないのか？」

「こうしよう、保安官。われわれは互いに相手を必要としているようだ。わたしはきみの質問に答えよう、そうすればきみもわたしの問いに答えるのを拒む理由がなくなる。ここを仕切っているのはカルディコットではないぞ。カルディコットはわたしの優秀な補佐役だ。〝マスター〟という名を欲しがるので与えてやったまで。たまに彼が気づかないところで見ていると、ここで一番偉いのは自分だとばかりにふるまっているようだが、そうではない。わたしがそのささやかな慢心を許しているのは、彼が財政面のちょっとした天才、特異な才能の持ち主であり、わたしはその方面にうといからなのだ。彼は世界じゅうから人を集め、価値ある人材だと思うとここへ連れてくる」

　老人は節だらけの手を持ちあげ、イーサンを指さした。爪は長く内側にカーブしている。年老いた声は怒りに震えていた。「きみの質問には答えたぞ、保安官。さあ、オータムがブレシッドになにをしたのか話してもらおう。どうしても知らなければならないのだ」

「さっきも言ったが、彼女がなにをしたかは知らない。おれが知るかぎり、彼女はブレシッドを見た。それだけだ」

「そんな話が信じられるものか。こうなったのは――チェルが死んだのも、グレースがきみの部下に撃たれたのも、妻が必死にわたしを呼び、刑務所へ連れていかれると訴えているのも、すべてきみのせいだ。だがブレシッドは――ブレシッドがいなければ、われわれはやっていけないのだ！」

イーサンがゆっくりと言った。「そうか、こいつは驚いたな――あんたはシオドア・バックマンだな」

老人は悠然とうなずいた。「そうとも。オータムはわたしの孫娘だ。わたしは三人の息子のうちふたりを失ったのだぞ、保安官。孫娘まで失うわけにはいかない。まだ年端もいかぬあの子には、どうやらブレシッド以上のパワーがあるようだ。あの子はわたしのもの、わが一族のもの、〈トワイライト〉のものだ。彼女の才能は世界じゅうから信者を集めるだろう。あれは崇拝される。彼女の行く末を知るわたしの保護のもとで」

イーサンが言った。「あんたはリノで強盗に遭ってだいぶ前に死んだと奥さんは言っていたぞ。あれは、あんたが自由にこの教団をつくるための嘘だったのか。べつに死ななくても、ここをつくれたんじゃないのか？」

「ああするしかなかったのだ。わたしは死なねばならなかった。カジノを経営するギャングどもが、わたしにそれ以上儲けさせないと決めたのだ。わたしは彼らのルールに従ってプレイしていただけだが、彼らはわたしが金を盗んでいると決めつけおった。強盗は、彼らがわたしを殺そうと差し向けた暗殺者だったが、逆に殺してやったとも。あのダニどものせいで、わたしはブリッカーズ・ボウルときっぱり縁を切らざるをえなくなった」

老人はため息をついた。

「すると、あんたはそのときにここを開こうと決心したのか？　〈チルドレン・オブ・トワイライト〉を？　疑問なんだが、ミスター・バックマン、なぜすべてまっ白なんだ？　それとそのローブ――あんたたちは預言者らしく見せたいのか？　それとも、もっとほかに理由があるのか？」

「きみはじつに率直な物言いをするな、保安官、じつに飾り気のない言い方だ。きみはなにも知らないだろうが、ここをつくるのはかなりの大事業だった。当時、すでにわたしは若くなかった」

「で、カルディコットは？　彼はここからなにを得るんだ？」

シオドアは肩をすくめた。「シェパードとわたしはある日、ハンターズビルの小さなショッピングセンターでカルディコットを見つけた。気をつけなければならないから、人目につかないように選んだ場所だった。カルディコットは車の販売員だった、信じられるかね？　彼はわたしたちをおだてて車を買わせようとしおった。わたしは彼の能力に感心し、話をした。

二カ月後、われわれは彼の母親の名義を使い、道を三十キロ下ったところにある古い煙草農場を買った。しばらくはあそこで間に合っていたが、やがて暗殺者に見つかるのではないかと不安になってきた。そこで、自分の美しい会堂を建てることにしたのだ。きみも知っているように、そう決断するのに金銭面での問題はまったくなかった。

知ってのとおり、わたしの一族は特異な能力を有している。グレースとブレシッドになにができるか、きみも見ただろう」シオドアの顔がひきつり、息遣いが乱れた。呼吸がひどく速くなった。彼はいまにも椅子から立ちあがりそうになりながら、イーサンに向かって叫んだ。「ああグレース、シェパード！　わたしの家族になにをしたのだ？」シオドアの痩せた胸が波打った。一瞬、具合が悪いのではないかとイーサンは思った。

しばらくすると、老人はまた王座に腰を落ち着けた。「カルディコットはすでに、自分はときどき人の心を読めると信じていた。ブレシッドとグレースに会ったとき、彼は当然ながら驚愕した。カルディコットは野心的な男だ。わたしの仲間になればどんな能力でも身につく、わたしはそう信じこませた。

カルディコットはハーバード出だ。彼が連れてくる人材は熱意があり意欲的で、わたしに教わることを喜びとしている」

「カルディコットは、能力を与えられた人材はまだ見つかっていないと言っていたが」

「ああ、いまのところは。だが、明日カルディコットが、未来を予見できるという男に会いにデンバーへ向かう。結果はいずれわかるであろう」

「もう一度訊くが、人びとはなぜ、コンクリートでできたこの白い巨大な地下納骨所《ボールト》にやってくるんだ？」とイーサン。

シオドアは青筋の立った年老いた手を振った。「もういい！　見まわしてみるがいい、保安官。壮麗なるわが聖域を。わたしが保有するこの土地は広大で、わが子たちはわたしとともに思う存分に森を探索できる。ここに留まりたくなるのは当然ではないか?」

イーサンは、白一色の広大な部屋を見まわした。壁には美しい印象派の絵が何枚も飾られている。あれはモネだったかな? サンダルをはいた老人の足の下には、美しいアンティークのペルシャ絨毯が敷かれていた。

まるで宝石のような部屋だ。中央に金色の王座が鎮座する、あのばかげた演壇を除けば。

「マフィアから身を隠すために、地下に造ったのか?」

「それもないとは言わん。わたしは二度も大きな幸運に恵まれるわけはないと恐れていた。ほかにも理由はあったがね。ふつうに生きているだけで殴られて死にそうな目に遭わされれば、きみもその意味を考えるであろう。わたしは現世の富を手に入れるためのビジネスを息子に譲り、自分は好きなだけ読書をしたり、思索に耽ったり、バックマン一族に与えられた能力や、われわれと同様の能力をもつ人びとの歴史について考えるようになった。やがてわたしは、殴られて死にかけたのには目的があったのだと信じるようになった——自分たちと同じような人びとを探し、自分たちを殺そうとする者たちから隔絶された独自のコミュニティを、神に選ばれし者のコミュニティをつくるのが、わが目的であり使命だと」

「神に選ばれし者のコミュニティ?」イーサンは片眉を上げた。「カルディコットには、驚くべきパワーがありそうには見えないが。ここにいる人たちはみな、なにかを教わってるのか、それとも利用されてるのか? あんたは息子たちにそのパワーを使わせて莫大な金とパワーを集め、信者たちにほとんどなんでもさせられる――少なくともしばらくのあいだは。信者たちはどれくらいのあいだここにいるんだ、ミスター・バックマン？　どれくらいいれば、ここにいてもなにもいいことはないと気づくんだ？」

「もう気がすんだか、保安官？　きみの皮肉など聞きたくないわ。ここはわたしが自分で選んだ居場所だ。ここなら安全だし、自由に出入りができる。あの古い小屋は、郡道からゆうに一キロは離れていて、あの道はほとんど車も通らない」

「ここにいる人たちがいつでも自由に出ていけるなら、なぜオータムは、あんたの家族が一族用の墓地に誰かを埋めるのを見たんだ？」

老人の目につかのま後悔の色が宿るが、それも消し去られた。「ふたりの見学者が――カルディコットがめずらしくミスをして、価値のないやつらを連れてきおった――ここの存在を暴露されたくなければ金を出せとゆすられた。あれは重い決断だった。安易に決めたわけではないが、彼らよりも〈トワイライト〉が大事だった。なにがあろうと、われわれの秘密を守るため、残念だが、チェルがあのふたりを片付けねばならなかった。あれはわたしにとってもつらい決断だったのだ、保安官」

「グレースとブレシッドは、どうやってオータムを見つけたんだ？」

「なに、カルディコットにとってはたやすいことだ。彼は賢い男だ。ジョアンナがボストンに住んでいるのを知っていた。あとは哀れなマーティンの死亡広告を調べるだけでよかった。

そこにジョアンナの旧姓が載っていた。それと、彼女とオータムがわれわれに語った話をつなぎあわせて電話を二、三本かけると、彼女の家族や友人、それにバージニア州タイタスビルとのつながりを探りだすことができた。

さて、保安官、わたしのほうはきみの質問に答えたぞ。きみにひとつ提案がある。一族のもとに留まるようオータムを説得してくれたら、きみを生きてここから出してやろう。あの女が望むならいっしょに連れていくがいい。オータムはつらい目には遭わない。いずれここの暮らしに満足するようになると約束する。彼女は自分の家族とともに暮らすのだ。そしてわたしは、自分のものはかならず守る」

69

シオドアが急にうつむいて両手で顔をおおい、指のあいだからささやいた。「しかし、わたしはブレシッドを守れなかった」顔を上げる。「長男は明敏な知性の持ち主ではない。タイタスヒッチ・ワイルダネスまできみたちを追っていくとは、無謀なことをしたものだ。時機を待つべきだった。だが、自分が失敗するなどとは思いもしなかったのであろう——あれも

グレースも、任された仕事に失敗したことは一度もなかった。

そしてこんどはグレースまで死んだ。ふたりは以前からじつによく似ていた、考え方も、感じ方もきみはわたしから家族の一員を奪い去ったのだ、保安官、わたしにした仕打ちを、オータムで償ってもらわなければならない」

イーサンは俗物的な男に向かってほほ笑んだ。「あんたはブレシッドが二度と誰かに催眠術をかけられなくなるんじゃないかと心配している、そうなんだろう、シオ?」

シオドアは王座の肘掛けに拳を打ちつけた。「わたしのことは、ファーザーかミスター・バックマンと呼べ!」

シオドアはため息をつき、それから背筋を伸ばした。哀れな老人ではなく、君主のように見せたがっている、とイーサンは思った。両手で拳を握り、羊皮紙のような皮膚の下で血管が盛りあがった。

その声にはプライドがほとばしっていた。「なにが起きているにせよ、長男をあんなふうにしたのはわたしの孫娘だ。誰からも指示されず、訓練も受けず、なにも知らずに、たった七歳の少女が自分であの力を引きだした。あの子は長男のパワーを破壊したのだろうか？永遠にパワーを消し去ったのか？　そうでないことを願うばかりだが、にしても、驚くべき子どもではないか。ブレシッドもまったく歯が立たなかった。あれはわが一族の娘、わたしの血を引く孫だ。ああマーティン、あれも悲劇だった。あのままブリッカーズ・ボウルに留まっていれば、どれだけのことを成し遂げたことか」

「彼はなぜ出ていったんだ、ミスター・バックマン？」

「あれはまだ若く、天与の能力のおかげでバックマン一族が世間のルールに縛られず自由にふるまえることに納得できなかったのだ。息子とわたしは喧嘩をした、いつも喧嘩していた。ある晩、あれはわたしが狂っていて、あれを利用していると言った。わたしは頭にきてあれを殴った。まさか家を出ていくとは思わなかったが、出ていった。それがあれの選択だった。われわれのもとにはグレースとブレシッドが残り、いまではブレシッドひとりだ。わたしは、オータムならば長男を支えられると信じている。彼女が奪ったものを、彼女ならば返せる。

あの子はここに残らなければならないのだ、保安官。死にたくはないだろう？　オータムの母親を生かしておきたいのではないか？　ならば、ここに残って祖父と、おじとともに暮らせとオータムを説得するがいい」

「いいか、頼むから、よく聞いてくれ。あんたは、母親とおれとで説得すればオータムがここに留まると信じてるようだが、そもそもあの子はここにいたくないんだ。あんたと会っても、膝に飛びこみはしないだろう。あの子は母親を愛してる。あんたがもし、おれや母親に危害を加えれば、けっしてあんたを信用しない。いずれここから逃げだす方法を、あるいはあんたを破滅させる方法を見つけだす。あの子を手放すべきだ」

シオドアの年老いた声が鋭くとがった。「よく聞け、保安官。彼女を手放すには、わたしはあまりにも多くのものを失いすぎたのだ。だめだ、あの子を〈トワイライト〉から出すわけにはいかない」

イーサンは笑った。「トワイライト？　空などどこにも見えないぞ。ここにいると、生きたまま埋められてるような気分になる」

シオドアは王座の肘掛けに拳を振りおろした。「黙れ！　おまえのような凡人になにがわかる！　オータムをここへ連れてこさせるから、あの子を説得するのだ。ここに残らなければ自分は死ぬと言え。わかったな？　わたしは祖父だ。彼女もそれを受け入れるようになる。命が惜しければ、折りあいをつけるのに協力しろ」

老人はローブの袖からゆっくりと銃を取りだし、椅子の肘掛けについているボタンを押した。

背後のドアが開く音が聞こえた。イーサンがふり返ると、カルディコット・ホイッスラーが入ってきた。オータムの腕をしっかりとつかみ、ジョアンナをぐいと前に押しだす。オータムは身をよじってなんとか母親のところへ行こうとするが、カルディコットはそれを許さなかった。

カルディコットが少女の腕をつかむ手にさらに力を込めた。この子はなぜいつまでも歯向かってくるのか？　ここに住む人々の未来の計画にとって自分がいかに重要な存在か、気づいていないのか？　自分がいかに幸運か、どれほどすごいパワーを持っていて、その使い方を教えてもらえることに気づいていないのか？　オータムがブレシッドにしたことを自分もできればどんなにいいか——ああいう力が欲しいとカルディコットは祈った。「わたしに歯向かうのはよせ！」上からどなりつけ、オータムの腕を揺さぶった。

「この子に手を出さないで、ろくでなし！」ジョアンナは彼めがけて飛びだそうとしたが、両手を後ろで縛られているため、頭突きを食らわすしかなかった。

カルディコットは手の甲で彼女を叩きたかったが、ただ強くはねのけて床に倒した。続いてオータムに向かって上からどなりつけた。「見ろ、あちらにおられるのはきみの祖父、おじいさんだぞ！　きみのパパの父親だ！　かんしゃくを起こすんじゃない！」

オータムの目がうつろになり、瞳が固まった。体も動かなくなり、小さな顔から完全に表情が消える。

カルディコットは両腕をつかみ、オータムを揺さぶった。「こら、なにをしている？　なにを見ているんだ？」

ジョアンナが彼に飛びかかった。

イーサンが叫ぶ。「彼女にかまうな！」

カルディコットはジョアンナの顎に拳をふるって、後ろへ跳ね飛ばした。保安官が近づいてきたかと思うと、少女の胸のあたりに手をまわし、ぐいと引き寄せた。カルディコットが右手を高く持ちあげる。その手に銃身の短い三八口径が握られているのを、イーサンは見た。

「下がれ、保安官、さもないと撃つぞ！　その子を撃つことになっても知らんぞ」

「カルディコット、オータムを傷つけてはならん！」シオドアが叫んだ。「その子をこっちへ連れてこい。きみは母親と保安官を外へ連れだせ。オータムの目を見ろ――ブレシッドの目に似て、内なるものが激しく燃えているではないか」

彼女はもう誰をも見てはおらず、カルディコットには見えないなにかをじっと見つめていた。「子どもよ、なにをしている？　なにをしているのだ？」

70

ノースカロライナ州ウィネット

ビクターはなにかの物音を聞いた。踏みしめられた木の葉のようなカサカサという音、誰かがそっと足音をしのばせて歩いているような音。リッシーか？　彼は銃を構え、音がするほうを向いた。

バーニーは、ビクターが脚をほどいてゆっくりと立ちあがり、銃を周囲に向けているのを見た。なんの音も聞こえていなかった。

警官か？　リッシーが戻ってきたのか？　彼は両手に巻かれたいまいましいダクトテープと格闘しながらじっと待つしかなかった。

木立のほうからリッシーの興奮した声が聞こえてきた。「ねえ、ビクター。あたしの獲物を見て！」

彼女はひとりではなかった。バーニーは目を疑った。ディロン・サビッチがケガをした脚をベルトで縛り、足をひきずってリッシーの前にいた。

彼女は小躍りしていた。「マッチョマンに聞いたんだけど、森の反対側に、このしょぼい町の警官が全員いて、あたしたちが躍りでてくるのを待ってんだって。ひとりだけ別だけど。そう、若い警官がまともにこっちに来そうだったから、しとめてやったの。そしたら、このサビッチ特別捜査官が助けに走ってきてさ。あたしがなにしたかわかる、ビクター？　彼の脚を撃ってやったんだ」

ビクターはサビッチを見た。新聞で顔は見たが、じかに会うのははじめてだった。リッシーはまだその場で踊っていた。かなり興奮している。

ビクターが言った。「そういうことか、彼が地元の警官を総動員したんだ。たぶん、車は警察に見つけられてる。ここから出ていくのはたいへんだぞ」

リッシーは銃をまわりに向けた。「すごいね、間抜けな田舎者が勢ぞろい。きっとみんな、あたしが撃ったやつとおんなじくらい脳みそからっぽなんだよ」リッシーはくすくすと笑った。「ねえねえ、空を見て息を吸いこんだら、サツのにおいがしそう」彼女はサビッチの背中に銃をぐいと押しつけた。「この人はあたしのお手柄。この脚を見て、もうあたしを蹴飛ばせやしない。坐って、かわいい坊や、ちっちゃい子がふたりいるバーニーの隣に」リッシーは自分の胸を軽く撫ではじめたが、サビッチが見ているのに気づくと手をおろした。

ここは警官たちのラインからおそらく百メートルほど内側だろう、とサビッチは思った。いま彼らはこの一帯を囲む鬱蒼とした茂みのなかという優位な場所にいた。サビッチとリッシーは、果てしないオークの迷路、少なくとも五百メートルは続く森をてくてくと歩いて、急斜面をのぼったところにある、この小さな空き地へやってきたのだ。木々のあいだから、ビクターのアパートと、シャーロックとカリーを置いてきたいまにも崩れ落ちそうなあばら家の正面が見えた。

「だいじょうぶか?」サビッチはバーニーに訊いた。

「ええ。おれはだいじょうぶです。自分のばかさかげんが情けないだけで」

「黙ってろ」ビクターが言った。「ふたりともしゃべるな、わかったか? そいつの横に坐れ、おかしなまねはするな」ビクターは、ゆっくりとオークの幹にもたれて傷を負った脚を前に伸ばすサビッチに銃を向けた。サビッチはベルトをゆるめ、傷を調べた。血は止まっていた。彼はベルトを引き抜いた。

「なんでここに連れてきたんだ、リッシー? なんで見つけたときにすぐ頭に弾をぶちこんでやらなかった?」

「このお兄さんがね、小さい子がふたりいる哀れなバーニーよりも自分のほうがずっと顔がきくって、あたしたちには警官たちが言うことをきく人質が必要で、あたしたちをここから脱出させられるのは自分しかいないって言うんだけど。どう思う?」

ビクターはサビッチからバーニーへ視線を移し、そのあとまたリッシーを見た。「気に食わないけど、そいつのほうが顔がきくのは確かかもな。そいつなら、おれたちを脱出させられるかもしれない」

リッシーは小首をかしげ、長く優美な指で彼の顎を撫でた。「じゃあ、脱出させてもらってから、両目のあいだに弾丸をぶちこんでやりなよ、ビクター。あんたには練習が必要だと思うよ。ほら、あのハイウェイ・パトロールのおまわりを殺す度胸もなかったよね？　あたしが目のあいだにぶちこめって言ったのにさ」

ビクターが突きだす拳が速すぎて、リッシーにはかわしきれなかった。拳が顎を直撃し、後ろへよろけて倒れた。サビッチが脚に焼けるような痛みを感じながら立ちあがりかけたとき、リッシーが叫んだ。「坐れ、じゃないとバーニーに弾をぶちこむよ！　わかってんの、ミスター特別捜査官？　そいつが死んだらあんたのせいだからね！」

彼女は横向きに倒れたまま、バーニーにまともに銃を向けていた。

サビッチはまた坐ったが、こんどはバーニーに少し近づき、彼の手首に巻かれたダクトテープを剥がせるくらいの位置に腰を落ち着けた。

リッシーの頬を涙が流れていた。ビクターが彼女のほうにかがみこみ、気遣わしげにやさしく声をかけ、指でそっと髪に触れた。「あんなこと言っちゃだめじゃないか、リッシー、おれをだめ男呼ばわりするからだ。おまえがおれにこんなことをさせたんだぞ」

彼女は指で顎をさすりながら、片時もサビッチの顔から目を離さずにいた。

「痛かったよ、ビクター。顎の骨が折れてるかもしんない」

「ああ、でもすぐよくなる、病院へは行かずにすむさ。おまえになにを言われても、どれだけばかにされても、また病院へ舞い戻るような目には遭わせたくない」

「でっかい痣ができちゃうよ」

「それほどひどくないと思うけどな」ビクターはサビッチのほうを見た。「おまえはほんとに、このFBI捜査官を人質として連れてきたのか？　じゃあ、おれに殺させるつもりなんだな？　おれだって殺せるさ、殺せる、その気にさえなれば。そうしてぺたんと坐ってると、それほど強そうにも見えないし。ここから逃がしてもらってからのお楽しみだ」彼はリッシーに手を貸した。

リッシーはまだ顎をさすっていた。「あんたはこいつの眉間を狙って撃てば？　あたしはバーニーのほうを引き受ける。そしたら、自由にこの田舎町から出てけるね。車を見つけて、モンタナに行きたい」

「モンタナか、いいな。ここから車でどれくらいかかるんだろう？」

「五日かければ、楽勝」リッシーが顔を上げると、バーニーが声をひそめてサビッチと話していた。「黙ってな、頭をぶち抜くぞ！　ビクター、スーパー・コップに脱出させてもらう前に、いい考えがあんだけど。彼の携帯をこっちにちょうだい。短縮ダイヤルをチェックしたいから」

ビクターはサビッチの喉元に銃口を押しあて、彼のポケットから携帯電話を引っぱりだした。さっと立ちあがってそのまま二歩後ろへ下がり、リッシーに手渡す。彼女は手際よく通話履歴を調べた。「なにこれ、すごい！　最初の名前、シャーロックだって」

「なんだよその名前？　どういう男なんだろ」

「たぶん、ふざけたニックネームだよ」リッシーが言った。「電話して、シャーロックがどんなやつか確かめてみよう」

バーニーが見ると、サビッチは顔色ひとつ変えず落ち着きはらっていた。

一度呼び出し音が鳴り、女が出た。「はい？」

「ねえ、あんたがシャーロック？」

「そうよ、そう言うあなたは、どちらさま？」

「あんた、生意気。こちらはリッシー・スマイリー、ここにデカい連邦捜査官がふたりいるんだけど。サビッチ特別捜査官と、小さい子どもがふたりいるバーニー特別捜査官。あんた、サビッチのパートナーなんでしょ？　あんたがあのまっ赤な髪の女？」

「そうよ」

「ほんとに彼と寝てないの？　あんたのこと、あんまり好きじゃないって言ってたけど。でも、彼とやりたくないわけないよね？」

「なんでわたしに電話してきたの、リッシー？」

「そういう色の髪にするには、なんていう色のヘアカラーを買えばいいか知りたいんだけど。

あと、それってパーマ?」

「悪いけど、もともとこうなのよ」

「ふうん、そうなんだ、なんか残念だよね。あたしが電話したのは、あのボロ家から一歩でも出たら、そのきれいな髪が血だらけになるよって警告するため。おかしなまねしたら頭をぶち抜いてやるって、あんたからもふたりに言ってくんない?　そうそう、あのデカい人、人質になってるから。あたしたちに付き添ってここか脱出させてくれることになってんの」

そう言うと、リッシーはさっと電話を切り、サビッチに投げつけた。それを受け取って、シャツのポケットに突っこむ。サビッチの右手は、バーニーの手首からわずか数センチの位置にあるが、ビクターもリッシーも気づいていないようだった。

そのとき、オータムから大声で呼ばれた。

71

オータムは、これまで聞いたなかでいちばん大きな声でわめいていた。顔は蒼白で、目を見開き、息を切らしている。

どうした、オータム？　なにがあった？

わたしのおじいちゃんが、ディロン、おじいちゃんが生きてて、イーサンとママを痛めつけようとしてるの！

ちょっと待ってくれ。いまどこにいる？

この建物のなか、地下よ、どの部屋もまっ白で、すごくいやなところ。

よく聞いて、オータム、おれもいまちょうど、たいへんなことになってる――。見せて。

サビッチは、縛られて木の幹に寄りかかっているバーニーを見て、つぎに自分に銃口を向けているビクターとリッシーを見た。モーテルの看板のときのように、自分が見ているものがオータムにも見えるのだろうか？　自分の目を通して？

「なにやってんの?」リッシーがどなり、一歩前へ踏みだした。「なんだか知らないけど、やめないといますぐビクターに一発ぶちこませるよ!」

サビッチは動いたつもりはなかった。彼らを動揺させるようなことをなにかしただろうか? 穏やかにさりげなく尋ねた。「なんのことだかわからないな、リッシー」

「目がすごく変。そのあと取りつかれたみたいな不気味な顔でビクターとあたしをじっと見て、頭のなかを見透かしてるみたいだった。いったいなにやったの?」

サビッチはほほ笑んだ。「うん、じつは、これはほんとの話なんだが、幼い女の子がおれの目を通してきみたちを見てたのさ」

ビクターがさっとふり返り、声を張りあげた。「女の子って誰だ? どこにいる? 女の子なんていないじゃないか! いったいなんの話をしてるんだよ?」

サビッチの顔になにを見たにせよ、ふたりは動揺していた。「名前はオータム、たぶん彼女いまジョージア州にいる」

リッシーが彼に向かって叫んだ。「この嘘つき――」

ビクターが彼女の腕をつかみ、揺さぶった。「リッシー、やめろって、わざとやってるんだよ。おれたちを混乱させて、しくじらせようとしてるんだ。ほら、こいつ動いてないだろ、だいじょうぶだ。こいつがなにを言おうと、なにをしようと、意味はないんだ。おれたちを気味悪がらせようとしてるだけさ。どうするか決めなくちゃな、こいつを人質として使うか、頭を吹き飛ばすか。大事なのは、こいつを盾に使えば、連中はおれたちを撃てないってことさ」

リッシーが叫んだ。「だめ！　こいつはあぶない、あたしたちを殺すよ。あたしたちが利用できる相手じゃない！　殺しちゃって、ビクター、いますぐ！　その気になればやれるって言ったじゃん。ほら、いいとこ見せるならいまだって」彼女はビクターと銃を交換した。「あたしのを使って。サイレンサーがついてるから、銃声は聞こえないよ。ふたりとも撃っちゃって、ビクター。やれるって証明してよ」

ビクターは銃をまっすぐ前に構え、サビッチに狙いを定めた。顔は青ざめ、全身がこわばっていた。死ぬほど怖がっている。殺すのが怖いのか？

「ほら、ビクター、ふたりとも穴を開けてやりなよ、目と目のあいだに！」

サビッチはオータムの叫び声を聞いた。だめ！　するとビクターはぐらりと揺れ、石ころだらけの地面に飛ばされて、誰かに連打されているかのように身をよじって転げまわった。突然それが止んだかと思うと、彼は起き上がって、怯え顔でサビッチを見た。「逃げろ、リッシー」そう叫び、森へ駆けこんでいった。

オータム、きみがやったのか？

「待ちなさい、リッシー！」

リッシーがぎょっとして目を剝いた。オータムが来たと思ったのだとサビッチにはわかった。だが、現われたのはシャーロックで、シグがリッシーの背中をまっすぐ狙っていた。その後ろからカリーが走ってきて、ビクターめがけてすばやく五発撃った。そのうちの一発が命中し、苦痛の叫びが聞こえた。カリーはビクターを追っていった。

シャーロックが言った。「こっちを向きなさい、リッシー。ゆっくりよ、あなたを殺したくないの。いますぐ銃を地面に放って」

リッシーは肩越しに、ワイルドな赤毛の女を見つめた。「すてきな髪」そう言うと、シャーロックのいるほうへ向かって銃を乱射しながら駆けだした。

シャーロックは後ろへよろめいて倒れたが、起きあがって膝で立つと、反撃した。弾は命中して苦痛の叫びが聞こえたが、少女にどれくらいの傷を負わせたのかはわからなかった。

さらに何発か銃弾が飛んできた。

「伏せてろ、シャーロック」サビッチは叫ぶと、シャーロックにつまずいてなかば崩れるように膝をつき、彼女を自分のほうへぐいと引き寄せた。「おい、聞こえるか?」

「ええ、わたしはだいじょうぶ。ディロン、あなたの脚!」

「たいしたことないよ、使えてる。バーニーをほどいてやって、ふたりでビクターを追ってくれ。二手に分かれたほうがよさそうだ。シャーロック、リッシーに銃を取られた」

シャーロックはなにも言わず、自分の銃を差しだした。サビッチが動いてくれと念じると、脚は動いた。ぎこちないなりに、しっかりしている。早足でリッシーを追いだしたサビッチの背中に、シャーロックがささやいた。「気をつけて」

サビッチはまもなく、前方の木々のあいだを縫うように移動しているリッシーを見つけた。シャーロックに撃たれたせいで、動きがにぶくなっている。リッシーは突然ふり向き、サビッチの姿を見て撃ってきた。木の陰に飛びこむと同時に、サビッチの頭上を弾が切り裂く。脚が悲鳴をあげ、しばし動きを止めた。

銃撃の音を聞き、シャーロックたちがビクターをしとめたのならいいがと思った。一瞬見えたリッシーの白いシャツを狙って、サビッチは発砲した。リッシーがわめく。彼はふり向き、左脚をひきずりながら、そちらに向かって駆けだした。「リッシー！　もう終わりだ、やめろ、聞こえるか？」

リッシーの笑い声が聞こえる。苦痛に満ちた、やけににぎやかな笑い。二発の弾丸を受けながらも、彼女がまた動きだしたのがわかる。リッシーが声を張りあげた。「あんたなんかに捕まってたまるもんか。あんたを殺して、そのあとあんたが連れてきたおまわりどもをひとり残らず殺してやる！」

サビッチはつまずきながらあとを追った。銃弾がもう一発、左肩から三十センチほどの位置にあった木にあたった。

おい頼むぞ、脚、前へ進んでくれ。動け！

きっと脚に声が届いたのだろう、気がつくと、すばやく木々のあいだを駆け抜けていた。

かたや出血しているであろうリッシーはじきに失速する。

サビッチは、オークの木に寄りかかってあえぎ、うずくまっているリッシーを見つけた。

血は白いシャツを染め、脇腹を流れ落ちてジーンズまで広がっていた。シグを片手に持ち、もう一方の手で胸を押さえている。指のあいだから血が滲みでているのが見えた。

「リッシー、もう終わりだ。銃を置け。きみはケガをしている、助けを呼ばなくちゃならない」

リッシーはサビッチが隠れている木のほうを見て発砲した。弾は横にそれ、彼の左側にあるオークの小枝をそぎ落とした。姿が見えていないはずなのに、リッシーは何度も何度も撃ってきた。

サビッチは息をひそめ、じっと木の陰に隠れて弾を避けていた。

リッシーは悪態をついたが、激しい怒りの奥に、サビッチは苦しみを感じ取った。一発の弾丸が、顔のすぐ横の木の皮を剝ぎ、頰を切り裂いた。またいまいましい傷ができた。シグに弾はあと何発残っているだろう?

リッシーに途中でやめる気がないのはわかっていた。

もういい、度を過ぎている。サビッチは木の陰から出た。

「銃を置け、リッシー!」

彼女は銃を置かず、サビッチをどなりつけた。「あんたなんか大嫌い! 殺してやる!」

罵倒の言葉を浴びせつつ、まっすぐサビッチのほうへ走ってきた。腕から血をしたたらせながら、銃で彼の胸を狙う。

サビッチは引き金を引いた。弾は眉間を直撃した。衝撃で足が浮き、彼女の体が後ろへ投げ飛ばされる。着地するより先に、リッシーは息絶えていた。

サビッチは脚をひきずりながら彼女に近づき、もう狂気じみては見えない美しい目を、もはやなにも見てはいない美しい目を見おろした。彼女の指はまだシグを握りしめている。サビッチはその手から銃を引き抜き、自分のベルトに挿した。

シャーロックのところへ戻らなければ。彼はくるりとふり向き、つまずきながら、可能なかぎり急ぎ足になった。

72

シャーロックは、ビクター・ネッサーを見おろしていた。息をはずませ、かつて彼女の脾臓が属していた部分の強烈な痛みを存分に自覚しながら、靴のかかとを彼の胸に置いていた。足首のホルスターに入れていたレディー・コルトで四、五発撃ったものの、コルトは至近距離でしか通用しない。そのあと、足を狙って足首に命中させた。つまずきながら前進を続けるビクターに、一・五メートル後ろからタックルしたときには、アドレナリンがほとばしり出ていた。ビクターはいま、仰向けに倒れ、じっと動かず荒い息をしている。足首が痛むに違いなかった。呼吸を整えようとしながら、シャーロックは言った。「もう終わりよ、ビクター。逃げようなんて考えないことね。逃げ場はないわ、前も後ろも」

ビクターは動かず、その場に横たわりうめいていた。シャーロックは肩越しに叫んだ。「カリー、バーニー、確保したわ。ふたりとも無事よ。ビクターはどこへも逃げないわ」

ビクターはきつくまぶたを閉じた。女の声を聞き、胸に置かれた彼女の足の重みと、砕けた足首から腹部まで突きあがってくる猛烈な痛みを感じていた。頭の片側がずきんと痛み、唇を嘗めると血の味がした。足首に触れたらどんな感じがするだろう？　それを思うと、怖かった。二度と歩けなくなるくらいなら、頭を半分吹き飛ばされて歩きまわるほうがましだ。だが、ビクターにはどうすることもできなかった。さらに悪いことに、リッシーを助けられないこともわかっていた。

リッシーはどこにいるんだろう？　サビッチを殺しただろうか？　いや、あの男が殺されるとは思えない。それに、自分を撃ったこの赤毛の捜査官は彼のパートナーだ。

オータムって誰だ？　彼女はなにをしたんだ？　体が痙攣して重くなり、手も足も出ず地面を転げまわったのを思いだした。オータムは幼い女の子？　まさか、そんなことがあるだろうか？　あの場にはほかに誰もいなかった。すべて嘘だ、サビッチがなにかをしたのだ。だが、なにをした、どうやって？　あのときは体が冷たくなり、頭の隅のほうからじわじわと恐怖にかじり取られていくような気分だった。

サビッチがバーニーの横に無防備に足を伸ばしていたときにふたりとも撃ってしまえば、それでおしまい、すべて片付いていたはずだ。そうすればリッシーも、頼りになる男だとわかってくれただろう。もちろんリッシーが自分で彼らを殺すこともできたわけだけれど、彼女はあのふたりを、そしてビクターをもてあそびたがっていた。とんでもないミス、これまでに犯した中で最大のミス。そして、自分たちにとって最後のミスだった。

ビクターは、すべてが起きる前はどうだったかを思いだした。両親との日々、父は機嫌が悪くなるといつも母を殴り、母はさらなる虐待を受けるために父といっしょにヨルダンへ戻った。母はまだ生きているだろうか？　そしてジェニファーおばさん、正気じゃないあの女は、いつ食べるか、いつ歯を磨くか、誰と口をきいていいかまで指図し、大事な十三歳の娘——あの狂った女が産んだ、ビクターがこれまでに愛した唯一の人間に指一本でも触れたらこんなふうに殺してやると息巻いた。あの女が金切り声でわめきながら彼の首に突きつけてきた肉切り包丁の刃先の感触はいまでも忘れない。ジェニファーおばさんは、ビクターがリッシーに淫らないたずらをしていると考えた。悪い冗談のようだったが、ビクターは弁解せず、胸がふくらみはじめたリッシーが、軒下にある自分のせまい寝室に入ってきたことは黙っていた。リッシーは母親を止めてナイフをもぎ取ったものの、おばさんはそれでも一時間もたたないうちに、悪いのはリッシーだと知りながら——もちろん、知っていた——ビクターをハンマーで殴った。ビクターは死を覚悟したが、死ななかった。

自分には未来はないとわかっていた。おそらく、リッシーがベッドに入ってきた瞬間から、そう悟っていたのだと思う。そしてリッシーはいまごろ、もう死んでいるかもしれない。今回ばかりは逃げきれない。もう終わったのだ、すべておしまいなのだ。

細い血の筋のあいだを涙が流れ落ちた。砕けた足首のすさまじい痛みのせいではなく、リッシーと二度と会えないかもしれないからだ。未来が欲しいとは思わなかった。目を開けて、上から見おろし、小さな拳銃を血だらけの自分の顔にまっすぐ向けている捜査官を見あげた。

彼女の背後にカリーが現われ、ゆっくりと拳銃を下に向けてビクターを見おろした。感情のこもらない声でカリーは言った。「おれを覚えてるか、ビクター？　縛られておまえの寝室の床に転がされていた男、おまえたちが木っ端微塵に吹き飛ばそうとした男だ。アレクサンドリアで、おまえとリッシーが台所で撃ち殺した父親と母親のことも覚えてるか？　たかが車一台のために、おまえたちはふたりも撃ち殺した。ほかにいったい何人の命を無駄に奪った？　ふたりとも尋常じゃないぞ、ビクター。おまえたちは狂ってる」

「おれは狂ってなんかいない」

「ほお、そうか」とカリー。「全部あの少女のせいにする気か、十三歳からおまえにおもちゃにされてきた、あの娘のせいに？」

シャーロックがカリーの肩にそっと手を置くと、彼は怒りでわなわなと震えていた。

「おれはリッシーをおもちゃにしたことなんか一度もない！　いいか、そんなんじゃなかった。あいつはおれを、おれだけを必要としてた。おれのことがわかるって、おれがやってきた瞬間から、心のなかまでわかったって言ったんだ。あんたたちはあいつを殺すつもりだろう！　殺したいんだろう？」

カリーが脇腹を蹴っても、ビクターは気づいた様子もなかった。カリーが上からどなりつける。「いいから話を聞け、小僧。バーニーを殺さずにいて、おまえはラッキーだった。もし殺してたら、おれがおまえを殺してやるところだ」

シャーロックは、カリーがまだ怒りで震えているのを見て、そっと言った。「あなたはバーニーもサビッチ捜査官も殺さずにいたから、カリーとわたしとであなたを病院へ連れてくわ。足首が銃弾で粉々になってるから、手も貸してあげる。ハンカチで顔の血を拭いたら？　あ
あ、バーニーが来た。彼をつかまえたわよ、バーニー、もうだいじょうぶ」

バーニーがなにか言いかけるが、カリーに先を越される。「ああ、おれが最初におまえを見つけてればな」カリーは言い、もう一度ビクターを蹴った。「バーニーも同じことを考えてるはずだ。そうすれば、こんな足のかすり傷程度じゃすまなかったぞ」

ビクターは痛みで朦朧とした目で彼らを見た。「あんたらいまごろ死んでたんだぞ。あのオータムとかいうガキがいなかったら、全員死んでたんだ。オータムって誰なんだ？　女の子なんかどこにもいなかったぞ」

「そのとおり、オータムは近くにいたわけじゃないの」シャーロックが言った。「だけど、それはあなたには関係ないことよ、ビクター」

ビクターは立ちあがろうするが、苦痛の声を漏らし、横ざまに倒れた。彼がこうささやく声が聞こえた。「リッシーはモンタナへ行きたがってた。きっともう無理なんだろうな」

カリーとバーニーは彼を立たせ、片方ずつ肩を貸した。ビクターは泣きながらうめき、石ころだらけの地面に血の跡が残った。ビクターの言うことなど、シャーロックにはどうでもよかった。夫のことが心配でしかたがなかった。リッシーがまだそのあたりにいるかもしれ

ない、それは自分のミスだった。しとめるべきだったのに、若い娘をだまし討ちする踏ん切りがつかなかったのだ。ちょっと注意をそらした瞬間に、リッシーは目にも留まらぬ速さで動いた。予想外の事態に、シャーロックは発砲したが、傷を与えただけで、それもたいした傷ではないはずだ。ディロンは死んでいるかもしれない、けれど——シャーロックはかぶりを振った。言い訳はしない。とんでもない失敗をして、みんなを危険にさらした。

オータムがいなかったなら、ビクターはきっとディロンを殺していただろう。シャーロックはビクターが悪態をつきながら泣いているのをぼんやりと意識しながら、ささやいた。

「オータム、わたしたちの命を救ってくれてありがとう」

「シャーロック、みんなだいじょうぶか？」

サビッチが足をひきずりながら、木立のあいだから現われた。ほとんど無傷だった。よかった。シャーロックは夫に向かってほほ笑んだ。

ビクターが凍りついたように立ち止まり、叫んだ。「リッシーはどこだ？　リッシーになにをした？」

サビッチは青年の台無しになった顔を、その目のなかの魂をむしばむような恐怖を見た。

「彼女なら死んだぞ、ビクター」

ビクターは暗くなりかけた空を仰いだ。「リッシー！　ああ、リッシー、死ぬわけない、おまえが死ぬわけない！」地獄から迷いこんだ魂のごとく、激しく泣きじゃくった。

73

ジョージア州ピーズリッジ

カルディコットがオータムを見おろしたとき、イーサンは勝負に出た。カルディコットに体ごとぶつかっていき、壁に叩きつけたのだ。カルディコットの拳銃が床をすべった。

「オータム、ほどいて!」

オータムは母親の横に膝をつき、結び目と格闘しはじめた。ジョアンナは解き放たれるまでのあいだ、イーサンとカルディコットが殴りあいをするのを見ていなければならなかった。ふらつきながら立ちあがり、オータムを自分の背後に押しやる。イーサンに手を貸したかったが、彼が戦うさまを見るかぎり、助太刀など必要なさそうだった。

カルディコットはイーサンが思ったよりも強かったが、真のチャンスには恵まれなかった。イーサンは怒りを味方につけていた。あまりに根深く、もっとも原始的な部分で鳴り響く怒りを。彼は血を求めていた。胸に蹴りを入れてバランスを崩させ、両手で頭につかみかかると、カルディコットの頭を白い壁に打ちつけた。純白の壁に赤い染みができ、うめき声が聞こえても、やめようとはしなかった。

「やめろ！」シオドア・バックマンが高座からよろめくように降りてきて膝をついた。「やめろ！」ふたたび叫び、ふたりの男たちを長い指で指さした。そして待ちわびていた孫娘を、一族の未来となるべき大切な少女のほうをふり向いた。そのとき、胸に焼けるような痛みを感じて、ゆっくりと横向きに倒れた。空気を吸いこみ、呼吸しようとしている。

イーサンは最後にもう一度、ホイッスラーの頭を壁に打ちつけて、彼を解放した。ホイッスラーは壁からすべり落ち、血だらけの指で描いた奇怪な模様のように、血の筋がついた。

イーサンは彼を見おろし、怒りを鎮めようと深呼吸した。ふり向き、美しい絨毯の上で脚をきちんとそろえて横たわる老人のほうを見る。老人は目覚めており、イーサンを見あげていた。「カルディコットを殺したのか？」

「死んじゃいないさ」殺そうとしたかどうかは言わなかった。イーサンはオータムとジョアンナのほうを向いた。「ふたりともだいじょうぶか？」

オータムはうなずき、ジョアンナは娘をぎゅっと抱きしめて髪を撫でた。「だいじょうぶよ、もう平気。わたしたちはだいじょうぶよ、イーサン。あなたは？」

シオドア・バックマンが大声で呼んだ。床の上で上体を起こし、オータムのほうへ両手を伸ばしていた。「オータム！　わたしの大切な孫よ、おまえはわたしとともに星を手に入れるのだ、おまえは天を征服するのだ。さあ、こちらへおいで、おまえの祖父のところへおいで」彼はゆっくりとドアのほうへ顔を向けた。みんなが見つめるなか、ドアがゆっくりと開いた。

そこに立っていたのは、ブレシッドだった。黒い瞳が怒りに燃えていた。

シオドアが大声で言った。「ブレシッド、息子よ。急げ、保安官とジョアンナを！」

しかし、イーサンはブレシッドを見ず、顔を下に向けたままブレシッドのほうへ突き進んだ。渾身の力で腹に体当たりし、開いたドアを抜けて廊下まで押し戻して、壁に激突させた。ブレシッドが苦痛のうめきをあげ、肩の包帯が血で赤く染まる。しかし、イーサンはそのブレシッドから後頭部に肘鉄を食らい、がくりと膝をついた。

イーサンが倒れるのと同時に、ジョアンナがブレシッドに飛びかかって、胸に頭突きした。ブレシッドは彼女の首をぐいとつかんで顔を上げさせようとしたが、ジョアンナは彼を見ようとしなかった。「まあいいさ」ブレシッドから強打されて、ジョアンナは床に倒れた。

「やめて！」

ブレシッドが部屋に駆け戻ると、オータムが正面からぶつかってきた。声を張りあげながら彼の腹を拳で何度も叩いた。ブレシッドは彼女をつかんで揺さぶった。

オータムが顔を上げて、じっと見つめる。するとブレシッドは喉の奥から込みあげてきたように泣きだして、後ろへ倒れた。背後の壁にぶつかり、ゆっくりと床にすべり落ちて、動かなくなった。

「ママ！」オータムは廊下に駆けだした。床に膝をついて母親の肩を揺さぶり、目を覚ましてと泣きながら頬を叩いた。

イーサンはすぐにふたりのそばに駆け寄った。両腕でジョアンナを抱きかかえて揺さぶる。

彼らがいっせいにふり向いたとき、シオドア・バックマンがよろよろと近づいてきた。彼が張りあげる声が、山頂に立つモーセの声のごとくせまい空間に響き渡った。「おまえには失望したぞ、オータム。おまえはわたしの名を継ぐに値しない。凡人の母親と同じで、無益な人間だ。おまえの父親同様、おまえのことも認められぬ！」

シオドアは拳銃を持ちあげ、引き金を引いた。

銃弾はオータムの胸に突き刺さった。

74

パーマトン・コミュニティ病院
ピーズリッジの東方三十キロ

生きて搬送できたことが奇跡だった、とジョアンナはサビッチに言った。だが、オータムは生き延びた。二時間の手術に耐え、翌朝サビッチとシャーロックが病院に到着したときも生きていた。サビッチは松葉杖をついていた。瀕死のオータムを目の前にしては、縫ったばかりの太ももの傷のつっぱりも、たえまない痛みも、なにほどのことでもなかった。

病院のスタッフにはジョアンナと夫婦だと伝えてある、とイーサンは語った。FBIのヘリコプターが病院からわずか八キロのリケッツ・フィールドに着陸したとき、サビッチに電話でそう説明したのだ。なんの疑問も抱かれることなくふたりがICUでオータムに付き添えるように、という理由だった。

イーサンは特別に負傷兵輸送用ヘリを手配し、小屋のそばの空き地で母娘をピックアップさせた。彼がひじょうに穏やかな声で——実際、無感覚と言ってもいいくらいだった——シャーロックに語ったところでは、ピーズリッジ警察署長のアニー・パークスと彼女の部下である六人の警官全員がやってきて、シオドアとブレシッドのバックマン親子ならびにカルディコット・ホイッスラーを逮捕し、負傷兵輸送用ヘリが到着した時点では、全員がまだ生きていた。イーサンは、チェルのこと、暴力行為が行なわれたときに隠れたままだった信者たち、そこからすばやく逃げだせなかった信者たちについてもシャーロックに語った。

彼はまた、明るくなったら、最近掘られた墓がないかどうか調べていただきたいと署長に頼んでいた。

サビッチとシャーロックは、ICUの仕切られた小部屋のカーテンのすきまからオータムを見た。青ざめた小さな顔はとても静かで、ありえないほど細い手首は点滴につながれ、顔には酸素マスクがついていた。ぞっとするほどはかなげに見えるのが、サビッチにはつらかった。彼は心のなかでオータムに語りかけ、きっと助かると何度も励まし、こんどショーンに会わせるから、実のお姉さんみたいに威張り散らすといい、と語りかけた。彼女の笑顔が見たいこと、自分だけのために笑ってほしいこと、それにアストロのことも話し、元気になったらショーンとふたりでフリスビーを投げてやるといい、気をつけないと口をペロペロ嘗められるぞ、と話しかけた。

だが、彼女のささやき声が聞こえてくることはなく、彼女の影すら感じることはなかった。どうにか声が届きますように、とサビッチは祈った。このままずっと語りかけていなければならないと感じた。ほかにできることがなかったからだ。何度も何度も、こんな小さな子どもが、胸に銃弾を撃ちこまれてよく生き延びられたものだと不思議に思った。

オータムはもう人工呼吸装置を使わず自力呼吸しており、ICUの看護師が言うには、それはいい兆候だった。

二、三時間の貴重な睡眠から目覚めたばかりの、オータムを担当する胸部外科医のマドックス医師は、イーサンとジョアンナのあとに続いてICUの小部屋を出た。彼はふたりに言った。「わたしは嘘は言いません。さっきも言ったように、きわどいところでしたが、彼女はチャンピオンのように手術に耐え抜いてくれました」実際はもう少しで彼女に死なれるところだったが、それを告げるつもりはなかった。「小さいのに、強いお子さんですよ」

保安官にFBI捜査官がふたりか、と医師は思った。七歳の少女が胸を撃たれるにいたった経緯の解明は、少なくとも彼らにまかせておけばよい。それについて耳に入ってきたあらぬ噂話にはさほど関心がなかった。そんな時間はなかったのだ。彼はジョアンナの腕に触れ、イーサンと握手した。「おふたりは残っていただいて結構ですが、捜査関係の方々はご遠慮いただきたい。ICU運営上の都合がありますので。おふたりともあまり心配なさらないように。心配は無用の長物。彼女は手厚く看護されていますし、必要であればわたしも病院におります」

「あの子はあんなに小さいのよ」シャーロックがサビッチにささやいた。「ショーンよりも小さく見えるわ」軽くしゃくりあげる妻の背中を撫でながら、サビッチは目に沁みる涙を抑えていた。彼はぐっとこらえた。人はみな男には強さを期待して涙を嫌うが、かまうものかと父親がいつも言っていたのを思いだし、ほほ笑みそうになった。サビッチはジョアンナとイーサンに言った。「もう思いだせないくらい何度も呼びかけてみた。でも――いないんだ」

ジョアンナの声は糸のようにか細かった。「もしかすると、あの子はまだ元気が足りないだけかもしれないわ。そうかもしれない――きっとそうよ。ICUの看護師さんが言ってたもの、また元気になるにはだいぶかかるって……」声がはかなく消える。

ジョアンナとイーサンは小部屋へ戻り、せまいベッドの横に陣取り、サビッチとシャーロックは彼らのあとから入ってベッドの足元に立った。さっきと同じ看護師のイレイン・エイモスが入ってきた。四人が見守るなか、彼女がオータムの血圧を測った。手を止め、姿勢を正して言った。「あの、あたしはこれまで、人が死ぬのも見てきたし、奇跡が起きるのも見てきたけど、オータムの場合、感じるわ、ここで――」指先で自分の心臓のあたりに触れる。「――わかるの、彼女はだいじょうぶ。あたしたちはみんな、彼女に助かってほしいと思ってる。あら、あなた、脚をどうしたの?」

シャーロックは平然と答えた。「撃たれたのよ」一瞬、イレインの目が大きく見開かれるのが見えたが、べつにかまわなかった。ここがごくふつうの病院なら、FBI捜査官がふたり、しかもそのうちひとりは松葉杖をついて駆けこんできたとなれば、すでに噂になっている。そんなものだ。シャーロックはオータムの顔に触れて小さな子どもの体温を感じたかっ

ナの顔は、血の気を失ってひどく青ざめていた。


たが、ジョアンナが顔を寄せるようにして、オータムの頬をそっと撫でていた。

　イレインが言った。「では、みなさん、少しだけ彼女とふたりにさせてください」最後にキスをしてもう一度触れ、四人はオータムの小部屋を出た。肩越しに娘を見ているジョアンナの顔は、血の気を失ってひどく青ざめていた。

　イーサンが言った。「報告があるんです、サビッチ。シオドア・バックマンは病院に運ばれてまもなく死にました。重い心臓発作でした」彼は自分の手のひらに拳を打ちつけた。「あの変態じいさんにしては、あまりにもあっけない最期です。ブレシッドは、おれが最後に聞いたところでは、なんの刺激にも反応しない状態だった――緊張病《カタトニア》というらしい。警備つきの精神病棟に移送されたんで、そこで隔離されて監視を受けます。ミセス・バックマンのほうは、そこから六つ先の部屋で、マッドハッター並みにわめいたり歌ったりしてるそうです。それからカルディコットですが、あのイカレたやつは、いまもまだピーズリッジのパークス署長のところの留置場です」彼は一瞬言葉を区切ってふり向き、カーテンのすきまから、オータムにかがみこんで点滴のチューブをいじっている看護師を見た。そしてオータムから一度も目を離さずに言った。「それとパークス署長が、小屋の十五メートルほど裏手に新しい墓があるのを見つけたそうです。よかったですよ、見つけてくれて。少なくとも、彼らが見つけたふたりの信者は、これで家に帰れる」

　サビッチの携帯がエリック・ハマーの「ミルウォーキー・ブルース」を奏でた。こんどはなに？　シャーロックは、夫の手から電話をもぎ取って窓から投げ捨ててやりたくなった。しかし、もちろんそうはいかない。自分たちの仕事を呪った。
二、三分後、サビッチは電話をパチンと閉じ、ICUを出るよう三人に合図をした。「イーサン、ジョアンナ、知ってのとおり、シャーロックとおれはノースカロライナから直接ここへ飛んだんだが、ワシントンDCに戻らなくちゃならなくなった。メートランド副長官から電話でね。マスコミ連中は大騒ぎしてるし、彼自身もおれたちに訊きたいことが山ほどあるそうだ。それと、ミュラー長官が、オータムが心配な状況はわかるが、すべてが解決するまでは本部にいろと言ってる。ここを離れるのはつらい――」
イーサンはジョアンナを自分の横に引き寄せ、抱きしめた。「ここにはおれたちがいます。なにかと、ありがとうございました」

シャーロックは指で彼の肩にそっと触れ、それからジョアンナの肩に触れた。心のなかで祈っているのだろう、とサビッチは思った。妻の顔を見おろすと、その目には苦悩の表情があった。サビッチは言った。「いいか、イレインがオータムはだいじょうぶだと言ってくれた。奇跡は起きる」

エピローグ

五日後

サビッチは病院の二階にあるオータムの個室の戸口に立った。シャーロックとふたり、心配しながら長い五日間を過ごしたのち、パーマトンに到着したところだった。ならんだ窓から陽光が射し、病室の淡い黄色の壁を照らしている。オータムはいまだ点滴につながれているとはいえ、鼻に入れていた酸素の管はなくなり、頰にはうっすら血色が戻った。せまい病院のベッドに横たわる姿はあまりに小さく痩せていた。それでも、オータムは生き延びた。このまま危機を脱して、まもなくまた健康な体に戻るだろう。

オータムは眠っていた。寝息は穏やかで安定していた。サビッチが見ていると、ジョアンナがかがみこんで娘の頰にキスし、そのあとイーサンが額にキスした。手をつないで病室を出てきたふたりは、げっそりとして顔色が悪く、数日に及ぶ心配と寝不足のせいで目にはくまができていたが、どちらも笑顔だった。

イーサンはサビッチと握手をして、シャーロックを抱きしめた。「オータムはしばらく眠りそうです。ジョアンナもおれもはらぺこですよ。食堂でコーヒーでもどうですか――サビッチは紅茶を。味は悪くない。ここ何日か、おれたちはそれで生き延びてるんです。いい杖ですね、上についてるのはワシの頭ですか？」

パーマトン病院の食堂の壁は陽光のような黄色だった。椅子とテーブルは明るいグリーンとブルーが交互に置いてあって、足を踏み入れたら、おのずと気分が明るくなった。

ジョアンナが言った。「あなたたちが戻ってきてくれて、ほんとに嬉しい。毎日電話で話していたけれど、やっぱりこうして来てくれて、会えるとまた格別ね」深く息を吸いこむ。

「あれからずっと、たいへんだったの」イーサンにほほ笑みかけて、ぎゅっと手を握った。

イーサンが言った。「あの子は順調に回復してて、日ごとよくなってる。二、三度、ちょっと逆戻りすることもあって、熱が出たときにはびびったけど、すぐに持ちなおしてくれました。今朝なんか、病室から出てきたマドックス先生は満面の笑みで、軽くスキップまでしてましたよ」なんの気なしに、イーサンは身を乗りだし、自分の額をジョアンナの額につけた。

「おれたちはものすごくラッキーです」そう言って、ジョアンナの頰にキスをした。

ジョアンナは、ふたりにまぶしい笑顔を見せた。「とても長い五日間だったけど、それももう過去の話よ。イレイン看護師が奇跡について語るのを、あなたたちにも聞かせたいわ」

「そういえば、テレビでビクター・ネッサーを大きく取りあげた番組を見たけど、どうなってるんです？」とイーサン。

シャーロックが答えた。「マスコミは、ビクターとリッシーの事件はまだ終わっていないっていって夢中になってるのよ。大半はタブロイド紙で、あとは実証系のケーブルテレビが二、三。もはや事実というよりは憶測で、精神分析医とかリーガルアナリストが、それをネタに放送時間を獲得してるわ。ありがたいことに、ここ一日半は、彼らをまた勢いづかせるような新情報はなにもないけど」

ジョアンナが言った。「あるメジャーな局で、あの銀行の警備員、バズ・ライリーのインタビューを見たわ。なんだか、とってもおもしろい人なのね」

サビッチがうなずいた。「あれが放送されたあと、バズから電話があった。すっかり興奮して、ずっとテレビに出たかった、ハリウッドから声がかかるんじゃないかと騒いでたよ」

ジョアンナは笑った。少しだけ不機嫌そうにも聞こえたが、笑いには違いなく、その下に影はなかった。「彼がつぎの『ダイ・ハード』に出たとしても、わたしならびっくりしないわ。ウィリスの最新の相棒役とか？」

イーサンが言った。「彼はさかんにあなたのことを褒めまくってましたよ、サビッチ。ジョージタウンの銀行でのことをね」

サビッチが言った。「バズは家に帰れてすごく喜んでいる。彼が言うんだ、海と太陽も悪くないが、おれが日焼けしたかどうか誰にもわからないんだから、わざわざ行く必要があるのかって」サビッチはにっこり笑い、首を振った。

イーサンは立ちあがり、片手を上げた。「いいかい、おれが戻ってくるまでいい話はおあずけにしてくれ。なにか飲み物を取ってきます」

シャーロックは、食堂の後方の壁沿いにあるビュッフェコーナーに向かうイーサンをジョアンナが目で追っているのを見た。ふり向いたイーサンは、みんなに明るくほほ笑み、ジョアンナに小さく手を振った。

サビッチにも、ジョアンナがイーサンからかたときも目を離せずにいるのがわかった。彼女は言った。「ディロン、まずあなたの脚の具合を教えて」

彼は、ケガしたときにいつもするとおりのことをした。ただ肩をすくめ、だいじょうぶと言ったのだ。

「あなたに訊いても無駄みたいね。じゃああなたが教えて、シャーロック、彼の脚はどうなの？」

「あと二日で抜糸よ。筋肉の損傷はたいしたことがなくて、日に日に足をひきずらなくなってきてるし、痛み止めの量も減ってるわ。先生には、来週末には軽い運動をはじめてもいいって言われてるの」

「ショーンはどうしてる？」

「父親が松葉杖で歩きまわるのを見てたわ。ディロンが平気な顔をしてるから、ショーンも不安がったり怖がったりしないですんだの。かっこいいと思ったみたい。ディロンが松葉杖を卒業して杖になったときは、ショーンも長い棒を持ってきて、父親のまねをして歩こうとしたのよ。二日前、彼ははじめてマスコミ取材を体験したわ。わたしたちがフリスビーで遊ぶダンビー・パークで待ち伏せされたの。想像してみて、ディロンは木の下に坐って、わたしがショーンにフリスビーを投げて、それをショーンがアストロに投げるのを見ながら肩越しにレポーターたちに向かってにっこりほほ笑む。そうしたら、マイクやカメラを持った人たちがみんな、とびっきりのかわいさを求めてショーンを取り囲んだのよ」彼女はほほ笑んだ。「ショーンも芝居っ気があるみたい。バズと同じで夢中になっちゃって。バズみたいに、生まれながらの役者なのね」

「おれはショーンをかっさらって、足をひきずりながら立ち去りたかった」とサビッチ。「だが正直言って、取材陣は彼と相性がよくてね。猛烈なマスコミ連中があんなふうにめろめろになるのはめったにないんだが、ショーンはそれをやってのけた。その晩、彼はほとんどのニュース番組に登場したんだ。メジャーな局にもね」

「ＩＣＵの人たちのほとんどがショーンを観たのよ」ジョアンナは言った。「すばらしかったわ。早くオータムと会わせたい」

シャーロックがショーンの逸話をもうひとつ披露しているあいだ、サビッチは別のことを考えていた。いまでは、オータムが生き延びると心の底から信じられる。元どおりになるだろう。だが、もうひとつのほう、オータムのあの驚異的な能力は——撃たれて以来、毎日幾度となく頭のなかで彼女を思い描いたが、交信することができなかった。彼女のほうからの呼びかけもなかった。オータムがどこにいようと、彼女に話しかけ、調子はどうか、あの日なにをしたのかを聞きだせたらいいのだがと何度思ったかしれない。

オータムは、自分の能力のことをショーンに話すだろうか？　彼女はショーンとも交信できるだろうか？　できないともかぎらない。なにしろ、ショーンはサビッチの血を引いている。だが問題は、そんなことは考えたくもないのだが、オータムにはもうその能力がないかもしれないということだ。

サビッチは言った。「ショーンがテレビに映った晩は、ベッドに行かせるのがたいへんだった。あまりにハイになってたんで、天井から引き剝がさなくちゃならなかったんだ。おばあちゃんは——おれの母親だが——なんの役に立たなかったよ。持ってきたブラウニーをたらふく食べさせて、あんたはつぎのマット・デイモンよ、なんておだてるんだから」サビッチはにやりと笑った。「いまごろはきっと、あの大注目が懐しくなってるはずだ。おれたちが家に帰るまで、彼にかしずくのはカブリエラひとりだからね。もっとも、すぐ隣に住んでる親友のマーティは、不満たらたらだよ。彼女はショーンを目立ちたがり屋呼ばわりして、長年の友だちなんだから、テレビで自分のことも少しは話すべきだったし、彼はつまらなかったと文句をつけてた」

イーサンは、コーヒーを三つと紅茶を一杯、大きなベーグルを四個、それにクリームチーズとバターの小さい塊を一ダースほど持って戻ってきた。彼はにやりと笑って言った。「動脈が喜ぶ神々の食べ物だ」

ジョアンナはほほ笑みながら、ベーグルにこってりとクリームチーズを塗った。「今週になって、はじめて空腹を感じるわ」彼女は大きくひと口かじった。「ああ、あなたに負けないくらいおいしい、イーサン……」声が消え入り、顔が赤く染まる。

イーサンがそれを見て笑った。じつに健全で、じつにノーマルに聞こえた。

ジョアンナが咳払いをした。「いつも赤くなっちゃうのよ。そばかすとならんで、それがわたしの欠点なの。ディロン、さっきビクター・ネッサーのことを話してたわね?」

「ああ、たいした話じゃないんだ」

「いいじゃない」シャーロックが彼の脇腹をつついた。「ビクターがどうなるか、ジョアンナに話してあげて」

おいしいリプトンの紅茶をひと口すすったあと、サビッチは言った。「ロサンゼルスの弁護士マービン・カトラーがビクターのケースを無償で引き受けて、一ダースのカメラと五十人のレポーターの前で弁護団を結成すると発表した。しかも、なんとなんと、それは公共の利益のためであり、世間の注目を浴びるためではないと言ったんだ。彼は、ビクターはリッシーの操り人形、彼女に支配されていた奴隷であり、彼がしたことはすべて彼女に無理強いされたものだと主張している。殺人はすべてリッシーが実行してた。

彼はさらに、FBIがビクターを残忍に扱って、彼をとらえたあと面白半分に足まで撃ち、かわいそうな青年は一生涯、足をひきずることになるだろうとも言ってる」

「実際のところ」サビッチは続けた。「たとえ司法省の検察官がビクターのドリームチームにすべての証拠を提示したとしても、ビクターは提訴しないんじゃないかと思う。死刑があるバージニア州で裁判にかけられるリスクを冒すよりも、仮釈放なしの終身刑を受け入れるんじゃないかな。バージニアは、車を盗むためにリッシーが子どもの両親を殺した場所だ。あの母親は亡くなったよ」

ベーグルを食べるのを中断し、シャーロックが言った。「昨日、ビクターが食事を拒んでるって聞いたわ。黙秘し、弁護士との接見も拒否してるんですって。たぶんリッシーの死を嘆き悲しんでるんでしょうね。あのふたりのあいだには、いくら道理に反する捻じ曲がったものであれ、強くて深い絆があったのよ。彼にとって、リッシーは人生の中心だった。彼女なしには、なにをしていいか、なにを考えればいいか、どう行動すればいいかわからないのね。ビクターもリッシーの人生の中心だったのかしら？　たぶんそう。ディロンは、彼が自殺しないように監視をつけたほうがいいと助言したのよ」

イーサンが言った。「麻薬取締局にいる友だちに聞いたんですが、リッシー・スマイリーは昨日、バージニア州フォート・ペッセルで母親の隣に埋葬されたそうです。彼によると、地元メディアはこぞってリッシーの写真を公開し、テレビはどこも彼女の写真だらけ、十歳のころのもあって、とてもかわいらしかったらしい。マスコミには驚かされますよ。彼らは犯罪者になりそうなやつを見つければ、捕まるまで追いかけまわす。そのあと百八十度態度を変え、そいつのせいじゃないと抗議の声をあげ、幼少時代に起きたあらゆる恐ろしい出来事を列挙して、いかに社会がその人間をだめにしたかと言いつのる」

サビッチはベーグルを食べながら聞いていた。小さいテーブル越しにジョアンナとイーサンを見ると、ふたりは腕と腕が触れるほど寄り添って坐り、ボディランゲージがその親密さを声高に物語っていた。誰が見てもわかるほどあからさまであり、すべてはたった二週間ほどのあいだに起きたのだ。目の前のふたりは、ともに死と闘い、逆境を乗り越え、子どもといっしょにいる。そうだ、イーサンにとってオータムはすでにわが子なのだ。ジョアンナとイーサンが、将来をともにする運命に気づいたのはいつだろう。サビッチにわかるのは、オータムをあいだにはさんでふたりが病院を去るころには、彼らは家族になっているだろう、ということだけだ。

三人そろってタイタスビルへ戻り、ビッグ・ルイ、ルーラ、マッキーといっしょに暮らすのだろうか？　サビッチはイーサンに訊いた。「ペットたちは、誰が面倒を見てるんだ？」

「うちの通信係のフェイディーンです。あのあとすぐ、つまり、おれたちがブレシッドに連れ去られて以来、留守番に来てくれてますよ。彼女によると、ルーラはニワトリ小屋を占拠したらしい。ビッグ・ルイもルーラには逆らえない。フェイディーンが言うには、臆病者のマッキーは、ルーラを避けて彼女の脇の下で寝てるそうです。男らしさを奮い起こしてルーラに立ち向かいなさいと彼女は言うんだが、マッキーはますます深く潜りこんでしまう」

サビッチの頭のなかにすばらしい光景が浮かんだ。ジョージタウンのジムでイーサンのために開くバチェラー・パーティ。麻薬取締局とFBIの騒々しい男どもが集まり、嬉々として殴りあいを楽しんだあと、〈ディジー・ダン〉で一ダースのピザを食べるのだ。思わず笑うと、三組の目が彼に釘付けになった。サビッチは咳払いをして言った。「ちょっと考えごとを」

「なにを?」とジョアンナ。

「悪いがそれは言えない、国家機密なんだ」

イーサンが笑った。「あとでおれが聞きだしておくよ、ジョー」

ジョアンナが言った。「あのね、トリーおじさんがやっとエバーグレイズから帰ってきたのよ。話したら、ここへ来るって」ジョアンナは首を振り、イーサンを見た。「トリーおじさんがタイタスビルに住んでなかったら、わたしが行くことはなかったし、イーサンとも、あなた方とも出会わなかった——おじさんがあそこに住んでてくれてよかったわ」

イーサンが言った。「オータムが最後までどうしてもはっきり思いだせないのは、タイタスビッチ・ワイルダネスでおれたちが行った洞窟なんだ」彼はそこで間をおき、コーヒースプーンをもてあそんだ。「相当ショックだったんだろうな。自分にまだ思いださせないようにしてるかのようだ。サビッチ、あなたを呼んだかどうか彼女に訊いてみたんですが、呼んだけど通じなかったと言ってますよ」

それは衝撃だった。「ビクターとブレシッドにしたことは、まったく覚えてないのか？」

イーサンは首を振った。「あれがなんであれ、信じられないことだった。彼女はシャーロックとおれの命を救ってくれたんです」

ジョアンナが言った。「口に出すだけでつらいし、まして信じることも、受け入れることもできないわ。あの子になんであんなことができたのかしら？」

イーサンが言った。「おれたちにはけっしてわからないかもしれないが、これだけは言える。シオドア・バックマンのあの地下納骨所《ボールト》で、ジョアンナとおれは彼女が変わるのを見た。あまりのパワーに、おれたちすら怖くなるくらいだった。いまはもうあの能力はなくなったのか？　彼女は燃えつきたのかもしれないな」

「あなたが言うように、まだすべてを思いだす準備ができていないのかもしれないわね」シャーロックが言った。

ジョアンナが言った。「あれがなんであったとしても、オータムは元どおりになる。あの子の将来に霊能力がなくても、なにも困りはしない。わたしはわが子を取り戻せたのよ」

サビッチは戸口に立ち、イーサンとジョアンナがオータムの髪を指で撫で、軽く頬に触れるのを見守っていた。

オータムが目を開けた。美しいブルーの瞳は明るく澄み、苦痛の影は消えていた。彼女が母親とイーサンにほほ笑みかけるのが見えた。ジョアンナが言った。「ディロンとシャーロックが来てくれてるのよ」

「ディロンがいるの？　どこ？」

「ドアのところに立ってるわ」

そちらを見たオータムは、サビッチを見て満面の笑みになった。ディロン。そう、心のなかで呼びかけた。

訳者あとがき

キャサリン・コールターのＦＢＩシリーズ、第九弾『残響（原題*Knock Out*）』。

本国アメリカでシリーズの一冊めとなる*The Cove*（『旅路』二見文庫刊）が発表されたのは、なんと一九九六年のこと。日本でも二〇〇三年の三月に『迷路』（原題*The Maze*）が出版されてから、今作でシリーズ開始十周年を迎えました。これもひとえに、サビッチ＆シャーロックのＳＳコンビを楽しみにしてくださるみなさまのおかげです。本当にありがとうございます。

さて、今回の作品の特徴ですが、シリーズの最初のころから、うっすらと表現されていたサビッチの超常的な能力が前面に押しだされていること。ただ、同僚捜査官や、サビッチの母親（新しくできた彼氏も新登場）、ひとり息子のショーンなど、おなじみの面々が今回もたくさん登場して、いつものワールドを支えてくれています。

例によって例のごとく、コールターのＦＢＩシリーズは豪華絢爛《ごうかけんらん》、てんこ盛り。ふたつの事件をめぐって話は進みます。

ひとつはある夜、突然サビッチに〝連絡〟を取ってきた七歳の少女オータムと、その母親であるジョアンナを取り巻く謎。オータムは自分と母親の置かれた苦境を訴えますが、サビッチには少女が何者で、いまどこにいるのかわかりません。苦境についても、少女はなにかを恐れて具体的に説明しようとしませんでした。ただ、銀行強盗事件を解決したサビッチをテレビで観て、彼なら母と自分を助けてくれそうだと〝連絡〟してきたのです。ですが、助けようにも、少女は自分の正体を明かすことなく、ふっつりと消えてしまいました。

不思議な能力を持つオータムを狙っているのは、彼女の亡き父親の一族でした。ジョアンナは娘がさらわれることを恐れ、かつてFBIに所属していたむかしからの知りあいを頼ってバージニア州タイタスビルまでやってきたのですが、頼りにしていた相手が旅行中だったため、町に滞在して、その帰りを待っていました。

そんなとき、母親がうたた寝をしているあいだにオータムがいなくなりました。町を挙げての捜索が行なわれますが、夜になって、オータムがイーサン・メリウェザー保安官の自宅に隠れていたことがわかります。母に累が及ぶことを恐れて、自分から保安官宅を選んで忍びこんでいたのです。そこまで少女が、そして母親のジョアンナが恐れているのは誰なのか。そしてその理由は？　そんなイーサンの疑問に答えるように、副保安官のオックスがジョアンナの首筋に銃口を突きつけるという、異常な行動に走ります。なんとかオックスは平静を取り戻しますが、ジョアンナの説明によると、ブレシッド・バックマンという男がオータムをさらうため、オックスに術をかけたとのこと。ブレシッドとオータムの関係は？　なぜそこまでオータムをさらいたがるのか？　解けない謎を抱えつつも、イーサンはこの母子を守ると誓います。

その一方で、サビッチが一度は捕まえた銀行強盗リッシー・スマイリーが、いとこであるビクター・ネッサーの手を借りて病院から脱走してしまいます。リッシーは彼女の母親を殺すのに手を貸したサビッチに恨みを抱き、彼への復讐を誓って次々と凶行に及んでいきます。こちらも早急に手を打たなければ、被害者は増える一方……。

いずれもひと筋縄ではいかない犯人たちを抱えながら、サビッチとシャーロックはバックマンきょうだいの実家のあるジョージア州ブリッカーズ・ボウルから、自宅のあるワシントンDCジョージタウンへと飛びます。

バージニア州タイタスビル、ジョージア州ブリッカーズ・ボウル、ワシントンDCジョージタウン、ノースカロライナ州ウィネット、バージニア州フォート・ペッセルなどなど。ざっと挙げただけでも、東海岸を中心とはいえ、舞台となる場所は各地に散らばっているので、逃げる犯人も、追うＦＢＩもたいへん。物語構成といい、舞台設定といい、ますます複雑さを増していく感のあるコールターの世界に脱帽です。

また今回の作品には、たくさんの銃器が登場します。銃に触れたことのないわたしには、イメージのつかないことだらけなのですが、十六歳にして血も涙も情けもない強盗殺人犯となったリッシー・スマイリーが携帯しているブレン・テンというのが目につきました。翻訳小説を訳しているとシグとかグロックとかベレッタとかは、よく登場してなじみがあるのですが、ブレン・テンというのは初見です。

調べてみたところ、それもそのはず、一九八三年から八六年と、製造期間がきわめて短い拳銃であったことがわかりました。当初のもくろみとしては九ミリ口径より威力があって、45ACP（約十一・四三ミリ）よりも扱いやすくて、ブレン・テンの原型となったチェコスロバキアの傑作拳銃Cz75の精度と操作性を持つ、いいとこどりの拳銃になるはずでしたが、欲張りな仕様が裏目に出て、反動が強すぎる、フレームが弱すぎるなど、バランスに欠ける拳銃となってしまいました。結果、本国アメリカのガンショップでも店員が知らないことが多い、珍しい拳銃となり、スタンダードモデルでも二千ドルほどの値段がついているようです。なぜリッシーがそんな拳銃を持っていたのかわかりませんが、威力ばかりが強くてバランスを欠いたこの拳銃が、彼女の性格には合っているような気がします。

最後につぎの作品 *Whiplash* を簡単にご紹介しておきます。

エリン・プラスキは、パートタイムでバレエも教える、異色の私立探偵。依頼を受けて製薬会社に忍びこみ、ある抗がん剤が意図的に生産制限されている証拠をつかみます。この情報をマスコミに流せば陰謀を食い止められますが、折悪しく、逃走経路に使った公園で殺人事件が発生していたことがわかります。この事件を担当するのが、FBIの特別捜査官ボウイ・リチャーズです。ボウイの七歳になる娘は、エリンが教えるバレエスクールに通っています。ひょんなことからその娘のベビーシッターを引き受けることになったエリンは、いつの間にかボウイや、それにサビッチ、シャーロックとも懇意になり、依頼者の許可を得て自分がつかんだ情報をあかします。それと並行して、サビッチはある女性から夫にかかわる件で助けを求められます。助けを求めてきたのは、ホフマン上院議員のいまは亡き妻……。

またしても複雑怪奇なお話になりそうな予感。どうぞお楽しみに！

二〇一三年九月

ザ・ミステリ・コレクション

残響《ざんきょう》

著者　キャサリン・コールター

訳者　林《はやし》 啓恵《ひろえ》

発行所　株式会社 二見書房
東京都千代田区三崎町2-18-11
電話 03(3515)2311［営業］
03(3515)2313［編集］
振替 00170-4-2639

印刷　株式会社 堀内印刷所
製本　株式会社 村上製本所

ISBN978-4-576-13134-4
http://www.futami.co.jp/

幻影
キャサリン・コールター
林 啓恵［訳］

有名霊媒師の夫を殺されたジュリア。何者かに命を狙われFBI捜査官チェイニーに救われる。犯人捜しに協力する同僚のサビッチは驚愕の情報を入手していた…！

眩暈
キャサリン・コールター
林 啓恵［訳］

操縦していた航空機が爆発、山中で不時着したFBI捜査官ジャック。レイチェルという女性に介抱され命を取り留めるが、彼女はある秘密を抱え、何者かに命を狙われる身で…

旅路
キャサリン・コールター
林 啓恵［訳］

老人ばかりの町にやってきたサリーとクインラン。町に隠された秘密とは一体…？ スリリングなラブロマンス！ クインランの同僚サビッチも登場。FBIシリーズ

夜の炎
キャサリン・コールター
高橋佳奈子［訳］

若き未亡人アリエルはかつて淡い恋心を抱いた伯爵と再会するが、夫との辛い過去から心を開けず…。全米ヒストリカルロマンスファンを魅了した「夜《ナイト》トリロジー」第一弾！

夜の絆
キャサリン・コールター
高橋佳奈子［訳］

クールなプレイボーイの子爵ナイトは、ひょんなことからいとこの美貌の未亡人と三人の子供の面倒を見るハメになるが…。『夜の炎』に続く「夜《ナイト》トリロジー」第二弾！

夜の嵐
キャサリン・コールター
高橋佳奈子［訳］

実家の造船所を立て直そうと奮闘する娘ジェーンは、英国人貴族のアレックに資金援助を求めるが…!? 嵐のような展開を見せる「夜《ナイト》トリロジー」待望の第三弾！

二見文庫 ザ・ミステリ・コレクション

黄昏に輝く瞳
キャサリン・コールター
栗木さつき［訳］

世間知らずの令嬢ジアナと若き海運王。ローマの娼館で出会った波瀾の愛の行方は……？ C・コールターが贈る怒濤のノンストップヒストリカル、スターシリーズ第一弾！

涙の色はうつろいで
キャサリン・コールター
山田香里［訳］

父を死に追いやった男への復讐を胸に、ロンドンからはるかサンフランシスコへと旅立ったエリザベス。それは危険でせつない運命の始まりだった……！ スターシリーズ第二弾

忘れられない面影
キャサリン・コールター
栗木さつき［訳］

街角で出逢って以来忘れられずにいた男、ブレントと船上で思わぬ再会を果たしたバイロニー。大きく動きはじめた運命を前にお互いとまどいを隠せずにいたが…。

ゆれる翡翠の瞳に
キャサリン・コールター
山田香里［訳］

処女オークションにかけられたジュールは、医師モリスによって救われるが家族に見捨てられてしまう。そんな彼女を、モリスは妻にする決心をするが…。スター・シリーズ完結篇！

カリブより愛をこめて
キャサリン・コールター
林 啓恵［訳］

灼熱のカリブ海に浮かぶ特権階級のリゾート。美しき事件記者ラファエラはある復讐を胸に秘め、甘く危険な世界へと潜入する…ラブサスペンスの最高峰！

エデンの彼方に
キャサリン・コールター
林 啓恵［訳］

過去の傷を抱えながら、NYでエデンという名で人気モデルになったリンジー。私立探偵のテイラーと恋に落ちるが素直になれない。そんなとき彼女の身に再び災難が…